I0574490

EIN BLAUSTRUMPF FÜR DEN LORD

BUCH DREI DER ASTLEY-CHRONIKEN

COURTNEY MCCASKILL

HAZEL GROVE BOOKS

BÜCHER VON
COURTNEY MCCASKILL

Die Astley-Chroniken

Buch 1: Viscountzähmen leicht gemacht

Buch 2: Der richtige Earl

Buch 3: Ein Blaustrumpf für den Lord

Buch 4: Das dunkle Geheimnis des Herzogs

Die Zofe und der Rake: Eine Novelle

Weitere Informationen finden Sie unter https://courtneymccaskill.com/die-astley-chroniken/

DIE ASTLEYS VON HARRINGTON HALL

Edward Astley IV, Earl von Cheltenham
Georgiana Astley, Gräfin von Cheltenham

Edward Astley V., Vicomte Fauconbridge, 27 Jahre
Harrington Astley, 26 Jahre
Anne Northcote (geb. Astley), Gräfin von Wynters, 24 Jahre
Lady Caroline Astley, 20 Jahre
Lady Lucy Astley, 19 Jahre
Lady Isabella Astley, 19 Jahre
John Astley, verstorben im Alter von 2 Jahren
Frederick Astley, 14 Jahre

Ein Blaustrumpf für den Lord (Die Astley-Chroniken- Buch 3)

Autor: Courtney McCaskill

Übersetzung: Corinna Vexborg

Umschlaggestaltung: Anna Volkin

Satz: Courtney McCaskill

Verlag: Hazel Grove Books

Die Originalausgabe erschien 2022 unter dem Titel *The Sea Siren of Broadwater Bottom*

© 2023 Courtney McCaskill / Corinna Vexborg

Alle Rechte vorbehalten.

Autor: Courtney McCaskill

6804 NE 79th Court #626423

Portland, OR 97218

USA

courtney@courtneymccaskill.com

Druck: Hazel Grove Books

Das Werk, einschließlich seiner Teile, ist urheberrechtlich geschützt. Jede Verwertung ist ohne Zustimmung des Verlanges und des Autors unzulässig. Dies gilt insbesondere für die elektronicsche oder sonstige Vervielfältigung, Übersetzung, Verbreitung und öffentliche Zugänglichmachung.

The Sea Siren of Broadwater Bottom © Courtney McCaskill, 2022.

Paperback ISBN: 978-1-63915-022-9

Kindle ISBN: 978-1-63915-021-2

❀ Erstellt mit Vellum

KAPITEL 1

Gloucestershire, England
März 1803

Edward Astley hatte versagt.

Das war der Gedanke, der ihm im Takt der Hufschläge seines Pferdes durch den Kopf schoss, als er nach Hause galoppierte. Er hatte nicht viel Hoffnung, dass er es schaffen würde, bevor der Sturm, der sich über ihm zusammenbraute, losbrach.

Perfekt. Er wäre nicht nur ein Versager, er wäre ein bis auf die Knochen durchnässter Versager.

Die Aufgabe, die ihn in das Dorf Bourton-on-the-Water geführt hatte, war eine Frage, und der Mensch, von dem er gehofft hatte, dass er sie ihm beantworten könnte, war sein ehemaliger Tutor Julian St. Cyr. Wenn er die Antwort auf diese Frage wüsste, könnte er der Katastrophe, auf die er zusteuerte, zuvorkommen.

Aber Mr. St. Cyr hatte die gewünschten Informationen

nicht, und nun wusste Edward nicht, was er tun sollte. Er hatte nur zwei Wochen Zeit, um das herauszufinden, und wenn er es nicht schaffte ...

Wenn er es nicht schaffen würde, müsste sein Bruder Harrington den Preis dafür zahlen und sich dem Zorn des Vaters und der Verachtung der Gesellschaft aussetzen. Und obwohl diese ganze lächerliche Situation in Wahrheit Harringtons Schuld war, würde Edward das niemals zulassen. Es gab nichts, was er nicht für seinen Bruder tun würde. Nichts. Edward würde sich in einen schlammigen Graben legen und für Harrington sterben, ohne eine Sekunde zu zögern.

Der Gedanke klang seltsam verlockend im Vergleich zu dem, was er stattdessen zu tun im Begriff war.

Der Weg schlängelte sich durch einen Hain von Kirschbäumen. Sie standen in voller Blüte, und das mit dem nahenden Gewitter war ein Jammer, denn die zartrosa Blüten wären vor einem wolkenlosen Himmel wunderschön gewesen. Aber der Himmel war holzkohlenfarbig angehaucht, und es war kein einziges blaues Fleckchen zu sehen.

Abgesehen von ... Moment. Edward blinzelte durch die Bäume.

Tief im Hain war definitiv etwas Blaues zu sehen. Blau und ... Kupfer, wenn ihn seine Augen nicht täuschten. Wahrscheinlich war es nichts, und er musste sich beeilen. Doch plötzlich standen ihm die Nackenhaare zu Berge, und er zügelte sein Pferd. Als er sein Reittier durch die Kirschbäume lenkte, kam ein Teich in Sicht.

In diesem Moment sah er sie.

Ein einziger Lichtstrahl durchdrang die aufziehenden Wolken und beleuchtete das Mädchen im Ruderboot wie ein Motiv von Rembrandt. *Die Najade* wäre der Titel des Gemäldes, denn mit den roten Locken, die ihr über den

Rücken fielen, sah sie wirklich wie eine Wassernymphe aus, die ihr Revier überblickte.

Sie blickte zu ihm auf, und der Atem rauschte aus Edwards Körper, denn *lieber Gott*, dies war die schönste Frau, die er je gesehen hatte. Sie hatte nicht nur die Mähne einer Sirene, sondern auch ein herzförmiges Gesicht, korallenrosa Lippen, die gleichzeitig zierlich und voll waren, und die Art von zarten Kurven, die er vor allen anderen bevorzugte.

Moment mal. Es war schwer, zu denken, wenn seine Sinne mit so viel weiblicher Schönheit bombardiert wurden, aber irgendwo tief in den Tiefen seines Geistes tauchte der Gedanke auf, dass er ein bisschen mehr von diesen Kurven sehen konnte, als er sollte. Mit Schrecken stellte er fest, dass ihr Kleid klatschnass war, ihre Schultern zitterten und diese üppigen, vollen Lippen ein wenig ... blau waren.

Er schüttelte sich. Wie schändlich, das arme Mädchen anzuglotzen, während es erfror! Er führte sein Pferd an den Rand des Teiches, um seine Hilfe anzubieten.

Aber die Worte erstarben auf seinen Lippen, als ihm klar wurde, dass es sich nicht um irgendeine schöne Frau handelte.

Er kannte dieses Mädchen. Es war zehn Jahre her, seit er sie das letzte Mal gesehen hatte, zehn Jahre, seit er ihr im Klassenzimmer ihres Vaters gegenüber gesessen hatte, aber er war sich sicher.

»Miss Elissa?«, fragte er schockiert.

ELISSA ST. Cyr hatte es dieses Mal geschafft.

Unglücke waren ihr nicht fremd, man könnte fast behaupten, sie waren ihr Metier. Es war auch nicht das erste Mal, dass ihr das Lesen im Freien zum Verhängnis wurde. Es hatte eine Zeit gegeben, als sie zehn Jahre alt gewesen war und geglaubt hatte, sie könnte die letzten Seiten von Xenophons *Anabasis* auf dem kurzen Weg zur Kirche zu Ende lesen. Sie war geradewegs in Mrs. Naesmiths Brombeerbüsche gerannt, und es hatte eine Viertelstunde gedauert, bis sie sich aus dem Gestrüpp wieder hatte befreien können. Sie konnte sich noch gut daran erinnern, wie der Prediger verstummt war und alle sich umdrehten, als sie mit zerrissenem Kleid und zerkratzten Armen in die Kirche schlich.

Es hatte einen weiteren Vorfall gegeben, als sie zwölf Jahre alt war. Es dürfte ein Mittwoch gewesen sein, denn an diesem Tag erhielt der Dorfladen immer eine Kiste mit Büchern aus der großen Leihbücherei in Cheltenham, um die beiden Regale zu ergänzen, die hinter dem Ladentisch zur Ausleihe bereitstanden. Elissa versäumte keinen Mittwoch, und außerdem musste sie das Buch zurückgeben, das sie ausgeliehen hatte, Francis Fawkes' Übersetzung der *Argonautica*. Sie hatte ein letztes Mal eine Lieblingsstelle gelesen, als sie auf dem Weg zum Laden gewesen war.

In diesem Moment stolperte sie über das Schwein (weil natürlich gerade ein Schwein vorbeikam) und fiel mitten auf die Straße.

Sie blieb unverletzt, aber der Vorfall war insofern unglücklich, als William Ricketts, einer der Schüler ihres Vaters, Zeuge war. Genauer gesagt war William Ricketts der schlimmste ihrer vielen Peiniger im Klassenzimmer. Der unglückliche Schweinevorfall hatte ihm jahrelanges Futter geliefert.

Dann war da noch das Bicklebury-Moor-Debakel.

Elissa dachte immer noch nicht gerne an das Bicklebury-Moor-Debakel zurück. Sie hatte warten müssen, bis Farmer Broadwater sein Pflugpferd holte, um sie herauszuziehen, und in der Zwischenzeit hatte sich eine Menschenmenge versammelt, die auf sie zeigte und lachte.

Damals hatte sie dem Lesen gleichzeitigen und Wandern endgültig abgeschworen, aber sie liebte es immer noch, im Freien zu lesen. Es gab nichts Schöneres als einen malerischen Ort, um die Fantasie anzuregen. Farmer Broadwater, der sie vor all den Jahren gerettet hatte, hatte nichts dagegen, dass sie sich sein Ruderboot auslieh, und wenn sie etwas las, das auf dem Wasser spielte, lag sie gerne darin. Das sanfte Schaukeln gab ihr das Gefühl, an Bord eines Schiffes zu sein, mitten unter den alten Helden.

Sie ließ das Boot immer am Steg. Sie hatte sich nie träumen lassen, dass etwas schief gehen könnte.

Heute war der erste Tag des Jahres, der sich wirklich nach Frühling anfühlte, und sie musste einfach nach draußen gehen. Sie nahm sich Plutarchs *Leben des Theseus* aus der Bibliothek und machte sich nach dem Mittagessen auf den Weg. Wie immer verlor sie sich in der Geschichte und las wohl fast drei Stunden lang.

Sie setzte sich auf, als sie die Wolken heranziehen sah. Sie fuhr sich mit der Hand über den anderen Arm und stellte erschrocken fest, dass sie eine Gänsehaut hatte; sie war so in die Geschichte vertieft gewesen, dass sie erst jetzt bemerkte, dass die Temperatur um zehn Grad gefallen war.

In diesem Moment sah sie, was geschehen war.

Irgendwann hatte sich das Ruderboot vom Steg gelöst und war in die Mitte des Teiches getrieben. Eine schnelle Suche ergab, dass kein Ruder im Boot war, aber das machte nichts - der Teich war klein genug. Sicherlich konnte sie ihre Hand benutzen, um ans Ufer zurückzupaddeln.

Als sie nicht weiterkam, bemerkte sie, dass sich das Seil in einem der Unterwasserbäume verfangen hatte, die bei der Flutung der Höhle stehen geblieben waren. So sehr sie sich auch bemühte, es gelang ihr nicht, das Seil zu lösen. Und obwohl sie daran zerrte, bis ihre Finger bluteten, konnte sie den Knoten nicht lösen.

Zu diesem Zeitpunkt begann das Wetter wirklich umzuschlagen, und sie rief so laut sie konnte nach Farmer Broadwater, dessen Haus sich gleich hinter der Anhöhe befand. Das brachte nichts, und sie begann, sich zu fürchten. Ein Sturm zog auf, ein schlimmer Sturm, und sie war im Begriff, auf dem Wasser festzusitzen, ohne jeglichen Schutz.

Die einzige Möglichkeit, die ihr einfiel, war, ans Ufer zu waten. Obwohl sie nicht schwimmen konnte, war der Teich klein und größtenteils nicht sehr tief. Vielleicht könnte sie den Boden berühren.

Zitternd ließ sie sich ins Wasser fallen und wurde dieser Hoffnung schnell wieder beraubt. Die Außenseite des Bootes war schleimig vom Moos, und sie verlor sofort den Halt. Ihre Brust krampfte sich vor Panik zusammen, als ihr Kopf unterging, aber es gelang ihr, sich mit einem Arm an einem Baumstamm festzuhalten und den Kopf wieder aus dem Wasser zu ziehen. Es war ein Kampf, wieder in das glitschige Boot zu kommen, besonders nachdem sich ihr Haar in den Ästen verheddert hatte, und sie versuchte es so oft und scheiterte, dass sie das Gefühl hatte, sie würde es nie aus dem eiskalten Wasser schaffen. Als sie schließlich auf dem Boden des Bootes zusammenbrach, hatte sich ihr Haar von den Haarnadeln gelöst, und ihr ganzer Körper zitterte vor Müdigkeit und Angst.

Das war vielleicht vor einer Stunde gewesen, einer Stunde, in der die Temperatur weiter gesunken war. Das dünne, blaue Musselin-Kleid, das für einen sonnigen Frühlingsnachmittag wie geschaffen schien, war für die gegenwärtigen Bedingungen völlig ungeeignet. Sie konnte nicht aufhören zu zittern, und ihre Gedanken wurden immer wirrer, so dass sie befürchtete, dass es sich um mehr als nur eine Erkältung handelte.

Sie hatte jedes Gebet gemurmelt, das sie aus ihrem gefrorenen Gehirn herauskitzeln konnte. Elissa war schon immer stolz darauf gewesen, selbstständig zu sein. Sie mochte zwar mit dem Kopf in den Wolken stecken, aber sie war noch nie die Art Mädchen gewesen, die herumsaß und darauf wartete, dass jemand zu ihrer Rettung kommen würde. Das Leben hatte sie gelehrt, dass es so etwas wie einen Prinzen auf einem weißen Pferd nicht gab.

Aber wenn sie jemals jemanden gebraucht hätte, der sich als ihr Held entpuppen würde, dann war es genau jetzt.

Und dann hörte sie es - das Trappeln von Hufschlägen auf dem nahen Weg. Sie versuchte zu rufen, aber ihre gefrorene Kehle konnte nur ein trauriges, kleines Krächzen hervorbringen.

Die Hufschläge wurden langsamer, und sie konnte sehen, wie sich etwas durch die Bäume bewegte.

Es stellte sich heraus, dass es ein Mann war.

Ein Mann auf einem weißen Pferd.

Und - oh, Gott, das konnte doch nicht wahr sein ...

Obwohl Elissa wusste, dass sie Hilfe brauchte, und den größten Teil der letzten zwei Stunden damit verbracht hatte, inständig dafür zu beten, dass jemand, irgendjemand, vorbeikäme, konnte sie ihr Pech nicht fassen.

Denn wenn es irgendjemanden auf der Welt gab, von dem sie nicht wollte, dass er sie in diesem erniedrigendsten Moment ihres bemerkenswert erniedrigenden Lebens beobachtete, dann war es *Edward Astley.*

KAPITEL 2

Es war zehn Jahre her, dass sie ihn das letzte Mal gesehen hatte. Er war siebzehn gewesen, wie sie sich erinnerte (*wie sie sich erinnerte* - als ob sie sich nicht perfekt an alles erinnern würde!). In einem Alter, in dem die meisten Jungen pickelig und unbeholfen waren, war Edward Astley bereits atemberaubend gut aussehend gewesen, und alles deutete darauf hin, dass er dieses herausragende Exemplar der männlichen Spezies werden würde, das die kichernden Damen Londons laut den Zeitungen als »Prince Charming« bezeichneten.

Sicherlich hatte er es verdient. Er sah genauso aus, wie sie ihn in Erinnerung hatte, nur dass er größer war, einen kantigeren Kiefer und breitere Schultern hatte. Er sah aus wie der ideale Landadelige. Er ritt einen prächtigen, weißen Irish Hunter und war tadellos gekleidet in Buff Breeches und glänzenden Stiefeln, mit einer cremefarbenen Weste und makellos weißem Leinenhemd. Sein Mantel hatte die für das Land am besten geeignete Farbe, einen blassen Braunton, der »drab« genannt wurde. Bei jedem anderen hätte es, nun ja, *eintönig* ausgesehen, *drab* eben, aber bei Edward Astley diente die matte Farbe nur dazu, sein dickes, glänzendes, dunkelbraunes Haar noch viel tiefer aussehen zu lassen. Und was seine Augen betraf ...

Sie nannten sie die Astley-Augen. Sie hatte gehört, dass seine Mutter sie hatte, ebenso wie vier seiner sechs Geschwister. Sie waren riesig und so blau wie ... Elissa wusste nicht einmal, wie sie den Satz beenden sollte, denn sie hatte noch nie etwas so Blaues gesehen wie Edward Astleys Augen. Selbst aus fünfzehn Metern Entfernung konnte sie ihre Farbe erkennen.

Diese Augen starrten sie gerade schockiert an. Oh, das war aber demütigend!

Reiß dich zusammen, Elissa. So schlimm war es nicht. Er schien sie nicht zu erkennen.

Gute Güte, nach all den Jahren erinnerte er sich wahrscheinlich nicht einmal mehr an sie!

»Miss Elissa?«

Ähm ... so viel zu dieser Hoffnung. Sie räusperte sich die kratzige Kehle. »Lord Fauconbridge«, antwortete sie und benutzte seinen Titel (denn als ältester Sohn des Earl of Cheltenham trug er den Ehrentitel Viscount Fauconbridge). Sie überlegte sich, wie sie sich mit einem Viscount unterhalten sollte, während sie in einem vor Nässe durchsichtigen Kleid auf einem Teich paddelte. »Wie ... ähm ... wie schön, Sie wiederzusehen.«

»Ja, was für eine unerwartetes Freu...« Ein scharfes Himmelsgrollen unterbrach ihn. »Verzeihen Sie, Miss Elissa, aber brauchen Sie vielleicht etwas Hilfe?«

»Die brauche ich in der Tat.« Sie wies mit einer Geste auf den vorderen Teil des Bootes. »Das Seil hat sich in diesem Baum verheddert, und ich kann es nicht befreien. Ich fürchte, ich stecke fest. Ich ... ich kann nicht schwimmen, wissen Sie.«

Er schwang sich von seinem Pferd herunter. »Ich verstehe«, sagte er und warf die Zügel über einen Ast.

»Wenn Sie so freundlich wären, das Haus von Farmer Broadwater liegt gleich hinter dieser Anhöhe«, sagte sie und machte eine Geste. »Er kann das Boot des Nachbarn holen.«

»Ah«, sagte er, und sein Gesicht hellte sich auf, »da ist noch ein Boot. Wo finde ich das? Ich bin mir sicher, dass sein Besitzer unter den gegebenen Umständen nichts dagegen hätte, wenn ich es beschlagnahmen würde.«

Elissa errötete. »Ich möchte nicht, dass Sie sich solche Mühe machen.«

»Das ist überhaupt keine Mühe.«

Sie schluckte. »Es ist eine Meile, vielleicht anderthalb Meilen, die Straße hinunter.«

»Anderthalb Meilen ...« Mit beleidigter Miene brach er ab und begann, sich aus seinem Mantel zu schälen.

»Wa... Was machen Sie denn da?«

»So lange können Sie nicht warten«, sagte er entschieden. Er hängte seinen Mantel an einen anderen Ast und begann, an einem seiner Stiefel zu zerren.

Oh, lieber Gott, er wollte zu ihr in den Teich kommen! »Bitte, Mylord«, stotterte sie, »ich würde nie erwarten, dass Sie ...«

»Das sollten Sie aber«, sagte er und stöhnte auf, als sein Fuß aus dem Stiefel rutschte. »Nur ein Schurke würde Sie hier allein lassen, wenn ein Sturm aufzieht.«

Er schien nie zu verstehen, dass sie nicht die Art von Mädchen war, die solche Fürsorge erfuhr. »Ich bin die Mühe nicht wert«, sagte sie reumütig.

Er schaute verblüfft, dass sie so etwas überhaupt andeuten konnte. »Natürlich sind Sie das.«

Sie seufzte. Aus diesem Grund würde Edward Astley immer ihr *beau idéal* sein. Nicht, weil er umwerfend gut aussah (was er tat), oder weil er reich war, oder weil er Erbe einer Grafschaft war. Nicht einmal, weil er so intelligent war, obwohl sie das immer noch anziehender fand als sein gutes Aussehen. Nachdem er die Schule ihres Vaters verlassen hatte, gewann er so ziemlich jede Auszeichnung, die die Universität Cambridge zu vergeben hatte, darunter auch den renommiertesten Preis, den Senior Wrangler, der an den besten Mathematikstudenten verliehen wurde. Außerdem wurde er zum zweiten Classical Medalist ernannt, da er das fast unmögliche Kunststück vollbracht hatte, sowohl in Mathematik als auch in den klassischen Fächern ein Spitzenschüler zu sein.

Aber mehr noch als all diese Dinge hatte Edward Astley Elissa immer ein bisschen weiche Knie gemacht, weil er immer so freundlich zu ihr gewesen war.

Als Elissa alt genug geworden war, um in das Klassenzimmer ihres Vaters zu gehen, war Edward bereits in Eton gewesen. Aber in den kam er zweimal in jeder Woche zu Besuch, um zusätzlichen Unterricht zu nehmen. Die Tage, an denen er dort gewesen war, waren ganz anders gewesen. Die anderen Schüler ihres Vaters schienen einhellig der Meinung zu sein, dass es für ein Mädchen unnatürlich sei, Griechisch und Latein zu lernen. Meistens ignorierten sie sie, aber einige, allen voran William Ricketts, schienen durch ihre bloße Existenz beleidigt zu sein und machten ständig Bemerkungen, die am Rande des Unangebrachten nagten, um sie zu provozieren.

Aber Edward hatte rüpelhaftes Verhalten in ihrer Gegenwart nie geduldet. Sobald William Ricketts sich auf sie einschoss, räusperte er sich, sagte: »Kommen Sie, Ricketts«, und nickte Elissa mit einem freundlichen Lächeln zu. Er nahm immer nur das Beste von allen an, nahm an, dass Ricketts ein guter Mensch war, der kurzzeitig vergessen hatte, dass eine Dame anwesend war (Elissa hätte ihn von diesem Gedanken abbringen können).

Es war nichts Außergewöhnliches gewesen, nur Kleinigkeiten wie die Art, wie er lächelte und »Guten Morgen, Miss Elissa« sagte, wenn sie das Klassenzimmer betrat. Oft machte er eine interessierte Bemerkung, nachdem sie ihre Übersetzung laut vorgelesen hatte (ein Ereignis, auf das sonst immer im besten Fall das Zirpen der Grillen folgte). Einmal war ihr die Feder ihres Federkiels abgebrochen, und er hatte ihr sofort seine Ersatzfeder gegeben.

Sie wusste sehr wohl, dass er sie nicht *mochte*, zumindest nicht so, wie sie ihn mochte, und sie erwartete es auch nicht von ihm. Aber er hatte sie wie eine Kommilitonin behandelt, und das zu einem Zeitpunkt in ihrem Leben, als alle anderen sie wie einen Sonderling behandelt hatten. Es war eine kleine Sache, die ihr aber sehr viel bedeutete.

Vom Ufer des Teiches aus räusperte er sich und erinnerte sie an die aktuelle Situation. »Und es ist offensichtlich, dass Ihnen recht kalt sein dürfte.«

Oh je, er hatte sie mit weit abgeschweiften Gedanken erwischt. »Ich kann es nicht leugnen«, sagte sie und schlang die Arme um ihre Brust.

Er entledigte sich seines zweiten Stiefels und watete in den Teich. Sobald er hüfttief darin stand, beugte er sich vor und begann, das Wasser mit sanften, präzisen Zügen zu durchschneiden.

Er unternahm drei Versuche, das Seil zu entwirren, tauchte zweimal unter Wasser und kam erst nach einer gefühlten Ewigkeit wieder hoch. Nach dem letzten Versuch fuhr er sich mit der Hand durch die Haare und schob sie von der Stirn zurück (gute Güte, sie hatte noch nie einen Mann mit so dichtem Haar gesehen!). »Sie hatten Recht«, sagte er. »Es ist wirklich sehr verworren. Ich fürchte, da ist nichts zu machen. Wir werden schwimmen müssen. Bitte machen Sie sich keine Sorgen. Ich bin zuversichtlich, dass ich Sie sicher an Land bringen kann.«

In dieser Hinsicht hatte sie keine Bedenken; sie hatte gesehen, wie effizient er durch das Wasser geschnitten hatte. Die einzige Frage, die sich stellte, war die Art und Weise, wie dies zu bewerkstelligen war. »Ich danke Ihnen, Mylord«, sagte sie, und ihre Stimme zitterte vor Aufrichtigkeit. »Ähm, wie soll ich, äh ...«

»Schauen wir mal. Ich kann die Seite des Bootes herunterziehen. Könnten Sie ...«

»Ja, lassen Sie mich nur ...«

Ihr Kleid verfing sich am Bug des Bootes, als sie ins Wasser rutschte. Sie spürte einen kalten Luftzug bis zu ihren Oberschenkeln, als ihre Röcke sich aufbauschten und hoben. Oh je - nun, sie war so schnell im Wasser, dass er wahrscheinlich nicht weiter als bis zu ihren Knien gesehen hatte. Zumindest wollte sie sich das einreden. Sie hielt sich mit beiden Händen an der Bootswand fest und stand bis zum Schlüsselbein im Wasser, als er einen warmen, festen Arm um ihre Taille legte und ihren Körper an seinen zog.

Selbst in der eisigen Kälte des Teiches war er unter seinem dünnen Leinenhemd warm, und sie schmiegte sich instinktiv an ihn, und ein lustvolles Stöhnen entrang sich ihrer Kehle. Noch nie war sie einem Mann so nahe gewesen. Niemals. Ihre Brüste drückten gegen die festen Flächen seiner Brust, ihr Bauch lag dicht an seinem, und ihre Beine verschränkten sich innig mit seinen unter Wasser. Sein Kopf war so nah an ihrem, dass sie seinen Atem auf ihren Lippen spüren konnte, als er murmelte: »Alles in Ordnung?«

»Alles in Ordnung«, bestätigte sie, und er lehnte sich zurück, um sich vom Boot zu entfernen, als sie sich erinnerte. »Oh, warten Sie, ich hätte fast mein Buch vergessen!«

»Ihr ... Buch?«, fragte er und legte seine Stirn in Falten.

Sie griff über die Bordwand des Ruderbootes und tastete herum. »Sie wissen, wie sehr mein Vater seine Bibliothek schätzt. Wenn ich eines seiner Bücher in einem Regenschauer liegen lasse, wird er es mir ewig vorhalten. Hier ist es«, sagte sie und holte es aus dem Boot.

Sein Gesicht verzog sich zu einem breiten Grinsen, als er den Titel erkannte. »Sie lesen Plutarch in einem Ruderboot?«

»Ich ... äh ... ja.« Sie räusperte sich. »Natürlich spielt ein großer Teil davon auf dem Schiff des Theseus, und das Schaukeln des Ruderbootes gibt einem das Gefühl, auf dem Wasser zu sein, und ... und ...«

Sie brach ab und duckte sich. Hatte sie gedacht, es sei peinlich, in einem durchnässten Kleid mitten in einem Teich zu stehen? Es schien, als sei sie über etwas noch Schlimmeres gestolpert.

Aber ein sanftes Lächeln stahl sich auf Edwards Gesicht, ein echtes Lächeln, ohne auch nur eine Spur von Spott. »Das scheint mir der ideale Ort zu sein, um es zu lesen.«

Der Himmel grollte erneut, und er blickte wieder ernst in die Wolken. »Ich werde Hilfe beim Schwimmen brauchen. Können Sie das Buch aus dem Wasser halten? Vielleicht können wir es schaffen, wenn Sie Ihren anderen Arm um meinen Hals legen.«

Der einzige Vorteil, dass sie halb erfroren war, war, dass ihre Wangen nicht in Flammen aufgingen, als sie ihren Arm um seine Schultern legte. Jetzt drückte sich ihr ganzer Körper gegen seinen, und ein Schauer durchfuhr sie.

»Wir müssen Sie aus dem kalten Wasser holen«, sagte er, den Grund für ihr Zittern falsch interpretierend. Er drehte sich so, dass er auf dem Rücken schwamm, zog sie auf sich, schlang einen Arm um ihren Rücken und legte seine Hand sanft um ihre Taille. »Ist das in Ordnung?«,

War das in Ordnung? Sie lag auf *Edward Astley*, nur ein paar

Lagen nasses Musselin trennten sie voneinander. Sie mochte sich jetzt gedemütigt fühlen, aber sie hatte das Gefühl, dass dies als der beste Moment ihres ganzen Lebens in die Geschichte eingehen würde.

Sie nickte zustimmend, und er ließ das Boot los. Er ließ sich auf dem Rücken treiben, wobei er mit dem freien Arm langsame, gleichmäßige Bewegungen machte, die sie stetig in Richtung des Ufers trieben.

Wenige Sekunden später setzte er seine Füße ab. »Da wären wir.« Er fasste sie wieder an der Taille und half ihr, aufzustehen.

»Und wir haben es sogar geschafft, Plutarch trocken zu halten. Mehr oder weniger«, lachte sie und hielt das Buch zwischen zwei Fingern, um zu verhindern, dass es von ihren nassen Händen getränkt wurde.

Er grinste. »Ausgezeichnet.« Er ließ ihre Taille los und bot seinen Arm an. »Jetzt sollten wir Sie nach Hause bringen, bevor ...«

Sie begann zu schwanken, sobald er seine Hände zurückzog. Sie hatte gar nicht bemerkt, wie kalt ihr wirklich war, aber es war klar, dass ihre Beine sie nicht mehr tragen würden. Er fing sie an der Taille auf und zog ihren Körper eng an seinen.

Plutarch hatte nicht so viel Glück. Das Buch entglitt ihrem schwachen Griff und plumpste in den Teich.

»Oh, nein!« rief sie. »Vater wird mich *umbringen!*«

»Das tut mir furchtbar leid«, sagte er und schaffte es irgendwie, sie aufrecht zu halten, während er sich bückte, um das Buch aus dem Wasser zu fischen. »Das war meine Schuld.«

»Das war es absolut nicht.« Sie gab ein düsteres Kichern von sich. »Katastrophen sind mein Markenzeichen. Sie folgen mir auf Schritt und Tritt.«

»Geht es Ihnen gut?«, fragte er.

»Ich glaube schon«, sagte sie und machte einen Schritt nach vorne. »Ich bin nur ...«

Prompt knickten ihre Knie ein. Edward war im Nu bei ihr und machte seinem Spitznamen alle Ehre, als er sie in seine Arme nahm und ans Ufer trug.

Er setzte sie auf einen Baumstamm und hängte ihr sofort seinen Mantel um die Schultern.

»Oh!« Elissa hob protestierend die Hände. »Aber ... Wird Ihnen denn nicht kalt sein, Mylord?«

»Ich bestehe darauf«, sagte er, während er die Aufschläge des Mantels um sie herum schloss. »Sie sind schon zu lange in dieser kalten Luft durchnässt.« Er schnappte sich seine Stiefel und suchte sich einen Platz weiter unten am Baumstamm, um sich darauf zu setzen.

Sobald er sich seinen Stiefeln zuwandte, vergrub Elissa ihre Nase im Kragen seines Mantels. *Bergamotte.* Es war dasselbe Rasierwasser, das er zu benutzen begonnen hatte, als er etwa sechzehn Jahre alt gewesen war. Sie konnte sich daran erinnern, wie sie einen Hauch des Moschusduftes von Zitrusfrüchten wahrnahm, als sie um die Ecke zum Klassenzimmer ging, und an den Kitzel der Vorfreude, der sie durchfuhr, weil sie wusste, dass er an diesem Tag anwesend war, bevor sie ihn überhaupt sah.

Jeder Anschein eines rationalen Gedankens verschwand, als Edward sie wieder in die Arme nahm und zu seinem Pferd trug. Er hob sie mühelos in den Sattel und stellte den Steigbügel so ein, dass sie ihren Fuß hineinsetzen konnte. Sie saß seitlich, obwohl es sich nicht um einen Damensattel handelte.

»Ich werde das Pferd nicht schneller als im Schritt gehen lassen«, sagte er. »Glauben Sie, Sie schaffen das?«

»Natürlich«, antwortete sie und griff nach dem Sattelknauf, um sich daran festzuhalten.

Sie dachte wirklich, sie könnte es schaffen, aber schon

nach wenigen Schritten geriet sie ins Schwanken und wäre beinahe gestürzt.

Sofort brachte er seinen Wallach zum Stehen. »Miss Elissa?«, fragte er mit aufrichtiger Miene.

Sie fühlte sich geradezu gedemütigt. »Es tut mir so schrecklich leid. Ich schätze, mir ist kälter, als ich dachte.«

»Es ist kein Problem.« Er beobachtete sie einen Moment lang. »Ich entschuldige mich - das wird nicht ganz korrekt sein. Aber ich weiß nicht, wie ich Sie anders nach Hause bringen soll, bevor der Sturm losbricht.«

Er führte sein Pferd langsam zum Baumstamm zurück, wobei er eine Hand in der Nähe ihres Beins hielt, falls sie ins Rutschen geriet. Er kletterte hinter ihr hoch, hob sie an und setzte sie auf seinen Schoß. Er legte einen Arm um ihre Taille und drückte sie fest an sich, während er mit der anderen Hand die Zügel nahm.

»Ist das in Ordnung?«, fragte er zaghaft.

In Ordnung? Natürlich war es nicht *in Ordnung,* dass Edward Astley sie in die Arme nahm und sie auf seinem weißen Pferd davon schwebte.

Es war der wahr gewordene Traum eines jeden Schulmädchens, das war es.

Aber das konnte sie ihm kaum sagen, also sagte sie nur: »Es ist in Ordnung.«

»Kommen Sie«, sagte er, »Bringen wie Sie nach Hause.«

KAPITEL 3

*E*dward hatte sich nie vorstellen können, dass er einmal denken würde: *Gott sei Dank habe ich diese klatschnasse, eiskalte Hose an.*

Aber wenn man bedachte, dass er die köstliche Elissa St. Cyr auf seinem Schoß sitzen hatte, war diese Hose das einzige, was ihn davon abhielt, sich selbst zu blamieren.

Nachdem er sie aus dem Teich geholt hatte, hatte er sie als Erstes in seinen Mantel eingehüllt. Er hatte dies aus echter Sorge um ihre Gesundheit getan, aber es hatte auch den positiven Effekt, dass es den Körper der Sirene bedeckte, der sich in dem hauchdünnen, eng anliegenden Kleid köstlich präsentierte.

Nicht, dass er sich nicht immer noch vorstellte, wie sie unter seinem Mantel aussah, ganz zu schweigen von dem Moment, als sie in den Teich gerutscht war und das Wasser ihr Kleid bis zu den Oberschenkeln hinaufgeschoben hatte. Die Bilder von zarten Knöcheln, fein geschwungenen Waden und blütenweicher Haut würden sich für alle Ewigkeit in sein Gehirn einbrennen. Aber der Mantel half.

Ein winzig kleines bisschen.

Gott, als er ihr gesagt hatte, dass sie aussah, als würde sie *ziemlich frieren*, hatte er es irgendwie geschafft, ihr direkt in die Augen zu sehen, anstatt sehnsüchtig auf ihre Nippel zu starren.

Er war schon lange nicht mehr so stolz auf sich gewesen.

Sein Pferd bahnte sich einen Weg durch den Kirschbaumhain zum Pfad, und Edward wies ihm den Weg zurück nach Bourton-on-the-Water. Er betrachtete den Himmel. »Ich denke, wir können es schaffen, bevor der Sturm losbricht.«

»Danke«, sagte sie und schaute schüchtern zu ihm auf. In ihrem Haar hatte sich ein ziemlich großes Büschel Laichkraut verheddert. Mehrere dieser Büschel, um ehrlich zu sein. Er überlegte, ob er es erwähnen sollte, entschied sich aber dagegen. Er vermutete, dass dies die Art von Dingen war, die eine Dame als peinlich empfinden könnte.

Selbst wenn sie leicht blau und mit Laichkraut bewachsen war, sah sie verführerisch aus. Sie hatte ihre Arme um seinen Hals geschlungen, um das Gleichgewicht zu halten, und gab ihm einen ungehinderten Blick auf ihre Augen frei. Sie waren blassgrün mit einem Hauch von Blau. Ihre Wimpern waren eine Nuance dunkler als ihr Haar, und der Kontrast zu diesen meerglasgrünen Augen war faszinierend ...

Sie räusperte sich, und er merkte, dass er sie angestarrt hatte. »Darf ich fragen, was Sie auf diesen Weg geführt hat?«, sagte sie.

»Ich habe Ihrem Vater einen Besuch abgestattet«, sagte er, dankbar für die Ablenkung durch ein Gespräch. »Es gab etwas, das ich ihn fragen musste.«

»Oh? Was war das?«

»Ich bin sicher, Sie haben von der neuen Ausgabe von Longinus' *Über das Erhabene* gehört, der Ausgabe des anonymen Übersetzers, die so viel Aufsehen erregt hat.«

»Natürlich.«

»Der Verlag veranstaltet einen Wettbewerb, bei dem sein geheimnisvoller Übersetzer gegen jeden willigen Herausforderer antreten wird. Das soll in drei Wochen in Oxford stattfinden.«

Das war so ziemlich alles, was Edward über den Wettbewerb wusste. Die Organisatoren hielten das genaue Format geheim, da sie die extemporalen Fähigkeiten der Teilnehmer testen wollten und nicht das, was sie einen Monat im Voraus zusammenstellen konnten. Aber Edward war ein Mann mit einer Cambridge-Bildung und hatte sich vier Jahre lang um verschiedene Browne-Medaillen und Mitgliedspreise beworben. Er wusste, wie diese Dinge im Allgemeinen abliefen. Man durfte ein Lexikon und ein Wörterbuch benutzen. Dann bekam man ein griechisches Werk, um es ins Englische zu übersetzen, oder ein englisches Gedicht, das ins Lateinische übertragen werden sollte. Oder die Jury wählte ein Thema aus, und die Teilnehmer komponieren ein Originalwerk zu diesem Thema. Das konnte dann in Latein oder Griechisch, in Poesie oder Prosa verfasst sein. Oder man wurde aufgefordert, eine lateinische Ode im Stil von Horaz oder ein griechisches Epigramm in Anlehnung an die *Anthologia* zu verfassen. Das genaue Format wurde erst am Morgen des Wettbewerbs bekannt gegeben, aber es war in der Regel etwas in dieser Richtung.

»Ich habe auch von dem Wettbewerb gehört«, sagte Elissa und biss sich auf die Lippe, während sie zu ihm aufblickte. »Werden Sie, äh, werden Sie auch daran teilnehmen?«

»Das werde ich«, bestätigte Edward.

Hätte er die Wahl zwischen dem Verzehr eines Eimers voller Glasscherben und der Teilnahme an diesem Wettbewerb gehabt, hätte er einen Löffel gezückt und zugelangt. Seit seinem Abschluss in Cambridge vor fünf Jahren hatte er keinen Band mit griechischen Versen mehr in die Hand genommen. Seine Erfahrungen an der Universität waren äußerst zermürbend gewesen. Für seine Freunde war es in Ordnung gewesen, sich vier Jahre lang zu vergnügen, aber da Edward von klein auf vielversprechend in den klassischen Fächern gewesen war, hatte seine Familie hohe Erwartungen an seine Universitätskarriere gehegt.

Und so hatte er die meisten Abende in seinem Zimmer eingeschlossen verbracht und Latein und Griechisch gepaukt, bis er an seinem Schreibtisch eingeschlafen war. Und ... es war nicht so, dass er für seine Bemühungen nichts vorzuweisen hatte. Er hatte ein halbes Dutzend Browne-Medaillen und Mitgliedspreise in der hintersten Schublade seines Schreibtischs verstaut. Aber es gab nur eine einzige Auszeichnung, die wirklich zählte: die Klassikmedaille des Kanzlers. Er konnte sich noch gut an den Tag erinnern, an dem er von der Existenz des Preises erfahren hatte. Er war sechs Jahre alt gewesen und hatte den Anfang der *Aeneis* auf Latein auswendig gelernt. Sein Tutor, Mr. Brownlee, hatte ihn vor seinen Vater hingestellt, und nachdem Edward die Zeilen aufgesagt hatte, hatte Mr. Brownlee dem Earl aufgeregt mitgeteilt, dass er noch nie so viel Talent in so jungen Jahren gesehen hatte und dass Edward »eines Tages die Chancellor's Classical Medal gewinnen könnte.«

Edwards Vater hatte stolz genickt. »Das wäre wirklich etwas Besonderes.« Der sechsjährige Edward hatte noch nie von der Chancellor's Classical Medal gehört, aber von diesem Moment an war er fest entschlossen gewesen, sie zu gewinnen. Und je mehr er studierte, desto mehr wiederholte sich dieser Entschluss. Er hatte von jedem seiner Lehrer und Tutoren auf die eine oder andere Weise gehört, dass er ein legitimer Kandidat für die klassische Medaille des Kanzlers sei.

Aber er hatte sie nie gewonnen. Nachdem er sich fast ein Bein dafür ausgerissen hatte, hatte Edward den einzigen

Preis, der ihm wirklich etwas bedeutete, an den Sohn eines Bäckers aus Lancashire namens Robert Slocombe verloren.

Die Tatsache, dass er unerwartet zum Senior Wrangler ernannt worden war, dem Titel, der dem besten Studenten in Mathematik verliehen und der allgemein als die höchste Ehre angesehen wurde, hatte nichts dazu beigetragen, die Stimmen in seinem Kopf mit ihrem endlosen Refrain zu beruhigen: *Versagen, Versagen, Versagen.*

An diesem Wettbewerb teilzunehmen ... Das war nicht seine Art. Jetzt nicht mehr. Die Vorstellung, wieder eine lateinische oder griechische Übersetzung zu versuchen, schnürte ihm buchstäblich die Kehle zu und ließ seinen Puls in die Höhe schnellen, seine ...

»Und was war es«, fragte Elissa und erinnerte ihn an das Gespräch, »das Sie mit meinem Vater besprechen wollten?«

Wie peinlich, wenn man dabei erwischt wurde, dass man dem Gespräch nicht zuhörte. »Ich habe ein Gerücht gehört, dass der Übersetzer aus Gloucestershire stammen könnte.«

»Sie haben *was* gehört?« Bei dem letzten Wort stieg ihre Stimme um eine halbe Oktave an. »Wie ... wie überraschend. Was war das für ein Gerücht?«

»Die Schwester eines unserer Zimmermädchen arbeitet im Plough Inn in Cheltenham. Eines Tages in der letzten Woche kam der Postkutscher mit einem Paket, das in den Schlamm gefallen war. Es war an den Prinzen von Wales adressiert. Er bat sie, es neu zu verpacken, bevor der Schlamm es ganz durchweicht hätte. Als sie das verschmutzte Papier abzog, fand sie darin die neue Übersetzung mit einem Zettel des Autors, auf dem stand, dass er sich geehrt fühlte, der Bitte des Prinzen um ein signiertes Exemplar zu entsprechen.«

»Ach, du meine Güte! Konnte sie ... Ähem, ich meine, konnte sie die Unterschrift erkennen?«

»Sie hat sie nicht einmal gesehen. Der Brief war so

gefaltet, dass nur die ersten Zeilen zu sehen waren, und sie konnte ja wohl kaum in der Korrespondenz des Prinzen schnüffeln, während der Kutscher zusah. Aber wenn das Paket über Cheltenham kam, dann muss der Autor aus dieser Gegend stammen. Das wollte ich mit Ihrem Vater besprechen. Ich dachte, es könnte einer seiner ehemaligen Schüler sein.«

»Oh. Ich verstehe. Und hatte er irgendwelche Vermutungen über die Identität des Übersetzers?«

Edward übte einen sanften Druck auf die Zügel aus und verlangsamte sein Pferd ein wenig. So, wie Elissa sich an seinen Hals klammerte, musste sie sich sehr unsicher fühlen. »Die hat er leider nicht.«

»Nicht einmal eine Ahnung?«, fragte sie.

»Nein, er sagte, er habe nicht die geringste Ahnung.«

»Oh.« Sie blickte kurz zu Boden, schluckte dann, bevor sie wieder zu ihm aufblickte. »Darf ich Sie um Ihre Meinung zu der Übersetzung bitten?«

»Die ist ausgezeichnet«, sagte er sofort. »Wenn Sie sie noch nicht gelesen haben, kann ich Ihnen die Lektüre nur wärmstens empfehlen.«

»Wirklich?«

»Oh, ja. Man liest so viele Übersetzungen, die ohne Gefühl sind. Man könnte argumentieren, dass die Worte richtig sind, aber sie treffen irgendwie nicht den Geist des Werkes. Dies war das genaue Gegenteil. Wer immer diese Übersetzung angefertigt hat, hat Longinus wirklich verstanden. Und mehr als das ...«

Er hielt inne und versuchte, die richtigen Worte zu finden. »Es ist schwer zu beschreiben, aber es war mit so viel Enthusiasmus geschrieben, mit so viel echter Liebe zur Arbeit, dass es ansteckend war. Es erinnerte mich an alles, was ich früher liebte ...« Er räusperte sich, als er seinen

Ausrutscher bemerkte. »Das heißt, an alles, was ich an klassischen Versen liebe.«

Das war das Problem, ganz klar. Derjenige, der diese Übersetzung vorgenommen hatte, war *brillant*. Er war mehr als nur ein kompetenter Techniker; der Mann war ein Dichter auf seine ganz eigene Weise. Himmel nochmal, dieser mysteriöse Übersetzer hatte es sogar geschafft, einen Hauch des ursprünglichen griechischen Metrums einzufangen. Eine fast unmögliche Aufgabe, da dem Griechischen die Betonungsakzente fehlten, die dem Englischen seine Kadenz verliehen.

Edward hatte diesen Trick nie gemeistert. Aber egal, wie eingerostet und aus der Übung er auch sein mochte, er musste einen Weg finden, diesen Mann zu schlagen, wer auch immer er war, denn sein kleiner Bruder hatte sich in einen Vollrausch getrunken und mit Augustus Avery um fünfzehntausend Pfund gewettet, dass Edward diesen verdammten Wettkampf gewinnen würde.

Es gab kein Entrinnen; es stand im Wettbuch bei White's und alles: *Mr. Harrington Astley wettet mit Mr. Augustus Avery um fünfzehntausend Pfund, dass das Gedicht seines Bruders vom Vizekanzler der Universität Oxford bei dem bevorstehenden Wettbewerb am ersten April vorgelesen wird.*

Das Geld war nicht einmal das Schlimmste, obwohl es schlimm genug war (fünfzehntausend Pfund - was hatte sich Harrington nur dabei gedacht?). Das Schlimmste daran war das Elend in Harringtons Augen, als er Edward gebeten hatte, sich dort anzumelden. »Vater wird mir nicht einfach den Geldhahn zudrehen, wenn er es erfährt«, hatte Harrington gesagt. »Du warst dabei, als er mir gedroht hat, mich nach Indien zu schicken, wenn ich noch ein einziges Mal aus der Reihe tanze. Er hält mich jetzt schon für einen Nichtsnutz. Eine Verschwendung von guter Wäsche, das bin ich.«

Edward hatte sofort Einspruch erhoben. Ehrlich gesagt war es ihm unbegreiflich, dass Harrington nicht verstehen konnte, dass er der Liebling aller war. Harrington hatte den schnellsten Verstand aller Männer, die Edward kannte, und eine übersprudelnde Persönlichkeit. Sobald Harrington einen Raum betrat, verbesserte sich die Stimmung aller.

Edward mochte der kluge Bruder sein, aber Harrington war der liebenswerte.

Er konnte sich noch genau an den Moment erinnern, in dem er dies begriffen hatte.

Es war eine verdammt harte Lektion gewesen, die er im Alter von acht Jahren lernen musste.

Aber Harrington war überzeugt, dass ihr Vater ihn für wertlos hielt, und keines von Edwards Argumenten hatte ihn umgestimmt.

Obwohl Edward durchaus vermutete, dass Harrington Recht hatte, dass sein Vater ihn nach Indien schicken würde, wenn er noch einmal einen Fehler machte. Edward war dabei gewesen, als der Earl diese Drohung aussprach, und er hatte den Eindruck gehabt, dass ihr Vater jedes Wort ernst meinte.

Harrington durfte auf keinen Fall nach Indien gehen. Obwohl eine Karriere bei der East India Company als akzeptable Option für einen jüngeren Sohn angesehen wurde, wäre dies nicht Edwards Wahl für seinen Bruder. Harrington hatte einen guten Freund, Peter Ferguson, dessen Mutter aus der bengalischen Region stammte und dessen Vater Schotte war. Ferguson war in Indien aufgewachsen und war nun häufig zu Gast in Astley House. Edward hatte ihn inzwischen gut kennen gelernt. Im Laufe der Jahre hatte Ferguson so viele Geschichten über die Inkompetenz und sogar das Fehlverhalten der Ostindien-Kompanie erzählt, dass Edward sich des Eindrucks nicht erwehren konnte, dass es den Einheimischen ohne die

»Führung« durch das britische Imperium bedeutend besser gehen würde.

Doch abgesehen von der zweifelhaften Natur der Mission, die er dort würde erfüllen müssen, litt Harrington unter Asthmaanfällen, und die Umstellung von der trostlosen Feuchtigkeit Englands auf das tropische Klima Indiens war selbst für Menschen mit einer robusten Gesundheit eine Herausforderung. Edward hatte einige Nachforschungen angestellt und mit Erschrecken herausgefunden, dass mehr als die Hälfte aller Engländer, die nach Indien segelten, innerhalb von fünf Jahren umkamen.

Edward hatte eine schreckliche Vorahnung, dass er seinen Bruder nie wiedersehen würde, wenn Harrington gezwungen wurde, nach Indien zu gehen. Und das bedeutete, dass der Graf nichts von Harringtons unvorsichtiger Wette erfahren durfte.

Und die einzige Möglichkeit für Edward, dies zu verhindern, war, den verdammten Wettbewerb zu gewinnen.

Er seufzte. So sehr er es auch verabscheute, seine Karriere als Klassizist wieder aufzunehmen, so gab es doch eine Sache, die noch schlimmer war, nämlich, seinen kleinen Bruder im Stich zu lassen. Wenn es eine Chance gab, Harrington vor dem Zorn ihres Vaters zu schützen, würde Edward sein Bestes geben.

Elissa, die auf seinem Schoß saß, räusperte sich und tupfte sich mit dem Ärmel seines Mantels die Wange ab. Sie hatte ein strahlendes Lächeln im Gesicht. Worüber hatten sie gesprochen? Ach ja, die Übersetzung. »Das klingt wunderbar«, sagte sie.

»Das ist es.« Er lachte bitter auf. »Aber hören Sie mir doch zu - ich lobe meinen Feind.«

Ihre Augen flogen zu den seinen. »Ihren ... Ihren Feind?«

»Natürlich«, sagte er und lenkte sein Pferd nach links, als

sie an eine Gabelung kamen. »Ich muss ja schließlich diesen mysteriösen Übersetzer im Wettbewerb schlagen.«

Sie gluckste nervös. »Aber das macht diese Person doch zu Ihrem Konkurrenten. Nicht zu Ihrem Feind.«

»Mein Feind«, betonte er. »Ich will diesen Wettbewerb gewinnen. Wäre es der mysteriöse Übersetzer gewesen, den ich in diesem Teich treibend aufgefunden hätte, wäre ich in großer Versuchung gewesen, ihn dort zu lassen.«

Sie zuckte zusammen. »Ich scherze nur«, beeilte er sich zu sagen, aber ihre plötzliche Bewegung reichte aus, um den Teichkrautklumpen auf ihrem Kopf aus dem Gleichgewicht zu bringen.

Als Erstes schlängelte sich eine schleimige Teichkrautranke seitlich an ihrem Kopf hinunter. Elissa runzelte die Stirn und begann, unsicher ihre Haare abzutasten.

Ihre suchende Hand schreckte einen riesigen, schwarzen Wasserkäfer auf, der wohl die ganze Zeit in dem Büschel Teichkraut gelauert hatte. Das Tier huschte direkt über ihre Stirn.

»Igitt!«, schrie sie und schlug sich ins Gesicht. »Was ist das? Nehmen Sie das von mir runter!«

Edward brachte seinen Wallach, der nervös zu tänzeln begonnen hatte, zum Stillstand. »Bucephalus, still!«, befahl er.

Elissa schrie weiter, als der Käfer ihre Nase hinunterkrabbelte. Edward versuchte, ihn zu erwischen, aber er entkam in ihr Haar, so dass sie entsetzt den Rücken krümmte. Sie schlug Edward mit dem Ellbogen auf die Nase, während sie sich mit den Fingern durch die Haare wühlte.

»Es ist alles in Ordnung«, stöhnte er und versuchte, den Käfer zwischen ihren dichten Locken zu finden, während er ihren fuchtelnden Armen auswich. »Es ist nur ein … Wasserkäfer.«

Plötzlich tauchte der Käfer aus ihrem Haar auf und krabbelte über ihre Wange. Elissa kreischte und schlug verzweifelt nach ihrem Gesicht, bis es ihr schließlich gelang, den ungebetenen Eindringling in ein nahes Gesträuch zu befördern.

Sie atmete schwer, als hätte sie sich gerade gegen ein Wildschwein und nicht gegen einen winzigen Käfer gewehrt. »Das war ein Untier. Ein riesiger Käfer.«

»Das war in der Tat das größte Exemplar, das ich je gesehen habe.«

Sie warf ihm einen scharfen Blick zu, und er begriff, dass es nicht richtig gewesen war, dies zu sagen. »Aber jetzt ist er weg«, fügte er hinzu.

»Der war *in meinem Haar*«, sagte sie und kniff entsetzt die Augen zusammen.

»Streng genommen befand er sich gar nicht in Ihrem Haar. Er kam aus dem Teichkrautklumpen auf Ihrem Kopf.«

Ihr Blick zuckte an ihm hinauf. »Welcher Klumpen Laichkraut?«

»Ähm ...« Im Nachhinein wäre es vielleicht doch besser gewesen, das Laichkraut nicht zu erwähnen. »Möchten Sie, dass ich ... ähm ...«

Sie räusperte sich und starrte in ein Wäldchen. »Wenn Sie so freundlich wären. Ich möchte nur ungern herausfinden, ob der größte Wasserkäfer, den Sie je gesehen haben, Brüder oder Schwestern hat.«

Sie erschauderte, als er einen großen Klumpen zu Boden warf. »Gott sei Dank ist das vorbei«, sagte sie inbrünstig.

»Hier drüben ist noch ein bisschen mehr«, sagte er und strich mit einer Hand hinter ihr Ohr.

»Das ist nicht wahr, oder?«

»Und hier hinten«, stöhnte er und versuchte, eine besonders hartnäckige Ranke loszuwerden.

»Nehmen Sie sich alle Zeit, die Sie brauchen«, murmelte sie.

Vier Klumpen später erklärte er den Sieg. »Ich glaube, das wäre alles.«

»Danke«, sagte sie mit abgehackter Stimme, ohne ihm in die Augen zu sehen.

Edward trieb Bucephalus zum Gehen an und suchte nach einem Thema, das sie wieder zur Ruhe bringen könnte. »Ihr Vater hat erwähnt, dass Sie Ihr Studium fortgesetzt haben.«

»Das habe ich«, sagte sie und starrte auf den Boden.

»Darf ich fragen, woran Sie gearbeitet haben?«

Sie lachte düster. »Gerade heute Nachmittag ist mir eine Idee für eine originelle Ode gekommen.«

»Ah, was soll das Thema sein?«

Sie murmelte schnell etwas auf Griechisch, fast unhörbar. *Fast.* Aber nicht ganz.

»*Was?*«, rief Edward und zügelte Bucephalus zum Stillstand.

Elissa erstarrte, dann richtete sich ihr Blick langsam auf ihn. Ihre Augen waren weit aufgerissen, ihr Mund stand offen, ihr Gesicht war ein Bild des Grauens. »*Oh, je*«, flüsterte sie.

Oh je, in der Tat.

Denn wenn er sich nicht sehr irrte, sollte ihre kommende Ode den Titel *Prince Charming und die Seehexe von Broadwater Bottom* tragen.

*W*arum hatte sie das laut gesagt?

Elissa gab teilweise der Kälte die Schuld, die ihr Gehirn ebenso betäubt hatte wie ihre Arme und Beine. Und dann war da noch die plötzliche und verwirrende Wendung, die ihr Nachmittag genommen hatte.

Eben noch war sie selig in den Armen von Prinz Charming geritten, und im nächsten Moment begann er ausgerechnet über *Das Erhabene* zu sprechen.

Edward hatte in einem Punkt Recht: Der geheimnisvolle Übersetzer stammte aus der Gegend und war viel näher, als ihm bewusst war.

Sie saß in der Tat auf seinem Schoß.

Sie hatte ein wenig Angst davor gehabt, ihn zu fragen, was er von ihrer Arbeit hielt. Es gab niemanden, dessen Talent sie mehr bewunderte als das von Edward Astley. Niemanden. Seine Übersetzung von *Der entfesselte Prometheus*, die er in seinem letzten Studienjahr in Cambridge fertiggestellt hatte, war in jeder Hinsicht exquisit. Ihr Exemplar war mit Eselsohren versehen, so oft hatte sie es gelesen, und wahrscheinlich hatte sie mehr davon auswendig gelernt als von allem anderen, was sie je gelesen hatte. Sie stellte mit Erschrecken fest, dass es niemanden gab, dessen gute Meinung ihr wichtiger war, nicht einmal die ihres Vaters.

Sie hatte es schon vor Jahren aufgegeben, sich die gute Meinung ihres Vaters verdienen zu wollen.

Aber dann hatte er angefangen, sie zu loben, und es hatte sich so *bestätigend* angefühlt. Das Lob der Kritiker, die Tatsache, dass ihr Buch nur zwei Monate nach der Veröffentlichung bereits in der dritten Auflage vorlag, und die Bitte des Prinzen von Wales um ein signiertes Exemplar waren natürlich wunderbar gewesen.

Aber sie hatte ein bisschen das Gefühl, dass, wenn alle Welt es geliebt hätte, mit Ausnahme von Edward Astley, diese anderen Auszeichnungen nicht nach Wein, sondern nach Essig geschmeckt hätten.

Sie war kurz davor gewesen, ihm zu sagen, dass sie es war. Die einzige Person, die davon wusste, außer den Verlegern, bei denen sie angefragt hatte, war ihre Schwester Cassandra. Und sie wusste, dass es töricht gewesen wäre, einem Mann, den sie seit zehn Jahren nicht mehr gesehen hatte und den sie kaum kannte, ihr tiefstes, dunkelstes Geheimnis zu verraten.

Aber dieser Nachmittag hatte einen Hauch von Schicksal an sich, und sie spürte, wie ihr die Worte wider besseres Wissen über die Lippen kamen.

Das war, als er es gesagt hatte - *mein Feind. Das* hatte sie aufgeschreckt und zum Schweigen gebracht.

Und dann stellte sich heraus, dass der größte Wasserkäfer, den Edward Astley je gesehen hatte, in ihrem Haar *lebte*, ganz zu schweigen von der Tatsache, dass sie die ganze Zeit mit ihm geritten war und dies für den romantischsten Moment ihres Lebens hielt, während sie, ohne es zu wissen, sieben Pfund Laichkraut auf ihrem Kopf hatte.

Diese Wendung der Ereignisse wäre für jedes Mädchen verwirrend gewesen, und so war ihr kurzzeitiger Aussetzer vielleicht verständlich.

Aber nicht weniger demütigend.

Sie blickte in sein Gesicht, das vor Schreck erstarrt war. Gott, das war aber peinlich. Sollte sie etwas sagen? Wollten sie hier ewig auf seinem Pferd sitzen, nur um …Plötzlich furchten sich seine Augenwinkel, die Mundwinkel zogen sich nach oben, und im nächsten Moment warf Edward den Kopf zurück und lachte unkontrolliert.

Das war offenbar eine ungewöhnliche Wendung, denn sein Pferd legte die Ohren an und wich zur Seite aus. Elissa hatte ihren Griff um Edwards Hals gelöst, während sie still saßen, und musste sich schlagartig wieder festklammern, um ihr Gleichgewicht zu halten. Er reagierte, indem er einen Arm um ihre Taille legte und sie an sich zog. Seine Brust bebte vor unbändiger Fröhlichkeit, und ihr Gesicht vergrub sich in seinem Nacken.

Nach einer Minute schaffte es Edward, sich so weit zu beruhigen, dass er sagen konnte: »Ganz ruhig, Bucephalus.« Sein Pferd beruhigte sich sofort, und er lockerte seinen Griff um Elissa. Sie blickte auf und sah ihn breit grinsen.

Grübchen war der einzige Gedanke, den Elissas gefrorenes Gehirn fassen konnte. Edward Astley war mit seinem dichten dunklen Haar und den überirdisch blauen Augen schon gut aussehend genug, ohne sich zu bemühen. Aber wenn er sie aus nächster Nähe anlächelte, mit diesen Grübchen?

Es war buchstäblich atemberaubend.

Man sollte ihm ein Schild um den Hals hängen: *Direkt in die Grübchen zu starren, stellt eine große Gefahr für die geistige Gesundheit einer Frau dar.*

Elissa schüttelte sich. »Hören Sie auf, mich auszulachen!«

»Ich lache nicht über Sie, ich ...« Er widerlegte diese Aussage sofort, indem er sich in einem weiteren Lachanfall auflöste.

»Sie lachen über mich«, murmelte Elissa.

»Wenn Sie Ihr Gesicht hätten sehen können«, sagte er und hatte Mühe, seine Selbstbeherrschung wiederzufinden.

»Hmpf.«

»Ich nehme an, ich lache über Sie, aber nicht aus den Gründen, die Sie denken. Ich lache über Ihre Schlagfertigkeit. Und über Ihren hinreißend entsetzten Gesichtsausdruck.«

Hinreißend? Was in aller Welt sollte *das* bedeuten?

Sie spürte ein paar vereinzelte Regentropfen auf ihrem Gesicht. Er streckte eine Hand aus und bemerkte sie ebenfalls. Er ließ Bucephalus antraben. »Ich freue mich darauf, Ihre Ode zu lesen, Miss Elissa, auch wenn ich Ihnen leider mitteilen muss, dass Ihr Titel nicht passend sein dürfte.«

»Ist das so?«

»Das ist so. Erstens ist das Wort, das Sie suchen, nicht *harpyia*. Der Begriff, den Sie suchen, lautet eindeutig *seirén*.«

»Erinnern Sie mich doch bitte an die Passage, in der Homer die Käfer beschreibt, die im Haar der Sirenen leben.«

Er ignorierte sie. »Und dann ist da noch diese Sache mit Prinz Charming ...«

»*Prince Charming* ist sehr treffend. Wir bekommen die Zeitungen hier ebenfalls, auch wenn sie eine Woche zu spät kommen. Ich weiß sehr wohl, dass das Ihr Spitzname ist.«

»Ein völlig unbegründeter Spitzname, das versichere ich Ihnen.«

»Sie haben gerade eine Jungfer in Nöten gerettet. Und Sie reiten sogar auf einem weißen Pferd!« Aus einem seltsamen und völlig unangebrachten Impuls heraus stieß sie ihn in die Rippen, als sie dies sagte.

Er zuckte kitzlig zusammen, aber er lächelte sie an. »Ein weißes Pferd gibt es nicht. Pferde, die weiß erscheinen, gelten als grau.«

»Ein weißes Pferd«, beharrte sie, »das Sie außerdem *Bucephalus* genannt haben.« Bucephalus war natürlich das berühmte Pferd von keinem Geringeren als Alexander dem Großen.

Edward stöhnte und warf ihr einen Blick zu, der zu gleichen Teilen aus einem Grinsen und einem Schaudern bestand. »*Ich* habe ihn nicht Bucephalus genannt. Er war ein Geschenk meines Schwagers, Lord Thetford, der eine Zucht betreibt. Er hielt es für einen guten Witz, mich auf einem weißen Pferd namens Bucephalus herumreiten zu sehen ...«

»Weil Sie der Märchenprinz sind, und jeder weiß das. *Quod erat demonstrandum.*«

»Ich gebe nicht nach«, sagte er und ließ seine Grübchen wieder aufblitzen.

Sie fasste sich ein Herz und rezitierte: »Das Orakel verfügte, dass derjenige Herr der Welt sein sollte, den Bucephalus auf seinem Rücken sitzen lassen würde.«

Sein Lächeln war sanft und hatte einen Hauch von Verwunderung. »Ich versuche, Ihnen einen strengen Blick zuzuwerfen, denn es ist absolut unsportlich von Ihnen, dermaßen zu sticheln. Aber ich stelle fest, ich kann niemanden streng anstarren, der Quintus Curtius Rufus aus dem Gedächtnis zitiert.«

Ermutigt drückte Elissa den Handrücken an ihre Stirn. »O Alexander, suche dir ein Reich, das der Größe deines Herzens entspricht, denn Mazedonien ist zu klein für dich!«

»Das geht jetzt zu weit. Sie lassen mir keine andere Wahl, als mich mit Homer zu revanchieren. *Zuerst wirst du zu den Sirenen kommen, die alle verzaubern, die sich ihnen nähern.*«

Elissa ließ ihren Arm fallen und starrte ihn an. »Verzaubern! Was fanden Sie denn bezaubernder, das Laichkraut oder den Käfer?«

Sie hatten ihr Haus erreicht. Edward zügelte Bucephalus, machte aber keine Anstalten, abzusteigen. Er lächelte sie an, und wenn sie nicht gewusst hätte, dass es sich dabei um eine falsche Wahrnehmung ihres gefrorenen Gehirns handelte, hätte sie geglaubt, er tue dies aus Zärtlichkeit. »Vor allem die Stelle, an der Sie mich so sehr zum Lachen gebracht haben, wie es schon lange niemand mehr geschafft hat. Elissa ...«

Elissa? Hatte er sie gerade *Elissa* genannt?

Es gab ein Krachen, als die Eingangstür aufsprang. »Elissa! Oh, Gott sei Dank!«

Sie drehte sich um und sah ihre Schwester Cassandra durch den Garten laufen. »Ich habe mir große Sorgen gemacht«, sagte Cassandra in aller Eile. »Ich habe alle deine Lieblingsplätze überprüft - die Wiese, den Weidenbaum, die Biegung des Flusses. Ich war gerade auf dem Weg nach Broadwater Bottom.«

»Da war ich«, sagte Elissa. »Das Boot driftete vom Steg weg und das Seil verhedderte sich in einem Ast. Ich hatte großes Glück, dass Lord Fauconbridge mir zu Hilfe kam.«

»Vielen Dank, Mylord«, sagte Cassandra und drückte eine Hand auf ihr Herz.

Elissa wollte hinunterklettern, aber Edward drückte ihre Taille. »Lassen Sie mich Ihnen helfen«, flüsterte er. Er hob sie gerade so weit an, dass sie nach hinten rutschen konnte, und setzte sie sanft auf den Sattel, dann schwang er sich hinunter. Elissa erwartete, dass er sie zu Boden heben würde, aber stattdessen ließ er sie direkt in seine Arme gleiten.

Ihr einziger Stallknecht (der auch als Lakai, Gärtner und Butler diente, da sie nur einen Diener und zwei Dienstmädchen hatten) eilte herbei, um Bucephalus zu übernehmen. Edward schritt mit Elissa in seinen Armen auf die Haustür zu und sprach mit Cassandra, die neben ihm herlief. »Sie hat sich schrecklich erkältet. Sie haben sicher schon bemerkt, dass ihre Lippen sich bläulich verfärbt haben, und vor kurzem konnte sie noch nicht einmal stehen. Es ist dringend notwendig, dass wir sie aufwärmen.«

Cassandra nickte zustimmend. »Wir bringen sie in mein Zimmer - es ist das kleinste und am leichtesten zu heizen. Amelia«, rief sie einem der Hausmädchen zu, »schüre bitte das Feuer in meinem Zimmer. Wir brauchen heißes Wasser und ...«

»Da bist du ja.« Elissa drückte sich an Edwards Schulter, als sie die Stimme ihrer Mutter hörte. »Wie um alles in der Welt bist du so schmuddelig geworden?«

Elissa schluckte. Hatte sie gedacht, dass es demütigend gewesen sei, von Edward im Teich gefunden zu werden? Es schien, als ob die eigentliche Demütigung erst noch bevorstünde.

»Ich hatte ein kleines Missgeschick auf dem Teich von Farmer Broadwater«, begann sie.

Ihre Mutter unterbrach sie mit einem Schnauben. »Bei dir ist es immer ‚ein kleines Missgeschick‘. Wie ich sehe, hast du diesmal Lord Fauconbridge Unannehmlichkeiten bereitet. Ich kann mich nicht genug für meine Tochter entschuldigen, Mylord.«

»Es gibt nichts, wofür man sich entschuldigen müsste«, sagte Edward und setzte Elissa sanft auf eine Bank im Eingangsbereich.

»Oh, sehen Sie sich doch nur Ihre schönen Stiefel an!«, weinte ihre Mutter. »Und sie sind durchnässt bis auf die Haut.«

»Mir geht es gut ...«, begann Edward.

»Amelia«, sagte ihre Mutter und hielt das Dienstmädchen auf, als sie die Treppe wieder herunterkam, »mach Wasser heiß. Lord Fauconbridge wird ein heißes Bad brauchen.«

»Danke, aber das wird nicht nötig sein. Es ist Ihre Tochter, die ...«

»Lord Fauconbridge?« Ihr Vater war ins Foyer geschlendert, um zu sehen, was es mit dem Aufruhr auf sich hatte. »Was führt Sie hierher zurück?«

»Ich bin Miss Elissa am Teich begegnet«, sagte Edward und deutete auf Elissa auf der Bank.

Ihr Vater schien nicht bemerkt zu haben, dass sowohl sie als auch Edward vom Wasser des Teiches durchnässt waren, dass sich ihr Haar aus dem Knoten gelöst hatte und dass sie Edwards Mantel trug.

Er bemerkte jedoch den durchnässten Band in ihrem Schoß.

»Ist das mein Exemplar von *Theseus*? Was hast du nur damit gemacht?«, wollte er wissen.

»Es war ein Unfall ...«, begann sie.

»Unvorsichtiges Mädchen!«, sagte er und schnappte sich das Buch. »Ich weiß nicht, warum ich dich überhaupt meine Bibliothek benutzen lasse.«

»Es tut mir leid, Vater. Ich werde es ersetzen.«

»Ersetzen! Womit, würde ich gerne wissen?«

Natürlich wusste er nicht, dass Elissa die Autorin der neuesten literarischen Sensation war, und auch nicht, dass sie erst gestern einen weiteren Bankwechsel von ihrem Verleger erhalten hatte, diesmal über einhundertfünfundzwanzig Pfund.

Aber dies war nicht der richtige Zeitpunkt, um es ihm zu sagen.

Also sagte sie stattdessen: »Ich habe etwas Geld gespart ...«

»Das können wir später besprechen«, sagte ihre Mutter und wies auf Edward. »Sieh dir den armen Lord Fauconbridge an, der in ihr Chaos hineingezogen wurde.

Amelia«, rief sie in Richtung der Küche, »wo ist das Wasser für das Bad Seiner Lordschaft?«

»Mir geht es wirklich gut«, sagte Edward. »Ich mache mir in erster Linie Sorgen um Ihre Tochter, aber …«

»Sie hat sich diesen Schlamassel selbst eingebrockt«, sagte ihre Mutter. »Sie wird einfach warten müssen.«

»Bitte, Mama«, sagte Cassandra und nahm den Arm ihrer Mutter. »Sieh dir ihre Lippen an. Sie sind blau! Wir müssen Elissa aufwärmen.«

»In der Tat«, sagte Edward. »Ich fürchte, sie ist noch nicht in der Lage, die Treppe hinaufzugehen, aber wenn Sie mir den Weg zu Ihrem Zimmer zeigen würden, Miss Cassandra …«

»Sie ist jetzt Mrs. Gorten«, warf ihre Mutter ein. »Das einzige der vier Mädchen, das wir verheiraten konnten, kam als Witwe zu uns zurück.«

»Mrs. Gorten, ich bitte um Entschuldigung«, sagte Edward sanft. »Wenn Sie so freundlich wären, mich zu …«

»… und ist es denn überhaupt ein Wunder, dass wir nicht in der Lage waren, diese hier zu verheiraten?« Ihre Mutter, die sich mehr und mehr für eines ihrer Lieblingsthemen erwärmte, schien nicht zu bemerken, dass sie einen zukünftigen Grafen unterbrochen hatte, und das gleich mehrmals. Elissa senkte den Kopf, als ihre Mutter anfing, die Punkte mit ihren Fingern abzuhaken. »Sie kann nicht nähen. Sie kann kaum tanzen. Sie würde die aktuelle Mode nicht erkennen, wenn sie ihr auf der Straße auf den Fuß treten würde. Nicht, dass das wichtig wäre, wenn sie wie eine ertrunkene Ratte aussieht und nach Abschaum riecht.«

Elissa drückte ihre Augen zu, während ihre Mutter weiterredete. Und dabei wusste sie nicht einmal etwas über den Wasserkäfer!

Um ehrlich zu sein, hatte ihre Mutter ja absolut Recht. Elissa wusste sehr wohl, dass sie nie heiraten würde, aber nicht aus den Gründen, die ihre Mutter anführte. Obwohl all diese Dinge nicht für sie sprachen, war die wirklich unverzeihliche Sünde, dass sie so ein Bücherwurm war.

Vielleicht würde sie einen Mann finden, der darüber hinwegsehen könnte, dass sie eine ungeschickte Tänzerin war. Aber kein Mann konnte eine Frau ertragen, die klüger war als er.

Und so hatte Elissa schon vor Jahren ihre Träume von Romantik und Ehe aufgegeben. Aber sie brauchte ja auch nicht zu heiraten, um ihre Zukunft und die ihrer Mutter und Schwestern zu sichern. Sie hatte einen anderen Plan.

Ihre Übersetzungsarbeit.

Es schien, als sei ihre Mutter noch nicht fertig. »Und wenn sie nicht gerade einen Mann zu Tode langweilt, indem sie über einen griechischen Dichter schwadroniert, der seit zweitausend Jahren tot ist, dann starrt sie ins Leere und ignoriert ihn.«

»Mutter«, sagte Cassandra scharf, aber ihre Mutter schien sie nicht zu hören.

Mit jedem vergehenden Augenblick, mit jeder weiteren Demütigung spürte Elissa, wie sie auf der Bank kleiner und kleiner wurde. Das Schlimmste war, zu wissen, dass ihre Mutter Recht hatte. Es fehlte ihr an weiblichen Anmut, und sie hatte obendrein ein seltenes Talent für Katastrophen.

Aber musste ihre Mutter wirklich vor dem einzigen Mann, dessen gute Meinung ihr etwas bedeutete, ihre Schwächen aufzählen?

Sie wagte einen Blick auf Edward. Er runzelte nicht gerade die Stirn, aber sein Kiefer wirkte angespannt. Zweimal versuchte er, etwas zu sagen, aber ihre Mutter ließ ihn nicht zu Wort kommen.

Schließlich wurde sein Blick entschlossener, und er fiel ihrer Mutter mit Anlauf ins Wort. »Mrs. St. Cyr, ich bitte um Verzeihung.« Elissas Augen weiteten sich, denn diese

Stimme hatte sie bei Edward noch nie gehört. Er war tadellos höflich, wie er es immer war.

Es war auch ein Ton, der keinen Widerspruch duldete. Ein Ton, der sehr deutlich sagte *Ich bin der zukünftige Earl of Cheltenham, und Sie werden tun, was ich sage, und zwar sofort.*

»Es scheint eine gewisse Verwirrung zu geben. Miss Elissa ist ein unglückliches Missgeschick passiert, für das sie nichts kann. Sie war schon viel zu lange nass und unterkühlt, und ich fürchte, sie ist bis auf die Knochen durchgefroren. Sie braucht ein heißes Bad und ein warmes Feuer. Unverzüglich.«

»Aber Mylord«, unterbrach ihre Mutter, »was ist mit Ihnen?

Der Blick, den Edward ihrer Mutter zuwarf, hatte einen Hauch von Schärfe, obwohl sein Tonfall herzlich blieb. »Mir geht es sehr gut und ich brauche nichts. Vielen Dank, Mrs. St. Cyr. Jetzt werde ich Miss Elissa die Treppe hinauftragen. Mrs. Gorten, würden Sie bitte so freundlich sein, mir den Weg zu weisen?«

»Hier entlang, Mylord«, sagte Cassandra, als Edward Elissa hochhob.

Cassandra führte sie in ihr eigenes Zimmer und zog den Stuhl ihres Schreibtisches nahe an das lodernde Feuer heran. Edward setzte sie sanft darauf. Die Mägde hatten bereits eine Kupferwanne in die Nähe des Kamins gestellt. Obwohl Elissa in seinem Mantel gut eingepackt war, spürte sie, wie ihre Wangen bei der Andeutung erröteten, dass sie in ein paar Minuten nackt in der Wanne vor dem Feuer liegen würde.

Edward schien ihre Unbeholfenheit zu teilen. »Ich werde mich verabschieden, damit Sie …« Er räusperte sich. »Alles Gute, Miss Elissa.«

Sie ergriff seine Hand, als er sich umdrehen wollte. »Ich danke Ihnen, Mylord. Für *alles.*« Sie konnte hören, wie ihre eigene Stimme vor Aufrichtigkeit zitterte.

Seine Stimme klang sanft, als er antwortete. »Es ist wirklich gern geschehen.«

Und dann war er weg.

Cassandra umschwänzelte sie bereits und schälte sie Schicht für Schicht aus ihrer nassen Kleidung. »Oh Elissa, bist du sicher, dass es dir gut geht?«

»Ich komme schon klar«, beruhigte Elissa ihre Schwester.

Und das würde sie auch, zumindest körperlich.

Aber innerlich ahnte sie, dass sie nie wieder ganz dieselbe sein würde.

KAPITEL 5

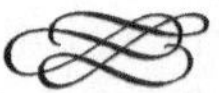

Edward wäre sofort nach Hause geritten, wenn es nicht gewittert hätte. Ein bisschen Regen machte ihm nichts aus.

Was ihn sehr störte, war, sich den St. Cyrs aufdrängen zu müssen. Das war der Teil, den er am wenigsten daran mochte, zukünftig ein Earl zu sein: die Art und Weise, wie die Leute darauf bestanden, viel Aufhebens zu machen.

Von der Bibliothek aus konnte er sehr gut hören, wie Mr. und Mrs. St. Cyr miteinander flüsterten. Es war beschlossen worden, dass Edward sich trockene Kleidung ausleihen sollte, was er für praktisch hielt. Momentan jedenfalls konnte er sich nicht hinsetzen und tropfte aktiv auf den Boden. Aber die St. Cyrs diskutierten nun aufgeregt darüber, welche von Mr. St. Cyrs Kleidungsstücken am wenigsten anstößig sein würden, und welches Schlafzimmer sich am besten als Umkleideraum eignete.

Er seufzte. Er wusste genau, was passieren würde, während er sich umzog. Mrs. St. Cyr würde in die Küche eilen und die Art von Essen anfordern, die normalerweise für Weihnachten und Ostern reserviert wäre. Ihm graute es bei dem Gedanken, dass sie seinetwegen solche Kosten auf sich nehmen würden. Wenn es nach ihm ginge, würde er überhaupt kein Abendessen von ihnen erwarten, sondern ein oder zwei Stunden in der Bibliothek herumstöbern und dann nach Hause reiten, sobald der Regen nachließe.

Er hatte Julian St. Cyrs Bibliothek immer geliebt. Die Bibliothek auf seinem eigenen Familiensitz Harrington Hall war von Robert Adam in eleganten Bronze- und Mintgrüntönen gestaltet worden. Alle Bücher waren in das gleiche goldbraune Kalbsleder gebunden, wurden täglich abgestaubt und alphabetisch geordnet.

In der St. Cyr-Bibliothek hingegen stapelten sich überall Bücher, die bedenklich schwankend an der Wand und aneinander gelehnt waren, und dann war da noch eine Sokrates-Büste mit einer Spinne, die am rechten Ohr des Philosophen baumelte. Die Oberfläche des Schreibtischs war nicht zu sehen, da sie aus mehreren Schichten von Büchern bestand, von denen die meisten noch dort aufgeschlagen waren, wo St. Cyr zuletzt in ihnen gelesen hatte. Die beiden ledernen Ohrensessel vor dem Kamin sahen nicht weniger einladend aus, nur weil sie an ein paar Stellen geflickt waren. In den Regalen entdeckte er ein kaputtes Astrolabium, das Kapitell einer antiken ionischen Säule und einen menschlichen Schädel.

Der Gesamteindruck war so, dass der Zauberer Merlin, wenn er mit der Nase in einem Buch vergraben um die Ecke geschlendert wäre, überhaupt nicht deplatziert gewirkt hätte. Ja, Edward würde am liebsten ein paar Stunden hier drin verbringen und in den Regalen nach vergrabenen Schätzen stöbern.

Aber wenn er im Laufe seiner siebenundzwanzig Jahre eines gelernt hatte, dann war es, dass das, was man wollte, absolut nicht zählte, zumindest, wenn man ein zukünftiger

Earl war. Das, was von einem erwartet wurde, übertrumpfte es jedes einzelne Mal.

Es dauerte fünf Minuten, bis die St. Cyrs einen geeigneten Plan formuliert hatten. Er wurde in ein winziges Schlafzimmer im Obergeschoss geführt, das neben dem Zimmer lag, in dem Elissa ihr Bad nahm.

Er schaute sich im Zimmer um und vermutete, dass es einem der vier St. Cyr-Töchtern gehören dürfte, denn jemand hatte ein kunstvolles Spalier aus kleinen weißen Kunstblumen um das Fenster drapiert. Unter dem Torbogen stand ein alter Plüschsessel - die perfekte Leseecke. Wie sehr er sich doch wünschte, er könnte diesen Raum seiner kleinen Schwester Isabella zeigen. Sie würde sich über so etwas für ihr Zimmer freuen. Er betrachtete die dünnen Ranken und dachte, dass er noch nie so zarte Seidenblumen gesehen hatte, um dann festzustellen, dass sowohl die Ranken als auch die Blüten in mühevoller Kleinarbeit aus Papier geschnitten worden waren.

Er schüttelte sich und begann, seine nassen Kleider gegen die trockenen auszutauschen, die er über die Stuhllehne gehängt fand, darunter auch seinen eigenen, weitgehend trockenen Mantel. Als er eine der Hemdmanschetten zuknöpfte, fiel ihm etwas auf dem kleinen Regal über dem Schreibtisch auf. Es war *Roberti Stephani Thesaurus Linguae Latinae*, ein Buch, das er sofort wiedererkannte, da er es vom siebten bis zum zweiundzwanzigsten Lebensjahr täglich benutzt hatte.

Er wusste genau, was das Vorhandensein des *Roberti Stephani Thesaurus Linguae Latinae* bedeutete.

Er befand sich in Elissas Schlafzimmer.

Er schlenderte zu ihrem Schreibtisch hinüber, um zu sehen, was sie sonst noch griffbereit hatte. Das winzige Regal bot nur Platz für eine Handvoll Bände, aber es gab die Übersetzung der *Ilias* von Samuel Clarke (ein unbestrittener

Klassiker), Lemprières *Bibliotheca Classica* (unverzichtbar für jeden Gelehrten) und Parkhursts *Griechisch-Englisches Lexikon* (genau das, was er auch gewählt hätte, und seiner Meinung nach den Lexika von Caryl oder Schrevelius weit überlegen).

Er erbleichte, als sein Blick auf das letzte Buch in dem kleinen Regal fiel, das Elissa trotz des Mangels an Platz in ihrem Schlafzimmer eingerichtet hatte.

Es war seine eigene Übersetzung von *Der entfesselte Prometheus*.

Er wusste, dass er nicht schnüffeln sollte, aber er ertappte sich dabei, wie er es aus dem Regal nahm und durch die Seiten blätterte. Es sah ordentlich zerlesen aus, mit gelegentlich geknickten Ecken, und ... war das ein Teefleck? Er konnte sich sehr gut vorstellen, wie sie ihr bezauberndes *oh je*-Gesicht machte, während sie die Seiten bekleckste, ein Bild, bei dem sich seine Mundwinkel nach oben verzogen.

Edward schauderte, als er einige Zeilen seiner Arbeit las. Ein Teil von ihm war begeistert gewesen, als sein Tutor ihn mit der Übersetzung des verlorenen Meisterwerks von Aischylos beauftragt hatte. Es war *das* Gesprächsthema der akademischen Welt gewesen - nachdem es jahrhundertelang verschollen war, entdeckte ein bayerischer Mönch einen zerfallenen Folianten, der in einem anderen Buch versteckt gewesen war. Es erwies sich als das einzige erhaltene Exemplar von *Der entfesselte Prometheus*. Es knüpfte genau dort an, wo sein Vorgänger, *Der gefesselte Prometheus*, zu Ende ging: der gleichnamige Titan ist für alle Ewigkeit an einen Felsen gekettet, und ein Adler nagt täglich an seiner Leber, eine Strafe des Zeus dafür, dass er es gewagt hatte, der Menschheit das Feuer zu schenken.

Das Problem war, dass das Manuskript buchstäblich zerfallen und daher unvollständig war; insbesondere die triumphalen Schlussszenen, in denen Prometheus seine

Freiheit zurückgewann, waren nur in wenigen Passagen erhalten. Sein Tutor hatte eine, seiner Meinung nach, brillante Lösung gefunden: Edward sollte originelle Verse verfassen, um das fehlende Ende zu ergänzen.

Nun, Edward konnte übersetzen und eine elegante griechische Ode schreiben. Diese Aufgaben wurden von jedem erwartet, der sich Klassizist nannte. Aber er empfand es als sehr anmaßend, dem großen Aischylos Worte in den Mund zu legen.

Fast genauso schlimm: *Der entfesselte Prometheus* war eine der seltenen griechischen Tragödien mit einem Happy End. Der Ton war triumphierend. Aufmunternd. Sogar jubelnd. Und obwohl Edward insgeheim gerne solche geistreichen Werke las, kam das Verfassen eines solchen Werkes überhaupt nicht in Frage. Sein eigener Stil war elegant, aber behäbig. Zurückhaltend. *Maskulin.*

Doch um die überlieferten Passagen anzugleichen und Aischylos' Intentionen treu zu bleiben, war er gezwungen gewesen, in immer erhabeneren Tönen zu schreiben, die ihm völlig fremd waren. Und für einen Mann, der so sehr darauf bedacht war, seine innersten Gefühle zu schützen, der Welt nie etwas anderes zu zeigen als den perfekten zukünftigen Grafen, den sie von ihm zu sein verlangte ... Sein Tutor hätte ihn genauso gut auffordern können, sich auszuziehen und nackt über die Trinity Bridge zu laufen. So exponiert hatte er sich dabei gefühlt.

Edward *hasste,* was er geschrieben hatte, aber wenigstens hätte sein Tutor der einzige Mensch sein sollen, der es jemals lesen würde.

Zumindest hatte er das gedacht.

Als er seine Übersetzung vorlegen wollte, stellte er allerdings fest, dass Thomas Postlethwaite, der Master des Trinity College, ebenfalls erschienen war.

Ihm war mulmig zumute, aber er las vor, was er

geschrieben hatte, sowohl den griechischen Vers als auch seine englische Übersetzung.

Als er geendet hatte, schwiegen beide Männer. Dann erhob sich Dr. Postlethwaite und fragte, ob er das Manuskript mitnehmen dürfe. Edward wollte eigentlich nur noch zurück in sein Zimmer eilen und das verfluchte Ding direkt ins Feuer werfen, aber das konnte er dem Direktor ja nun nicht abschlagen.

Das nächste, was er wusste, war, dass alle Stipendiaten des Trinity College sein verhasstes Werk gelesen hatten, dann waren es alle Stipendiaten aller Colleges und schließlich auch die Hälfte der Studenten in den unteren Klassen. Und alle, wirklich *alle*, löcherten ihn, wann er es denn veröffentlichen würde.

Edward blätterte eine Seite um und bemerkte, dass Elissa eine Stelle auf der Rückseite mit einem Zettel markiert hatte. Er erschauderte, als er sah, dass es sich um den triumphalen Schluss handelte, der sein eigener Originalvers war. Dies war der Abschnitt, den er am meisten hasste. Selbst jetzt konnte er den Anblick nicht ertragen. Er klappte das Buch etwas fester zu, als er es beabsichtigt hatte, und schob es zurück in das Regal.

Einige Papiere auf ihrem Schreibtisch fielen ihm ins Auge. Mit Schrecken stellte er fest, dass sie an einer Übersetzung des römischen Dichters Catullus arbeitete:

Lass uns leben, meine Lesbia, und lieben,
Und für einen Pfennig das Gerede mürrischer alter Männer schätzen.
Sonnen können untergehen und wieder aufgehen. Für uns, wenn das kurze Licht erloschen ist,
Bleibt nur der Schlaf einer ununterbrochenen Nacht.
Gib mir tausend Küsse, dann hundert,

Dann weitere tausend ...

OFFENSICHTLICH WAR die Arbeit noch nicht abgeschlossen. Sie war nicht nur unvollständig, sondern oft war ein Wort durchgestrichen oder sogar eine ganze Zeile, deren bevorzugter Ersatz an den Rand gekritzelt war.

Aber selbst in dieser groben Form sprang ihn Elissas Talent geradezu aus dem Buch heraus an. Jeder könnte die Worte wörtlich übersetzen, aber sie hatte Catulls Stimme eingefangen, seine einzigartige Fähigkeit, gleichzeitig leidenschaftlich und respektlos zu sein.

Er dachte an die Heimfahrt und daran, wie geschickt sie klassische Zitate eingesetzt hatte, um ihn zu necken. Das Gespräch mit ihr hatte ihm ein Gefühl der Begeisterung gegeben, wie er es seit Jahren nicht mehr erlebt hatte. Sie war schon immer klug gewesen, aber er begann zu vermuten, dass sie *brillant* sein könnte. Wie sehr wünschte er sich, er könnte mit ihr allein reden, nur eine Stunde lang.

Obwohl ... eine Stunde wäre nie lang genug. Ein Nachmittag? Eine Woche? Ein Monat?

Ein Leben lang?

Guter Gott, er musste wirklich verhindern, dass seine Gedanken mit ihm durchgingen. Aber dann war da noch die Tatsache, dass sie *Catull* übersetzte. Obwohl es sich bei diesem Werk um ein konventionelles Liebesgedicht handelte, waren viele von Catulls Werken extrem anzüglich. Hatte sie diese gelesen? Was hatte sie von ihnen gehalten? Hatte sie beim Lesen der lasziven Passagen dieselbe Röte auf den Wangen, die sie heute Nachmittag getragen hatte?

Es juckte ihn in der Hand, den Stapel Papiere auf ihrem Schreibtisch durchzublättern, um zu sehen, ob er darin die Antworten auf seine brennenden Fragen entdecken konnte. Stattdessen ballte er seine Finger zu einer Faust. Er musste aufhören zu schnüffeln. Er drehte sich von ihrem Schreibtisch weg, aber das war noch schlimmer, denn jetzt stand er vor ihrem *Bett*. Er wusste, dass er es nicht tun sollte, aber er ertappte sich dabei, wie er den Raum durchquerte. Er hob ihr Kissen sanft an und hielt es an seine Nase, und der Duft von Geißblatt strömte ihm entgegen.

Plötzlich konnte er sich nur zu gut vorstellen, wie Elissa auf diesem Bett lag, nur in einem Hemd, das noch durchsichtiger war als das durchnässte Kleid, in dem er sie am Nachmittag gesehen hatte. Bilder begannen in seinem Kopf aufzublitzen - die rosigen Umrisse ihrer spitzen Brustwarzen. Ihre herrlichen Beine, als sie in den Teich gerutscht war. Die Art und Weise, wie sich ihr Körper an seinen schmiegte, als er mit ihr ans Ufer schwamm. Ihre köstlichen Kurven nur Zentimeter von seinen sehnsüchtigen Händen entfernt, als er sie auf seinen Schoß setzte. Das süße Gewicht ihrer Arme um seinen Hals - vertrauensvoll und schüchtern zugleich. Und jetzt stellte er sich vor, wie sie nackt auf diesem Bett lag, ihr rotes Haar in Locken, und dann stellte er sich vor, wie *er* nackt *mit ihr* auf dem Bett lag, wie seine Hände ihre zarten Brüste umfassten, wie sich ihre Münder ineinander verfingen, wie ihre Beine sich für ihn spreizten, während sein Körper den ihren bedeckte ...

In diesem Moment hörte er es - das schwache, aber unverwechselbare Geräusch eines Platschens aus dem Zimmer nebenan.

Das Zimmer, in dem Elissa badete.

Jetzt konnte er sich nur noch vorstellen, wie Elissa vor Vergnügen stöhnte, während sie sich nackt in der Wanne mit warmem Wasser vor einem lodernden Feuer zurücklehnte. Und das Wissen, dass sie auf der anderen Seite dieser Wand wirklich nackt war ...

Plötzlich hielt er es nicht mehr aus. Er lockerte die Knopfleiste seiner geliehenen Hose, als er das Zimmer durchquerte, und griff nach einem Taschentuch. Er schob die Hose gerade so weit herunter, dass er seinen Schwanz herausziehen konnte, als er sich in Elissas Stuhl sinken ließ. Als er begann, sich zu streicheln, nahm er wieder den Duft von Geißblatt wahr.

Er wusste, dass dies falsch war. Nicht nur, weil er im Schlafzimmer einer jungen Frau (in ihrem Lieblingslesesessel, um Himmels willen!) Hand an sich selbst legte. Es war der Gipfel des schändlichen Verhaltens. Aber weil Elissa St. Cyr in jeder Hinsicht die Falsche für ihn war.

Was nicht heißen sollte, dass er der Meinung von Elissas Mutter zustimmte, dass kein Mann sie würde haben wollen. Elissa St. Cyr war *entzückend*. Wäre er der zweite Sohn mit etwas mehr Spielraum, hätte er bereits um Erlaubnis gebeten, ihr den Hof zu machen.

Aber er war nicht der zweite Sohn. Er war der Erbe einer Grafschaft, und seine Familie erwartete von ihm, dass er die Tochter eines Adligen heiratete. Eine Frau mit tadellosem Stammbaum und einer großen Mitgift. Eine Frau, die in das Leben hineingeboren worden war, das man von ihm selbst erwartete, und deren Beziehungen den Einfluss seiner Familie verstärken würden. Eine Frau, die die perfekte Gastgeberin sein würde, die nie auch nur mit einem einzigen Zeh aus der Reihe tanzen würde.

Er konnte auf keinen Fall die mittellose Tochter seines Hauslehrers heiraten, ein Mädchen, das mit Seegras im Haar herumlief. Ein Mädchen, das noch nie in seinem Leben einen richtigen Ball besucht hatte, geschweige denn einen organisiert hatte. Ein Mädchen, das nicht einmal ein Buch lesen konnte, ohne eine ganze Reihe von Katastrophen auszulösen.

Es spielte nicht die geringste Rolle, dass sie vielleicht die einzige Frau auf den britischen Inseln war, mit der er ein sinnvolles Gespräch über die Dinge führen konnte, die ihn wirklich interessierten. Es spielte keine Rolle, wie schön sie war, und es spielte auch keine Rolle, dass sie seinem weiblichen Ideal nicht ähnlicher hätte sein können, wenn ein antiker Gott sie aus Lehm geformt und speziell für ihn zum Leben erweckt hätte, von ihrem roten Haar über ihre zarten und doch verlockenden Kurven bis hin zu den entzückenden, offenherzigen Ausdrücken, die sie zu machen pflegte. Es spielte nicht einmal eine Rolle, dass sie ihn so sehr zum Lachen gebracht hatte, dass ihm die Tränen gekommen waren, dass sie ihn glücklicher gemacht hatte, als er sich jemals in der Vergangenheit gefühlt hatte.

Gott. Er konnte sich nicht einmal daran erinnern, wann er sich das letzte Mal so glücklich gefühlt hatte.

Aber all das spielte keine Rolle, denn er konnte sie auf keinen Fall heiraten, und Edward Astley war nicht der Mann, der eine jungfräuliche Frau entehren würde, indem er sie zu seiner Mätresse nahm. Er würde sie niemals besitzen, und das war endgültig.

Nein, dachte er, als er sich vorstellte, wie sie ihn mit ihren glasgrünen Augen in dem Moment ansehen würde, in dem das Vergnügen über sie hereinbrach, Elissa St. Cyr war nichts für ihn. Er beschleunigte seine verzweifelten Bewegungen und unterdrückte seinen Schrei, als er in das Taschentuch kam, sein ganzer Körper zitterte und der Stuhl quietschend auf den Bodendielen kippelte, als er den stärksten Höhepunkt hatte, den er seit langem erlebt hatte.

Definitiv nicht für ihn, dachte er, als er das Taschentuch ins Feuer warf.

KAPITEL 6

Drei Stunden später erklärte Cassandra Elissas Haar für so trocken, dass sie die schwüle Hitze im Zimmer ihrer Schwester verlassen durfte.

Inzwischen hatte der Regen nachgelassen, und Edward war schon längst weg. Sie seufzte. Sie würde ihn wahrscheinlich nie wieder sehen.

Das stimmte nicht ganz - sie würde ihn garantiert noch einmal sehen: bei dem bevorstehenden Wettbewerb in Oxford, bei dem sie sich ihren Herausforderern stellen würde.

Sie schaute sich in ihrem Zimmer um, von dem sie genau wusste, dass er es benutzt hatte, um sich aus seinen nassen Sachen zu befreien. Sie hatte ihn durch die Wand mit ihrem Vater sprechen hören, während sie im Bad gewesen war. Der Gedanke, dass er sich hier, in ihrem intimsten Bereich, aufgehalten hatte, war gleichermaßen beglückend und beschämend. Meine Güte, was musste er von ihrer Feenlaube gehalten haben? Sie hatte diese Blumen mit der Hand geschnitten, als sie dreizehn Jahre alt gewesen war. Für eine erwachsene Frau mochten sie albern erscheinen, aber sie liebte sie trotzdem. Hatte er ihr Exemplar seines Buches über ihrem Schreibtisch bemerkt? Es war ihr ein wenig peinlich, aber sie war auch enttäuscht, dass sie nicht daran gedacht hatte, ihn für sie das Buch unterschreiben zu lassen.

Hatte er sich auf ihr Bett gesetzt? Höchstwahrscheinlich nicht, aber er musste auf ihrem Stuhl gesessen haben, denn irgendwann hatte sie die Stuhlbeine über die Dielen scharren hören. Sie durchquerte das Zimmer und sank in die vertraute plüschige Umarmung. Bildete sie sich das nur ein, oder konnte sie einen leichten Hauch von Bergamotte wahrnehmen?

Sie starrte ins Feuer und versuchte sich vorzustellen, wie er dort stand. Er stand nicht einfach nur da, sondern zog sich die nassen Sachen aus. Denn Edward Astley war nicht nur in ihrem Zimmer *gewesen*.

Er war *nackt* in ihrem Zimmer gewesen.

Ein leises Stöhnen kam über Elissas Lippen. Sie hielt inne und lauschte aufmerksam, um sicherzustellen, dass alles ruhig war. Normalerweise tat sie dies erst spät in der Nacht, wenn sie in ihrem Bett lag und sicher war, dass das ganze Haus schlief.

Aber die Wahrheit war, dass sie sich danach gesehnt hatte, seit er sie im Teich an seine Brust gezogen hatte. Sie hatte sich schon den ganzen Nachmittag danach gesehnt, und sie glaubte nicht, dass sie noch eine Sekunde länger warten konnte.

Sie schlich sich zur Tür und drehte den Schlüssel so leise wie möglich im Schloss.

Dann ging sie auf Zehenspitzen zu ihrem Bett, zog ihre Röcke hoch, legte sich auf den Rücken und spreizte ihre Beine. Sie griff in die kleine Schublade ihres Nachttisches und holte einen kleinen Steinguttopf heraus. Das Töpfchen enthielt eine nach Geißblatt duftende Creme, die sie für ihre Hände verwendete.

Zumindest war das eines der Dinge, für die sie die Creme benutzte.

Sie nahm einen Klecks auf ihren Zeigefinger und spreizte mit der anderen Hand die Falten zwischen ihren Beinen. Sie hatte sich so sehr danach gesehnt, dass es in ihr bereits pochte. Anstatt mit ihren Brüsten zu beginnen, wanderten ihre Finger direkt zu der kleinen Rosenknospe zwischen ihren Beinen und zogen leichte, glitschige Kreise. Oh, das fühlte sich so süß an! Sie war schon so nah dran! Sie dachte an ihren Körper, der sich im Teich an den von Edward drückte. Sie stellte sich seine Augen vor, zärtlich und aufrichtig, in dem Moment, als er sie in seine Arme nahm, um sie vor dem Sturz zu bewahren. Sie dachte daran, wie *Edward Astley* seine Arme um sie geschlungen und sie auf seinem weißen Pferd davongetragen hatte.

Sie dachte an ihn, wie er noch vor wenigen Stunden nackt in diesem Raum gestanden hatte. Sie hatte noch nie einen nackten Mann gesehen, daher war das Bild undeutlich. Aber so viele griechische Verse waren erotisch, dass man manchmal über Passagen stolperte, die die Fantasie anregten.

So hatte sie zufällig herausgefunden, wie man das hier machte.

Oh, sie war so erregt, ihre Hand zwischen ihren Beinen fühlte sich *so gut* an. Sie hielt inne und begann, in die andere Richtung zu kreisen, wobei sie sich einen Schrei verkneifen musste, als neue Nerven aufflammten. Plötzlich kam ihr eine Vorstellung von Edward in den Sinn, wie er auf ihr lag und lächelte, seine Grübchen waren deutlich zu sehen, seine blauen Augen funkelten nicht nur vor Lachen, sondern auch vor Zuneigung.

Und von einem Augenblick zum anderen stand sie kurz vor dem Höhepunkt, und die Lust war überwältigend. Es fühlte sich *so gut* an, es fühlte sich ... oh ... oh ... *oh* ...

Sie biss sich auf die Lippe, um nicht aufzuschreien, aber

ihre Beine zitterten so stark, dass sie das Bettgestell zweimal gegen die Wand schlagen hörte. Sie hatte Mühe, ihr Zittern unter Kontrolle zu halten, während sie ihre Hand sanft bewegte und die letzten Impulse der Lust herauszog, bevor sie wie knochenlos auf der Bettdecke zusammenbrach.

Sie lauschte aufmerksam, hörte aber keine Geräusche aus den angrenzenden Räumen. Offenbar war sie unentdeckt geblieben.

Sie seufzte. Sie hatte das Gefühl, dass Edward Astley ihre Mitternachtsfantasien noch eine ganze Weile beflügeln würde. Noch mehr, als er es bereits getan hatte.

Aber eine Sache durfte sie niemals vergessen: Es war nicht mehr als eine Fantasie.

Elissa wusste ganz genau, dass er sich niemals für jemanden wie sie interessieren würde. Die Anspielungen, die er an jenem Nachmittag gemacht hatte - dass sie eine Sirene sei, dass ihr entsetzter Gesichtsausdruck »bezaubernd« sei -, das waren nur Galanterien. Er war der perfekte Gentleman und hatte versucht, sie zu beruhigen. Das sprach zwar für ihn, zeugte aber nicht von echter Wertschätzung.

Edward Astley würde wahrscheinlich die Tochter eines Herzogs heiraten. Ein Mädchen mit blauem Blut und einer riesigen Mitgift, das an einem Nachmittag eine Dinnerparty auf die Beine stellen konnte, das nie auch nur mit einem einzigen Zeh aus der Reihe tanzte. Die Art von Mädchen, die niemals über ein Schwein stolpern würde. Kein Mädchen, das in einem Boot Plutarch las, riesige Wasserkäfer in ihrem Haar nisten ließ und überall, wo sie hinging, Unheil anrichtete. Das war es nicht einmal wert, davon zu träumen. Sie würde eine bemerkenswert schreckliche Gräfin abgeben. Edward würde sich niemals für jemanden wie sie entscheiden.

Ehrlich gesagt war das, was er im Moment für sie

empfand, wahrscheinlich nichts als Mitleid. Aber warten wir mal ab, bis der Wettbewerb vorbei ist ...

Der Wettbewerb war die Idee ihres Verlegers, Mr. Findley. Er hatte Elissa gedrängt, ihre Identität preiszugeben, denn die Nachricht, dass es sich bei dem geheimnisvollen Übersetzer um eine Frau handelte, würde zwangsläufig für Aufsehen sorgen, und Aufsehen verkaufte Bücher.

Aber Elissa wusste aus lebenslanger Erfahrung, dass die Welt eine Klassizistin nicht als Sensation, sondern als Kuriosität betrachten würde, als literarisches Äquivalent zu Snowdrop, der zweiköpfigen Kuh. Natürlich gingen *alle* auf den Jahrmarkt, um Snowdrop zu bewundern.

Aber niemand kaufte Dauerkarten für Snowdrop. Sie bezahlten das Ticket genau einmal, spähten über den Zaun, murmelten: »Ich will verdammich sein«, und hatten Snowdrop bis zum Abendbrot bereits vergessen.

Elissa konnte es sich nicht leisten, ein Kuriosum zu werden, ein Strohfeuer. Sie musste sich eine erfolgreiche Karriere als Übersetzerin aufbauen. Sie war die jüngste von vier Schwestern, und ihr Vater war gesundheitlich angeschlagen. Er war siebzehn Jahre älter als ihre Mutter, und das unrhythmische Herzklopfen, unter dem er seit Jahren litt, hatte sich in letzter Zeit verschlimmert. In den letzten zwei Monaten war er sogar zweimal zusammengebrochen! Das wenige Vermögen ihres Vaters war nur geerbt und würde eines Tages an seinem verhassten jüngeren Bruder gehen, der ihnen keinen Grund zur Hoffnung gegeben hatte, dass er die Witwe und die Töchter seines Bruders unterstützen würde.

Als letztes Mädchen, das alle Hoffnungen ihres Vaters zunichte gemacht hatte, als es nicht als Junge geboren wurde, hatte Elissa immer die persönliche Verantwortung gefühlt, für ihre Mutter und Schwestern zu sorgen, wenn ihr Vater nicht mehr da wäre.

Als also Mr. Findley geschrieben und vorgeschlagen hatte, sie solle sich als anonyme Übersetzerin zu erkennen geben, musste Elissa energisch ablehnen.

Es folgte eine Flut von Briefen. Mr. Findley konnte sich nicht vorstellen, dass die Welt Elissa vorwerfen würde, eine Frau zu sein. Aber Mr. Findley war eine seltene Art von Mann. Seine Mutter, die er als die intelligenteste Person bezeichnete, die er je gekannt hatte, hatte jahrelang den redaktionellen Teil der Familienpresse geleitet, und Elissa war überzeugt, dass dies der Grund war, warum er sich nicht beunruhigen ließ, als er erfahren hatte, dass das *E.* in *E. St. Cyr* für *Elissa* stand. Sie schrieb zurück und erklärte, dass die sieben anderen Verleger, die plötzlich eine Unzahl von Fehlern in einem Manuskript bemerkt hatten, das sie zuvor als *brillant* bezeichnet hatten, ihrer Erfahrung nach eher typisch seien.

Mr. Findley hatte dem entgegengesetzt, dass, wenn sieben seiner Konkurrenten von Elissas Identität wüssten, das Geheimnis früher oder später gelüftet werden müsse, und dass es besser sei, die Bekanntgabe zu ihren eigenen Bedingungen zu machen.

Da hatte er Recht, und der Kompromiss, auf den sie sich geeinigt hatten, war der Wettbewerb. Ein Wettbewerb passte zu Mr. Findleys Gespür für das Theatralische, das in der Presse bereits große Beachtung fand. Und er hatte zugestimmt, dass sie Elissas Identität nur preisgeben würden, wenn sie gewann.

Es würde immer einige geben, die ihre Arbeit in einem anderen Licht lesen würden, wenn sie erfuhren, dass sie eine Frau war. Aber wenn sie gewinnen würde, könnte der Wettbewerb auch als Referenz dienen. Elissa würde nie einen Universitätsabschluss erlangen, geschweige denn eine der Medaillen und Ehrungen, die Edward Astley erhalten hatte. In Oxford und Cambridge durften sich Frauen nicht einmal einschreiben.

Aber wenn sie dieselben Männer schlagen konnte, die diese Medaillen gewonnen hatten, dann konnte man sie nicht als bloße Kuriosität abtun.

Deshalb musste Elissa diesen Wettbewerb gewinnen. Sie *musste*. Sie konnte sich nicht mit *einem* erfolgreichen Buch zufrieden geben; sie brauchte eine erfolgreiche Karriere. Ihre Fähigkeit, ihre Mutter und Schwestern zu ernähren und zu beherbergen, war davon abhängig.

Und das war der andere Grund, warum sie aufhören musste, von Edward Astley zu träumen. Auch er würde an dem Wettbewerb teilnehmen. Wenn das Leben sie eines gelehrt hatte, dann, dass Männer es nicht *ertragen* konnten, von einer Frau besiegt zu werden. Und Elissa musste ihn durchschlagen wie ein französischer Koch, der Eier zum Baiser aufschlägt.

Nachdem sie ihn besiegt hatte, würden alle Gefühle, die er für sie hegte, verschwinden. Für immer.

Ja, je eher sie sich an den Gedanken gewöhnte, dass Edward Astley nichts als Verachtung für sie empfinden würde, desto besser.

So sehr sie sich auch etwas anderes wünschen mochte.

AM NÄCHSTEN MORGEN traf ein Stallknecht vom Sitz des Earl of Cheltenham, Harrington Hall, ein. Auf der Ladefläche seines Wagens befand sich eines der berühmten Gloucestershire Old Spot-Schweine des Grafen, begleitet von einem Schreiben von Lord Fauconbridge, in dem er Mr. St. Cyr bat, es als Dank für die großzügige Gastfreundschaft anzunehmen, die er am Vorabend erfahren hatte.

Der Erhalt von dreihundert Pfund Schweinefleisch und

Speck trug dazu bei, ihre Mutter zu beruhigen, die sich ununterbrochen darüber beschwert hatte, dass sie gezwungen gewesen waren, den Sonntagsbraten zwei Tage früher zu servieren (was natürlich allein Elissas Schuld war).

Elissa hatte angesichts von Edwards tadellosen Manieren eine solche Geste erwartet.

Was sie überraschte, war die Lieferung, die kurz vor dem Abendessen eintraf.

Amelia kam, um Elissa zu holen, da ihr Vater nicht da war. Am Fuß der Treppe fand sie einen Lakaien in der mintgrünen und bronzenen Cheltenham-Livree, der ein in Papier eingewickeltes Paket trug.

»Wenn es Ihnen nichts ausmacht, Miss«, sagte er und reichte ihr das Paket, »sehen Sie nach, ob ich das richtige erwischt habe. Ich habe ihnen den Zettel Seiner Lordschaft im Laden gegeben, aber ich kann die Buchstaben nicht lesen.«

Elissa packte das Paket aus und entdeckte eine brandneue Ausgabe von Plutarchs *Leben des Theseus*. Wie das Exemplar, das sie ruiniert hatte, indem sie es in den Teich hatte fallen lassen, war auch dieses im griechischen Original.

Sie spürte, wie ihr die Tränen kamen. »Es ist das richtige«, sagte sie und klopfte sich auf die Wange, als ihr eine dieser Tränen entwich. Sie schenkte dem Lakaien ein schiefes Lächeln. »Welcher Laden in Cheltenham führt Plutarch im griechischen Original?«

Er lachte. »Gar keiner, Miss. Seine Lordschaft hat mich gleich heute Morgen nach Oxford geschickt, um es zu holen.«

Sie seufzte. Natürlich hatte er das getan.

Während Amelia den Lakaien zurück in die Küche brachte, um sich zu erfrischen, schrieb Elissa Edward einen Brief, in dem sie ihm herzlich für seine Freundlichkeit dankte. Sie fand einen Zettel, der zwischen den Seiten des

Buches steckte. Es waren nur die Anweisungen für den Lakaien mit dem Titel und einer Liste von Buchhandlungen, die er damit aufsuchen sollte. Aber es war in seiner präzisen, selbstbewussten Handschrift geschrieben.

Sie nahm den Zettel mit nach oben und steckte ihn in ihr Exemplar von *Der entfesselte Prometheus*. Sie wusste, dass sie töricht war.

Aber es war alles, was sie jemals von ihm haben würde.

KAPITEL 7

Drei Tage später wollte Edward gerade zum Frühstück gehen, als er Elissas Brief aus seiner Schreibtischschublade holte und ihn zum bestimmt hundertsten Mal las. Es handelte sich um eine halbseitige Notiz, in der sie sich für den Plutarch-Band bedankte, die vielleicht in ihrer Aufrichtigkeit bemerkenswert, ansonsten aber nicht außergewöhnlich war.

Warum konnte er dann nicht aufhören, sie zu lesen?

Edward schob den Brief zurück in die Schublade, die er etwas schärfer schloss, als er beabsichtigt hatte. So konnte es nicht weitergehen.

Er traf eine Entscheidung.

Als er den Flur entlang in Richtung der zentralen Rotunde schritt, die die vier Flügel des Hauses miteinander verband, dachte Edward darüber nach, dass das Problem nicht Elissa St. Cyr war.

Das Problem lag bei ihm.

Insbesondere, dass er noch Jungfrau war.

Edward hielt sich an einen gewissen Standard, der nicht darin bestand, die Hausmädchen in die Enge zu treiben oder

Prostituierte anzusprechen. Die Tatsache, dass dies die üblichen Methoden waren, mit denen sich junge Männer ihrer Jungfräulichkeit entledigten, hatte die Dinge ... kompliziert gemacht. Dennoch hatte er nicht vorgehabt, im Alter von siebenundzwanzig Jahren immer noch völlig unerfahren zu sein.

Es stellte sich heraus, dass der Ruf einer unanfechtbaren Ehre in einer Welt voller Wüstlinge und Säufer nicht immer von Vorteil war. Man ging davon aus, dass er ein Mann war, der die Ehre einer jungen Dame nicht beschmutzen würde, egal unter welchen Umständen. Und so begannen die intriganten Familien des *ton,* ihm ihre Fallen zu stellen.

Seinen ersten Kuss hatte er mit achtzehn Jahren bekommen. Er hatte sich nichts dabei gedacht, als seine Tanzpartnerin sich über den überhitzten Ballsaal beklagte und darum bat, auf dem Balkon Platz nehmen zu dürfen. Er war überrascht, aber nicht ganz unzufrieden gewesen, als sie ihre Arme um seinen Hals geworfen und ihn geküsst hatte.

Doch die Aufregung war vorbei, als ihre Eltern aus dem Schatten traten und Genugtuung dafür verlangten, dass er ihre Tochter »ruiniert« hatte. Als ob das nicht schon schlimm genug gewesen wäre, folgte ihnen auch noch seine eigene Mutter, die gesehen hatte, wie er den Ballsaal verließ, die List durchschaute und die ganze Sache von der Balkontür aus beobachtet hatte. Die Gräfin schlug die Intriganten in die Flucht, aber Edward musste die Demütigung ertragen, dass seine *Mutter* Zeugin seines ersten Kusses geworden war.

Danach war er vorsichtig geworden. Er mied sorgfältig Balkone, Gärten und alle dunklen Ecken, in denen eine junge Dame auf ihn warten könnte. Aber die jungen Damen in London waren einfallsreich. Er war noch ein halbes Dutzend Mal in einen Hinterhalt geraten (es gab kein anderes Wort dafür). Bei einer denkwürdigen Gelegenheit sprang Miss Araminta Grenwood, die Tochter einer Freundin seiner

Mutter, tatsächlich hinter einer Topfpalme in einem verlassenen Korridor hervor, während er auf der Suche nach einem Nachttopf war. Wie Miss Grenwood, die ebenso boshaft wie hochmütig war, den Eindruck gewonnen hatte, dass es Umstände geben würde, unter denen er bereit sein sollte, eine Allianz mit ihr in Betracht zu ziehen, konnte er sich nicht vorstellen. Er hatte sein Bestes getan, um sie höflich, aber bestimmt von diesem Irrglauben abzubringen.

Von da an begann er, London zu meiden. Er war bereit, Vorsichtsmaßnahmen zu treffen, aber seinen Bruder zu bitten, ihn zum Abtritt zu begleiten, ging zu weit.

Im Nachhinein betrachtet, hatte seine Ablenkung wahrscheinlich wenig mit Elissa St. Cyr zu tun. Jede halbwegs attraktive Frau, sobald sie sich auf seinem Schoß räkelte, hätte zweifellos die gleiche Reaktion hervorgerufen. Das einzige Heilmittel, das er brauchte, war eine Frau - irgendeine Frau - in seinem Bett, und das konnte er haben.

Alles, was er tun musste, war zu heiraten.

So verlockend der Gedanke war, eine Frau in seinem Bett zu haben (und für eine siebenundzwanzigjährige männliche Jungfrau war der Gedanke in der Tat sehr verlockend), so sehr erfüllte er Edward mit einer gewissen Angst. Ein Mann, der in seiner Hochzeitsnacht noch Jungfrau war, war zwar nicht gänzlich abwegig, aber doch ungewöhnlich.

Beim Gedanken an seine Hochzeitsnacht brach ihm, der auf seine Kompetenz stolz war, kalter Schweiß aus. Es wäre die eine Sache gewesen, ein junger Mann von achtzehn Jahren zu sein, der von einer erfahrenen Witwe die Feinheiten der Liebe lernt. Aber er war weit über das Alter hinaus, in dem man ihm verzeihen konnte, dass er sich irgendwie zu behaupten versuchte. Und seine Braut würde wahrscheinlich auch noch Jungfrau und sogar noch unwissender als er selbst sein.

Der Gedanke, zuzugeben, dass er nicht wusste, was er tat,

war unvorstellbar; der Gedanke, zu versuchen, seiner Braut zu gefallen, und dabei zu versagen, war noch schlimmer. Seine einzige Hoffnung bestand darin, dass er wusste, dass die meisten Männer gleichgültige Liebhaber waren. Er musste beten, dass seine zukünftige Schwiegermutter die Erwartungen ihrer Tochter nicht zu hoch schraubte. Mit etwas Glück würde seine Braut nicht wissen, was sie verpasste.

Er betrat den Frühstücksraum. Wenn man eines von sieben Geschwistern war, fand man den Raum zu den Mahlzeiten in Harrington Hall oft überfüllt. Doch heute saß seine Mutter allein am Tisch.

Perfekt.

Sie lächelte, als er eintrat. »Guten Morgen, Edward.«

»Guten Morgen, Mutter.«

Er füllte einen Teller und nahm ihr gegenüber Platz. Er räusperte sich, als er begann, seinen Schinken in Scheiben zu schneiden. »Ich habe mich gefragt, ob ich dich um einen Gefallen bitten kann.«

Seine Mutter schenkte ihren Tee ein und sah auf. »Natürlich, mein Schatz. Alles.«

»Es geht um die Hausparty, die du nächste Woche veranstalten möchtest. Könnte ich ein paar zusätzliche Gäste einladen?«

»Ich wüsste nicht, warum nicht«, sagte sie und ließ einen Würfel Zucker in ihre Tasse fallen. »An wen hast du dabei gedacht?«

Er bemühte sich, lässig zu klingen. »Ich hatte gehofft, wir könnten ein paar junge Damen einladen. Ich habe beschlossen, dass es für mich an der Zeit ist, zu heiraten.«

Sie sah vom Umrühren ihres Tees auf und lächelte wie die Katze, die kopfüber in den Sahnetopf gestürzt war. »Und welche glückliche junge Frau hat diese Entscheidung veranlasst?«

Edward konzentrierte sich weiter auf seinen Schinken. »Niemand«, log er.

Als er einen Blick auf seine Mutter warf, hatte sie skeptisch eine Augenbraue gehoben. »Niemand? Das soll ich glauben?«

»Ich nähere mich dem Alter von dreißig Jahren. Es ist höchste Zeit, dass ich einen Erben zeuge.« Als er den fragenden Blick seiner Mutter sah, seufzte er und legte seine Gabel weg. »Da Annes Termin immer näher rückt, haben alle gesagt, dass ihr Kind ein paar Cousins zum Spielen gebrauchen könnte.« Anne war seine kleine Schwester und hatte vor kurzem den Erben des benachbarten Anwesens, Michael Cranfield, den derzeitigen Earl Morsley und künftigen Marquess of Redditch, geheiratet.

»Diese Bemerkungen sind ein Scherz, mein Schatz. Es gibt keinen Grund für dich, etwas zu überstürzen.«

»Das weiß ich. Aber, wie gesagt, ich habe beschlossen, dass es an der Zeit ist.«

Seine Mutter schaute verwirrt. »Aber wenn du doch keine bestimmte junge Dame im Sinn hast, wen soll ich dann einladen?«

»Ich vertraue auf dein Urteil. Wenn du eine Handvoll geeigneter Mädchen einlädst, wähle ich eine von ihnen aus, und das war's.«

Seine Mutter seufzte, als sie ihren Löffel auf die Untertasse legte. »Dies ist eine wichtige Entscheidung, Edward. Für wen auch immer du dich entscheiden wirst, du wirst für den Rest deines Lebens mit dieser Frau leben müssen. Ich bin gerne bereit, einige potenzielle Kandidatinnen einzuladen. Aber wenn sich herausstellt, dass du dich zu keiner von ihnen hingezogen fühlst, würde ich es hassen, wenn du in der irrigen Annahme, die Zeit sei gekommen, vor den Altar eilst.«

»Ich möchte heiraten. Ich ...« Edward brach ab. Er konnte

seiner Mutter kaum sagen, dass er sich in einem Zustand ständiger sexueller Frustration befand, seit er Elissa St. Cyr in seinem Schoß gehalten hatte, dass er es satt hatte, Jungfrau zu sein, oder dass ihm der Gedanke, jede Nacht eine Frau in seinem Bett zu haben, wie ein unmögliches Paradies vorkam.

Aber ihrem wissenden Blick nach zu urteilen, hatte sie das wohl auch vermutet.

Er schnappte sich Gabel und Messer und schnitt seinen Schinken in immer kleinere Stücke. »Ich möchte heiraten, und zwar am liebsten in den nächsten Wochen.«

»Natürlich, mein Schatz. Ich werde ein paar junge Damen einladen. Aber du musst mich schon ein wenig leiten. Gibt es eine, die du in London getroffen hast, von der du meinst, dass sie zu dir passen könnte?«

»Das ist nicht der Fall. Lade einfach ein, wen immer du für passend hältst.«

»Also nicht eine junge Dame aus London. Vielleicht ...« Edward gefiel die Art und Weise, wie seine Mutter ihn musterte, nicht besonders. »Vielleicht ist es ein hiesiges Mädchen, das diesen Gedankengang angeregt hat?«

»Nein. Es gibt kein einheimisches Mädchen.« Seine Worte purzelten schneller, als ihm lieb war. Er versuchte, sich abzulenken, indem er ein Stück Schinken aufspießte, aber die Gabel rutschte in seinen klammen Händen ab und klirrte gegen den Teller.

»Ich weiß, dass es eine unangenehme Sache ist, mit deiner Mutter darüber zu sprechen. Aber wenn es ein Mädchen gibt, das du bewunderst ...«

»Gibt es nicht.« Als er aufblickte, war das Gesicht seiner Mutter ein Bild der Skepsis. »Ich weiß, was von mir erwartet wird, Mutter. Ich habe es immer gewusst. Und ich werde meine Pflicht tun. Ich möchte, dass du die jungen Damen auswählst. Wenn du sie auswählst, dann weiß ich, dass sie für dich und Vater akzeptabel sind ...«

»Oh, Edward.« Jetzt waren die Augen der Gräfin traurig. »Du warst immer der pflichtbewussteste Sohn. Aber auch dein Glück ist ein Aspekt. Eine wichtige Überlegung. Wenn es eine gibt, die deine Aufmerksamkeit erregt hat ...«

»Es gibt keine.«

»... dann würden wir sie in Betracht ziehen, auch wenn sie kein *Lady* vor ihrem Namen hat.«

Edward verbiss sich ein bitteres Lachen. Seine Mutter stellte sich wahrscheinlich vor, dass er sich nach einer der sechs Töchter von Baron Staverton sehnte, die am anderen Ende der Stadt lebten, oder nach einem der Beauclerk-Mädchen, die Enkelinnen eines Herzogs waren, auch wenn ihr Vater keinen Titel hatte. Sie waren zwar nicht die Erben einer Grafschaft, aber solide Mitglieder des örtlichen Landadels.

Wenn sie wüsste, dass die Frau, an die er ständig denken musste, die Tochter seines *Hauslehrers* war, wäre es vorbei mit dem Gerede über Edwards Glück.

Der Blick seiner Mutter wurde scharfsinnig. »Ehrlich gesagt, Edward, habe ich vermutet, dass etwas vor sich geht. In den letzten drei Tagen warst du ganz anders als sonst. Ich wünschte, du würdest mir einfach sagen ...«

»Es gibt niemanden.« Der Stuhl klapperte hinter ihm, als er sich aufrappelte. »Ich bitte um Verzeihung, Mutter, aber ich habe mich plötzlich an eine dringende Angelegenheit erinnert.« In Windeseile war er aus der Tür und ließ seinen ungegessenen Schinken zurück.

AN DIESEM NACHMITTAG stattete Edward seinem Nachbarn, dem Marquess of Redditch, einen Besuch ab. Lord Redditch war seit fünfzehn Jahren Witwer und hatte nie wieder geheiratet. Als sein einziger Sohn Morsley vor vier Jahren nach Kanada gezogen war, hatte Edward sich angewöhnt, die Dienstagnachmittage mit dem Marquess zu verbringen. Er hatte vermutet, dass Lord Redditch ein wenig Gesellschaft gebrauchen könnte.

Jetzt, da Morsley aus Kanada zurückgekehrt und mit Edwards Schwester Anne verheiratet war, machte er sich nicht mehr so viele Sorgen um die Einsamkeit des Marquess. Doch Edward besuchte ihn auch weiterhin wöchentlich. Er mochte Lord Redditch aufrichtig, und obwohl der Marquess eher ein Zeitgenosse von Edwards Vater war, betrachtete Edward ihn als einen seiner engsten Freunde.

Es war auch schön, eine Ausrede zu haben, um Anne jede Woche zu sehen (nicht, dass dies eine seltene Gelegenheit war - das Anwesen Ravenswell in Redditch war nur zwei Meilen von Harrington Hall entfernt, so dass Anne regelmäßig zu Besuch kam). Heute war Harrington ebenfalls mitgekommen.

Sie tranken alle Kaffee in der Bibliothek, als Lord Redditch sagte: »Fauconbridge, ich habe mich gefragt, ob ich Sie um einen Gefallen bitten darf.«

»Natürlich«, sagte Edward sofort.

Der Marquess schlenderte zu seinem Schreibtisch und holte etwas heraus, das wie eine Einladung aussah. »In zwei Nächten findet in Bourton-on-the-Water eine Versammlung statt. Ich bin dort normalerweise immer anwesend, da die meisten der Teilnehmer Pächter von mir sind. Leider hat sich ein Geschäft ergeben, das ich nicht verschieben kann. Ich muss nach Gloucester, um einen Bewerber für die Pfarreistelle zu treffen.«

Der langjährige Rektor der Pfarrkirche, John Chenoweth, war im Oktober zuvor bei einem Sturz vom Pferd ums Leben gekommen. Seine Tochter Cecilia lebte jetzt in Harrington Hall, da ihre Mutter gestorben war, als sie zwei Jahre alt gewesen war, und sie nun allein auf der Welt war.

Ceci war eng mit Edwards Schwester Caroline befreundet, und Edward betrachtete sie praktisch als seine eigene Schwester. Obwohl seine Mutter Ceci klar gemacht hatte, dass sie auf unbestimmte Zeit bleiben durfte, konnte Edward erkennen, dass sie sich Sorgen machte, dass sie sich aufdrängen würde.

Lord Redditch hatte die Gemeinde in seinem Besitz und war seit Monaten auf der Suche nach einem neuen Rektor. »Haben Sie denn jemand Passendes gefunden?«, fragte Edward.

Der Marquess schnaubte. »Das bezweifle ich aufgrund seines Schreibens sehr. Er klingt genauso ausschweifend wie der Rest von ihnen. Aber sein Onkel ist der Bischof von Worcester, also kann ich ihm ein Treffen kaum verweigern. Normalerweise würde ich Michael zur Versammlung schicken«, sagte der Marquess und nickte seinem Sohn zu, »aber er hasst es, Ihre Schwester auch nur für einen Abend allein zu lassen.«

Anne war hochschwanger, und das Baby wurde in den nächsten Wochen erwartet. »Ich habe vorgeschlagen, dass wir zusammen hingehen«, sagte sie.

Morsley, der neben seiner Frau auf dem Sofa saß, nahm einen tiefen und beruhigenden Atemzug, wie Edward es nennen würde. Es sah so aus, als ob er kurz vor einer Thrombose stand, und Edward war nicht ohne Mitgefühl, wenn man bedachte, dass Morsleys eigene Mutter bei einer Geburt gestorben war, als er neun Jahre alt gewesen war.

»Wenn du dorthin willst, dann nehmen wir teil«, sagte Morsley schließlich und bemühte sich redlich, seine Stimme ruhig zu halten. Er wandte sich Edward zu und sah ihm direkt in die Augen. »Aber ich dachte, einer meiner Schwager könnte *so gut* sein, seiner Schwester eine lange Kutschfahrt über eine schlechte Straße zu ersparen und die Familie in unserem Namen zu vertreten.«

Morsley begleitete diese Aussage mit einem Blick, der weniger ein sprechender als ein schreiender Blick war.

»Ich hielt das für eine großartige Idee«, sagte Lord Redditch. »Schließlich gehören Sie ja jetzt zur Familie.«

Edward erstarrte. Normalerweise würde er alles tun, um seinen Freunden und Nachbarn zu helfen, ganz zu schweigen von seiner eigenen Schwester.

Aber diese Versammlung fand in Bourton-on-the-Water statt, was bedeutete, dass Elissa St. Cyr ebenfalls anwesend sein dürfte. Und wenn es eine Person auf der Welt gab, mit der er ein Wiedersehen unbedingt vermeiden wollte, dann war es Elissa St. Cyr.

Er räusperte sich, um Zeit zu gewinnen, in der er sich eine Ausrede überlegen und vorschlagen könnte, dass Harrington stattdessen dort auftreten würde.

Aber irgendwie kamen die folgenden Worte aus seinem Mund: »Natürlich - ja, ich würde mich freuen.«

Edward runzelte die Stirn. Woher war *das* denn gekommen?

Morsley atmete erleichtert aus. »Ich wusste, dass ich auf Sie zählen kann, Fauconbridge.« Er wandte sich an Anne. »Ist das in Ordnung, Liebling?«

»Das ist es.« Anne lachte. »Um ehrlich zu sein, habe ich mich nicht besonders auf die Kutschfahrt gefreut.«

Morsley nahm die Hand seiner Frau. »Denk dir nur, wie sehr du dich über mich ärgern müsstest, wenn ich jedes Mal, wenn wir über eine Bodenwelle fahren, fragen würde, ob es dir gut geht.«

Anne strahlte ihren Mann an und sah nicht im Geringsten verärgert aus. »Ja, du bist wirklich außerordentlich lästig.«

Edward sah, wie Harrington ihn musterte. »Bourton-on-the-Water, sagst du? Warum komme ich nicht mit und leiste dir dort Gesellschaft?«

»Ausgezeichnet«, sagte der Marquess. »Das hat besser geklappt, als ich es mir erhofft hatte. Anstelle von mir bekommen sie zwei hübsche Junggesellen. Sie werden hoffen, dass mir von nun an jedes Jahr etwas dazwischenkommt. Ich wage zu behaupten, dass sie es selbst planen werden.«

Sie lachten alle, und die Unterhaltung ging weiter, aber Edward verbrachte den Rest des Besuchs mit einer seltsamen Mischung aus Aufregung und Furcht in seinem Magen.

KAPITEL 8

Zwei Abende später ging Elissa mit ihrer Familie zum New Inn, wo die Tische und Bänke, die normalerweise den Hauptraum schmückten, ordentlich weggeräumt worden waren, damit genügend Platz für die Frühjahrsversammlung des Dorfes vorhanden war. Sie nahm ihre gewohnte Position ein: Sie stand mit Cassandra in der Ecke.

Elissa wäre lieber zu Hause geblieben, zumal der Wettbewerb in weniger als zwei Wochen stattfinden würde. Sie brauchte im Moment jede freie Minute zum Lernen und zur Vorbereitung. Aber ihre Mutter bestand immer darauf, dass sie hinging, und das mit den Worten: »Man weiß nie, wer dort sein könnte.«

Nun, Elissa hatte im Laufe der Jahre an vielen örtlichen Versammlungen teilgenommen, und Prinz Charming war noch nie dabei gewesen.

Plötzlich wurde es still im Raum. Sie schaute Cassandra an, um zu sehen, ob sie wusste, was los war, aber ihre Schwester sah genauso verwirrt aus wie sie selbst. Auch sie reckte den Hals, um zu sehen, was der Aufruhr zu bedeuten hatte.

Genauso schnell, wie jede Stimme im Raum verstummt war, füllte die Luft sich mit Flüstern. Cassandra keuchte auf und packte Elissas Unterarm.

»Und was ist es?«, fragte Elissa.

»Es sind die *Astley-Brüder*«, flüsterte Cassandra mit einem Ausdruck der Freude. »Elissa, er ist hier.«

Sobald Edward und Harrington den Versammlungsraum betraten, verstummte die Menge und brach dann in lautes Getuschel aus.

Edward seufzte. Es gefiel ihm nicht, angestarrt zu werden, aber er hatte sich inzwischen daran gewöhnt.

Neben ihm schien Harrington unbeeindruckt zu sein. »Also«, sagte er im Plauderton, »welche ist sie?«

Edward warf seinem Bruder einen seltsamen Blick zu. »Welche was?«

»Ach, hör doch auf.«

»Ich weiß nicht, wovon du sprichst.«

Harrington überblickte die Menge. »Ich spreche von der Tatsache, dass du, seit du in Bourton-on-the-Water bist, einsam aus dem Fenster starrst, seufzend deine Suppe schlürfst und dich kaum noch um die Welt um dich herum kümmerst. All das deutet auf eine Frau hin. Also, welche ist sie?«

Edward richtete sich zu seinen vollen sechs Fuß und zwei Zoll auf und war damit praktischerweise einen Zoll größer als sein Bruder. »Das bildest du dir nur ein.«

»Aha, die Rothaarige in der Ecke, wenn ich mich nicht sehr täusche.«

Edward war hin- und hergerissen zwischen dem Anstarren Harringtons und dem Herumwirbeln seines Kopfes. Da er weder das eine noch das andere in der Öffentlichkeit tun konnte, suchte er den Raum ab, wobei er sich bemühte, seine Gesichtszüge desinteressiert zu halten. Die Rothaarige in der Ecke entpuppte sich als Elissa. »Könnte es sein, dass du damit Miss Elissa St. Cyr meinst?«

»Du kennst sie also! Ich wusste, dass sie es sein dürfte. Du konntest noch nie einer Rothaarigen widerstehen.«

Jetzt wusste Edward, dass er seinen Bruder anstarrte. Woher wusste Harrington das? Das hatte er ihm ganz sicher nie gesagt.

»Miss St. Cyr«, sinnierte Harrington. »Dann wäre sie die Tochter deines Lehrers.«

»Richtig.«

»Genau der Tutor, den du letzte Woche besucht hast.«

»In der Tat«, sagte Edward und bemühte sich um einen leidenschaftslosen Blick. »Als ich ihn aufsuchte, fragte ich tatsächlich nach Miss Elissa, die ich seit zehn Jahren nicht mehr gesehen hatte. Aber sie war nicht da.«

Und das stimmte zufälligerweise sogar.

Allerdings könnte er einige wichtige Ereignisse ausgelassen haben, die sich später ereignet hatten.

Harrington runzelte die Stirn. »Dann bist du nicht an ihr interessiert?«

»Miss St. Cyr ist ein sehr nettes Mädchen, soweit ich mich erinnern kann, und ich würde nie etwas gegen eine Lady sagen. Aber ...« Edward zuckte hilflos mit den Schultern.

»Oh.« Harringtons Schultern sackten herunter. Er wandte sich nachdenklich an Elissa. »Nun, in diesem Fall kannst du mich ihr ja vorstellen. Ich würde gerne den ersten Tanz mit ihr tanzen.«

Ohne nachzudenken, packte Edward seinen Bruder am Handgelenk. »Wage es *nicht*«, knurrte er.

»Ich wusste es! Ich wusste, dass sie es sein muss! Sie ist genau das, was du magst ...«

»Hältst du wohl den Mund?«, murmelte Edward. »Jemand nähert sich.«

Es handelte sich um den örtlichen Magistrat, Mr. Hyatt. Edward erklärte, dass sie im Auftrag von Lord Redditch hier waren, und Mr. Hyatt stellte ihnen seine Töchter vor. Edward unterhielt sich so viel wie höflich und so wenig wie nötig und rückte dann genau einen Meter näher an Elissa heran, kurz bevor der nächste Gentleman erschien und seine Töchter vorstellte.

Dieses Muster wiederholte sich viermal. Edward hatte kaum Fortschritte auf seinem Weg zu Elissa gemacht. Bei diesem Tempo würde er sie nie erreichen, bevor der Tanz begann. Aber die guten Sitten verlangten, dass er ein paar Höflichkeiten austauschte, was sollte er also tun?

Es war allerdings eine unbestreitbare Tatsache, dass sein Bruder sich nicht um gute Manieren scherte. Harrington packte Edward am Arm und begann, ihn durch die Menge zu ziehen. »Verzeihung, mein guter Herr ... Entschuldigen Sie, ich muss hier durch ... ich muss meinen Bruder zu einem Stuhl bringen, sein Rheuma macht sich wieder bemerkbar.«

»Was?«, zischte Edward. »Ich habe kein *Rheuma*.«

»Wen interessiert das? Es funktioniert«, murmelte Harrington. »Verzeihung, machen Sie Platz - oh, was haben wir denn hier?«

Sie hatten die Ecke erreicht, in der Elissa mit ihrer Schwester stand. Es bildete sich ein kleiner Kreis um sie herum, und alle starrten sie unverhohlen an.

Edward räusperte sich. »Guten Abend, Miss Elissa.« Sie sah leicht verängstigt aus, weil sie im Mittelpunkt der

Aufmerksamkeit stand. Sie trug ein waldgrünes Kleid aus einem praktischen Wollstoff mit langen, eng anliegenden Ärmeln. Es war völlig schmucklos, ohne auch nur ein bisschen Schleife - das Zeichen eines Mädchens, das jeden Pfennig seines Stiftungsgeldes für Bücher ausgab. Die Taille lag gut drei Zentimeter tiefer als das, was die Damen in London trugen, aber alles, was Edward denken konnte, war *Gott, sie sieht darin wunderschön aus.*

Harrington stieß ihm den Ellbogen in die Rippen.

»Und Mrs. Gorten«, sagte Edward und schüttelte sich aus seiner Benommenheit. »Darf ich Ihnen meinen Bruder vorstellen, Mr. Harrington Astley?«

Man knickste und stellte sich einander vor. Elissa schien ratlos zu sein, und so war es Mrs. Gorten, die zuerst sprach. »Wir wussten nicht, dass wir heute Abend das Vergnügen Ihrer Gesellschaft haben würden, Mylord.«

»In der Tat«, antwortete Edward, »Lord Redditch hat uns gebeten, in seinem Namen zu erscheinen. Er hatte einen Termin in letzter Minute, der sich nicht vermeiden ließ.«

Harrington lehnte sich verschwörerisch zu Cassandra. »Sie hätten sehen sollen, wie schnell er *Ja* gesagt hat.«

Edward warf seinem Bruder einen ungläubigen Blick zu, bevor er sich wieder an Elissa wandte. Er räusperte sich. »Miss Elissa, darf ich um einen Tanz bitten?«

»Das dürfen Sie«, sagte Cassandra, griff hinter Elissa, packte sie an den Oberarmen und schob sie nach vorne. »Sie ist verfügbar für diesen Tanz.«

Bis zu diesem Zeitpunkt hatte Elissa versteinert gewirkt, weil sie im Mittelpunkt der Aufmerksamkeit stand. Doch als ihre Schwester sie vorwärts drängte, begegnete sie Edwards Blick mit einem Ausdruck, den er als *Warum muss mich meine eigene Schwester auf diese Weise demütigen?* wiedererkannte.

Ein mitleidiges Grinsen schlich sich auf Edwards Gesicht. Er nickte Harrington subtil zu und bemühte sich um einen

Gesichtsausdruck, der sagte: *Sie glauben, dass Sie schlecht dran sind?*

Sie kicherte leise, und er spürte, wie sich eine Enge in seiner Brust entspannte, von der er gar nicht wusste, dass sie da gewesen war.

Er bot seinen Arm an. »Sollen wir?«,

Sie legte ihre Hand behutsam auf seine und schenkte ihm ein kleines Lächeln. »Das sollten wir.«

Sie warf einen Blick zurück zu Harrington und Cassandra, als sie nebeneinander den Raum durchquerten. Edward tat dasselbe und sah, dass sie die Köpfe zusammengesteckt hatten und angeregt über etwas diskutierten.

»Igitt«, stöhnte Elissa. »Schauen Sie sie sich die beiden doch nur an. Wie sehr ich es hasse, sie zusammen allein zu lassen. Wer weiß, was sie vorhaben.«

»In der Tat«, sagte Edward, »aber wir haben keine Wahl, denn um sie zu beaufsichtigen, müssen wir in ihrer Gesellschaft bleiben, was noch unerträglicher ist.«

Sie lachte laut auf, und er fühlte sich so gut wie seit Tagen nicht mehr.

Er fand für sie einen kleinen Platz an der Wand. »Wie ist es Ihnen ergangen?«, fragte er und drehte sich zu ihr um. »Haben Sie sich von Ihrer Erkältung vollständig erholt?«

»Das habe ich«, sagte Elissa. »Das verdanke ich nur Ihnen. Ich musste mich nur ein bisschen aufwärmen.«

»Ich bin froh, das zu hören.«

»Ich bin es, die froh ist - froh, dass Sie heute Abend hier sind, meine ich.« Eine hervorragend zu ihr passende Röte stieg auf ihre Wangen, als sie zu ihm aufblickte.

Er spürte, wie sich seine Brust ausdehnte. »Sind Sie das?«

»Das bin ich.« Sie biss sich auf die Lippe. »Es gibt etwas, das ich Ihnen sagen wollte ...«

»Ich bitte um Verzeihung, Mylord.« Was auch immer

Elissa hatte sagen wollen, wurde von einem untersetzten Mann mit schütterem Haar und einem fröhlichen Blick unterbrochen. »Hugh Warner, zu Ihren Diensten. Ich bin heute Abend der Zeremonienmeister. Würden Sie beide uns die Ehre erweisen, uns zu einem Country-Tanz anzuführen?«

Edward zwang sich ein Lächeln auf die Lippen. Es war nämlich so, dass er das lieber nicht wollte. Das Paar, das einen Country-Tanz anführte, musste eine Tanzfigur auswählen, die es vor dem gesamten Saal aufführte. Sie würden sich dann in der Reihe nach unten vorarbeiten und die Schritte mit jedem weiteren Paar durchgehen, um sie dann noch ein paar Dutzend Mal zu tanzen.

Wenn es nach ihm ginge, würde er Elissa direkt zum Ende der Bühne führen, wo sie gut zehn Minuten Zeit hätten, sich zu unterhalten, während sie darauf warteten, dass das Hauptpaar zu ihnen kam. Das sollte ihm genügend Zeit geben, um herauszufinden, was sie ihm sagen wollte, das sie so hübsch erröten ließ.

Er seufzte. Wie immer war es unerheblich, was er wollte. Er war der ranghöchste Mann im Raum, und er wollte Mr. Warner durch eine Ablehnung nicht beleidigen.

Er blickte nach unten. »Miss Elissa?«, murmelte er. Wenn er ihren Gesichtsausdruck nicht falsch deutete, würde auch sie den Tanz lieber nicht eröffnen, aber sie nickte leicht, so dass Edward sich wieder Mr. Warner zuwandte. »Was für eine Ehre. Wir würden uns freuen.«

Im Raum wurde es ganz still, als er Elissa zum oberen Ende der Bühne führte. Die sprechenden Blicke und das erfreute Lachen, mit denen sie ihn noch vor wenigen Augenblicken beschenkt hatte, waren nun verschwunden und wurden durch einen gesenkten Kopf und ein angespanntes Lächeln ersetzt, das ihr Unbehagen verriet.

Wie sehr er es hasste, ihr das anzutun, dass man sie anstarrte und über sie lästerte, und sei es nur für einen Abend. Zumindest er selbst war daran gewöhnt.

Sie nahmen ihre Plätze ein. Streng genommen hätte die Lady des Hauptpaares die Tanzfigur wählen müssen, aber Elissa sah wie versteinert aus. Alle starrten sie an und warteten darauf, dass sie etwas sagte.

Edward schenkte ihr ein - wie er hoffte - beruhigendes Lächeln. »Zwei kreuzen, eines heben?«, schlug er vor und nannte damit eine gängige Tanzfigur.

»Oh, ähm, ja«, antwortete Elissa.

Die Musik setzte ein, und der Tanz begann.

ELISSA KONNTE NICHT GLAUBEN, dass sie das tat.

Sie hatte noch nie einen Tanz angeführt, nicht ein einziges Mal in ihrem Leben. Nicht einmal, als sich ihre Familie zu Weihnachten bei Tante Frederica in Chipping Campden versammelt und die Teppiche aufgerollt hatte, damit die Cousins nach dem Essen tanzen konnten.

Der Grund, warum Elissa nie für die Aufstellung der Figuren ausgewählt worden war, lag darin, dass sie weithin als mittelmäßige Tänzerin angesehen wurde. Ihre Schwestern hatten versucht, ihr die Schritte beizubringen, aber sie konnte sich nur so oft dazu bringen, dieselben Kreise zu drehen, bis der Drang, zu ihrem Buch zurückzukehren, nicht mehr zu unterdrücken war. Und die wenige Zeit, die sie fand, um sich ihren Anweisungen zu unterwerfen, verbrachte sie meist mit ihren Gedanken woanders.

Und doch war sie hier, und fast jeder, den sie kannte, sah ihr zu, wie sie durch die Figuren stolperte.

Edward tanzte elegant, was nicht weiter verwunderlich war, denn es gab nichts, was er nicht gut konnte. Er hatte die perfekte Figur ausgewählt - einfach genug, dass jeder fähige Tänzer sie ausführen konnte, aber nicht so einfach, dass man meinen könnte, dass es dem Ensemble an Können mangelte. Und Elissa schaffte es auch.

Einige Zeit lang.

Edward nahm ihre Hand, als sie den Mittelgang zurückgingen, bevor sie sich kreuzten und sich an die Außenseite des nächsten Paares in der Reihe stellten. Wieder kreuzen, einen engen Kreis um das nächste Paar machen ... nicht schlecht für das Mädchen, das einmal über ein Schwein gestolpert war. Wenigstens war sie in dieser Hinsicht sicher - heute Abend waren keine Schweine anwesend.

Als sie sich in der Mitte trafen, lächelte Edward sie aufmunternd an, seine Augen leuchteten wie Buntglas neben seinem mitternachtsblauen Mantel, und sie stolperte über ihren eigenen Fuß.

Elissa seufzte. So demütigend dies auch war, es war es wert. Sie hatte nicht einmal daran gedacht, nein zu sagen, nicht einmal, als Mr. Warner darum gebeten hatte, dass sie den Tanz anführten. Für den Rest ihres Lebens würde sie diese Erinnerung an die Zeit, als sie mit *Edward Astley* tanzte, in Ehren halten.

Außerdem dürften sie jetzt fast fertig sein. Immerhin hatten sie die Figur schon siebzehnmal aufgeführt!

Elissa warf einen Blick auf die Bühne und sah, dass sie noch nicht einmal die Hälfte der Paare hinter sich hatten.

Sie seufzte. Wenigstens würde sie etwas Übung bekommen.

～

EDWARD FÜHLTE SICH ZUTIEFST SCHULDIG, dass er Elissa das angetan hatte. Sie war sichtlich nervös, wie jeder andere auch, der so unerwartet in den Mittelpunkt der Aufmerksamkeit gerückt wurde. Aber sie machte ihre Sache bemerkenswert gut und gewann mit jeder Wiederholung der Schritte an Selbstvertrauen.

Er wusste, dass er sie in Ruhe lassen sollte. In seiner Nähe zu sein, brachte ihr nichts als Schmerz und Unannehmlichkeiten. Und er wusste, dass nichts dabei herauskommen würde. Und doch ...

Er konnte sie einfach nicht in Ruhe lassen. Er fühlte sich einfach ... zu ihr hingezogen, als wäre sie der Mond und er die Gezeiten.

Heute Abend würde er sie wahrscheinlich zum letzten Mal sehen. War es denn so schlimm, das Mädchen, das ihm wirklich gefiel, um einen Tanz oder zwei zu bitten?

Am Ende des Sets traf er auf Harrington, der mit Cassandra tanzte. Als er seinen Bruder umkreiste, murmelte Harrington: »Du hast sie seit zehn Jahren nicht mehr gesehen, oder? Du dreckiger Lügner.«

Edward warf seinem Bruder nicht einmal einen Blick zu.

Aber er sorgte dafür, ihm auf den Fuß zu treten.

ALS DER TANZ ENDETE, unternahm Edward einen beherzten Versuch, Elissa zum Erfrischungstisch zu führen.

Aber in einer seltsamen und noch nie dagewesenen Wendung der Ereignisse fand sich Elissa inmitten von jungen Männern wieder, die um ihre Hand für den nächsten Tanz buhlten.

Sie blickte zu ihrer Linken und sah, dass Edward ebenfalls von jungen Damen umgarnt wurde. Das war nicht im Geringsten überraschend.

Es war jedoch bedauerlich, dass sie dadurch daran gehindert wurden, miteinander zu reden. Und Elissa wusste, dass sie ihm ... etwas sagen musste.

Bei dem Gedanken, ihm ihr Geheimnis zu verraten, dass sie die anonyme Übersetzerin von *Über das Erhabene* war, drehte sich ihr der Magen vor Angst um. Sie hatte so viel zu verlieren, wenn er sie vor dem Wettbewerb entlarven würde.

Doch was sie für eine isolierte Begegnung am Teich von Farmer Broadwater gehalten hatte, war zu mehr geworden. Zunächst hatte er das Buch ersetzt, das sie zerstört hatte. Und jetzt war er heute Abend hier.

Beide Gesten hatten wahrscheinlich nichts zu bedeuten. Die erste war ein Zeichen seiner tadellosen Umgangsformen, die zweite ein Zeichen seiner Rücksichtnahme gegenüber seinem Nachbarn Lord Redditch. Er hatte sie zwar zum Tanzen aufgefordert, aber da er nicht aus der unmittelbaren Umgebung stammte, war sie wahrscheinlich die einzige Frau, die er in diesem Raum kannte.

Doch mit jeder weiteren Galanterie wurde ihr ursprünglicher Plan, nichts zu sagen, immer weniger anmutig. Sie konnte sich vorstellen, wie sich der Schock auf seinem Gesicht in Schmerz verwandeln würde, wenn er am Morgen des Wettbewerbs durch die Tür trat und sie unerwartet im Zimmer sah. Sie schämte sich für dieses Bild.

Sie wusste, dass sie *etwas sagen musste*.

Jetzt musste sie nur noch herausfinden, was.

Sie blinzelte, als sie aus ihrer Trance erwachte. Sie hatten offensichtlich zu lange gebraucht, um neue Partner zu finden, denn Mr. Warner war wieder aufgetaucht und verkündete freundlich, dass der zweite Tanz beginnen würde.

»Ich habe Miss Elissa zum Tanzen aufgefordert«, erklärte Arnold Hyatt, der Sohn des Magistrats, der ihr noch nie das geringste Interesse entgegengebracht hatte.

Edward warf ihr einen Blick zu, der fast traurig wirkte. Er übergab sie an den jüngeren Mr. Hyatt. »Miss Smith«, sagte er und reichte einem der Mädchen in dem Gedränge um ihn herum die Hand, »darf ich um die Ehre bitten?«

Es überraschte nicht, dass Miss Smith begeistert war. Als Arnold Hyatt sie wegführte, konnte Elissa nur hoffen, dass sie noch einmal die Gelegenheit haben würde, mit ihm zu sprechen, bevor der Abend zu Ende war.

ZWEI STUNDEN später zwang sich Edward, seine Fäuste zu lösen. *Wieder einmal.*

Das Problem war nur, dass Elissa so leicht zu erkennen war, denn ihr rotes Haar stach hervor wie eine Meerjungfrau in einem Schwarm von Bachforellen. Ständig beobachtete er, wie sie sich mit einem anderen unterhielt, mit einem anderen spazieren ging oder mit einem anderen tanzte.

Während er einfach nur wollte, dass sie mit *ihm* sprechen würde.

Bei sechs Gelegenheiten hatte er eine einzige Drehung mit ihr getanzt, während er und seine Partnerin sich den Weg durch die Reihe bahnten. Es war erbärmlich, dass er gezählt hatte, aber so war es nun mal.

Jedes Mal hatte er sie angelächelt, weil ihm in den fünf Sekunden, die er in ihrer Gesellschaft verbrachte, nichts Prägnantes einfiel.

Und nun war der Tanz so gut wie vorbei, und sie befand sich auf der anderen Seite des Raumes, wo er keine Chance hatte, sie zu erreichen.

Er unterdrückte einen Seufzer, als er sich darauf vorbereitete, eines der Mädchen, die um ihn herumflatterten, um den letzten Tanz zu bitten. Es war eigentlich egal, welche von ihnen.

In diesem Moment bemerkte er, dass Elissas Schwester Cassandra zu ihnen gestoßen war. Wenn er schon nicht mit Elissa tanzen konnte, konnte er vielleicht wenigstens über sie sprechen. »Mrs. Gorten«, sagte er und verbeugte sich, »hätten Sie vielleicht Zeit für den letzten Tanz?«

»Die habe ich, danke, Mylord«, sagte sie. »Könnten wir vor Beginn des Tanzes den Erfrischungstisch besuchen? Wie gerne würde ich ein Glas Punsch trinken.«

»Natürlich«, sagte er und bot seinen Arm an. »Bitte entschuldigen Sie uns, meine Damen.«

Sie bahnten sich ihren Weg durch die Menge. »Ich würde ja fragen, was Sie mit meinem Bruder besprochen haben«, sagte er, »aber ich glaube, das möchte ich lieber nicht wissen.«

Sie lachte. »Es ist nicht so schlimm, wie Sie befürchten. Ich habe mindestens die Hälfte der Zeit damit verbracht, ihn mit Fragen über Ihre Schwester, Lady Morsley, zu löchern. Ich bin ihre größte Bewunderin, wissen Sie.«

Edward lächelte. Es gab einen ziemlich heftigen Wettbewerb um den Titel des größten Bewunderers von Anne. Anne hatte ihre eigene Wohltätigkeitsorganisation, die Ladies' Society for the Relief of the Destitute, gegründet, die Hunderte von Frauen und Kindern unterstützte, denen der Großteil der Gesellschaft den Rücken zugekehrt hatte. Sie hatte ihren Status als Vorkämpferin für die Elenden im letzten Jahr gefestigt, als sie einen kriminellen Ring zerschlug, der minderjährige Jungen als Schornsteinfeger in ein elendes Leben verkaufte, indem sie die Tür eintrat und den Anführer selbst erschoss.

»Die Hälfte eurer Diskussion drehte sich also um Anne. Darf ich zu fragen wagen, worüber Sie und mein Bruder den Rest der Zeit gesprochen haben?«

»Größtenteils bestand unser Gespräch aus einer

ausführlichen Wiedergabe Ihrer Heldentaten bei der Rettung meiner Schwester.«

Er stöhnte. »Es wird kein Leben mehr mit ihm geben.«

»Ich habe den Verdacht, dass es das nie gab.«

»Sie vermuten richtig. Apropos Geschwister: Ich muss Ihre älteren Schwestern noch begrüßen. Sie werden mich für schockierend unhöflich halten.«

Cassandra schenkte ihm ein schiefes Lächeln. »Ich bitte Sie, sich deswegen keine Sorgen zu machen. Helen und Daphne haben in den letzten zwei Jahren bei unserer Tante in Chipping Campden gelebt und sind heute Abend nicht hi... Oh je«, sagte sie und hielt kurz inne.

»Was ist geschehen?«, fragte Edward besorgt.

»Nichts Ernstes, aber ich scheine meinen Saum zerrissen zu haben.« Cassandra änderte abrupt die Richtung und begann, ihn durch die Menge zu ziehen. »Tausendmal Verzeihung, Lord Fauconbridge, aber ich muss mich sofort darum kümmern, und - ach, guten Abend, Elissa.«

Die Geschwindigkeit, mit der Edwards Kopf herumwirbelte, war unpassend. Da stand sie, das Mädchen, nach dem er sich die ganze Nacht gesehnt hatte, so nah, dass er sie berühren konnte.

Ähem. Nicht, dass er jemals etwas so grob Unangemessenes tun würde, natürlich.

»Elissa, Gott sei Dank bist du hier«, sagte Cassandra. »Ich habe gerade versprochen, den letzten Tanz mit Lord Fauconbridge zu tanzen, aber ich habe mir fast im selben Moment den Saum zerrissen.«

»Wirklich?«, Elissa beugte sich vor. »Von hier aus sieht es gut aus.«

»*Wie ich schon sagte,*« sagte Cassandra, schlug ihre Röcke zurück und blickte ihre Schwester an, »ich muss mich sofort darum kümmern.« Sie wandte sich an Edward. »Sie haben doch nichts dagegen, wenn ich Sie in der Gesellschaft meiner Schwester lasse, oder, Mylord?«

Edward wusste, dass er grinste, was furchtbar unhöflich war. Er wusste auch, dass es nicht die geringste Chance gab, ihn davon abzuhalten. »Ganz und gar nicht, Mrs. Gorten.«

»Ausgezeichnet«, sagte sie und bahnte sich bereits einen Weg durch die Menge.

Edward wandte sich an Elissa. »Darf ich um diesen Tanz bitten?«

»Es wäre mir ein Vergnügen«, antwortete sie und lächelte schüchtern zu ihm auf.

»Also«, sagte er und bot seinen Arm an, »Sie sagten vorhin, dass Sie mir etwas sagen wollten?«

»Ja.« Sie schluckte. »Sie müssen wissen ...«

Sie wurde von den Geräuschen der Musiker unterbrochen, die sich einstimmten. Und wie aus dem Nichts tauchte Mr. Warner auf und lächelte, als er den Raum durchquerte, um Edward aufzufordern, seinen Platz an der Spitze des Sets einzunehmen. *Wieder einmal.*

Edward stöhnte. So langsam manövrierte er sich in einen seltenen Zustand der Frustration, weil er nicht einmal drei Sätze mit ihr zu wechseln schaffte.

Aber selbst er war schockiert über seine nächsten Worte.

»Miss Elissa, ich entschuldige mich. Ich weiß, ich habe Sie um diesen Tanz gebeten, aber ... gibt es einen Balkon oder einen Garten, wo wir stattdessen einen kleinen Spaziergang machen könnten?«

»Den gibt es nicht«, sagte sie.

Er seufzte. Er hatte die letzten neun Jahre damit verbracht, Balkone und mondbeschienene Gärten zu meiden, als wären sie malariaverseuchte Sümpfe, und das eine Mal, wenn er endlich ein Tête-à-Tête mit einem hübschen Mädchen wollte, gab es beides nicht.

»Aber«, fuhr Elissa fort und errötete heftig, »sie stellen

immer Fackeln entlang des Flusses auf. Es gibt ein paar Bänke, und es ist schön zum Spazierengehen, wenn man, ähm, wenn man möchte.«

»Das klingt schön«, sagte er. Er bot ihr seinen Arm an und führte sie dann durch den Raum, durch die Türen und hinaus in die Nacht.

KAPITEL 9

Draußen war der Fluss von den Fackeln an den Ufern mit Gold überzogen. Edward sah, dass sie bei weitem nicht die Einzigen waren, die der Enge des Versammlungsraums entfliehen und ein wenig Luft schnappen wollten. Mehrere Dutzend Menschen, sowohl Paare als auch kleine Gruppen, waren auf beiden Seiten des Flusses verstreut.

Sie schlenderten ein Stück am Ufer des Flusses hinunter und suchten nach einer freien Bank. Edward bewunderte die mit Fackeln beleuchtete Szenerie. Der Fluss schlängelte sich mitten durch die Stadt, die Ufer auf beiden Seiten waren von Bäumen gesäumt - Eichen, Ahorn und Trauerweiden. Ein paar Meter weiter hinten standen hübsche Cottages aus goldenem Cotswold-Stein, von denen jedes zu versuchen schien, seine Nachbarn mit seinem Vorgarten voller Blumen zu übertreffen.

Aber die Kronjuwelen von Bourton-on-the-Water waren seine Brücken - vier davon, niedrig und gewölbt, aus demselben goldenen Cotswold-Stein, die der Stadt das charmante Gefühl eines Miniatur-Venedigs verliehen.

»Ich habe Bourton-on-the-Water immer geliebt«, sagte Edward. »Es muss die schönste Stadt in ganz England sein.«

»Ich habe kaum etwas anderes kennengelernt«, sagte Elissa.

»Es gibt nicht viel da draußen, was besser ist als das hier. Waren Sie denn noch nie in London?«

»Nein, aber ich habe es einmal bis nach Oxford geschafft.«

Edward stieß sie mit seinem Ellbogen an. »Wie fanden Sie die Buchläden?«

Sie stieß einen so sinnlichen Laut der Begeisterung aus, dass er ihn in seiner Leiste spürte. »Es ist ein Glück, dass Oxford eine ganze Tagesreise entfernt ist. Sonst hätte ich meine Familie bereits mindestens zwölfmal in den Ruin getrieben.«

»So gut?«

»Oh, ja.« Sie waren zu einem der Stege gekommen. »Lassen Sie uns hier rübergehen«, schlug Elissa vor.

Die Menschenmenge hatte sich gelichtet, und die Klänge des Tanzes traten in den Hintergrund. Jetzt konnte er das sanfte Plätschern des seichten Flusses hören, der sich durch die Stadt schlängelte, und das Rufen einer Eule vom nächsten Baum.

Sie fanden eine verlassene Bank. Auf der anderen Seite des Flusses hatten sie einen schönen Blick auf einen Weidenbaum, dessen blasse Äste bis zur Wasseroberfläche reichten. Edward setzte Elissa auf die Bank, dann zog er seinen Mantel aus und legte ihn ihr um die Schultern.

»Oh! Das müssen Sie aber nicht tun ... ich meine ... ich will damit sagen, ich möchte nicht, dass Ihnen kalt ist.«

Er antwortete ihr mit einem festen Blick, als er sich neben sie setzte, einem Blick, der sagte: *Sie glauben doch nicht, dass ich jemals zulassen würde, dass einer Dame kalt ist?*

Sie gab ihre Proteste auf, da sie deren Vergeblichkeit spürte. »Danke.«

»Es ist wirklich gern geschehen.« Sie betrachteten den Fluss einen Moment lang schweigend, dann sagte er: »Ich möchte mich für vorhin entschuldigen.«

Sie blickte zu ihm auf, ihre Stirn legte sich in Falten. »Sich entschuldigen? Wofür denn?«

»Ich habe gemerkt, dass Sie diesen Tanz lieber nicht angeführt hätten.«

Sie lachte. »Sie haben ja selbst gesehen, dass ich keine besonders gute Tänzerin bin. Aber wirklich, es gibt keinen Grund, sich zu entschuldigen.«

»Das ist nett, dass Sie das sagen. Ich fürchte, dass es oft eine Last ist, in meiner Nähe zu sein.«

Sie musterte ihn im Mondlicht, und er zwang sich, sich unter diesem Blick nicht zu winden. »Ich kann mir nicht vorstellen, dass jemand, der Sie kennt, dem zustimmen würde.«

Er räusperte sich. Das war ein bisschen unverblümter rübergekommen, als er beabsichtigt hatte. »Also, was ist das für eine Ankündigung, mit der Sie mich schon den ganzen Abend locken?«

»Zwei Dinge, um genau zu sein. Zunächst, wo wir gerade bei den Buchhandlungen in Oxford waren, möchte ich mich bei Ihnen bedanken. Es war außerordentlich nett von Ihnen, das Exemplar von Plutarch zu ersetzen, das ich ruiniert habe.«

»Es war mir ein Vergnügen«, sagte er und meinte es ernst. Ihm wurde klar, dass er Elissa St. Cyr glücklich, ihr Leben einfacher und besser machen wollte. Wenn etwas so Einfaches wie ein Buch sie dazu brachte, ihn so anzusehen, wie sie es jetzt tat, ihre grünen Augen gefüllt mit einer berauschenden Kombination aus Aufrichtigkeit, Dankbarkeit und Ehrfurcht ...

Er würde ihr tausend Bände von Plutarch kaufen.

»Es hat mir so viel bedeutet. Ich danke Ihnen.« Sie verstummte und starrte auf ihre verschränkten Hände.

Die Spannung brachte ihn beinahe um. »Sie sagten, es gäbe zwei Dinge«, sagte er und stieß sie mit seinem Ellbogen an. Sie zuckte neben ihm auf der Bank zusammen, dann lachte sie und legte eine Hand auf ihr Herz.

»Miss Elissa?«, fragte er. Er hatte mit dem Wort »Ankündigung« gescherzt, aber jetzt wollte er unbedingt wissen, was sie zu sagen hatte.

»Ich sollte es einfach sagen«, sagte sie und schluckte. »Es geht um den Wettbewerb, der in Oxford stattfindet. Der, an dem Sie teilnehmen werden.«

Er erstarrte. »Was ist damit?«

Sie blickte unsicher zu ihm auf. »Ich habe auch eine Einladung dazu erhalten.«

Er blinzelte sie an und verstand kaum.

Das war ... das war *furchtbar*.

»Das ist ... das ist wunderbar«, stotterte er, und seine Schulter zuckte unwillkürlich.

Furchtbar, wiederholte sein Gehirn.

Es war nicht so, dass er etwas dagegen hatte, dass Elissa an dem Wettbewerb teilnahm. Er war sicher nicht der Meinung, dass sie daran gehindert werden sollte, nur weil sie eine Frau war.

Und doch ... plötzlich kam ihm ein Bild von Robert Slocombe in den Sinn, dem Mann, der ihn als Senior Classical Medalist geschlagen hatte, und er spürte die vertraute Dunkelheit in sich aufsteigen.

Für die letzte Phase des Wettbewerbs wurden damals zwei Finalisten benannt, so dass jeder gewusst hatte, dass der Gewinner entweder er oder Slocombe sein würde. Ihnen war ein Thema zugewiesen worden, zu dem sie auf Latein gegensätzlich deklamieren sollten. Als also der Zeitpunkt für die Bekanntgabe gekommen war, blickten alle Augen im Senatshaus zwischen ihnen beiden hin und her. Als der Vizekanzler Slocombe als Sieger verkündete, hatte Edward sicherstellen müssen, dass er klatschte. Sein Lächeln hatte sich brüchig angefühlt, aber er hatte dafür gesorgt, dass es auf seinem Gesicht klebte. Er hatte Slocombes Blick eingefangen und seinen Kopf in einer Weise geneigt, von der er gehofft hatte, dass sie gnädig wirkte. Er hatte sich sogar bemüht, ihn nach der Zeremonie aufzusuchen, um ihm die Hand zu schütteln und ihm zu gratulieren, obwohl er eigentlich nur in sein Zimmer gehen, die Tür schließen und eine Woche lang das Bett nicht mehr verlassen wollte.

Und warum hätte er denn nicht die Hand von Slocombe schütteln sollen? Er hasste Robert Slocombe nicht, nicht wirklich.

Derjenige, den er hasste, war er selbst.

Zweiter zu werden ... das war einfach nicht sein Ding. Nicht das, was seine Familie in ihm sehen wollte. Es war nicht so, dass er Harrington war, der so lustig und gutherzig war, dass alle ihn so liebten, wie er war. Es interessierte niemanden, dass Harrington in seinen vier Jahren in Oxford kein einziges Buch aufgeschlagen hatte. Er machte alle um sich herum glücklich, indem er einfach er selbst war.

Aber man hatte Edward von klein auf klar gemacht, dass er nicht so war. Von ihm wurde erwartet, dass er der Beste sein würde, dass er seiner Familie Ehre machen würde.

Und er hatte versagt.

Aber niemand sollte ihm vorwerfen können, ein schlechter Verlierer gewesen zu sein. Er hatte sich gut genug in Szene gesetzt, um neben Robert Slocombe nicht schäbig auszusehen.

Aber er wusste, dass er Elissa nicht täuschen konnte. Diese meerglasgrünen Augen sahen bereits weit mehr, als er ihr zugestehen wollte. Und auch wenn er sie nie haben konnte, auch wenn er sie nach dem Wettbewerb wahrscheinlich nie wieder sehen würde, wollte er, dass Elissa gut von ihm dachte. Das bedeutete, dass er nicht wollte, dass sie direkt neben ihm saß, während er sich mit seinen innersten Dämonen auseinandersetzte. Das Letzte, was er wollte, war, dass sie herausfand, dass er die Art von Monster war, das sich nicht einmal für den gutherzigen Robert Slocombe (oder wer auch immer den verdammten Wettbewerb gewonnen hatte) freuen konnte.

Er blickte nach unten, und tatsächlich, Elissa musterte ihn aufmerksam. Sie gab ein düsteres Kichern von sich. »Sie sehen aber nicht so aus, als würden Sie das wunderbar finden.«

Siehst du? Sie erkennt bereits zu viel. Er wischte alle Spuren eines Ausdrucks weg, aber ihr Gesicht blieb ein Bild der Skepsis. Er seufzte. »Ich will ehrlich sein. Der Gedanke, gegen Sie anzutreten, gefällt mir nicht besonders.«

Sie lachte. »Ich bin auch nicht begeistert von der Idee. Ich habe Ihren *Entfesselten Prometheus* gelesen, und er ist brillant.« Sie schloss die Augen, ein Ausdruck der Verzückung legte sich auf ihre Züge. »Der letzte Abschnitt, den Sie verfasst haben, ist wahrscheinlich der schönste griechische Vers, den ich je gelesen habe.« Sie schüttelte den Kopf. »Ich liebe Aischylos, aber ich muss sagen, dass seine Zeilen im Vergleich zu den Ihren sehr leiden.«

Er bemühte sich um einen leichten Tonfall, damit sie nicht sah, wie unwohl er sich fühlte. »Nun, Miss St. Cyr, ich hätte nicht gedacht, dass ich von Ihnen eine solche Blasphemie zu hören bekomme.«

Sie lachte. »Ich bitte Sie, meinem Vater gegenüber nichts zu erwähnen. Aber ich werde etwas gestehen. Ihre Übersetzung ist das, wonach ich greife, wenn es mir schlecht geht.« Sie drückte eine Hand auf ihr Herz, als sie zitierte: »Tag für Tag lag ich auf diesem Felsen, blutend, vergessen, in

Ketten, und doch bin ich noch hier. Der König der Götter selbst hat es nicht geschafft, mich zu vernichten. Ich habe diesen einen Gedanken, an den ich mich klammern kann, und das ist genug.« Sie gab einen anerkennenden Laut von sich. »Es hebt meine Stimmung, wenn nichts anderes es tut.« Sie lächelte ihn an, und er sah, wie sich ihr Blick schärfte. »Moment mal ... Werden Sie gerade *rot*?«

»Wahrscheinlich«, sagte er und bemerkte, dass er die Schultern hängen ließ. Er zwang sich, sich aufzurichten. »Können wir über etwas anderes sprechen?«

»Natürlich, obwohl ich zugeben muss, dass ich überrascht bin. Die meisten Männer mögen nichts lieber, als mit Lob überhäuft zu werden.«

»Nur, wenn ein solches Lob verdient ist.«

Sie neigte ihren Kopf zur Seite und musterte ihn. »Ich versichere Ihnen, das ist es.«

»Ich versichere Ihnen, das ist es nicht.«

Sie biss sich auf die Lippe. »Verstehen Sie wirklich nicht, wie hervorragend das ist? Ich bin bei weitem nicht die Einzige, die so denkt. Sie haben doch sicher die Kritiken gelesen.«

Er starrte in die Dunkelheit. »Ich denke, es kommt oft genug vor, dass Autoren nur die Fehler in ihrem eigenen Werk sehen.«

»Mir fällt kein einziger ein«, sagte sie leise. Sie verfielen in Schweigen. Nach einem Moment räusperte sich Elissa. »Der Punkt ist, dass Sie schwer zu schlagen sein werden.«

»Nein, Sie sind diejenige, die schwer zu schlagen sein wird. Sie sind offensichtlich brillant.«

Sie lachte erschrocken auf. »So ungern ich mich mit einem Mann streite, der mich gerade als *brillant* bezeichnet hat, weiß ich doch nicht, wie Sie zu diesem Schluss kommen. Sie haben doch keinen meiner Verse mehr gelesen, seit ich vierzehn Jahre alt war.« Sie blickte zu ihm auf, und sein schlechtes Gewissen schien ihm ins Gesicht geschrieben zu sein, denn sie erstarrte. »Ist etwas nicht in Ordnung?«

»Es tut mir leid. Ich hätte es nicht tun sollen«, sagte er überstürzt, »aber neulich war es Ihr Zimmer, in das mich Ihre Eltern gebracht haben. Um meine nassen Sachen zu wechseln. Und ich ... ich konnte nicht umhin, das Projekt zu bemerken, das Sie auf Ihrem Schreibtisch liegen hatten. Die Übersetzung von Catullus«, stellte er klar.

»Oh!« Ihre Wangen erröteten auf zauberhafte Weise, und sie schien keine Worte mehr zu finden, was kein Wunder war, wenn man bedachte, dass er gerade das denkbar unpassendste Gesprächsthema angeschnitten hatte: *als ich nackt in Ihrem Zimmer war.*

Seine Handflächen fühlten sich in seinen Handschuhen feucht an. »Ich habe nur einen Blick auf das oberste Blatt geworfen. Aber ich hätte nicht einmal so viel lesen dürfen, und ich entschuldige mich dafür.«

»Nein, es ist alles in Ordnung. Ich wage zu behaupten, dass ich es auch gelesen hätte. Es ist mir nur ein bisschen peinlich, weil es immer noch eine sehr frühe Fassung ist.«

»Es war ausgezeichnet«, beeilte er sich, sie zu beruhigen. »Sie haben Catulls Stimme eingefangen, und das ist das Schwierigste.«

»D-danke.« Sie wirkte immer noch peinlich berührt, aber auch zufrieden.

Er überlegte, wohin er das Thema wechseln könnte. »Darf ich fragen, wie die Organisatoren des Wettbewerbs auf Sie aufmerksam geworden sind?«

Sie erbleichte. Er kannte sie erst seit kurzem, aber er war sich sicher, dass in diesem Moment das Gefühl, das Elissa St. Cyr empfand, *Panik* war.

»Ähm«, sagte sie nach einem Moment. »Kennen Sie die Gedichtwettbewerbe, die früher in den Lokalzeitungen von Oxford ausgeschrieben wurden?«

»Natürlich.« Er gluckste. »Mit sechzehn habe ich mich sogar an einigen davon beteiligt.«

»Früher habe ich mich auch daran beteiligt.«

»Ah.« Das erklärte es also. »Haben Sie jemals gewonnen?«

»Einmal. Das war es, was mich nach Oxford brachte. Ich war dort, um meinen Preis einzufordern. Eine ganze Guinee.«

Er lächelte bei dem Gedanken an eine junge Elissa und wie aufgeregt sie gewesen sein musste. »Wenigstens sind Sie dann in Übung. Seit ich Cambridge verlassen habe, habe ich nicht mehr sinnvoll studiert.«

Elissa sah überrascht auf. »Haben Sie nicht? Ich war mir sicher, dass Sie ein lebenslanger Gelehrter sein würden.«

Edward unterdrückte den Drang, sich zu winden oder wegzusehen. »Nein, ich leite das Anwesen meiner Familie. Das nimmt meine Zeit ganz schön in Anspruch.«

Dies war nicht ganz richtig. Edward kümmerte sich um die Angelegenheiten des Anwesens, und das nahm seine Zeit in Anspruch. Aber er hätte es auch seinem Vater überlassen können. Hinzu kam, dass er wahrscheinlich neunzig Prozent des derzeitigen Gewinns des Anwesens (der sich in seiner Amtszeit verdoppelt hatte) erzielen könnte, wenn er nur halb so viel Zeit investieren würde.

Aber auch wenn er nicht so viel zu tun hatte, wie er vorgab, war die Vorstellung, an einer Übersetzung zu arbeiten, lähmend. Nach seinen Erfahrungen mit dem *Entfesselten Prometheus* und der anschließenden Niederlage gegen Robert Slocombe fiel es ihm schwer, etwas zu beginnen. Fehler waren unvermeidlich. Er wusste, dass seine Bemühungen nie gut genug sein würden, was es ihm unmöglich machte, sich selbst davon zu überzeugen, anzufangen. Es war so viel einfacher, seine Tage mit Alltäglichem zu füllen.

Neben ihm schüttelte Elissa den Kopf. »Das ist wirklich eine Schande. Ein großer Verlust für uns alle.« Sie blickte zu ihm auf. »Was haben Sie getan, um sich auf den Wettbewerb vorzubereiten?«

Er seufzte. »Nicht viel. Ich sollte mich wahrscheinlich für die nächste Woche in der Bibliothek einschließen und nichts anderes tun, als zu lernen.«

Sie warf ihm einen schiefen Blick zu. »Und stattdessen sind Sie hier und geben sich mit Ihrer Gegenspielerin ab.«

»Sie sind nicht meine Gegenspielerin«, sagte er schnell und wünschte sich, dass das wahr wäre.

»Das ist nicht das, was Sie neulich gesagt haben.«

»Unsinn«, sagte er und bemühte sich, seiner Stimme etwas Fröhlichkeit zu verleihen. »Mein einziger Gegenspieler ist der geheimnisvolle Übersetzer von *Über das Erhabene.*«

»Richtig.« Sie neigte den Kopf zurück und betrachtete das Blätterdach über ihnen. »Natürlich.«

Weit weg auf der anderen Seite des Flusses herrschte ein aufgeregtes Summen. Es schien, als sei der Tanz zu Ende.

»Kommen Sie«, sagte er, stand auf und bot seinen Arm an. »Ihre Familie wird Sie schon vermissen.«

Elissa gab ihm den Mantel zurück, kurz bevor sie den Fluss wieder überquerten. Als sie schweigend weitergingen, sagte sich Edward, dass dies das Beste sei. Seine Zukunft durfte keine Elissa St. Cyr beinhalten, und deshalb war es besser, wenn er wieder mit der nötigen Zurückhaltung an sie dachte. Wenn die Nachricht, dass sie gegen ihn antreten würde, auch ein bisschen wie ein Eimer kaltes Wasser war, der ihm über den Kopf geschüttet wurde, dann musste er doch zugeben, dass er diesen Eimer kaltes Wasser wahrscheinlich auch dringend brauchte (wenn auch, um ehrlich zu sein, einen halben Meter tiefer angewendet).

Und so brachte er sie zu ihren Eltern zurück, wünschte

ihnen eine gute Nacht und machte sich auf die Suche nach Harrington, den er auf einer Bank sitzend fand, umschwärmt von einer Schar von etwa zwanzig jungen Frauen.

Harrington verspottete ihn während der gesamten Kutschfahrt nach Hause, aber das war in Ordnung.

Er würde Elissa St. Cyr noch genau ein weiteres Mal begegnen - bei dem kommenden Wettbewerb. Bis dahin würde er mit einer anderen verlobt sein. Er würde vor ihr sicher sein.

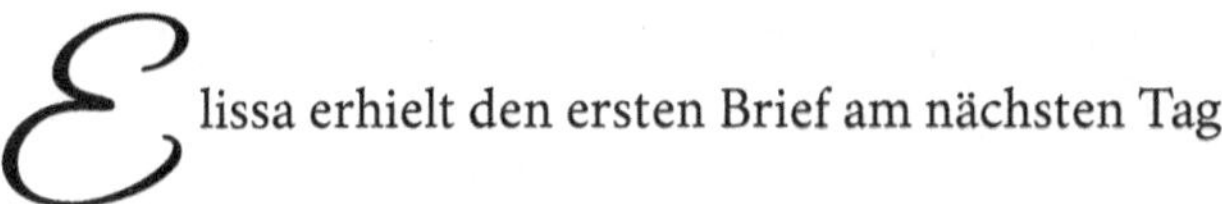

lissa erhielt den ersten Brief am nächsten Tag:

Miss St. Cyr,

Ich bitte Sie, mir zu verzeihen, dass ich Ihnen ohne Einleitung schreibe, aber ich gebe nächste Woche eine Hausparty, und es würde mich sehr freuen, wenn Sie und Ihre Schwester Cassandra daran teilnehmen würden.

Ich werde unsere Kutsche schicken, um Sie am Montag um ein Uhr abzuholen.

Ihre,

Georgiana Cheltenham

ELISSA WURDE BLEICH. Sie konnte sich nicht vorstellen, warum Edwards Mutter ausgerechnet sie zu einer Hausparty einlud.

Aber sie konnte auf keinen Fall teilnehmen.

Seit Edward sie aus dem Teich gerettet hatte, hatte sie

sich jeden einzelnen Tag mental auf seine Verachtung vorbereitet. Sie rechnete damit, dass genau das passieren würde, sobald sie ihn in dem Wettbewerb besiegt hatte.

Aber seiner gestelzten Reaktion nach zu urteilen, als sie ihm von ihrer Absicht erzählte, daran teilzunehmen, war diese Situation früher als erwartet eingetroffen.

Sie seufzte. Sie hatte sich die halbe Nacht im Bett hin und her gewälzt und über seine Reaktionen nachgedacht, von dem kurzen Anflug von Lähmung, der über sein Gesicht gegangen war, als sie es ihm gesagt hatte, bis zu der herzlichen, aber distanzierten Art, mit der er sich verabschiedet hatte. Er hatte zwar nichts Unangemessenes gesagt, aber die abrupte Veränderung in seinem Verhalten deutete darauf hin, dass er es missbilligte, wenn eine Frau glaubte, gut genug zu sein, um gegen Männer anzutreten.

Oder etwa nicht?

Als sie ein Blatt Papier hervorzog, um der Gräfin zu antworten, erinnerte sie sich zum tausendsten Mal daran, dass es nicht wichtig war. Edward Astley hatte keinen Platz in ihrer Zukunft.

Je eher sie das in ihrem Dickschädel verinnerlicht hatte, desto besser.

MÖGE ES EURER LADYSCHAFT GEFALLEN,

Mir fehlen die Worte, um auszudrücken, wie sehr ich mich über Ihre freundliche Einladung gefreut habe. Ich fürchte jedoch, dass ich bei einer so eleganten Veranstaltung völlig fehl am Platz wäre. Ich muss gestehen, dass ich nicht ein einziges Kleid besitze, das Sie für vorzeigbar halten würden. Ich bitte Sie, mir zu verzeihen, dass ich Ihnen deshalb absagen muss, und dass Sie stattdessen meinen aufrichtigen Dank dafür annehmen, dass Sie daran gedacht haben, mich einzuladen.

Ihre bescheidene Dienerin,

Elissa St. Cyr

DIE ANTWORT KAM SCHON am nächsten Tag in einer besonders fröhlichen Handschrift.

LIEBE MISS ELISSA,

Ich heiße Lucy und bin die kleine Schwester von Edward und Harrington. Mama hat mir Ihren Brief gezeigt, und wir waren erschüttert bei dem Gedanken, dass Sie aus einem Grund, der so leicht zu überwinden ist, glauben, nicht zu uns kommen zu können! Mein Bruder Harrington hat mir mitgeteilt, dass wir gleich groß sind, und es gibt nichts, was ich lieber täte, als alle meine Kleider mit Ihnen zu teilen. Bitte glauben Sie mir, wenn ich Ihnen sage, dass ich genug habe und Sie sich nie wieder um so etwas sorgen müssen. An dieser Stelle würde ich Ihnen normalerweise von meiner Schwester Caro erzählen, die ständig neue Kleider für uns alle in Auftrag gibt, ob wir sie nun brauchen oder nicht, aber ich erspare Ihnen die Einzelheiten, da Sie sie in wenigen Tagen selbst kennenlernen werden.

Wir alle können es kaum erwarten, Sie kennenzulernen!
Mit freundlichen Grüßen,
Lucy Astley

LIEBE LADY LUCY,

Ich war über die Maßen gerührt über Ihr großzügiges Angebot. Ich muss jedoch gestehen, dass meine Abneigung nicht ausschließlich auf meine bescheidene Garderobe zurückzuführen ist. Ich bin nur die Tochter eines einfachen Landlehrers und wäre bei einer so eleganten Veranstaltung völlig fehl am Platz. Ich zittere, wenn ich daran denke, wie viele Fauxpas ich allein am ersten Tag begehen würde. Ich bitte Sie, dies Ihrer Mutter zu zeigen

*und sie in meinem Namen um Verzeihung zu bitten. Vielen Dank
für Ihre Freundlichkeit, die ich nie vergessen werde.*

Mit freundlichen Grüßen,
Elissa St. Cyr

AM NÄCHSTEN TAG kam eine Antwort in wieder einer anderen Handschrift, diesmal mit scharfen Kanten und … Elissa berührte das Papier zaghaft. Woher bekam man lila Tinte?

MISS ELISSA,

Ich bin Isabella, die Zwillingsschwester von Lucy. Zuerst war ich sehr beleidigt, als meine Mutter mich bat, Ihnen zu schreiben. Sie werden mir sicher zustimmen, dass es unangenehm ist, zuzugeben, dass die eigenen Eltern das Recht auf etwas haben, aber bei dieser einmaligen und fast beispiellosen Gelegenheit kann ich meiner Mutter nicht widersprechen.

Ich möchte Ihnen daher mitteilen, dass Ihre Bedenken, Sie hätten nicht die nötige Kultiviertheit, um an unserer Hausparty teilzunehmen, unbegründet sind, denn, um es mit Mamas denkwürdiger Redewendung zu sagen, »sie kann unmöglich weniger kultiviert sein als du, Isabella«. Ich fürchte, es ist wahr. Ich bin, wie man das so sagt, ein Wildfang. Ich habe keine weibliche Anmut. Keine. Ich kann nicht nähen. Ich kann nicht einmal richtig Tee einschenken. Ich betreibe keine höfliche Konversation. Ich gehorche nur meiner inneren Muse, das heißt, ich sage immer und in jeder Situation genau das, was ich denke. Als ich sechs Jahre alt war, sagte ich dem König von England persönlich, dass ich seine Weste hässlich finde. Zum Glück lachte er, anstatt mich köpfen zu lassen. Aber ich schweife ab.

Ich will damit sagen, dass Sie sich keine Sorgen machen müssen, dass irgendjemand Ihre kleinen Schwächen bemerkt, denn sie werden viel zu sehr damit beschäftigt sein, über mich zu tratschen.

Ich freue mich also darauf, Sie in drei Tagen kennenzulernen.

Ihre,

Isabella Astley

LIEBE LADY ISABELLA,

Ich bitte Sie, mir zu verzeihen, da ich vermute, dass Sie das Wort »charmant« nicht als Kompliment ansehen, aber so habe ich Ihren Brief empfunden. Was Ihre Behauptung betrifft, dass niemand meine Fehltritte bemerken würde, fürchte ich, dass Sie mein angeborenes Talent für Katastrophen unterschätzen. Ich bin einmal über ein Schwein gestolpert. Und ich bitte Sie, mich nicht zu zwingen, das Bicklebury-Moor-Debakel zu gestehen.

Leider wäre ich auf der Hausparty Ihrer Mutter völlig fehl am Platz. Aber bitte nehmen Sie meinen Dank für Ihre außergewöhnliche Freundlichkeit an.

Mit freundlichen Grüßen,

Elissa St. Cyr

AM NÄCHSTEN TAG war die elegante Handschrift aus dem ersten Brief wieder da.

MISS ELISSA,

Wie sehr habe ich es genossen, Ihre schwachen Versuche zu lesen, sich vor der Teilnahme an meiner Hausparty zu drücken, nachdem ich Sie ausdrücklich um Ihre Anwesenheit gebeten habe. Ich habe sie als unglaublich unterhaltsam empfunden. Ich hätte nicht gedacht, dass es einen Winkel Englands, geschweige denn von Gloucestershire gibt, in dem mir mein Ruf nicht vorauseilt, aber da Sie anscheinend nicht wissen, mit wem Sie es zu tun haben, muss *ich Ihnen leider mitteilen, dass ich die manipulativste Frau in ganz England bin, und ich bekomme immer meinen Willen.*

Schachmatt.

Ihre,

Georgiana Cheltenham

*PS- S*IE BRAUCHEN *sich wegen der Schweine keine Sorgen zu machen. Obwohl mein Mann für seine Herde Gloucestershire Old Spots bekannt ist, halten wir sie eingezäunt.*

PPS- Sie werden diesen Brief verstecken und den ersten, den ich Ihnen geschickt habe, herausholen wollen, bevor Ihre Schwester durch die Tür stürmt.

ELISSA RUNZELTE DIE STIRN, als sie sich fügte. Was in aller Welt hatte das ...

Die Tür zu ihrem Zimmer knallte gegen die Wand, als Cassandra mit einem Brief in der Hand hereinflog. »Oh, Elissa«, rief sie, »du wirst die gute Nachricht nicht glauben! Ich habe einen Brief von *Lady Anne Astley* erhalten - das heißt, sie ist jetzt natürlich Lady Morsley, da sie den Sohn des Marquess geheiratet hat. Sie sagt, dass ihre Mutter, die Gräfin von Cheltenham, in ein paar Tagen eine Hausparty veranstaltet. Und wir sollen eingeladen werden!« Cassandra drückte den Brief an ihre Brust. »Lady Morsley wohnt nur zwei Meilen vom Haus entfernt und wird täglich anwesend sein. Ihr Bruder Harrington hat ihr von meiner Bewunderung für ihren Wohltätigkeitsverein erzählt, und sie hat sich herabgelassen, mir zu schreiben und zu sagen, wie sehr sie sich darauf freut, mich zu treffen. *Mich!*« Cassandra zog ein Taschentuch hervor und tupfte sich die Augen ab. »Oh, Elissa, es ist zu schön. Ich werde meine Heldin kennenlernen!«

Elissa starrte verwundert auf Lady Cheltenhams Brief. Sie ärgerte sich nicht darüber, besiegt worden zu sein, sondern bewunderte nur die taktische Überlegenheit der Gräfin.

Es sah so aus, als würde der Krieg mit Frankreich wieder aufgenommen werden. Elissa fragte sich, ob jemand in Erwägung gezogen hatte, Lady Cheltenham auf den Kontinent zu schicken.

Cassandra sah Elissa hoffnungsvoll an. »Hast du eine Einladung von der Gräfin erhalten?«

»Das habe ich«, sagte sie und reichte ihrer Schwester den Brief.

»Ach, du meine Güte - sie schickt die Cheltenham-Kutsche für uns! Wir haben nur zwei Tage Zeit für die Vorbereitung. Wir müssen sofort mit dem Packen beginnen.«

Cassandra flatterte im Zimmer herum und plante, während Elissa ein Blatt Papier herauszog, um ihre Kapitulation zu verfassen.

KAPITEL 11

Am Morgen des Tages, an dem die Hausparty beginnen sollte, saß Edward im vorderen Wohnzimmer und versuchte, sich selbst davon zu überzeugen, das Exemplar von Euripides' *Hippolytus* aufzuschlagen, einen von mehreren Bänden, die er sich aus der Bibliothek mitgebracht hatte, damit er endlich etwas lernen konnte, als sein Vater in der Tür erschien.

Er sprang von dem Chippendale-Schreibtisch auf. »Guten Morgen, Vater.«

Der Earl nickte, als er den Raum betrat. Er war hochgewachsen und breitschultrig, seine Taille war auch in seinen Fünfzigern noch schlank, und er hatte das gleiche dunkle Haar wie Edward. Abgesehen von den blauen Augen, die Edward von seiner Mutter geerbt hatte, war er fast ein Spiegelbild seines Vaters.

Der Graf gab Edward ein Zeichen, seinen Platz wieder einzunehmen, setzte sich aber selbst nicht. »Ich bin überrascht, dich hier zu finden. Ich habe in der Bibliothek nach dir gesucht.«

»Ich wollte in der Nähe des Eingangs sein, damit ich

unsere Gäste begrüßen kann, wenn sie ankommen.«

Der Graf schielte auf den Bücherstapel auf dem Schreibtisch. »Obwohl es so aussieht, als hättest du dir die Bibliothek mitgebracht.«

»Bis zum Wettbewerb in Oxford habe ich nur noch eine Woche Zeit. Ich hatte gehofft, ein wenig zu lernen. Ich habe mir heute Morgen die Zahlen des letzten Monats noch einmal angesehen. Ich möchte nicht, dass du denkst, ich vernachlässige ...«

»Ich weiß, dass du das Anwesen niemals vernachlässigen würdest. Und nächste Woche in Oxford wirst du sie sicher alle besiegen. Du machst die Familie immer stolz. Im Gegensatz zu deinem Bruder.« Der Graf strich sich mit der Hand durch das Haar. »Du bist nicht derjenige, der mit einer Operntänzerin einen Skandal verursacht.«

»Wahrlich, Vater, das war nicht Harringtons Schuld. Das Mädchen war ungebunden. Dieser Markham hat den Ruf, ein Hitzkopf zu sein, und konnte seine Enttäuschung nicht verbergen, als sie sich für Harrington entschied.«

Der Earl schnaubte. »Ja, aber zum Glück muss ich mir keine Sorgen machen, dass *du* wegen irgendwelchen Flausen zu einem Duell herausgefordert wirst.«

Edward schluckte. »Ich hoffe, ich erwecke nicht den Eindruck, dass ich dir widerspreche, Sir. Aber ich glaube, dass Harrington alles getan hat, was in seiner Macht stand, um den Frieden wiederherzustellen.«

Sein Vater klopfte ihm auf die Schulter. »Es spricht für dich, dass du deinen Bruder verteidigst. Aber Harrington musste auf Linie gebracht werden. Sechsundzwanzig Jahre alt, ohne Perspektive und mit dem Namen der Familie in den Skandalblättern.« Der Earl schüttelte den Kopf. »Aber die Drohung, ihn nach Indien zu schicken, scheint Eindruck gemacht zu haben.«

Edward senkte seinen Blick auf die Hauptbücher. Er

hatte seinem Vater nicht unbedingt widersprochen, dass Harrington einen Anstoß brauchte. Nicht wegen des jüngsten Vorfalls, sondern weil es höchste Zeit war, dass sein Bruder eine Karriere einschlug. Es gab eine Reihe von Möglichkeiten - die Armee, der öffentliche Dienst, die Kirche (na gut, vielleicht war die Kirche nicht die *ideale* Option). Harrington konnte sehr überzeugend sein, und Edward glaubte, dass er sich in der Politik gut machen würde.

Aber es war schwierig für einen Mann, sich in einem dieser Berufe zu etablieren. Für alles das benötigte man entweder Geldmittel, Verbindungen oder beides. Und nach dem Skandal hatte ihr Vater gedroht, dass, wenn Harrington noch einmal aus der Reihe tanzen würde, die einzige Karriere, die er unterstützen würde, die bei der East India Company wäre.

Edward schüttelte sich. Dazu würde es nicht kommen. Er würde es nicht zulassen. Er würde einen Weg finden, diesen Wettbewerb zu gewinnen. Die Alternative war zu schrecklich, um sie auch nur zu erwägen.

Sein Vater nickte heftig. »Ja, ich wage zu behaupten, dass die Drohung mit Indien gereicht hat, und wir werden kein Fehlverhalten von Harrington mehr erleben. Aber ich bin nicht hier, um über deinen Bruder und seine Operntänzerin zu sprechen. Deine Mutter hat mich informiert, dass du eine respektablere Allianz in Erwägung ziehst.«

»Da bist du richtig informiert, Sir.«

»Hast du denn eine bestimmte junge Dame im Sinn?«

»Noch nicht. Ich habe Mutter gebeten, die Kandidatinnen auszuwählen. Ich vertraue ihrem Urteil.«

Sein Vater drückte ihm die Schulter. »Das ist der richtige Weg. Ich wage zu behaupten, dass deine Mutter das perfekte Mädchen für dich finden wird. Dann haben wir dich gut untergebracht, zusätzlich zu Anne und Caro.« Der Graf lachte auf, als er durch den Raum zur Tür schlenderte. »Ich verzweifle daran, einen Mann zu finden, der bereit ist, es mit Izzie aufzunehmen. Und haben wir alle Mitleid mit dem armen Mädchen, das sich eines Tages an Harrington gefesselt finden wird. Aber deine Ehe ist diejenige, die am wichtigsten ist. Du bist derjenige, der die Familienlinie fortsetzen wird.« Der Graf hielt in der Tür inne. »Ich bin sicher, du wirst mich wieder einmal stolz machen, indem du die perfekte Gräfin auswählst.«

»Danke, Sir.« Edward wurde leicht mulmig zumute, als er sah, wie sich sein Vater zurückzog. Er schlug den Euripides-Band auf und versuchte, sich auf die Worte zu konzentrieren, aber seine Gedanken schweiften immer wieder ab. Er war neugierig, welche jungen Damen seine Mutter eingeladen hatte. Er hoffte, dass sie wenigstens eine gefunden haben würde, die ihm gefallen könnte. Ein Mädchen, das intelligent war. Intelligent und belesen. Eines, das ihn zum Lächeln brachte.

Wäre es zu viel verlangt, dass sie rote Haare hatte?

Edward stöhnte. Dieser Gedankengang war nutzlos. Die perfekte Gräfin, das war die, die er brauchte, die er wählen musste. Je eher er Elissa St. Cyr aus seinen Gedanken vertreiben konnte, desto besser.

»Mylord«, sagte der Butler, als er in der Tür erschien, »Ihre ersten Gäste sind eingetroffen.«

Edward stand auf und richtete seinen Mantel. »Danke, Harding.«

Eine Kutsche war unter dem Säulenportikus vorgefahren, und er konnte eine weitere die Auffahrt hinaufkommen sehen. Ein Lakai öffnete eilig die Tür des ersten Wagens, und Edward lächelte, als er seinen engen Freund Marcus Latimer, den Marquess of Graverley, aussteigen sah.

»Graverley«, sagte Edward und rannte die Treppe

hinunter, um seinem Freund die Hand zu schütteln. »Willkommen. Wie schön, dass du gekommen bist.«

»Ja, nicht wahr?«, sagte Graverley. Edward schnaubte, aber sie grinsten beide. Graverley war der einzige Sohn des Herzogs von Trevissick und würde eines Tages ein ungeheures Vermögen an Silber- und Kupferminen erben. Er galt weithin als der begehrteste Junggeselle in ganz England, und es mangelte ihm nicht an Selbstbewusstsein.

Die zweite Kutsche kam zum Stehen, doch bevor der Lakai die Hand an die Türklinke legen konnte, schwang sie auf, und Archibald Nettlethorpe-Ogilvy stieg aus.

Edward ging auf den Mann zu und reichte ihm die Hand. »Mr. Nettlethorpe-Ogilvy, willkommen.«

Mr. Nettlethorpe-Ogilvys Großvater war ein unverschämt wohlhabender Schmied, der es bis zum Eisenmagnaten gebracht hatte. Seinem einzigen Enkel wurde nachgesagt, dass er den technischen Scharfsinn geerbt habe, der leider an der Generation seines Vaters vorbeigegangen war. Er umklammerte Edwards Hand, sein Griff war um ein Haar fester, als es angenehm war. »Fauconbridge, ich danke Ihnen für die Einladung.«

»Es ist uns ein Vergnügen.« Edward gestikulierte in Richtung des Marquess, der herübergekommen war. Da die drei gemeinsam im Vorstand von Annes Gesellschaft saßen, war es nicht nötig, sich einander vorzustellen, also sagte Edward: »Sie erinnern sich natürlich an Graverley.«

»Guten Tag, Graverley«, sagte Mr. Nettlethorpe-Ogilvy und schlenderte dann zum hinteren Teil seines Wagens. Edward sah erstaunt zu, wie er begann, sein Gepäck eigenhändig abzuschnallen.

»Hören Sie auf damit«, schnauzte Graverley. »Ein Gentleman trägt nicht seinen eigenen Koffer. Überlassen Sie das den Lakaien.«

»Hmm?« Mr. Nettlethorpe-Ogilvy sah auf. »Oh, ich wollte nur nach meinem Fagott sehen. Es ist zerbrechlich.«

Graverley kniff sich in den Nasenrücken. »Sagen Sie bitte nicht, dass Sie wirklich ein Fagott mitgebracht haben. Und was in sieben Höllen haben Sie da an?« Er gestikulierte in Richtung von Mr. Nettlethorpe-Ogilvys Jacke mit einer Handbewegung. »Ich habe Sie doch zu meinem Schneider geschickt. Sie haben jetzt richtige Kleidung. Ich habe es gesehen. Und doch tauchen Sie hier in diesem hässlichen Sack auf.«

Mr. Nettlethorpe-Ogilvy runzelte die Stirn. »Ich habe meine alten Sachen mitgebracht. Sollten wir uns auf dem Land nicht weniger formell kleiden?«

Graverley gab einen Laut der Frustration von sich und pirschte sich die Treppe hinauf.

»Ignorieren Sie ihn«, flüsterte Edward und führte Mr. Nettlethorpe-Ogilvy ins Haus.

Sie begaben sich in das Wohnzimmer, in dem Edward gearbeitet hatte. Harding schenkte eine Runde Getränke ein.

Graverley brachte seinen Brandy zu einem hohen Ohrensessel in der Ecke, aber Mr. Nettlethorpe-Ogilvy blieb stehen und leerte sein Glas Portwein in einem Zug. »Ich danke Ihnen. Wenn Sie mich entschuldigen würden, würde ich das gerne mit ins Musikzimmer nehmen«, sagte er und tätschelte seinen Fagottkoffer.

»Natürlich«, sagte Edward und stellte sein eigenes Glas ab. »Lassen Sie mich jemanden herbeirufen, der Ihnen zeigt ...«

»Warum zeige ich es ihm nicht?«, sagte eine weibliche Stimme von der Tür hinter ihm. Edward drehte sich um und sah Cecilia Chenoweth, die gute Freundin seiner Schwester Caroline und die Tochter des kürzlich verstorbenen Rektors, in einem taubengrauen Kleid, die Farbe der Halbtrauer, in der Tür stehen.

»Miss Chenoweth«, sagte Mr. Nettlethorpe-Ogilvy freundlich, als Ceci eintrat. Er beugte sich über ihre Hand. Ceci saß auch im Vorstand von Annes Wohltätigkeitsorganisation, sie kannten sich also. »Ich könnte mir vorstellen, dass Sie es mit geschlossenen Augen finden können.«

Ceci lächelte. »Das könnte ich wahrscheinlich.« Ceci war ein erstaunliches Talent auf dem Klavier und übte tatsächlich jeden Tag mehrere Stunden lang. Sie wandte sich an Edward. »Ich habe mich gerade gefragt, ob Caro schon angekommen ist.«

»Noch nicht, aber wenn sie es tut, werden Sie es als Erste erfahren.«

»Ausgezeichnet.« Sie akzeptierte Mr. Nettlethorpe-Ogilvys Arm. »Haben Sie auch Noten mitgebracht? Ich glaube nicht, dass die Astleys viel für Fagott haben, aber wenn Sie die Partituren haben, könnte ich vielleicht am Klavier ...«

Als sie sich zur Tür wandten, bemerkte sie Lord Graverley, der in der Ecke saß. Die Worte erstarben ihr auf den Lippen, und sie blieb taumelnd stehen. »Mylord, ich ...« Sie räusperte sich und machte dann einen hastigen Knicks. »Es tut mir so leid, ich wusste nicht, dass Sie ...« Sie brach ab, ihr Blick war auf den Teppich gerichtet.

Graverley zog eine Augenbraue hoch und sprach mit einer Stimme, die so dunkel war wie ein Haut-Brion vin de Bordeaux. »Miss Chenoweth.«

Sie stand wie erstarrt in der Mitte des Raumes, die Wangen in Flammen, bis Mr. Nettlethorpe-Ogilvy seine Hand auf die ihre legte. »Sollen wir?«, fragte er leise.

»J-ja.« Sie knickste erneut. »Bitte entschuldigen Sie uns, Lord Graverley, Lord Fauconbridge.«

Nachdem sie den Raum verlassen hatten, fragte Graverley: »Ist sie immer so?«

Edward nahm den Stuhl gegenüber dem von Graverley. »Wenn du damit meinst, dass sie gesprächig und fröhlich ist, dann ja.« Er warf seinem Freund einen spitzen Blick zu. »Sie wäre weniger erschrocken gewesen, wenn du sie auf deine Anwesenheit aufmerksam gemacht hättest, indem du aufgestanden wärst, als eine Lady den Raum betrat.«

»Ich wusste nicht, dass sie sprechen kann. Ich hätte sie nur ungern unterbrochen.«

»Sie ist normalerweise sehr gesellig.«

»Sie sagt nie ein Wort in den Vorstandssitzungen.«

»Das liegt daran, dass du furchterregend bist.«

»Ich?« Graverley schmunzelte. »Ich bin das schnurrigste Kätzchen.«

Edward verdrehte die Augen.

Graverley nahm einen Schluck aus seinem Glas und stellte es dann beiseite. »Das Mädchen ist eine Tragödie.«

»Es ist schrecklich, ja. So jung ihre Mutter zu verlieren und jetzt auch noch ihren Vater.«

»Das habe ich nicht gemeint.« Auf Edwards neugierigen Blick hin hob Graverley eine Hand. »Versteh mich nicht falsch, ich weiß das eine oder andere darüber, wie es ist, eine Mutter zu verlieren.« Graverleys eigene Mutter war gestorben, als er zehn Jahre alt gewesen war, und Edward war überrascht, dass er das erwähnte. Obwohl Graverley sein engster Freund war, wusste Edward nicht, wie sie gestorben war. Wann immer jemand diese Sache ansprach, wechselte Graverley das Thema.

»Was ich meine«, fuhr Graverley fort, »ist, dass es eine Tragödie ist, wenn all diese *Üppigkeit* ...« Er zeichnete eine Kurve in der Luft. »... an eine mausgraue kleine Pfarrerstochter verschwendet wird, die zu schüchtern ist, um drei Worte aneinanderzureihen.«

Das beschrieb Cecis Persönlichkeit überhaupt nicht gut, aber das wollte Edward nicht sagen. Er warf seinem Freund einen scharfen Blick zu. »Ich sehe, dass jetzt ein guter Zeitpunkt wäre, um zu erwähnen, dass ich Miss Chenoweth kenne, seit sie zwei Jahre alt ist, und ich betrachte sie praktisch als meine eigene Schwester.«

Graverley zog die Nase kraus. »Du lässt mich nie Spaß haben. Als Nächstes wirst du mir sagen, dass ich nicht nur Miss Chenoweth nicht verführen darf, sondern dass ich die ganze Woche von einer Horde respektabler junger Damen umschwärmt werde.«

Edward lachte düster. »Ich fürchte, damit hast du es genau getroffen. Sie sollen mich umschwärmen, aber wahrscheinlich werden sie sich auch an dir festhalten.«

»Will deine Mutter dich also endlich verheiraten?«

Edward wischte einen Tropfen Kondenswasser von der Seite seines Glases. »Ich habe sie gebeten, sie einzuladen. Ich habe beschlossen, dass es Zeit für mich ist, zu heiraten.« Er blickte auf und sah seinen Freund finster dreinblicken. »Ach, hör doch auf, Graverley. Sieh mich nicht so an.«

»Ich werde dich genau so ansehen, wie ich es möchte. Vor allem, wenn du einen Fehler dieses Ausmaßes begehst.«

»Ich werde jemanden heiraten müssen. Und du wirst es eines Tages auch.«

»Stimmt. Und ich hätte auch nichts dagegen, wenn es eine Frau gäbe, an der du das geringste Interesse hättest.«

Edward schnaubte. Es gab eine Frau, die ihn sehr wohl interessierte.

Er konnte sie nur nicht haben.

»Es gibt nur eine begrenzte Anzahl von *akzeptablen* Optionen, und ich habe sie bereits alle kennengelernt. Ich kann mir auch einfach eine von ihnen aussuchen.«

Graverley beugte sich vor. »Jedes Jahr geben neue Mädchen ihr Debüt. Auch meine Schwester Diana. Ich denke, ihr beide würdet gut zueinander passen.«

Edward hielt inne und überlegte. Er hatte Lady Diana nie

getroffen. Er wusste, dass Graverley sie nach dem Tod ihrer Mutter in eine abgelegene Ecke von Yorkshire geschickt hatte, um von einer Großtante aufgezogen zu werden.

Als Tochter eines Herzogs musste sie die Kriterien seiner Eltern erfüllen. »Wie alt ist sie noch mal?«

»Achtzehn.«

Edward schüttelte den Kopf. »Zu jung. Wäre sie ein paar Jahre älter, würde ich es in Betracht ziehen. Aber ich habe vor, dieses Jahr zu heiraten. In den nächsten Wochen, wenn ich es schaffe.«

Graverley warf ihm einen unheilvollen Blick zu. »Du weißt aber schon, dass du damit meine Pläne, dich mit Diana zu verheiraten, zunichte machst.«

»Und seit wann hast du das geplant?«

Graverley seufzte. »Seit etwa drei Minuten, nachdem ich dich getroffen habe. Nein, es ist wahr«, sagte er, als er Edwards skeptischen Blick bemerkte. »Du bist der einzige Mann auf der Welt, der gut genug für meine kleine Schwester ist.«

Edward lehnte sich in seinem Stuhl zurück. »Vorsichtig. Das klang fast wie ein Kompliment.«

»In der Tat.« Graverley stand auf. »Ich mache etwa alle zehn Jahre eins.«

Edward schnaubte, dann gab er einem Lakaien ein Zeichen, Graverley zu seinen Zimmern zu führen. »Wir haben das beste Zimmer im Haus für dich zurechtmachen lassen.«

»Sag mir etwas, das ich nicht weiß«, rief Graverley über die Schulter, als er im Flur verschwand.

KAPITEL 12

Edward verbrachte die nächsten zwei Stunden schwer beschäftigt.

Zuerst war es Graverley, der eine Viertelstunde nach seiner Abreise wieder in die Stube stürmte. Er klatschte mit beiden Händen auf den Schreibtisch vor Edward. »Ich kann das Fagott hören«, sagte er mit zusammengebissenen Zähnen.

Es klang in der Tat so, als ob Mr. Nettlethorpe-Ogilvy und Miss Chenoweth sich dazu herablassen würden, ein paar Duette zu spielen. »Dein Zimmer liegt direkt über dem Musikzimmer«, bestätigte Edward.

»Dann werde ich ein neues Zimmer brauchen.«

»Aber das ist das beste Zimmer im ...«

»Das ist mir egal«, schnauzte Graverley. »Wenn meine Ohren diesem grässlichen Krächzen ausgesetzt sind, dann ist es nachweislich *nicht* das beste Zimmer im Haus.«

Edward zuckte mit den Schultern. »Harding«, rief er dem Butler zu, der prompt in der Tür erschien. »Siedeln Sie Lord Graverley um in das etruskische Zimmer, ja?«

Harding verbeugte sich. »Sofort, Mylord.«

So hatte Edward zwischen der Begrüßung der Gäste etwas Neues zu tun, denn durch den Umzug von Graverley in ein anderes Zimmer mussten die Zimmerzuweisungen neu geordnet werden. Er bat Harding, seine Mutter zu holen, da dies eher ihr Gebiet sei, aber er erfuhr, dass sie beschäftigt war. Er tat sein Bestes, fürchtete aber, dass seine Mutter, die perfekte Gastgeberin, seine Auswahl nicht gut finden würde.

Es war mitten am Nachmittag, und fast alle Gäste waren schon eingetroffen, als Harding in der Tür erschien. »Noch eine Kutsche, Mylord.«

»Danke«, antwortete Edward, stand auf und richtete seinen Mantel. Draußen sah er zu seiner Überraschung die Kutsche der Astleys vorfahren. Seltsam, dachte er, als er die kurze Treppe hinunterjoggte, die zur Einfahrt führte, denn er konnte sich nicht erinnern, dass irgendwelche Gäste die Familienkutsche benutzen sollten.

Die Tür öffnete sich, und heraus kam der haubenbesetzte Kopf von Elissa St. Cyr. Edward verpasste die letzten beiden Stufen und stolperte in die Einfahrt, wobei er sich kaum auf den Beinen halten konnte.

Er spürte ein heftiges Zucken in seiner Schulter. Wie konnte er nur so unvorsichtig sein? Wie *demütigend*.

Aber es schien nicht so, als hätte Elissa sein Straucheln mitbekommen. Mit zurückgelegtem Kopf und offenem Mund schien sie voll und ganz damit beschäftigt zu sein, den Säulenportikus zu bestaunen.

Edward rückte seinen Mantel zurecht, dann trat er näher. »Miss Elissa«, sagte er und reichte ihr die Hand, »willkommen in Harrington Hall.«

Ihr Kopf drehte sich, ihre grünen Augen waren groß wie Untertassen. »Edward! Oh, mein Gott, ich habe nicht ...« Ihr Mund schloss sich abrupt, und Farbe stieg in ihre Wangen. »Das heißt, Lord Fauconbridge ...«

Edward war nur wenig weniger verwirrt und stellte fest,

dass die Worte »Sie können mich gern Edward nennen« aus seinem Mund heraussprudelten.

Dürfen, korrigierte er sich im Stillen. Sie *dürfen* mich Edward nennen. Großer Gott, sie musste glauben, dass er die englische Sprache nicht im Geringsten beherrschte.

Aber Elissa schien auch das nicht bemerkt zu haben, denn sie plapperte immer noch. »Es tut mir so leid, Sie haben mich überrumpelt, ich kann nicht glauben, dass ich das gesagt habe ...« Sie brach ab und drehte sich langsam, während sie die makellos gepflegte Rasenfläche betrachtete, die palladianische Brücke, die den von Capability Brown selbst entworfenen Bach überspannte, den nordwestlichen Flügel aus goldenem Cotswold-Sandstein, der im Nachmittagslicht leuchtete, und den Säulengang mit seinen sechs korinthischen Säulen aus strahlend weißem Marmor. »Ist das Ihr *Haus*?«, stotterte sie.

Edward konnte ein Lächeln nicht unterdrücken. »Noch nicht. Warum fragen Sie?«

»Weil es der schönste Anblick ist, den ich je gesehen habe. Wenn es Ihnen nichts ausmacht, würde ich gerne eine Weile einfach hier sitzen«, sagte sie und deutete auf die oberste Stufe des Portikus, »und den Blick über den Rasen schweifen lassen. Ich glaube, dann wäre ich vollkommen zufrieden.«

»Ich glaube, das können wir besser«, sagte Edward. »Warten Sie, bis Sie den griechische Pavillon sehen.«

Elissas Gesicht erhellte sich. Sie wandte sich an ihre Schwester, die in der Tür der Kutsche erschien. »Cassandra, sie haben einen griechischen Pavillon!«

Edward streckte die Hand aus, um ihrer Schwester auf den Kies zu helfen. »Mrs. Gorten, herzlich willkommen.«

»Vielen Dank für die Einladung, Mylord«, erwiderte Cassandra sanft und schritt die Treppe hinauf, bevor er ihr seinen Arm anbieten konnte, was bedeutete, dass er ein Paar mit Elissa bilden würde.

Die Kutsche rollte weiter zu den Ställen, und zwei Lakaien stiegen die Treppe hinauf, der eine trug einen kleinen Koffer, der andere nur einen Lederranzen. »Ist das Ihr ganzes Gepäck?«, fragte Edward und bot seinen Arm an.

»Ja«, antwortete Elissa und lachte. »Die Truhe gehört Cassandra. Ich habe nur den Ranzen mitgebracht. Es sind hauptsächlich Bücher. Ich habe kaum Kleidung mitgebracht ...« Sie brach ab, zuckte zusammen und wandte sich mit dem bekannten Ausdruck der Beschämung an ihn.

Edward gab sich große Mühe, nicht zu lachen. »Bitte, erzählen Sie mir mehr.«

»Ihre Schwester, Lady Lucy!«, quietschte sie. »Sie müssen verstehen, als Ihre Mutter mich zum ersten Mal einlud, bat ich sie, mich aus der Pflicht zu entlassen, da ich nichts Passendes zum Anziehen habe. Lady Lucy antwortete mit einem sehr freundlichen Brief und bot mir an, ihre Kleider mit mir zu teilen.«

»Das klingt ganz nach unserer Lucy«, bestätigte Edward.

»Ich habe dann versucht, mit der Begründung abzulehnen, dass es mir an so etwas wie sozialem Schliff fehlt. Seltsamerweise ließ sich Ihre Mutter auch davon nicht abschrecken.« Sie schüttelte den Kopf. »Ich habe ihr erzählt, wie ich über das Schwein gestolpert bin und alles!«

»Sie sind über ein Schwein gestolpert?«

Elissa verharrte ganz still, dann schaute sie zu ihm auf und biss sich auf die Unterlippe. »Ich wäre Ihnen dankbar, wenn Sie vergessen würden, dass ich das gesagt habe.«

Edward grinste, als er sie die Treppe hinaufführte. »Auf keinen Fall.«

Sie rümpfte die Nase über ihn. »Auf jeden Fall ist Ihre Mutter seltsam hartnäckig und geradezu hinterhältig gewesen, wenn ich das mal so sagen darf.«

»Ich kann nicht widersprechen, denn es ist nachweislich wahr.«

»Man kann sie absolut nicht zurückweisen. Zuerst konnte ich mir nicht einmal vorstellen, warum sie uns überhaupt hier haben wollte, aber schließlich habe ich es herausgefunden. Das war wirklich sehr nett von ihr. Anscheinend hat Ihr Bruder ihr erzählt, wie sehr Cassandra Ihre Schwester, Lady Morsley, bewundert, und das ist der Grund, warum sie ...« Elissa brach ab, als sie in die kreisförmige Rotunde im Zentrum des Hauses kamen. »Oh, meine *Güte* ...«

Ihr Kopf neigte sich wieder nach hinten, als sie den vom Himmel erleuchteten Raum betrachtete. Die Alabastersäulen, die den Raum umgaben, ragten fünfzig Fuß hoch bis unter die Decke und schimmerten weiß vor den Wänden in Wedgewood-Blau. Die Decke war kunstvoll mit Ranken und Medaillons verziert, der weiße Putz hob sich klar von dem satten Blau des Hintergrunds ab und gipfelte in einem großen, gemalten Rondell am Scheitelpunkt der Kuppel.

Ihre Schritte hallten auf dem Marmorboden wider, während Elissa wie verträumt durch den Raum lief, den Mund offen und die Augen überall hinschweifend, während sie alles in sich aufnahm. Ihr Kopf war zur Decke gereckt, und sie wäre mit einer Statue von Hektor zusammengestoßen, der hier seinen Wunden erlag, wenn Edward sie nicht herumgesteuert hätte. Sie war so fasziniert, dass sie nicht das geringste Zeichen gab, dass sie bemerkte, was er tat.

Sie keuchte auf, als sie das gemalte Rondell in der Mitte der Decke bemerkte. »Es sind Amor und Psyche!«, rief sie aus, und ein Lächeln erhellte ihr Gesicht, als ihre Augen die seinen trafen. *»Sie sieht die strahlenden, nach Ambrosia duftenden Locken, den milchweißen Hals, die damaszenerfarbenen Wangen, über die die herrlichen Locken wandern, deren Glanz selbst das Lampenlicht erzittern lässt.«*

»Apuleius' *Metamorphosen*«, sagte Edward sofort. »Ich habe diese Übersetzung nie gelesen. Von wem ist sie?«

»Oh, die ... die ist von mir«, sagte sie und blickte plötzlich verlegen zu Boden.

Warum war er nicht überrascht? »Das ist ausgezeichnet. Ich habe immer an diesen Zeilen verzweifelt. Es ist unmöglich, ihnen gerecht zu werden. Es verwirrt den Verstand, dass sie ausgerechnet von Apuleius geschrieben wurden. Fast während der gesamten *Metamorphosen* wechselt er zwischen dem Krassen, dem Grausamen und dem Farcehaften, und dann schreibt er ohne Vorwarnung ...«

»... die glühendsten Sätze der gesamten lateinischen Prosa«, sagte Elissa und beendete damit seinen Gedanken.

»Ja!«, sagte er und schaute sie mit einem Hauch von Staunen an, während er sie durch den Raum führte. Er wies auf die Wände. »Wenn Sie sich die Flachreliefs ansehen möchten, sie erzählen den Rest der Geschichte. Hier ist Psyche, die im verwunschenen Hain erwacht. Und hier ist Amor, der von seiner Mutter Venus geschickt wird, um sie zu verfluchen, weil sie so schön ist, dass sie einer Göttin Konkurrenz machen könnte, und sich stattdessen auf den ersten Blick verliebt ...«

Edward brach ab, als die Grenzen zwischen Mythos und Realität zu verschwimmen begannen. Er blickte auf das Mädchen hinunter, das er in einem verwunschenen Hain angetroffen hatte. Ihre Wangen waren scharlachrot, und sie begegnete seinem Blick nicht, als sie auf eine andere Tafel deutete und sagte: »Und hier ist Psyche, die bereit ist, in die Hölle hinabzusteigen, um eine Zukunft mit ihrem Geliebten zu gewinnen.«

Edward merkte, dass er ihre Hand ergriffen hatte. »Elissa ...«

Ein Husten hallte durch die Weite des Saals. Edward

zuckte zusammen, als er sich daran erinnerte, dass sie nicht allein waren.

Um genau zu sein, wurden sie von Elissas Schwester, Harding und zwei Lakaien beobachtet, die beide mit offenem Mund glotzten. Zweifellos hatten sie jedes Wort in dem riesigen Saal gehört.

Harding räusperte sich. »Mylord, in welche Zimmer sollen wir das Gepäck von Mrs. Gorten und Miss St. Cyr bringen?«

Edward wusste plötzlich genau, wohin Elissa St. Cyr gehörte. »Bringen Sie Mrs. Gortens Koffer in das Primrose-Zimmer. Und Miss Elissa soll am Ende des Flurs, im jadegrünen Zimmer, unterkommen.«

Einem der Lakaien blieb tatsächlich der Mund offen stehen, als Edward Elissa das eleganteste Zimmer des Hauses zuwies, das ursprünglich für Lord Graverley bestimmt gewesen war. Hardings Augen funkelten geradezu. »Sofort, Mylord«, sagte er mit einer Verbeugung.

KAPITEL 13

Es gehörte sich nicht, dass er Elissa in ihr Schlafzimmer begleitete, auch nicht, wenn ihre Schwester als Anstandsdame dabei war. Edward wusste das.

Aber er ertappte sich dabei, dass er es trotzdem tat. Er wollte sich ihre Reaktion nicht entgehen lassen. Und so war er nun hier und ging mit Elissa an dem einen und Cassandra am anderen Arm die Treppe hinauf.

»Das Haus besteht aus vier Flügeln, die mit dieser zentralen Rotunde verbunden sind. Sie bilden die Form des Buchstabens ‚H‘ für ‚Harrington Hall‘«, erklärte Edward. »Sie beide werden den südwestlichen Flügel für sich allein haben. Die meisten Räume sind wegen Renovierungsarbeiten geschlossen. Wir hatten gehofft, sie vor der Hausparty fertig zu stellen, aber es war in letzter Zeit so elendig nass. Ihr Zimmer ist gleich hier, Mrs. Gorten«, sagte er und wies mit einer Geste auf einen fröhlichen Raum in Primelgelb.

»Wie schön«, sagte sie und schaute hinein.

»Und Sie«, sagte er und schaute zu Elissa hinunter, um keine Sekunde ihrer Reaktion zu verpassen, »werden hier wohnen, im jadegrünen Zimmer.«

Sie enttäuschte ihn nicht. Als Elissa die Schwelle überschritt, keuchte sie laut auf, eine Hand flog zu ihrem Herzen, mit der anderen hielt sie sich den Mund zu. Der Raum war reich verziert, von den vergoldeten Türrahmen bis zu den zarten Chippendale-Möbeln in Creme und Gold. Aber sein Kronjuwel war die Tapete. Edwards Vater hatte sie aus China importiert, die Tapete bestand aus blasser, jadegrüner Seide, die mit weißen Blumen, zarten Ranken und Dutzenden von bunten Vögeln handbemalt war.

Die Tapete erinnerte Edward an die handgeschnittenen Papierblumen, mit denen Elissa ihre Leseecke geschmückt hatte. Er hatte geahnt, dass es ihr gefallen würde.

Sie schlenderte durch den Raum und die zwei Stufen hinauf, die zum Erkerfenster mit Blick auf den hinteren Rasen führten. Durch zwei Säulen vom Rest des Raumes abgesetzt, bot er gerade genug Platz für eine cremefarbene, goldumrahmte Chaiselongue aus Seidenstoff.

Auf der anderen Seite des Raumes tat Cassandra so, als sei sie von einer großen Porzellanurne fasziniert. Elissa starrte derweil wie in Trance aus dem Fenster. Eine ganze Minute verging, ohne dass sie etwas sagte. Edward räusperte sich, als er um die Liege herumkam und sich neben sie stellte. »Die Tapete wurde aus China importiert«, bot er an. Er wartete ein paar Takte und fügte dann hinzu: »Die Vögel und Blumen wurden von Hand gemalt.« Sie gab nicht zu erkennen, dass sie seine Worte gehört hatte. Er deutete auf den Blick aus dem Fenster. »Ich habe vorhin den griechischen Pavillon erwähnt. Den können Sie dort oben auf dem Hügel sehen.«

Immer noch sie blieb stumm. »Das ist das Lieblingszimmer der Königin«, fügte er nach einem Moment hinzu. »Sie bleibt immer hier, wenn die königliche Familie nach Cheltenham kommt, um zu baden.«

Das schien Elissa aus ihrer Benommenheit aufzurütteln.

Sie drehte sich zu ihm um, und er sah, dass auf ihrem Gesicht ... Verzweiflung stand?

»Ich kann nicht hier bleiben«, sagte sie mit zitternder Stimme.

»Warum denn nicht? Gefällt ...« Er schluckte den bitteren Geschmack des Versagens hinunter, der in seiner Kehle aufstieg. »Gefällt es Ihnen nicht?«, fügte er leise hinzu.

»*Mir gefallen!*«, rief sie aus. »Ich hätte mir nie auch nur vorstellen können, dass es etwas gibt, das so vollkommen exquisit ist.«

Er spürte, wie sich seine Schultern ein wenig entspannten. »Was ist es dann?«

»Ich gehöre nicht hierher. Ich meine ...« Sie rang die Hände. »Sie haben doch das Haus meiner Familie gesehen. Es sieht kein bisschen so aus. Ich komme nicht aus Ihrer Welt. Und außerdem«, sagte sie und machte eine ausladende Geste mit der Hand, »wie um alles in der Welt komme ich dazu, das Lieblingszimmer der Königin zu bekommen?

»In Wahrheit sollte Graverley hier drin wohnen«, gab Edward zu.

Elissas Gesicht war leer. »Graverley?«

»Sie wissen schon, der Marquess of Graverley.« Sie gab kein Zeichen, dass ihr der Name etwas bedeutete. »Der Erbe des Herzogs von Trevissick?« Ihr Gesicht zeigte nichts. »Haben Sie wirklich noch nie von ihm gehört?«

»Hätte ich das tun sollen?«, fragte sie und legte ihre Stirn in Falten. »Ist er in der Gegend ansässig?«

»Äh - nein, ist er nicht.«

Elissa zuckte mit den Schultern. »Nun, wer auch immer er ist, wenn er der Erbe eines Herzogtums ist, dann ist er ein weitaus geeigneterer Bewohner für dieses Zimmer als ich.«

Und plötzlich verstand Edward, was Elissa St. Cyr so besonders machte: Sie hatte keine Ahnung, wer der begehrteste Junggeselle in ganz England war. Es war ihr vollkommen egal, denn im Gegensatz zum Rest der Welt verbrachte sie ihre Zeit nicht damit, sich über die neueste Mode, das größte Vermögen oder den höchsten Titel Gedanken zu machen. Nein, sie verbrachte ihre freie Zeit mit der Lektüre von Plutarch in einem Ruderboot, denn das war es, was sie wirklich glücklich machte.

Edward hatte den ganzen Nachmittag damit verbracht, Gäste zu begrüßen, die sich große Mühe gaben, unbeeindruckt von dem herrschaftlichen Haus seiner Familie zu erscheinen, und die darauf bedacht waren, einen mondänen Eindruck an den Tag zu legen, während sie den Wert jedes Kerzenhalters bis auf den letzten Penny abschätzten.

Und dann kam Elissa herein, die ihre Begeisterung nicht verbergen konnte.

Edward hatte seine wahren Gefühle nie jemandem gegenüber gezeigt. Er wusste, welche Reaktionen die Gesellschaft erwartete, und er reagierte so, wie es von ihm erwartet wurde. Allein der Gedanke, seine wahren Gefühle zu zeigen, erschien ihm bizarr. Seltsam. *Erschreckend.*

Und doch ... wann hatte er das letzte Mal die unbändige Freude gespürt, die Elissa ausgestrahlt hatte, als sie die Rotunde betrat?

Elissa fuhr fort: »Und was wird dieser Lord Gravy denken ...«

Edward versuchte, sich ein Lachen zu verkneifen, was ihm nicht gelang. »Er heißt Lord *Graverley*. Aber ich gebe Ihnen alle Reichtümer dieser Welt, wenn Sie ihm den Namen *Lord Gravy* ins Gesicht sagen.«

Sie rümpfte die Nase über ihn, aber sie lächelte. »Lord Graverley«, ergänzte sie. »Was wird er denken, wenn er das beste Zimmer bereits besetzt vorfindet?«

»Er kam vor Stunden an und hat sofort um ein anderes Zimmer gebeten.«

Ihr fiel die Kinnlade herunter. »Er fand *dieses* Zimmer unbefriedigend?«

»Wegen des Fagotts«, fügte Edward hinzu.

Sie runzelte die Stirn, drehte sich dann langsam um und suchte verwirrt den Raum ab. »Das ... das Fagott?«

»Ja. Wir befinden uns direkt über dem Musikzimmer, verstehen Sie?«

In diesem Moment drang eine zarte Melodie durch den Fußboden herauf. »Oh, ist das schön!«, rief Elissa aus. »Als ich schon dachte, dass dieser Raum nicht mehr schöner werden könnte, hat er sogar Musik.«

»Das ist Miss Chenoweth«, beeilte sich Edward zu erklären. »Sie ist ein seltenes Talent am Pianoforte.«

Elissa schloss die Augen in offensichtlicher Verzückung. »Ich habe noch nie etwas Gleichwertiges gehört.«

»Aber, verstehen Sie, Mr. Nettlethorpe-Ogilvy spielt das ...«

Er wurde von einem Quäken unterbrochen, das an das Schnauben eines Esels erinnerte und sogar durch die Fußbodendielen vibrierte, als Mr. Nettlethorpe-Ogilvy einstimmte. Elissa zuckte zusammen, und als sie die Augen öffnete, hatte sie einen ihrer vertrauten offenen Ausdrücke, eine liebenswerte Mischung aus Verwirrung und Schock.

»... das Fagott«, beendete Edward unbeholfen.

Elissas Gesicht blieb fünf quälende Sekunden lang entsetzt, bevor sich ihre Augenwinkel verzogen und ihre Lippen nach oben kräuselten.

Das nächste, was Edward erlebte, war, dass sie beide unkontrolliert loslachten.

Er spürte mehr, als dass er sah, wie sie seinen Arm ergriff, um das Gleichgewicht zu halten. Gerade als er glaubte, sie hätten sich wieder unter Kontrolle, machte er den Fehler, sie anzusehen, woraufhin sie beide in einen neuen Lachanfall verfielen.

Nach einer weiteren Minute bot er Elissa sein Taschentuch an, das sie annahm, um sich die Augen zu betupfen. »Sie sehen also«, sagte er, »das Zimmer ist nicht annähernd so schön, wie Sie es sich vorgestellt haben.«

Sie schlug ihm auf den Arm. »Der Raum ist trotzdem exquisit, und das Fagott beeinträchtigt ihn nicht im Geringsten. Mr. Nettlethorpe-Ogilvy ist gar nicht so schlecht, wenn man ... ähm ... weiß, was einen erwartet.« Ihr Gesicht verzog sich ein wenig. »Obwohl ich nicht da sein werde, um ihn zu hören. Ich sollte wirklich gehen.«

Tief in seinem Inneren wusste Edward, dass dies das Beste wäre. So sehr er auch nicht wollte, dass sie ging, konnte er Elissa St. Cyr ja doch nicht in seinem Leben haben. Was würde es ihm nützen, sie eine Woche lang hier zu haben? Er hing schon viel zu sehr an ihr. Und da der Wettbewerb nächste Woche bevorstand, wusste er nicht genau, was passieren würde oder wie er reagieren würde. Aber er hatte das nagende Gefühl, dass er die gute Meinung ruinieren würde, die sie von ihm hatte.

Doch anstatt ihr anzubieten, die Kutsche zu rufen, nahm er ihre beiden Hände in die seinen. Und dann tat er etwas noch Erstaunlicheres.

Er sagte, was er wirklich fühlte.

»Mir gefällt der Gedanke, dass Sie in diesem Raum sind. Dass es von jemandem benutzt wird, der es richtig zu schätzen weiß. Mir gefällt der Gedanke, dass Sie hier sitzen ...« Er nickte in Richtung der Chaiselongue. »... und sich den Nachmittag mit einem Stapel Bücher vertreiben. Ich möchte Ihnen den griechischen Pavillon zeigen. Und Ihnen die Bibliothek zeigen ...«

Ihr Blick schoss zu seinem Gesicht. »Die Bibliothek?«

»Die Bibliothek«, sagte er schnell. »Habe ich die Bibliothek nicht erwähnt?«

Sie biss sich auf die Lippe. »Ist sie ganz besonders großartig?«

»Das kommt darauf an. Halten Sie sechstausend Bände für großartig?«

»*Sechstausend!*«

»Natürlich haben nicht alle einen Bezug zu den Klassikern.«

»Oh.« Ihr Gesicht verzog sich ein wenig.

Er grinste verrucht. »Nur etwa zweitausend.«

Sie keuchte. »Zweitausend!« Sie blickte sehnsüchtig zur Tür.

Er spürte, dass er sie hatte. »Vielleicht könnte ich es Ihnen einfach zeigen?«

»Ich sollte wahrscheinlich einfach gehen ...«

Er warf ihr einen strengen Blick zu. »Sie wollen doch nicht wirklich gehen, ohne die Bibliothek gesehen zu haben, oder?«

Sie sah hin- und hergerissen aus. »Ich sollte nicht.«

Er schüttelte den Kopf. »Und ich dachte, Sie wären eine wahre Gelehrte.«

Sie verengte ihre Augen. »Es ist absolut unsportlich von Ihnen, mich auf so schamlose Weise zu manipulieren.«

»Das ist es«, stimmte er zu. Er hielt inne, bevor er hinzufügte: »Funktioniert es?«

Sie stieß ein frustriertes Lachen aus. »Sie wissen selbst am besten, dass es funktioniert.«

Er bot seinen Arm an. »Sie dürften doch eigentlich nicht von meinen hinterhältigen Methoden überrascht sein. Ich bin schließlich der Sohn meiner Mutter.«

Sie schnaubte ihn an, aber ihre Lippen verzogen sich zu einem widerwilligen Lächeln.

Edward wandte sich an ihre Schwester. »Mrs. Gorten, darf ich mich Ihnen noch einmal aufdrängen? Wir sind auf dem Weg in die Bibliothek.«

Zwei Stunden später kehrte Elissa in Begleitung von drei Lakaien in ihr Schlafzimmer zurück (drei starke Männer waren nötig, um alle Bücher zu tragen, die ihr ins Auge gefallen waren).

Sobald sie in der Bibliothek angekommen waren, hatte Cassandra den ersten Roman, den sie sah, aus dem Regal genommen und sich auf einen Stuhl in der Ecke zurückgezogen, während Edward Elissa herumführte.

Es waren die zwei schönsten Stunden in Elissas Leben gewesen. Nicht nur die Bücher (obwohl die Bibliothek der Astleys wie aus ihren Tagträumen entsprungen war), sondern auch das Anschauen der Bücher mit Edward. Sie hatte noch nie ein solches Gespräch geführt. Sie schwärmte von einem Euripides-Band, und irgendwie zitierte er zielsicher ihre Lieblingspassage. Sie stritten dann darüber, wer die bessere Übersetzung gemacht hatte, Gascoigne oder Ascham, bis ein anderer Titel ihre Aufmerksamkeit erregte, woraufhin sich der Vorgang wiederholte.

Er stapelte jedes Buch, das sie bewunderte, auf dem Schreibtisch, bis der keinen Zentimeter mehr Platz hatte. Sie fühlte sich beschämt, als sie bemerkte, wie viele sie ausgewählt hatte, und sagte, sie würde nur zwei oder drei auswählen, um sie mit auf ihr Zimmer zu nehmen. Er ignorierte sie, wies einen Lakaien an, ein freies Bücherregal zu finden und in ihr Zimmer zu stellen, und stapelte die Bücher weiter auf. Er schien von ihrer Reaktion auf die Bibliothek begeistert zu sein, und es kam in den ganzen zwei Stunden nur selten vor, dass seine Grübchen nicht zur Geltung kamen. Elissas Gesicht schmerzte vom vielen Lächeln.

Doch nun war es an der Zeit, sich für das Abendessen anzuziehen, und so trennten sich ihre Wege, wenn auch nur widerwillig.

Als Elissa ihr Zimmer betrat, entdeckte sie ein glänzendes Bücherregal aus Palisanderholz mit drei Regalböden, das an der Wand neben dem Lesefenster stand. »Vielen Dank«, sagte sie zu den Lakaien, als diese ihre Lasten absetzten. »Wenn sie es dort auf die Liege legen würden, stelle ich alles in die Regale.« Um ehrlich zu sein, freute sie sich darauf, die Bücher noch einmal durchzugehen.

»Unten waren noch ein paar mehr, Miss«, sagte einer der Lakaien. »Ich komme gleich mit ihnen zurück.«

»Danke.« Elissa erkannte ihn als denselben Mann, der nach Oxford geschickt worden war, um das Ersatzexemplar von *Theseus* zu beschaffen. »Wir haben uns neulich getroffen. Tut mir leid, ich habe Ihren Namen nicht verstanden.«

»Ich heiße Roger, Miss.«

»Es tut mir leid, dass ich Ihnen so viel Arbeit mache, Roger.«

Er verbeugte sich tief. »Das ist überhaupt kein Problem.«

Elissa wandte sich eifrig ihrer neuen Fundgrube zu. Sie machte einige Fortschritte bei der Ordnung, aber nur sehr wenige, weil sie immer wieder anfing, in die Bücher hineinzulesen, die sie in die Hand nahm, anstatt sie ins Regal zu stellen. Als Roger an die Tür klopfte, saß sie im Schneidersitz auf dem Boden vor dem Bücherregal und war in einen Band von Theokrit vertieft.

»Kommen Sie herein«, rief sie geistesabwesend. Plötzlich erinnerte sie sich daran, dass es sich nicht gehörte, auf dem Boden zu sitzen, und sie wandte sich mit einem verlegenen Lächeln an den Lakaien. »Ich fürchte, ich bin noch nicht sehr weit gekommen, aber - oh!«

Anstelle von Roger, der die letzten Bücher trug, kamen drei der schönsten jungen Frauen, die sie je gesehen hatte, in den Raum. Elissa rappelte sich auf, jonglierte mit dem Buch in ihrem Schoß und richtete hektisch ihre Röcke.

Sie knickste tief, denn es war nicht nötig zu fragen, wer diese Damen waren. Alle drei hatten die überirdischen blauen Augen von Edward. Es mussten seine Schwestern sein.

»Es tut mir so leid«, sagte sie und legte Theokrit eilig auf einen Stapel. »Ihr Bruder war so freundlich, mich in die Bibliothek mitzunehmen, und ich fürchte, ich war ein bisschen, äh, übereifrig.«

Eine der Blondinen schlenderte herbei und inspizierte die Bücherstapel. Elissa konnte nicht anders, als zu staunen, denn diese Frau war sicherlich das, was die Aristrokraten meinten, wenn sie von einem *Diamanten ersten Wassers* sprachen. Sie war hochgewachsen und anmutig, mit einer perfekten Figur, perfekten Gesichtszügen ... alles *perfekt*. Elissa wusste nichts über die Londoner Mode, aber sie hatte keinen Zweifel daran, dass dies die Frau war, die sie bestimmte.

»Griechisch, Griechisch, Latein, Griechisch.« Sie wandte sich zu Elissa um. »Wollen Sie mir damit sagen, dass dies Ihre Vorstellung von einer kleinen Unterhaltungslektüre ist?«

Elissa spürte, wie sie errötete. »Ähm - ja?«

Die Blondine klappte ihren Fächer auf und drehte sich zu ihren Schwestern um. »Das ist die beste Nachricht, die ich seit ... La, ich weiß gar nicht mehr, wie lange das her ist!«

»Sie hat sogar rote Haare!«, quiekte die andere Blondine, die ein paar Jahre jünger aussah als ihre Schwester.

»Es tut mir leid, ich ... was?«, sagte Elissa verblüfft.

»Grmpf!«, schnaubte das dritte Mädchen, das ihren Schwestern weniger ähnlich sah. Sie war die weibliche Version von Edward, mit glänzendem dunkelbraunem Haar, das ihre blauen Augen verblüffend intensiv aussehen ließ. Sie war jung, wahrscheinlich einer der Zwillinge, von denen Elissa wusste, dass sie achtzehn Jahre alt waren, aber sie trug sie bereits mit einer unerschütterlichen Zuversicht, von der Elissa wusste, dass sie sie nie besitzen würde.

Sie ging zum Bücherregal hinüber und begann wortlos, Elissas Auswahl zu durchforsten, wobei sie drei Bände aus den Stapeln nahm. Sie hielt sie in die Höhe. »Sind das auch Ihre?«

Elissa schaute sich die Titel an. Es waren alles Romane, die normalerweise als »schrecklich« abgetan wurden. »Ja. Ich ...« Sie schluckte und wappnete sich gegen ihren Spott. »Irgendwie habe ich das *Schloss Wolfenbach* noch nie gelesen. Aber jeder mag doch einen Schauerroman.« Sie blickte sich unsicher um. »Nicht wahr?«

Das dunkelhaarige Mädchen wandte sich an ihre Schwestern und nickte knapp. »Sie wird genügen.«

»Das ist *so* gut«, sagte die jüngere Blondine, hüpfte zu Elissa hinüber und drückte ihr die Hände. »Nachdem ich es gelesen hatte, hatte ich wochenlang Albträume, aber auf die bestmögliche Art und Weise. Übrigens, ich bin Lucy. Es ist so schön, Sie endlich kennenzulernen!«

Elissa lächelte, entzückt, wenn auch ein wenig verwirrt von diesem Empfang. »Ich freue mich sehr, Sie kennenzulernen, Lady Lucy. Ich bin Elissa St. Cyr.«

Lucy lachte. »Natürlich sind Sie das! Das ist Isabella«, sagte sie und nickte dem dunkelhaarigen Mädchen zu, das den Kopf fürstlich neigte. »Izzie und ich sind Zwillinge. Und das ist Caroline, besser bekannt als Lady Thetford.«

»Aber Sie sollten mich Caro nennen«, sagte sie sofort. »Alle meine Freunde tun das. Und ich kann jetzt schon sagen, dass wir die besten Freundinnen sein werden.«

»Anne wird jeden Moment hier sein«, fuhr Lucy fort. »Sie wollte gern Ihre Schwester kennenlernen.«

Ein paar Zimmer weiter hörte Elissa ein dumpfes Klopfen, gefolgt von einem schrillen Schrei ihrer Schwester. »Ich würde sagen, sie hat es gerade getan. Das war ein glücklicher Schrei«, beeilte sich Elissa, sie zu beruhigen. »Cassandra ist eine große Bewunderin von Lady Morsley.«

Lady Thetford lächelte. »Das sind wir alle. Ah, da sind sie ja.«

Elissa beobachtete, wie die fassungslose Cassandra von einer großen, wunderschönen Frau mit braunem Haar, braunen Augen und einem seligen Lächeln durch die Tür geführt wurde. Sie war ganz offensichtlich schwanger, aber sie gehörte zu den Frauen, die das Kind wunderschön trugen, zu den Frauen, bei denen man verstand, warum man schwangere Frauen manchmal als »strahlend« bezeichnete.

»Sie müssen Miss St. Cyr sein«, sagte sie warmherzig. »Ich bin Lady Morsley, aber ich hoffe, Sie werden mich Anne nennen.«

»Mylady«, sagte Elissa und knickste. Umgeben von den vier Astley-Schwestern, von denen eine atemberaubender war als die andere, fehlten ihr die Worte. Sie fühlte sich ein bisschen wie eine Sterbliche, die eine falsche Abzweigung genommen hatte und irgendwie auf dem Olymp gelandet war, umgeben von den Göttinnen.

Zwischen ihnen war sie, mittelgroß und von durchschnittlicher Figur, mit Sommersprossen auf der Nase und unmodernem roten Haar. So freundlich die Astley-Schwestern auch waren, es war schwer, sich nicht eingeschüchtert zu fühlen.

»Sie fragen sich sicher, warum wir in Ihr Zimmer eingedrungen sind«, sagte Lady Thetford. Es klopfte erneut an der Tür. »Das sollte der Grund sein.«

Drei Dienstmädchen kamen herein, die Arme voll mit Kleidern. »Legt sie auf dem Bett aus«, sagte Lady Thetford. Sie umkreiste Elissa und musterte sie. »Wir beginnen mit dem blauen, dem weißen und dann dem gelben.«

»Ich sehe in Gelb schrecklich aus«, sagte Elissa.

Die Viscountess rümpfte die Nase, als sie lächelte, als ob sie es bewundernswert fände, dass Elissa eine Meinung geäußert hatte. »Probieren wir es einfach mal an, ja?«

KAPITEL 15

Zwei Stunden später machten sich Elissa und Cassandra in ihren geliehenen Kleidern auf den Weg nach unten. Lady Thetford hatte recht gehabt, und Elissa trug das gelbe Kleid. (»Es ist nur das blasse Primelgelb, das Sie meiden sollten, meine Liebe. Sehen Sie, wie *göttlich* Sie in diesem Safrangelb aussehen?«) Nachdem sie Elissa gezwungen hatte, alle Kleider aus dem Stapel anzuprobieren, hatte die Viscountess einen Plan erstellt, auf dem genau stand, was sie in der nächsten Woche tragen sollte.

Das wahre Wunder, was Elissa betraf, war die Bändigung ihrer Haare. Sobald die Kleider ausgewählt waren, begannen die Astley-Schwestern zu überlegen, was sie mit ihrer Frisur machen sollten. Es gab keine nennenswerten Fortschritte, bis eines der Dienstmädchen, das selbst rotes Haar hatte und aus dem Zimmer geschlichen war, sobald das Thema auf Elissas Frisur kam, mit einem kleinen Porzellangefäß zurückkam. »Zur Seite!«, hatte sie gerufen und sich dann daran gemacht, in Elissas Locken zu stochern.

»Was denkst du, Fanny?«, fragte Lady Thetford.

»Es ist wunderschön«, erklärte Fanny. »Auf diesen

Moment habe ich mein ganzes Leben lang gewartet, das habe ich.«

Elissa schenkte ihr ein entschuldigendes Lächeln. »Es ist hoffnungslos, irgendetwas damit anfangen zu wollen. Mein Haar widersetzt sich allen Versuchen, es zu bändigen.«

»Ach, tatsächlich?« Fanny schnaubte. »Das werden wir gleich sehen.«

Eine halbe Stunde später betrachtete Elissa sich erstaunt im Spiegel. Wo ihr Haar immer nur kraus gewesen war, war es jetzt glatt und glänzend und zu einem Haufen Locken auf ihrem Kopf geformt. Das Ganze wurde von einem Bandeau in demselben Gelbton wie ihr Kleid zusammengehalten, in das ein paar weiße Blumen hineingesteckt worden waren, um die Frisur abzurunden.

»Und das«, schloss Fanny mit einem zufriedenen Lächeln, »ist die Magie des Kokosöls.«

»Kokosnussöl?«, fragte Elissa erstaunt. Natürlich hatte sie schon von Kokosnüssen gehört, aber sie hatte noch nie eine gesehen.

»Das ist richtig. Man benutzt es als Pomade«, erklärte Fanny, setzte den Deckel wieder auf den Porzellantopf und stellte ihn auf den Schminktisch. »Verwenden Sie nur ein wenig - es hält sehr lange vor. Das reicht für ein oder zwei Monate, aber dann werden Sie sich mehr davon besorgen wollen.«

Elissa lächelte verlegen. »Ich fürchte, in Bourton-on-the-Water werde ich kein Kokosöl zu kaufen bekommen.«

»Oh, Sie können es in London finden«, beeilte sich Lady Lucy zu sagen. »Hier kann man alles bekommen.«

Elissa biss sich auf die Lippe und hielt es für das Beste, nicht zu erwähnen, dass sie noch nie in London gewesen war und wahrscheinlich auch nie die Gelegenheit haben würde, dorthin zu fahren.

Nun, da sie und Cassandra einem Lakaien in den

Speisesaal folgten, schenkte Elissa ihrer Schwester ein festes Lächeln. Cassandras dunkelbraunes Haar und ihr cremefarbener Teint passten hervorragend zu dem rosafarbenen Seidenwickelkleid, das die Astley-Schwestern für sie ausgesucht hatten. Die Erfahrung, sich für ein Abendessen in Schale zu werfen, ein Dutzend Seidenkleider anzuprobieren und sich die Haare von einer richtigen Zofe statt von einer ihrer Schwestern richten zu lassen, war für das Mädchen, das sein ganzes Taschengeld für Bücher ausgab, etwas völlig Neues. Doch Elissa hatte schnell herausgefunden, dass sie sich dank der Herzlichkeit und Lebendigkeit der Astley-Schwestern entspannen und sogar Spaß haben konnte.

Aber jetzt, wo sie durch so elegante Räume ging, die eher zu einem Palast als einem einfachen Haus gehören müssten, konnte Elissa nicht umhin, sich in ihrer geliehenen Kleidung fehl am Platz zu fühlen.

Schließlich erreichten sie einen Salon mit türkisfarbenen Seidentapeten, in dem sich die Gäste der Astleys zum Abendessen versammelt hatten. Elissa bemerkte, dass zwei Familien aus der Gegend anwesend waren, die sie kannte: die Beauclerks und die Stavertons. Die Söhne beider Familien waren Schüler ihres Vaters gewesen. Sie und Cassandra waren nicht annähernd so hochwohlgeboren wie die Beauclerk-Mädchen, deren Großvater ein Herzog war, oder die Stavertons, deren Vater ein Baron war. Aber zwei der Staverton-Schwestern lächelten und nickten von der anderen Seite des Raumes, und Henrietta Beauclerk, die in der Nähe der Tür stand, begrüßte sie herzlich und kam mit Cassandra ins Gespräch.

Elissa erblickte Edward am anderen Ende des Raumes, der lächelte und den Kopf neigte. Er sprach mit einem blonden Mann, den Elissa wahrscheinlich für gutaussehend gehalten hätte, wenn er neben jemand anderem gestanden hätte. Edward schien Probleme zu haben, sich auf sein Gespräch zu konzentrieren, denn der blonde Mann drehte sich um und hob dann abschätzend eine Augenbraue, als sein Blick auf Elissa fiel. Er drehte sich wieder zu Edward um und sagte etwas, wobei er seinen Kopf in Elissas Richtung neigte.

Eine herrische Stimme unterbrach Elissas Gedankengang. »Sie müssen die berüchtigte Miss St. Cyr sein.«

Elissa drehte sich um und starrte die Frau an, die vor ihr stand, eine Frau, die keiner Vorstellung bedurfte. Sie hätte ihren Töchtern Lady Lucy und Lady Caroline nicht ähnlicher sein können, mit ihrem honigblonden Haar und diesen umwerfenden blauen Augen.

Elissa fing sich und machte einen tiefen Knicks. »Lady Cheltenham, vielen Dank für die Einladung.«

Die Gräfin hob eine einzelne Braue. »Ja, Sie schienen sehr dankbar zu sein, dass Sie die Einladung erhalten haben.«

Elissa wurde blass. »Ich ... äh ...«

Die Gräfin hatte Mitleid mit ihr. »Na, na, Kind, ich beiße nicht. Außer dienstags, und dann auch nur, wenn Sie mir ganz besonders missfallen.« Sie wandte sich an Cassandra. »Sie sind bestimmt Mrs. Gorten.«

Cassandra versank in einem Knicks. »Ja, Mylady.«

Lady Cheltenhams Blick schweifte abschätzend über Elissa. »Ich freue mich darauf, mehr über Sie beide zu erfahren.«

Eine beängstigende Aussicht, fand Elissa, aber der Butler, der den Salon betrat und verkündete, dass das Abendessen serviert wurde, verschaffte ihr eine Gnadenfrist. Lady Cheltenham schwebte an die Spitze der Reihe, und Elissa und Cassandra fanden ihre Plätze ganz am Ende.

Elissa spürte, wie sich ihr der Magen wieder zusammenzog, als sie den Speisesaal betrat, der groß genug für die fünfzig geladenen Gäste war und mit goldgerahmten Spiegeln auf roter Seidentapete dekoriert war. Sie musste sich zwingen, ihren Kopf nicht nach hinten zu neigen, um die Fresken an der Decke zu betrachten.

So nervös sie auch war, das Abendessen trug wesentlich dazu bei, Elissas Ängste vor der Teilnahme an einer solch illustren Gesellschaft zu lindern. Sie kam leicht ins Gespräch mit ihrem Tischnachbarn, Mr. Peter Ferguson, einem wohlhabenden Geschäftsmann, dessen Vater Schotte war und dessen Mutter aus der bengalischen Region Indiens stammte. Er hatte olivfarbene Haut und schelmische braune Augen, und da er in Indien aufgewachsen war, sprach er neun Sprachen, darunter Hochpersisch. Elissa hatte sich ein wenig im Hochpersischen versucht, da sie von allen großen klassischen Sprachen fasziniert war, und Mr. Ferguson war so zuvorkommend, dass er sich fröhlich mit ihr auf Hochpersisch unterhielt und ihr sogar in einigen Punkten der Aussprache behilflich war.

Es war nicht nur Mr. Ferguson. Alle, die um sie herum saßen, hätten nicht freundlicher oder einladender sein können. Elissa war noch nie in so geselliger Runde gewesen, und als die Damen die Herren mit ihrem Brandy allein ließen, begann sie zu glauben, dass die Teilnahme an dieser Hausparty vielleicht doch keine Katastrophe war.

Die Damen begaben sich in die Porträtgalerie. Lady Morsley und Cassandra unterhielten sich angeregt über die Wohltätigkeitsorganisation der Viscountess, die Ladies' Society for the Relief of the Destitute. Nach ein paar Minuten entschuldigte sich Elissa, um sich die Kunstwerke anzusehen.

Sie schlenderte an Gemälden der Madonna mit Kind und einer Seeschlacht vorbei, von der sie annahm, dass es sich um Kap St. Vincent handeln könnte, und hielt dann vor zwei Gemälden inne, von denen das eine das Forum Romanum in seiner heutigen Form und das andere das Forum in seiner vollen Pracht zeigte.

»Genau da, wo ich Sie erwartet habe«, sagte eine tiefe Stimme über ihre Schulter.

Sie drehte sich um und lächelte Edward an. Es schien, dass die Herren ihren Brandy ausgetrunken hatten. »Bin ich so berechenbar?«

»Das wollte ich nicht andeuten. Aber das sind meine Lieblingsbilder, und ich hatte den Verdacht, dass sie Ihnen auch gefallen könnten.« Er bot seinen Arm an. »Und, amüsieren Sie sich?«

»Sehr, danke. Am Anfang war ich nervös, aber alle sind sehr freundlich.« Sie deutete auf die Röcke ihres geliehenen Kleides. »Und dank Ihrer Schwester fühle ich mich nicht völlig fehl am Platz.«

»Sie sehen wunderschön aus«, sagte Edward. Seine Augen voller Aufrichtigkeit leuchteten im Kerzenlicht mitternachtsblau.

»Danke«, flüsterte sie.

Ein bellendes Gelächter von der anderen Seite des Raumes erinnerte sie daran, dass sie nicht allein waren und dass sie aufpassen sollte, nicht zu glotzen. Sie wandte sich dem Bild des Forums zu, wie es heute aussah, und deutete auf eine Reihe von Säulen, die noch standen. »Das war ein Teil des Saturntempels, richtig?«

»Ganz genau. Und hier, links davon, ist die ...«

»Fauconbridge, da bist du ja«, sagte eine undeutliche Stimme. Elissa drehte sich um und sah einen Herrn mit rötlichen Wangen und mehr als einem leichten Bauchansatz.

»Onkel Mortimer«, sagte Edward und wandte sich an Elissa. »Miss St. Cyr, darf ich Ihnen meinen Onkel vorstellen, Oberst ...«

»Oh, das können wir uns sparen«, sagte der Oberst und wedelte mit dem Arm. Das brachte ihn aus dem

Gleichgewicht, und er taumelte zur Seite, bevor er sich wieder aufrichtete. »Ich muss dich für einen Moment ausleihen.«

Lord Redditch, den Elissa erkannte, trat hinter dem Oberst hervor und klopfte ihm auf die Schulter. »Lass ihn in Ruhe, Morty. Siehst du nicht, dass er eine bessere Gesellschaft gefunden hat als dich?« Er zwinkerte Elissa zu.

»Ich habe fünf Pfund gegen deinen Vater in einer mathematischen Frage gewettet«, fuhr der Oberst unbeirrt fort. »Sie sagen alle, dass ich mich irre, aber ich werde ihr Urteil nicht akzeptieren. Und warum sollte ich das tun, wenn wir doch unseren eigenen Superrechner haben, der das entscheidet?«

Elissa spürte, wie Edwards Arm unter ihrer Hand zuckte. Sie blickte zu ihm auf und stellte fest, dass sein Gesichtsausdruck völlig leer war.

Lord Redditch versuchte, den Colonel wegzulocken. »Komm, Morty. Das kann doch warten.«

Der Oberst stürzte sich auf Lord Redditch und schwankte. »Er kann eine Minute für seinen Onkel erübrigen«, sagte er mit gehobener Stimme. Entlang der gesamten Galerie drehten sich Köpfe neugierig in ihre Richtung.

»Ich bin gleich da, Onkel«, sagte Edward. Als Lord Redditch den Colonel auf die andere Seite des Raumes lenkte, wandte sich Edward mit einem Lächeln an Elissa. »Es tut mir leid. Ich werde gleich zurückkehren.«

Elissa drückte seinen Arm, bevor sie ihn losließ. »Es gibt keinen Grund, sich zu entschuldigen. Ich verstehe das sehr gut.«

Edward eilte durch die Galerie, und Elissa widmete sich wieder ihrem Studium der Gemälde. Nach einem Moment hörte sie den Oberst bellen: »Was?« Sie schaute hinüber und sah, dass Edward beschwichtigend die Hände hochhielt.

»Oh je. Da ist der Oberst wieder«, summte eine weibliche Stimme in Elissas Ohr.

Sie drehte sich um und sah eine elegante junge Frau mit dunklem Haar und dunklen Augen. »Ist der Oberst öfter betrunken?«, fragte Elissa.

»Ständig«, antwortete das Mädchen. »Ich bin Araminta Grenwood.«

Elissa lächelte, als sie einen Knicks machte. Wirklich, alle waren so freundlich zu ihr. Und nun auch noch Miss Grenwood, die herüberkam, um sich vorzustellen, sobald sie Elissa allein stehen sah. »Ich bin Elissa St. Cyr.«

»Der Viscount Grenwood ist mein Vater«, fügte Miss Grenwood hinzu. Elissa hatte den Eindruck, dass sie davor gewarnt wurde, sie als gleichwertig anzusehen, nur weil sie beide ein »Miss« vor ihrem Namen hatten.

»Oh. Wie ... wie schön«, sagte Elissa und rang um eine angemessene Antwort. »Mein Vater ist Julian St. Cyr. Er war der Tutor von Lord Fauconbridge.«

»Ah, Sie sind also hierher gekommen.« Miss Grenwood musterte Elissa von oben bis unten. »Das ist ein sehr modisches Kleid, das Sie da tragen.«

»Danke.« *Siehst du?* Elissa ermahnte sich selbst. *Geh nicht immer gleich vom Schlimmsten aus.* Miss Grenwood meinte es gut. »Es ist eigentlich ...«

»Es gehört Lady Lucy, nicht wahr? Wie nett von ihr, dass sie dafür gesorgt hat, dass Sie *etwas* zum Anziehen haben würden. Ich kann mir vorstellen, dass keines Ihrer Kleider für dieses Fest geeignet gewesen wäre. *Überhaupt nicht.* Und es steht Ihnen ja auch recht gut.« Sie lachte. »Das heißt, so gut wie möglich, unter diesem grellen Ingwerschopf.«

Elissas Lächeln war eingefroren. Nun, vielleicht waren nicht *alle* auf dieser Hausparty außergewöhnlich freundlich. Sie überlegte, ob sie das Thema wechseln sollte. »Und woher kennen Sie die Familie Astley, Miss Grenwood?«

»Meine Mutter und Lady Cheltenham sind die besten Freundinnen. Mama ist die Patin der Zwillinge, müssen Sie wissen. Und meine Verbindung zu den Astleys wird sich noch vertiefen.«

»Oh? Wie das?«

Miss Grenwood lachte, aber nicht auf eine freundliche Art. »Wissen Sie das wirklich nicht?«

Elissa schüttelte den Kopf, und Araminta Grenwood beugte sich vor und sah ihr fest in die Augen.

»Ich werde Lord Fauconbridge heiraten.«

Elissa war nicht in der Lage, etwas zu antworten. Das sollte sie nicht überraschen. Sie hatte die ganze Zeit gewusst, dass es sich bei den Aufmerksamkeiten, die manche als tiefere Wertschätzung interpretieren könnten, lediglich um Edwards tadellose Manieren handelte. Allein die Vorstellung, dass Edward Astley sich jemals für Leute wie sie interessieren könnte, war lächerlich! Sie wusste das.

Aber der Verzweiflung nach zu urteilen, die sie überflutete, hatte ihr Herz zu hoffen gewagt.

Miss Grenwood wartete auf eine Antwort von ihr. »Dann sind Sie mit ihm verlobt?«, fragte Elissa und versuchte, ihre Stimme ruhig zu halten.

»Es ist so gut wie beschlossen«, antwortete Miss Grenwood und senkte ihre Stimme zu einem Flüstern. »Vor der Hausparty erzählte Lady Cheltenham meiner Mutter, dass Lord Fauconbridge sie gebeten hatte, einige junge Damen einzuladen, da er beabsichtigte, diese Woche eine Braut zu wählen. Er hat seine Mutter gebeten, die Kandidatinnen auszuwählen.« Sie schenkte ihr ein hämisches Lächeln. »Wie Sie sehen können, bin ich die einzige junge Dame von entsprechendem Rang, die eingeladen wurde.«

»Oh!« Elissa war so verblüfft, dass sie das Erste sagte, was ihr in den Sinn kam. »Aber was ist mit den Staverton-Mädchen? Ihr Vater ist ein Baron.«

Miss Grenwood schnaubte. »*Ein Baron.* Als ob Lord Fauconbridge die *Tochter eines Barons* auch nur in Betracht ziehen würde.«

Elissa runzelte die Stirn. »Nun, da sind noch Henrietta und Mary-Elizabeth Beauclerk. Ihr Großvater ist der Herzog von ...«

»Sind Sie wirklich so naiv? Ihr Vater ist der fünfte Sohn des Herzogs. Töchter des fünften Sohnes eines Herzogs sind so gewöhnlich wie Kohlköpfe.«

Elissa biss sich auf die Lippe und erinnerte sich daran, wie herzlich Henrietta Beauclerk sie vor dem Abendessen begrüßt hatte. »Die Beauclerks sind reizende Mädchen. Liebevoll und freundlich. Und ich kann Ihnen versichern, dass es nichts *Gewöhnliches* an Güte gibt, eine Eigenschaft, die sie in Hülle und Fülle besitzen.«

»Liebenswürdigkeit, Anmut - lobenswerte Eigenschaften, gewiss. Aber Lord Fauconbridge braucht keine *liebevolle* Frau. Er braucht eine *Gräfin.* Jemand, der eine Veranstaltung wie diese ohne mit der Wimper zu zucken planen kann. Eine, die weiß, dass ein venezianisches Frühstück nicht vor drei Uhr nachmittags beginnen sollte.«

»Drei Uhr? Aber ... ich dachte, Sie sagten, es sei ein Frühstück?«

Miss Grenwood warf ihr einen mitleidigen Blick zu und fuhr fort: »Er braucht jemanden, den er bei Hofe präsentieren kann. Eine Frau, die das nötige Menuett vor dem König und der Königin tanzen kann, ohne ihm Schande zu machen.«

Elissa wurde bleich. Sie konnte kaum einen einfachen

Landler tanzen, und ein Menuett war noch tausendmal schwieriger. Noch schlimmer war, dass das Menuett jeweils von einem Paar getanzt wurde, was bedeutete, dass man von allen Seiten angestarrt wurde, um die Darbietung zu begutachten und jeden Fehler zu notieren. »Muss man wirklich ein Menuett bei Hofe tanzen?«

»Oh, ja. Die meisten Orte haben das Menuett aufgegeben, aber bei Hofe wird es immer noch getanzt.«

Elissa lachte nervös. Sie hatte verstanden, dass sie für die Rolle der Gräfin ungeeignet war, aber erst jetzt begriff sie das ganze Ausmaß ihrer Untauglichkeit. »Nun, ich bin sicher, dass die Staverton und Beauclerk-Mädchen all diese Fähigkeiten beherrschen.«

»Ich bin sicher, dass sie es nicht tun.« Miss Grenwood beugte sich vor und flüsterte: »Ich saß beim Abendessen neben Henrietta Beauclerk. Wussten Sie, dass sie noch nie in London war?« Miss Grenwood schüttelte den Kopf. »Nein, Lady Cheltenham würde niemals eine der anwesenden jungen Damen als Braut für ihren ältesten Sohn in Betracht ziehen. Außer mich. Sie sehen also, ich bin die Wahl der Gräfin für ihre zukünftige Schwiegertochter. Die förmliche Bekanntgabe wird zweifellos noch vor Ende der Woche erfolgen.«

»Ich … ich verstehe«, stotterte Elissa.

Miss Grenwoods Augen verengten sich. »Aber das ist nicht das, worüber ich mit Ihnen sprechen wollte. Ich bin hierher gekommen, um über Ihre Verliebtheit in Lord Fauconbridge zu sprechen.«

Elissas Blick flog zurück zu Miss Grenwood. »Meine … meine … was?«

Miss Grenwood verdrehte die Augen. »Es ist so *offensichtlich*. Alle haben es bemerkt. Und auch, wie *erbärmlich* das ist. Oder sollte ich sagen, wie erbärmlich *Sie sind*?«

Elissas Wangen fühlten sich sehr heiß an, als sie Edward anschaute. Er hatte seinen Arm um die Schultern seines Onkels gelegt. Sein Bruder Harrington hatte sich zu ihnen gesellt, und er sagte etwas, das die ganze Gruppe von Herren in Gelächter ausbrechen ließ. Sogar der Oberst begann zu lachen und sah beschwichtigt aus.

Edward blickte durch den Raum, seine Augen fanden die ihren.

Sein Lächeln verblasste abrupt.

Wie dumm sie doch gewesen war. Sie war noch nie gut darin gewesen, ihre Gefühle zu verbergen. Natürlich musste ihre Bewunderung offensichtlich sein. Und in wenigen Tagen würde er seine Verlobung mit einer anderen Frau bekannt geben.

Kein Wunder, dass alle sagten, sie sei erbärmlich.

Plötzlich wusste Elissa, dass sie weder ihm noch den anderen Gästen gegenübertreten konnte. Nicht heute Abend, wo ihre Gefühle so roh waren.

Sie wandte sich an Miss Grenwood. »Ich entschuldige mich, aber ich spüre, dass ich Kopfschmerzen bekomme. Ich sollte mich hinlegen.«

Miss Grenwoods Augen waren eher von Zufriedenheit, statt von Sympathie erfüllt. »Ja, das ist wahrscheinlich das Beste.«

Elissa schaffte es, unbemerkt aus dem Zimmer zu schlüpfen. Sie würde Cassandra erklären, was Miss Grenwood gesagt hatte.

Morgen.

KAPITEL 17

Im Verlauf der nächsten drei Tage brodelte es in Edward, der nach außen hin tadellos ruhig wirkte.

Er hatte eine Vorahnung verspürt, als er Elissa mit der giftigen Araminta Grenwood im Gespräch sah. Er hatte sich so schnell wie möglich von seinem Onkel losgerissen, aber Elissa war bereits aus dem Zimmer geflohen und klagte über Kopfschmerzen.

Das konnte er sehr gut verstehen. Araminta Grenwood war in der Lage, selbst einem Mann, der die Konstitution eines Ackergauls hatte, eine Migräne zu verpassen.

So sehr er sich auch bemühte, es gelang ihm nicht, einen Moment mit Elissa allein zu sein, um herauszufinden, was geschehen war. Sobald er einen Raum betrat, klammerte sich Miss Grenwood wie eine Seepocke an seinen Arm. Er war der Meinung gewesen, er hätte ihr nach ihrem Sprung hinter die Topfpalme klar gemacht, dass sie keine Erwartungen an eine zukünftige Verbindung haben sollte. Aber weder das noch sein kühles Verhalten schienen sie abzuschrecken.

Jedes Mal, wenn es ihm gelang, Elissas Blick zu

erhaschen, schenkte sie ihm ein wenig überzeugendes halbes Lächeln und wandte dann sofort den Blick ab.

Was um alles in der Welt könnte Miss Grenwood zu ihr gesagt haben?

Jeden Abend wirkte sich dann die Rangordnung gegen ihn aus. Als zukünftiger Graf war sein Platz am Kopfende der Tafel in Stein gemeißelt. Er musste die Dowager Viscountess Molesworth unterhalten (was ihm eigentlich nichts ausmachte, denn obwohl Lady Molesworth weit jenseits der siebzig war, hatte sie einen feinen sarkastischen Humor). Aber ein Abend voller Schlagfertigkeit mit Lady Molesworth war ein schwacher Trost, wenn er Elissa am anderen Ende des Tisches sah, wie sie alle um sich herum bezauberte. Einmal schaffte es Harrington, sich neben sie zu setzen, und Edward musste die ganze Nacht über ertragen, wie sie über die Witze seines Bruders lachte.

Wie sehr er sich in diesem Moment danach sehnte, der zweite Sohn zu sein, *Mr.* Astley, der sitzen konnte, wo er verdammt nochmal wollte.

Und so machte sich Edward am Morgen des fünften Tages der Hausparty wenig Hoffnung, dass er mit Elissa noch irgendwann sinnvolle Zeit verbringen würde. Als er sie jedoch die Stufen der Säulenhalle heruntersteigen sah, wo sich die Gesellschaft zu einem gemeinsamen Rundgang durch das Gelände versammelte, bekam sein Herz einen jämmerlichen Ruck.

Er ging sofort zu ihr hinüber. »Guten Morgen, Miss Elissa. Mrs. Gorten.«

»Guten Morgen«, sagte Elissa, schenkte ihm dieses schreckliche Lächeln, das keines war, und ließ ihren Blick auf die Zehen ihrer Stiefel sinken.

»Was für ein schöner Tag für einen Spaziergang«, bemerkte Cassandra.

»Ja, ich hoffe nur, dass das Wetter hält«, antwortete Edward. Elissa starrte immer noch auf ihre Füße.

Harrington schlenderte zusammen mit Caro und ihrem Mann, Lord Thetford, auf den Säulengang hinaus. Edward schaute sich um. Bis auf Lady Grenwood und ihre Tochter war die gesamte Gesellschaft versammelt.

Seine Mutter klatschte in die Hände. »Es ist jetzt zehn Uhr. Los geht's.«

Edward warf einen Blick auf seine Taschenuhr. Es war Punkt zehn. Es lag ihm auf der Zunge, vorzuschlagen, dass sie ein paar Minuten warten sollten, bis die Grenwood-Damen eintrafen.

Er hielt sich davon ab. Ein einziges Mal in seinem Leben würde er ignorieren, was er tun *sollte*, sondern das tun, was er wirklich *wollte*.

Er bot Elissa und ihrer Schwester einen Arm an, aber Caro eilte herbei. »Mrs. Gorten, würden Sie mit mir gehen?« Sie wies auf Thetford, der bei Harrington und Peter Ferguson stand und über einen Witz lachte, den nur die drei verstanden. »Mein Mann ist mit seinen Schulfreunden zusammen, und Sie können sich nicht vorstellen, wie unverbesserlich sie werden, wenn sie alle drei zusammen sind. Ich wäre so dankbar für eine zivilisierte Unterhaltung.«

Edward wusste zufällig, dass Caro es mit absolut jedem aufnehmen konnte, an jedem Tag der Woche und an Sonntagen sogar zweimal. Aber darauf wollte er nicht hinweisen.

»Ich würde mich freuen«, sagte Cassandra.

Caro zwinkerte Edward zu, während sie sich bei Cassandra unterhakte und sie wegzog. Das einzig Positive an der Tatsache, dass Elissa immer noch zu Boden starrte, war, dass sie die nicht gerade subtile Geste seiner Schwester übersehen hatte.

»Miss Elissa?«, sagte er und bot seinen Arm an.

Endlich sah sie zu ihm auf, ihr Gesicht eine Mischung aus Sehnsucht und Verzweiflung, bevor sie den Blick senkte und seinen Arm annahm.

Er wollte fragen, was zum Teufel Araminta Grenwood zu ihr gesagt hatte, aber das konnte er kaum tun, solange die Gruppe so dicht gedrängt stand.

Also fragte er sie stattdessen, ob ihr die Bücher aus der Bibliothek gefallen hätten. Dies führte zu einem stockenden Gespräch über Aristophanes, gefolgt von einem etwas weniger stockenden Gespräch über Horaz. Dann bogen sie um die Ecke, und der griechische Pavillon kam in Sicht. Elissa wollte schon anfangen, in Begeisterungsstürme auszubrechen, bevor sie sich besann und zu Boden blickte.

Sie mochte ihre Reaktion unterdrückt haben, aber Edward wusste, dass er sie hatte. Er begann mit einer ausführlichen Besichtigung des Pavillons und zeigte ihr jedes Detail. Er beschrieb, von welchen Tempeln sich der Architekt hatte inspirieren lassen, und gestand seine Enttäuschung darüber, dass eine große Tour für ihn wegen des Krieges mit Frankreich nicht möglich gewesen war. Dies führte zu einer Diskussion darüber, welche griechischen und römischen Stätten sie jeweils besuchen wollten, wobei es ein hohes Maß an Überschneidungen gab, da sie beide alle besuchen wollten. Und als Edward ihr die kleine Bank im Inneren des Pavillons zeigte und beschrieb, wie schön sie im Licht des Vollmonds aussah, hatte Elissa aufgehört, auf ihre Füße zu starren. Sie strahlte ihn wieder an, und Edward konnte zum ersten Mal seit drei Tagen wieder aufatmen.

Sie verbrachten so viel Zeit damit, sich den Pavillon anzusehen, dass sie hinter den Rest der Gruppe zurückfielen, nicht so weit weg, dass es unpassend gewesen wäre, aber weit außerhalb der Hörweite. Es wäre der ideale Zeitpunkt, Elissa zu fragen, was Miss Grenwood gesagt hatte, um sie zu verärgern, aber Edward zögerte. Er wollte nichts sagen, was ihr Gespräch zum Erliegen bringen könnte. Es war eine größere Erleichterung, als er zugeben wollte, dass Elissa wieder mit ihm sprach, dass sie die Nase rümpfte, wenn er sie aufzog, dass sie ausführlich aus den Eklogien des Nemesianus zitierte, dass sie einfach ... sie selbst war, in seiner Gegenwart.

Sie erreichten die Spitze der Anhöhe, und ihr Ziel kam in Sicht: Cranfield Castle, eine prächtige alte Ruine, die gleich hinter der Grenze des Astley-Anwesens auf den Ländereien von Lord Redditch lag.

Elissas Reaktion war genauso entzückt, wie Edward es sich erhofft hatte. »Oh, wie herrlich! Ist das eine ... eine ...«

»Eine Burg«, ergänzte Edward, der sich ein Grinsen nicht verkneifen konnte.

»Ja, natürlich, aber ist es ein ...« Sie fuchtelte mit den Händen und rang nach Worten. »Manche Leute bauen ein *nagelneues* Gebäude so, dass es wie eine Ruine aussieht. Ist es das, oder ist es ...«

»Es ist eine richtige Burg«, beeilte sich Edward, sie zu beruhigen. »Sie stammt aus dem vierzehnten Jahrhundert.«

»Ein richtiges Schloss!« Sie drückte eine Hand auf ihr Herz. »Es ist so malerisch, dass ich mir nicht sicher sein konnte.«

»Ja. Als ich ein Kind war, war das mein Lieblingsspielplatz.«

Sie packte seinen Unterarm mit einem überraschend starken Griff. »Wollen Sie mir damit sagen, dass Sie Ritter, Drachen und Einhörner in einer echten Burg gespielt haben?«

Er stieß ein Lachen aus. »Ich kann nicht sagen, dass ich *Einhörner* gespielt habe.«

Sie stieß ihn in den Arm, aber sie lächelte.

»Als älterer Bruder habe ich Harrington das Einhorn sein lassen«, erklärte er feierlich. Sie lachte laut auf, und es war, als hätte es die letzten drei elenden Tage nie gegeben. »Kommen Sie«, sagte er und bot seinen Arm an, »ich zeige Ihnen alle ihre Geheimnisse.«

Sie schafften es in Rekordzeit den Berg hinauf. Trotz seiner längeren Beine musste Edward sich anstrengen, um mit Elissa in ihrer Aufregung Schritt zu halten. Sie erreichten den Sockel der Burg und begannen, sie zu umrunden. Edward zeigte ihr hier ein Steinmetzzeichen, dort die Überreste der verrosteten Kette, die einst das Fallgitter hochgezogen hatte. Elissa kreischte laut auf, als er auf einige Brandspuren unter einem Mordloch hinwies, die Überreste von siedendem Öl aus dem Rosenkrieg.

Auf halbem Weg erreichten sie den von Lord Redditch angelegten Picknickplatz, auf dem Decken im Schatten einer Baumgruppe ausgebreitet waren. So sehr Elissa auch darauf brannte, das Schloss weiter zu erkunden, der Tag war warm und sie waren schon fast eine Stunde gelaufen, also setzten sie sich und nahmen ein Glas Limonade entgegen.

Lord Redditch schloss sich ihnen an. »Wie gefällt Ihnen das Schloss, Miss St. Cyr?«

»Es ist wunderbar, Mylord. Vielen Dank, dass Sie uns eingeladen haben, uns hier umzusehen.«

»Es ist mir ein Vergnügen.« Er nickte Edward zu. »Hat Fauconbridge Ihnen schon von dem Geist erzählt?«

Elissa beugte sich vor. »Es gibt sogar einen Geist?«

Edward lächelte. »Diese Geschichte habe ich für Sie aufgespart, Sir. Niemand sonst kann ihr gerecht werden.«

Der Graf begann die Geschichte, froh, jemanden gefunden zu haben, der sie nicht schon hundertmal gehört hatte. Elissa war das perfekte Publikum, sie keuchte an den richtigen Stellen und starrte verzückt auf die Zinnen, wo der Geist des fünften Marquess of Redditch bei abnehmendem Mond angeblich erschien.

»Es war der hintere rechte Turm«, sagte Lord Redditch

und deutete auf die Stelle, »an der sich der Mörder mit der Axt von hinten an ihn heranschlich. Fauconbridge wird es Ihnen zeigen, wenn Sie hinaufgehen.«

Elissas Augen flogen zu denen von Lord Redditch. »Sind die Zinnen intakt?«

Lord Redditch nickte. »Der Ostflügel ist vor zweihundert Jahren eingestürzt, und was übrig geblieben ist, bröckelt an einigen Stellen. Aber das meiste ist stabil genug.«

Elissa schlenderte bereits wie gebannt auf das Torhaus zu.

Edward schaute sich um. Lord Redditch hatte nicht übertrieben, als er sagte, dass die Zinnen brüchig seien; es gab sogar eine Lücke, über die man springen musste. Ihm gefiel der Gedanke nicht, dass Elissa ohne jemanden, der ihr die Gefahren aufzeigt, dort hinauf gehen würde.

Aber oben wären sie außer Sichtweite der Gruppe. Elissa brauchte eine Anstandsdame, aber er hasste den Gedanken, Mrs. Gorten darum zu bitten, die in ein Gespräch mit Anne vertieft war.

Er stupste seine kleine Schwester an. »Lucy, Miss Elissa möchte sich auf den Zinnen umsehen. Würdest du mit uns hinaufkommen!«

Ein panischer Blick ging über Lucys Gesicht. Ihr Blick flog zu ihrer Mutter und dann wieder zu Edward. »Oh, aber das kann ich nicht. Ich bin, ähm, so erschöpft von der Wanderung!«

Edward runzelte die Stirn, denn vor einer Minute war Lucy noch auf der Wiese herumgehüpft und hatte Blumen gepflückt. Aber er wandte sich an Isabella. »Was ist mit dir, Izzie?«

»Verzeihung, Bruder, aber ich bin von der Atmosphäre überwältigt.« Sie wies auf die grüne Wiese. »Ich stelle mir gerade eine Szene für mein neues Manuskript vor. Ich muss mir jedes Detail einprägen, bevor es mir entgleitet.«

Edward blickte stirnrunzelnd in den strahlend blauen

Himmel. Isabellas Vorliebe galt dem Makabren, und es fiel ihm schwer, sich an eine einzige Szene zu erinnern, die sie geschrieben hatte und die nicht in einer dunklen und stürmischen Nacht stattfand. »Ist es nicht ein bisschen zu … fröhlich?«

»Genau«, sagte sie eilig. »Die Lebhaftigkeit der Szene wird die Entdeckung der enthaupteten Leiche des Grafen Augusto noch erschütternder machen.«

»Ähm … stimmt.« Als Edward sich umdrehte, um eine andere Schwester zu finden, sah er Mr. Nettlethorpe-Ogilvy, der versuchte, ein Lächeln hinter seinem Limonadenglas zu verbergen. »Caro, was ist mit dir? Ich wage zu behaupten, dass es ein paar Jahre her ist, dass du das letzte Mal oben warst.«

»Es tut mir leid, Edward, aber ich kann unmöglich in diesem Kleid nach oben gehen«, sagte sie und fingerte an ihren Röcken herum. »Das ist mein Lieblingskleid.«

»Ich war eigentlich noch nie drinnen«, sagte Thetford und erhob sich. »Ich würde mich gerne umsehen.«

»Natürlich, mein Schatz«, sagte Caro. »Aber nicht gerade jetzt.«

»Ich bin sicher, dass wir keinen schöneren Tag dafür finden werden«, antwortete Thetford. »Komm schon, Ferguson. Ich weiß, dass du das auch sehen willst. Du schwafelst immer von mittelalterlicher Architektur.«

»Natürlich tue ich das.« Ferguson warf seinem Freund einen bedeutungsvollen Blick zu und neigte den Kopf zu Edward. »Aber ich würde es *lieber später* sehen.«

»Später?« Thetfords Stirn legte sich in Falten. »Warum später? Warum können wir nicht einfach …«

Caro ergriff den Arm ihres Mannes und riss ihn zurück nach unten. »Henry, *Liebling*. Ohne dich wäre ich *fürchterlich einsam*.«

Sie starrte Thetford fest ins Gesicht, und Edward konnte

fast sehen, wie sich die Zahnräder in seinem Kopf drehten. »Ich glaube, dann bleibe ich einfach hier«, sagte er und zog fragend eine Augenbraue hoch.

Caro strahlte ihn an. »Oh, danke, mein Liebster.«

Edward schaute sich in der Runde um, auf der Suche nach einer geeigneten Anstandsdame. Er hatte nicht vorgehabt, Anne zu fragen, aber nach dem Blick zu urteilen, den Morsley ihm zuwarf, war die Andeutung, dass seine im neunten Monat schwangere Frau gerne auf die bröckelnden Zinnen klettern würde, nicht gerade willkommen.

»Liebling«, rief seine Mutter, »geh doch einfach mit Miss St. Cyr. Es wird nicht unpassend sein, wir sind doch alle hier. Und ich hasse den Gedanken, dass sie die Lücke übersehen und sich verletzen könnte.«

Edward erinnerte sich plötzlich daran, wie sie in ihrem Rausch fast über die Hektor-Statue in der Rotunde gestolpert wäre. »Nun denn«, sagte er und stand auf. »Wenn du sicher bist, dass es in Ordnung ist ...«

Eine Kakophonie von Stimmen rief ihm zu, er solle gehen.

Edward eilte die Treppe hinauf und fand Elissa an die zinnenbewehrte Brüstung gelehnt, den Blick auf die umliegende Landschaft gerichtet. Sie lächelte, sobald sie ihn sah, und er wünschte sich plötzlich, ein Künstler zu sein, um ihren Anblick in diesem Moment festzuhalten, mit ihrem roten Haar und ihrem weißen Kleid, wie sie an der goldenen Steinmauer lehnte, mit dem tiefblauen Himmel und den sanften grünen Hügeln im Hintergrund. Es fiel ihm auf, dass sein Leben zwei Wochen zuvor wie eine Skizze in grauer Kohle gewesen war. Aber mit Elissa darin war plötzlich alles in prächtigen Farben gemalt.

Aus einem verrückten Impuls heraus verschränkte er seine Finger mit ihren, anstatt seinen Arm anzubieten, als sie um die Zinnen herum gingen. Elissa senkte den Kopf, und ihr schüchternes, aber begeistertes Lächeln war das Gegenteil der jämmerlichen Grimasse, die sie in den letzten Tagen immer wiedergezogen hatte, und sein Herz schlug höher, als er es sah. Hier oben war es windiger, und als eine plötzliche Böe aufkam, drückte sie seine Hand, während sie das Gleichgewicht halten musste, und lachte dann.

»Ich war noch nie so hoch oben«, gestand sie. »Es scheint, dass mir ein wenig schwindlig ist.«

»Warten Sie, bis Sie sehen, was da vorn ist.«

Sie gingen über den Fassadenflügel der Burg und hielten inne, um die Aussicht von einem Eckturm zu genießen. Auf halbem Weg um die Seite herum kamen sie zu der Lücke.

Da die gesamte Ostseite des Zinnenkranzes verschwunden war, konnte man den Spukturm nur über die Westmauer erreichen. Das meiste war noch stabil, aber an der Stelle, an der der Gehweg eingestürzt war, klaffte eine Lücke von etwas mehr als einem Meter.

Vier Fuß waren kaum eine Entfernung. Auf ebenem Boden musste man kaum hüpfen.

Es war eine etwas andere Aussicht, wenn man zwanzig Fuß tief unter sich ins Leere blickte.

Edward beäugte Elissa. »Sie müssen das nicht tun.«

»Nein, ich möchte es. Es ist doch gar nicht so weit, oder?«, sagte sie und betrachtete die Lücke. »Ich werde mir den Spuk-Turm nicht entgehen lassen.«

»In diesem Fall.« Edward ließ ihre Hand los und überwand die Lücke mit einem großen Schritt. Es kostete ihn keine Mühe, aber er war ja auch mehr als sechs Fuß groß. Elissa reichte ihm gerade mal bis ans Kinn.

»Nehmen Sie gut Anlauf«, rief er in den Wind. »Ich werde Sie auffangen. Ich verspreche es.«

Sie sah nervös, aber auch entschlossen aus, als sie ein paar Schritte zurücktrat und ihre Röcke mit einer Hand raffte. Sie wippte auf dem Absatz zurück, dann sprintete sie vorwärts und machte den Sprung, bevor sie ihre Meinung ändern konnte.

Es stellte sich heraus, dass sie ihn nicht brauchte; sie konnte die Lücke mit mehr als einem Fuß extra Platz überwinden. Aber das hatte den glücklichen Effekt, dass ihr Körper mit dem von Edward zusammenstieß.

Er fing sie in seinen Armen auf und drückte sie an seine Brust. Seit dem Tag, an dem er sie am Teich gefunden hatte, war er ihr nicht mehr so nahe gewesen, aber sein Körper freute sich über das vertraute Gefühl, sie in seinen Armen zu halten. Er wusste, dass es das eines Gentlemans würdig wäre, sie loszulassen, aber stattdessen legte er einen seiner Arme um ihre Taille und den anderen um ihr Gesicht, und ohne sich dessen bewusst zu sein, beugte er sich zu ihr hinunter und küsste sie.

In dem Moment, als seine Lippen ihre berührten, setzte Panik ein. Denn so sehr Edward auch Elissa St. Cyr küssen wollte, die Wahrheit war, dass er nicht wusste, was er da tat. Bei den wenigen Malen, die er in die Enge getrieben und geküsst worden war, hatte er sich darauf konzentriert, sich zu befreien, und nicht gelernt, was er mit seinen Lippen und seiner Zunge machen sollte. Jetzt war er einfach ... erstarrt.

Auch Elissa war wie eingefroren. Sie standen einfach nur da, ihre Münder aufeinander gepresst, beide steif wie ein Brett. Er dachte, er müsse seine Lippen auf ihren bewegen, aber er war sich nicht sicher, wie, und er kam sich so *dumm* vor, dass er siebenundzwanzig Jahre alt war und nicht einmal wusste, wie man eine Frau richtig küsste. Er schluckte und versuchte, das Scheitern, das ihm wie Galle in der Kehle aufstieg, zu unterdrücken. Was hatte er sich *dabei gedacht*? Dies war eine *Katastrophe*. Die einzige Frau, von der er wirklich wollte, dass sie gut von ihm dachte, und er hatte sich völlig zum Narren gemacht!

Doch dann geschah etwas höchst Bemerkenswertes.

Elissa gab einen Laut von sich, der zwischen einem Seufzer und einem Stöhnen lag. Sie schmolz regelrecht in seine Brust hinein. Er merkte, dass sie zitterte.

Plötzlich fühlte er sich gar nicht mehr wie ein Versager. Er zwang seine Lippen, sich zu entspannen. Langsam öffnete er seinen Mund und zeichnete mit seiner Zunge zaghaft die Konturen ihrer Lippen nach.

»Oh!«, rief sie aus, was sich sehr nach Vergnügen anhörte. Also tat er es wieder, und danach noch einmal. Zögernd öffnete sie ihren eigenen Mund, und ihr Körper zuckte wie vom Blitz getroffen zusammen, als seine Zunge die ihre berührte.

Inzwischen zitterte sie so stark, dass es schwierig wurde, sie zu küssen, und so bewegte er seine Lippen auf ihre Wange. Er zog eine Spur von Küssen über ihre Kieferpartie, hinüber zu ihrem Ohr und dann hinunter zu der zarten, blütenweichen Haut ihres Halses. Das tat nichts, um ihr Zittern zu lindern, aber sie gab weiterhin kleine Laute der Lust von sich.

Er versuchte, sie erneut zu küssen, aber sie zitterte so stark, dass er den Kontakt nicht aufrechterhalten konnte, also zog er sie an sich und vergrub sein Gesicht in ihrem Haar.

»Es tut mir leid, Mylord«, sagte sie mit unsicherer Stimme.

»Edward«, sagte er, ohne nachzudenken. »Nennen Sie mich Edward.«

»My... My... Edward.«

Er stöhnte laut auf, denn das war wohl das süßeste Geräusch in der englischen Sprache.

»Es ist nur ...« Sie schüttelte den Kopf, als wäre sie in Gedanken versunken. »Ich bin noch nie geküsst worden. Ich denke, meine Reaktion ist ziemlich normal. Sollte ein Mädchen nicht zittern, wenn es vom Mann seiner Träume geküsst wird?«

Ihre Augen flogen auf, und dieser typische *Oh, du meine Güte, was habe ich getan*-Ausdruck erschien auf ihren Zügen. »Habe ... habe ich das laut gesagt?«

Er konnte die Freude in seiner Stimme nicht verbergen. »Ja. Ja, das hast du.«

Sie blickte zu ihm auf, ihre Wangen waren scharlachrot. »Ich nehme nicht an, dass du vergessen könntest, dass ich es gesagt habe?«

Er strich mit dem Daumen zärtlich über ihre Wange. »Niemals.«

Und dann senkte er seine Lippen wieder auf die ihren, und obwohl sie immer noch zitterte, gelang es ihnen gut. Ihr Mund war unbeschreiblich süß an seinem, und seine Zuversicht wuchs mit jedem Seufzer der Lust, der aus ihrer Kehle aufstieg. Sie schlang ihre Arme um seinen Hals, und als er mit seiner Zunge über den Saum ihrer Lippen strich, öffnete sie sich für ihn. Zögernd begann ihre Zunge, mit seiner zu tanzen, und nun war er an der Reihe zu stöhnen.

Er fuhr mit seiner Hand ihre Wirbelsäule entlang und zog sie näher an sich, als eine unwillkommene Stimme von der anderen Seite des Schlosses herüberwehte.

»Lord Fauconbridge? Lord Fauconbridge? Wo sind Sie?«

Edward hatte noch nie in seinem Leben vor einer Dame geflucht, aber er musste den Drang unterdrücken, als er unwillkommenerweise feststellte, dass Araminta Grenwood auf sie zukam.

Zu seinem Bedauern trat Elissa einen Schritt zurück und begann, ihr Kleid zu glätten. Edward seufzte und begann ebenfalls, seinen Mantel zu richten.

Sie griff nach oben, um eine entkommene Locke wieder an ihren Platz zu bringen. »Wie sehe ich aus?«, fragte sie.

»Wunderschön«, antwortete er sofort. Das galt umso

mehr, dachte er, als sich ein verlegenes, aber zufriedenes Lächeln auf ihr Gesicht stahl.

»Elissa«, sagte er eindringlich, »ich weiß nicht, was sie neulich zu dir gesagt hat. Aber ...« Er rang nach Worten, um zu erklären, wie er sich fühlte, wie furchtbar die letzten drei Tage gewesen waren. »Geh nicht. Bleib hier.«

Sie hatte keine Zeit zu antworten, denn in diesem Moment kam Miss Grenwood um die Ecke gestürmt und hielt kurz vor der Lücke an. »Lord Fauconbridge, da sind Sie ja. Kaum zu glauben, aber Ihre Mutter hat uns die falsche Zeit für den Ausflug genannt! Wir kamen eine ganze Stunde zu spät herunter. Ich muss gestehen, dass ich sehr verärgert war, und ich zögerte nicht, dies der Gräfin zu sagen. Dann hieß es, Sie seien hier herauf gegangen. Meine Güte, ich hatte nicht erwartet, dass es hier oben so schmutzig ist.« Sie rümpfte die Nase. »Man sollte meinen, dass Lord Redditch die Burg ordentlich hätte schrubben lassen, wenn er gewusst hätte, dass wir alle kommen würden. Und sie befindet sich in einem schockierenden Zustand.« Sie warf ihm einen erwartungsvollen Blick zu. »Und? Wollen Sie mich nicht herumführen?«

Edward seufzte. Seine Idylle mit Elissa war anscheinend zu Ende.

KAPITEL 18

llerdings war Miss Grenwood nicht bereit, über die
Lücke zu springen. Edward teilte ihr mit, dass es
noch ein paar Minuten dauern würde, dann führte er eine
leise kichernde Elissa zurück in den Spukturm. So hatte er
etwas mehr Zeit in ihrer Gesellschaft, auch wenn er in
regelmäßigen Abständen von Miss Grenwood unterbrochen
wurde, die über den Hof rief und fragte, ob er nun endlich
bereit sei.

Schließlich war es soweit, und er und Elissa überwanden
die Lücke (Edward machte eine große Show daraus, sie bei
der Taille zu fangen). Er beendete die Schlossführung mit
Elissa an einem und Miss Grenwood an dem anderen Arm.

Zurück auf der Wiese wurde ein Picknick serviert. Miss
Grenwood hatte eindeutig die Absicht, sich zu Edward und
Elissa auf ihre Decke zu setzen, trotz der verlegenen Bitte
ihrer Mutter, ihre Tochter möge sich zu ihr setzen.

Es war Graverley, der ihn rettete. »Miss Grenwood«,
sagte er mit einem knappen Lächeln, »ich glaube, hier
drüben ist noch Platz.«

Araminta Grenwood wollte sich der Einladung, neben

dem reichsten zukünftigen Herzog Englands sitzen zu dürfen, natürlich nicht widersetzen, und die Geschwindigkeit, mit der sie Edward verließ, war fast peinlich. Edward warf seinem Freund einen Blick der Dankbarkeit zu, den Graverley mit einem Ausdruck erwiderte, der sagte: *Du schuldest mir etwas.*

Als Edward sich auf einer Decke niederließ, um den Nachmittag mit Elissa zu verbringen, stimmte er dem schweigend zu.

~

IN SEINEM ZIMMER an diesem Abend dachte Edward darüber nach, dass es der beste Tag gewesen war, den er seit langem erlebt hatte. Allein die Nähe von Elissa machte ihn so glücklich. Sie hatte eine so offene, leichtherzige Art. Er war keiner, der seine Deckung fallen ließ, aber in ihrer Gegenwart schienen sich die Knoten, in denen er gefangen war, von selbst zu lösen, und das fühlte sich ... gut an. Er könnte sich daran gewöhnen.

Er würde sich in der Tat daran gewöhnen.

Edward hatte nämlich beschlossen, Elissa St. Cyr zu seiner Frau zu machen.

Seine Entscheidung dürfte für alle, die ihn kannten, ein Schock sein. Nun, vielleicht nicht für alle. Ihren eher unsubtilen Bemühungen nach zu urteilen, ihm zu helfen, Elissa für sich zu haben, hatten seine Geschwister seine Gefühle wahrgenommen und seine Entscheidung gebilligt.

Seine Eltern wären eine ganz andere Sache. Er wusste, was man von ihm erwartete, er hatte es fast von Geburt an gewusst: eine Frau zu finden, die Rang, eine edle Herkunft und Reichtum hatte. Elissa hatte nichts davon.

Aber Edward stellte fest, dass es ihm völlig egal war, ob seine Eltern damit einverstanden waren oder nicht. Das war ganz untypisch für ihn. Aber er brauchte ... genau das hier. Er brauchte *sie*. Sein Leben mit Elissa darin war so unermesslich besser. Das war ihm in den letzten Tagen deutlich gemacht worden.

Er hatte sich immer so sehr bemüht, das zu tun, was von ihm erwartet wurde. Er hatte kaum je auch nur mit einem einzigen Zeh aus der Reihe getanzt. Konnte er nicht wenigstens diese eine Sache haben, Elissa als seine Frau, wenn sie ihn so glücklich machte?

Er warf seine Krawatte auf den Waschtisch, ging zum Fenster und starrte in die Nacht hinaus, während er sich aus seiner Weste schälte. Natürlich ging er von der Annahme aus, dass Elissa ihn akzeptieren würde. Aber vielleicht könnte man ihm verzeihen, dass er nach diesem Nachmittag zu weit gegangen war. *Der Mann ihrer Träume*, so hatte sie ihn schließlich beschrieben.

Er bemerkte einen weißen Blitz auf dem Rasen. Er lehnte sich näher an das Fenster, um in die Dunkelheit zu blicken.

Da war sie, als hätte er sie herbeigezaubert. Die Nacht war wolkenlos, und es herrschte Vollmond, so dass er das Rot ihres Zopfes über dem grauen Morgenmantel erkennen konnte.

Was um alles in der Welt machte sie draußen, allein, in ihrem Morgenmantel, zu dieser Zeit in der Nacht? Sie war auf dem Weg nach Südwesten. In dieser Richtung gab es nichts. Nichts, außer ...

Der Pavillon. Der Pavillon, der sich genau um Mitternacht in ein mondbeschienenes Paradies verwandelte, wie Edward ihr heute Morgen erzählt hatte.

Sicherlich war es Schicksal, dass er sie entdeckt hatte. Er machte sich nicht die Mühe, eine Krawatte oder Weste anzulegen. Er warf einfach seinen Mantel über sein offenes Hemd und folgte ihr hinaus in die Nacht.

~

ELISSA WUSSTE, dass es töricht war, mitten in der Nacht allein draußen zu sein. Aber sie war zu voll mit nervöser Energie, um zu schlafen.

Der Morgen war unglaublich gewesen. Edward Astley hatte sie geküsst. *Edward Astley*. Es war wie in einer ihrer Fantasien, und zwar eine, die so undenkbar war, dass sie sie niemals zugeben würde, nicht einmal Cassandra gegenüber. Sie konnte immer noch nicht glauben, dass es wirklich passiert war.

Doch als sie ins Haus zurückkehrten, hatte ein Brief von ihrer Mutter auf sie gewartet. Ihr Vater war wieder zusammengebrochen, diesmal mitten in seinem Klassenzimmer. Bei seinen früheren Anfällen war er schnell wieder aufgewacht, aber dieses Mal war er zu schwach gewesen, um aufzustehen, und sie mussten die Nachbarn bitten, ihn ins Bett zu tragen. Am nächsten Tag war er wieder aufgestanden, aber er blieb schwach, und die Sorge der Mutter war spürbar. Der Zustand ihres Vaters verschlechterte sich, und der Arzt konnte nichts mehr tun.

Ihre Mutter verlangte nicht, dass sie und Cassandra nach Hause zurückkehrten, um sich um ihren Vater zu kümmern. Dass die beiden eine weitere Woche lang das Essen der Astleys zu sich nehmen konnten, war eine willkommene Entwicklung für den Haushalt, und außerdem waren ihre Eltern keine Menschen mit der Art von zarten Gefühlen, die durch die Anwesenheit ihrer Töchter getröstet werden konnten.

Das Abendessen hatte für eine willkommene Ablenkung gesorgt. Aber danach, als Elissa allein in ihrem Zimmer gewesen war, ging sie immer wieder auf und ab. Angesichts des schlechten Gesundheitszustands ihres Vaters war es wichtiger denn je, dass sie den Wettbewerb gewann, der in nur drei Tagen stattfinden würde. Sie war während ihrer Zeit in Harrington Hall so abgelenkt gewesen, dass sie nichts zur Vorbereitung getan hatte.

Sie wusste, dass sie sich heute Abend an die Arbeit machen und ein oder zwei Übersetzungen fertig stellen sollte, und es war ja nicht so, dass es ihr an geeignetem Material mangelte, denn sie hatte einen großen Teil der Bibliothek der Astleys in ihr Zimmer schleppen lassen. Aber zwischen ihrem ersten Kuss, dem Zusammenbruch ihres Vaters und dem bevorstehenden Wettstreit zwischen ihr und Edward waren ihre Gefühle ein Durcheinander aus Hochgefühl, Angst und allem, was dazwischen lag, und ihre Versuche, sich zu konzentrieren, erwiesen sich als hoffnungslos.

Als sie aus dem Fenster schaute, fiel ihr der Pavillon auf. Heute Abend würde sie nicht mehr lernen können. Sie beschloss, sich ein oder zwei Stunden Zeit zu nehmen, um in Erinnerungen an die angenehmeren Ereignisse dieses Morgens zu schwelgen, warf sich ihren Morgenmantel über und schlüpfte aus ihrem Zimmer, bevor sie es sich anders überlegen konnte.

Im Mondlicht, das durch die Dachluke fiel, war der Pavillon wirklich herrlich. Elissa ließ sich auf der Steinbank in der Mitte der Rotunde nieder und zog die Knie an die Brust.

Das war wirklich perfekt.

Das Einzige, was es noch besser machen könnte, wäre, wenn Edward irgendwie auch hier sein könnte.

»Elissa?«

Sie schrie auf und wirbelte herum, ihre Hand flog zu ihrem Herzen. Und wie von Zauberhand herbeigeleitet, stand er da, zwischen zwei Säulen. Er schluckte heftig, und ihr Mund wurde trocken, als sie erkannte, dass sie wusste, dass er heftig geschluckt hatte, weil er weder Krawatte noch

Weste trug. Sein Hemd stand sogar offen, so dass die Hälfte seiner Brust zu sehen war.

Sie konnte ihre Augen nicht von der nackten Haut abwenden. Sollten Männer nicht ... haariger sein? Nicht, dass seine Brust völlig unbehaart gewesen wäre. Sie konnte eine leichte Berieselung sehen, aber aus irgendeinem Grund hatte sie erwartet ...

Er räusperte sich. »Es tut mir leid. Ich wollte dich nicht erschrecken. Ich habe dich zufällig über den Rasen gehen sehen, und ich ... ach, egal.« Er wandte sich zum Gehen.

»Edward, warte!« Er hielt inne und warf einen Blick über seine Schulter. »Du hast mich nur erschreckt, das ist alles. In dem Moment, als du dich von hinten an mich herangeschlichen hast, habe ich ins Leere gestarrt und gedacht, dass das Einzige, was den heutigen Abend besser machen könnte, wäre, wenn du hier wärst.«

Er drehte sich wieder zu ihr um. »Wirklich?«

»Wirklich. Hier.« Sie ließ ihre Füße auf den Boden sinken und machte auf der Bank Platz für ihn. »Möchtest du dich nicht zu mir setzen?«

Genau das tat er. Langsam, um ihr die Möglichkeit zu geben, Nein zu sagen, schob er sich näher heran und legte seinen Arm um ihren Rücken.

Sie seufzte und wurde rot, als sie ihren Kopf an seine Schulter lehnte.

Sie saßen einen Moment lang so da. Elissa genoss den Klang seines Herzschlags und das Gewicht seines Arms, der auf ihrem Rücken lag. Sie konnte sogar die Wärme seiner Haut durch das dünne Leinen seines Hemdes spüren ...

Er brach das Schweigen. »Was hat Miss Grenwood zu dir gesagt, dass du mich drei Tage lang gemieden hast?«

»Oh. Das. Sie sagte ...« Elissa zuckte zusammen. »Sie sagte, ihr beide würdet heiraten ...«

»*Was?*«

»... und dass sich alle über mich lustig machen, weil ich offensichtlich in dich verliebt bin.«

Sein Gesichtsausdruck war pure Empörung. »Ich würde nie schlecht über eine Dame sprechen, aber im Moment bin ich sehr in Versuchung.« Er nahm ihre beiden Hände in die seinen und drehte sich auf der Bank zu ihr herum. »Elissa, ich habe absolut nicht die Absicht, Araminta Grenwood zu heiraten. Ich schwöre es.«

»Das weiß ich jetzt. Ich wusste es sofort, als du mich geküsst hast. Denn du würdest nie mit mir tändeln, wenn du mit einer anderen verlobt wärst. So bist du nicht.«

»Gut.« Er schien sich über ihre Antwort zu freuen. »Und niemand macht sich über dich lustig. Nach den unverhohlenen Bemühungen meiner Schwestern zu urteilen, uns eine Chance zu verschaffen, miteinander allein zu sein, würde es mich nicht überraschen, wenn die Leute über uns reden würden, aber ich gehe davon aus, dass es von freundschaftlicher Art ist. Weil *wir* so offensichtlich in *einander* vernarrt sind.« Er schüttelte den Kopf. »Ich kann nicht glauben, dass sie das gesagt hat. Ich hatte angenommen, dass es etwas Unfreundliches war, weil dein Vater mein Lehrer war oder weil du dir ein paar Kleider von Lucy geliehen hast.«

»Oh, nun, sie hat diese beiden Dinge auch gesagt. Sowie eine schneidende Bemerkung über mein Haar.«

»Ich liebe dein Haar.« Er neigte das Kinn ein wenig. »Ich habe eine Schwäche für Rothaarige.«

Elissas Herz schwoll an. »Ist das wahr?«

»Das ist wahr.« Er griff nach oben, um ihr eine Locke hinters Ohr zu stecken. »Vor allem schöne Rothaarige, die auf Teichen schwimmen und mir gegenüber Kallisthenes zitieren.«

Sie gluckste. »Eine Eigenschaft, die nur von wenigen Männern geschätzt wird, denke ich.«

»Eine von diesem Mann geschätzte Eigenschaft. Die Art und Weise, wie ich mit dir reden kann ... Ich muss mich nicht verstellen oder vorgeben, etwas zu sein, was ich nicht bin.« Er schloss die Augen. »Alles ist besser, wenn du bei mir bist. Du hast mich sogar vergessen lassen ...« Er sah zu Boden und schien sich an sich selbst zu erinnern.

»Was vergessen?« Sie rückte näher an ihn heran. Welch eine Ironie, dass sie beide mit Gedanken hierher gekommen waren, denen sie unbedingt entkommen wollten.

»Es ist nichts«, murmelte er, und seine Schulter zuckte.

Elissa legte ihren Arm um ihn und begann, seinen Rücken zu streicheln. Nach einem Moment spürte sie, wie sich seine Muskeln entspannten.

»Was auch immer es ist, du kannst es mir sagen«, sagte sie.

Sein Kopf neigte sich zur Seite, als sie begann, einen Knoten an der Stelle zu bearbeiten, wo seine Schulter in den Nacken überging. »Ich möchte dir nichts auferlegen ...«

»Du würdest mir nichts auferlegen.«

»Ich weiß nicht ...«

»Ed-ward«, sagte sie und zog seinen Namen dabei in die Länge.

»Also gut«, brummte er. »Ich muss es dir wahrscheinlich sowieso sagen, wenn wir ...« Er räusperte sich. »Es geht um diesen Wettbewerb. Den, an dem wir uns beide beteiligen werden. In Oxford.«

»Oh?« Sie spürte, wie sich ihr Herzschlag beschleunigte, denn natürlich war der Wettbewerb auch der Grund für ihre Angst. »Was ist damit?«

»Es ist nur so, dass ich gewinnen muss, Elissa. Ich *muss* es tun. Und ich bin ...« Er brach ab.

Jetzt flog ihr das Herz fast davon. Was meinte er damit, dass *er* den Wettbewerb gewinnen *musste*? *Sie* war diejenige, die gewinnen musste. »Gibt es dafür einen bestimmten Grund?«

»Den gibt es.« Er sah ihr in die Augen. »Ich vertraue darauf, dass du das für dich behalten kannst.«

»Natürlich.«

»Harrington hat gewettet, dass ich den Wettbewerb gewinnen würde. Um fünfzehntausend Pfund.«

Plötzlich drehte sich der Pavillon, und Elissa musste sich an Edwards Arm festhalten, damit sie nicht von der Bank fiel. *Fünfzehntausend Pfund?* Das war mehr Geld, als ihr Vater in seinem ganzen Leben verdienen würde. »Meine Güte, Edward! Was wirst du nun tun?«

»Gewinnen«, sagte er grimmig.

»Es ist eine lähmende Summe.«

»Das Geld ist nicht einmal das Schlimmste. Ich meine ...« Er quittierte ihren schockierten Gesichtsausdruck mit einem Nicken. »Es ist *eine Menge* Geld. Die Auszahlung würde selbst uns schwerfallen. Ich meine, vielleicht nicht«, beeilte er sich hinzuzufügen. »Ich habe genug ... Stiefel und was weiß ich nicht alles. Aber für unsere Pächter. Ich habe Verbesserungen für die Hütten und Felder geplant. Wenn wir fünfzehntausend Pfund auszahlen müssen, wird das alles warten müssen.«

Sie lachte nervös. »Was könnte schlimmer sein als das?«

Er starrte in die Schatten des Pavillons. »Harrington hat die lächerliche Vorstellung, dass Vater ihn missbilligt.« Er schüttelte den Kopf. »Ich habe nie verstanden, warum er so denkt. Er ist derjenige, den alle lieben.«

Elissa runzelte die Stirn. »Was meinst du, *derjenige*?«

Edward schien sie nicht gehört zu haben. »Aber wenn ich verliere, wird Vater Harringtons unvorsichtige Wette aufdecken. Ein solcher Betrag lässt sich nicht verstecken. Und ...« Er schluckte. »Und Vater hat gedroht, Harrington nach Indien zu schicken, wenn er noch einen Skandal verursacht.«

»Indien!«, rief Elissa aus. »Würde dein Vater das wirklich tun?«

»Ich glaube, das würde er. Und Harrington ist anfällig für Asthmaanfälle. Das Klima dort ist für diejenigen, die nicht daran gewöhnt sind, besonders unversöhnlich. Mit Harringtons schwacher Lunge ...« Er sah zu Boden. »Mein Bruder würde das nicht überleben. Da bin ich mir sicher.«

»Du tust es für deinen Bruder.« Auch wenn sie vermutete, dass er lieber gar nicht würde teilnehmen wollen.

»Natürlich.« Er sah überrascht auf. »Ich würde alles für Harrington oder eines meiner Geschwister tun.«

Er sagte es, als ob es nichts wäre, aber Elissa wusste es besser. Eine solche Selbstlosigkeit war seltener und kostbarer als Rubine.

»Also *muss* ich den Wettbewerb gewinnen«, sagte er. »Aber ...« Er unterbrach sich und drehte sich um, um über den Hof zu blicken.

Sie drückte seine Hände. »Das ist ein großer Druck, den du dir da selbst auferlegst.«

Er drückte seine Augen zu. »Es ist ein großer Druck. Und ...«

»Und?«, flüsterte sie.

»Und ich habe Angst, dass ich es nicht schaffe«, sagte er hastig. »Ich habe seit sechs Jahren kein Lexikon mehr aufgeschlagen. Und selbst wenn ich es getan hätte ...« Er begegnete ihrem Blick nur widerwillig. »Dieser mysteriöse Übersetzer - er ist *brillant*. Er fängt den Geist des Werks auf eine Weise ein, die ich noch nie gesehen habe. Selbst wenn ich im Training wäre, weiß ich nicht, ob ich ...« Er brach ab und sah zu Boden. »Mein Bruder kam zu mir. Er bat mich um meine Hilfe. Und ich werde ihn im Stich lassen. Ich weiß, dass ich das tun werde.«

Elissa war sich nicht sicher, wie sie darauf reagieren sollte. Ihr Herz brach für Edward. Sie hatte Verständnis für seine missliche Lage, für seinen Wunsch, seinem Bruder zu helfen. Und doch ...

Sie musste diesen Wettbewerb gewinnen. Er hatte seine Gründe, und es waren gute Gründe, aber sie hatte ihre eigenen Gründe, die ebenso gut waren.

Nein. Das war nicht richtig.

Ihre Gründe waren besser. Harrington war ein erwachsener Mann. Er *musste* nicht nach Indien gehen. Er könnte sich gegen seinen Vater durchsetzen und seinen eigenen Weg gehen. Ein Mann konnte seinen eigenen Weg in der Welt gehen.

Ihre Mutter und ihre Schwestern hingegen könnten sehr wohl verhungern, wenn Elissa sie nicht unterstützen konnte. Und es könnte schneller passieren, als sie angenommen hatte.

»Ich kann nicht glauben, dass ich dir das alles erzählt habe«, sagte Edward reumütig. »Ich wollte dich nicht belasten ...«

»Es ist keine Last«, beeilte sie sich, ihn zu beruhigen. »Es ist wichtig, jemanden zu haben, dem man sich anvertrauen kann.«

Sie meinte es ernst. Es tat ihr nicht leid, dass Edward ihr von seinen Problemen erzählt hatte, auch wenn sie die schwache Hoffnung, dass sie mit ihrer aufkeimenden Zuneigung unbeschadet aus dem Wettkampf hervorgehen könnten, noch unhaltbarer machten.

Neben ihr gluckste Edward. »Wie konnte ich so weit vom Kurs abweichen? Das ist nicht das, worüber ich hier draußen mit dir sprechen wollte.«

»Was wolltest du denn besprechen?«

Er hob eine Hand, um ihre Wange zu streicheln. »Erlaube

mir, mich anders auszudrücken. Ich bin nicht hierher gekommen, um *irgendeine* Diskussion zu führen.«

Er fuhr mit den Fingern durch das Haar in Elissas Nacken und neigte seinen Kopf langsam zu ihr hinunter. Sie lehnte sich ebenfalls vor, ihr eigener Kopf neigte sich nach oben, doch dann erstarrte sie.

Er hatte sich ihr gerade anvertraut.

Sollte sie sich ihm auch anvertrauen? Dass *sie* die geheimnisvolle Übersetzerin war?

Die Person, gegen die anzutreten er sich so sehr fürchtete?

Wahrscheinlich würde er irgendwann die Wahrheit erfahren, entweder wenn sie den Wettbewerb gewann oder wenn einer der Redakteure, die sie letztlich abgelehnt hatten, ihre Identität enthüllte.

Sie war immer davon ausgegangen, dass Edward, wenn er ihr Geheimnis erführe, mit seiner Verachtung reagieren würde.

Aber ... Edward schien *zu gefallen*, dass sie klug war. Wenn sie ihr Gespräch mit dem perfekten klassischen Zitat würzte, schloss er die Augen, als würde er es genießen. Er hatte jede ihrer eigenen Übersetzungen gelobt, die sie ihm je gezeigt hatte.

Er hatte sie sogar als *brillant* bezeichnet, und jetzt sehnte er sich danach, sie im Mondlicht zu küssen.

Was, wenn sie sich geirrt hatte? Was, wenn er sie nicht verachten würde?

Und doch ... konnte sie nicht umhin, sich an seine gestelzte Reaktion zu erinnern, als sie ihm zum ersten Mal erzählt hatte, dass sie an dem Wettbewerb teilnehmen würde.

Du weißt es besser, Elissa. Kein Mann könnte ein Mädchen ertragen, das intelligenter ist als er.

Nicht einmal ein so wunderbarer Mann wie Edward.

»Elissa? Ist alles in Ordnung, mein Schatz?«

Was spielte das überhaupt für eine Rolle? Jetzt war sie besorgt, dass ihre Unterlassungslüge ihre Zukunft mit Edward ruinieren könnte.

Aber sie hatte keine Zukunft mit Edward. Nichts, was sie ihm heute Abend sagte oder nicht sagte, würde etwas an der Tatsache ändern, dass er sie zwar gerne im Mondschein küssen würde, sie aber nicht die Art von Frau war, die er jemals heiraten würde.

Sie sollte den heutigen Abend als das genießen, was er war, sollte eine Erinnerung schaffen, die sie immer in Ehren halten würde, selbst wenn sie alt und grau und allein enden würde. Es hatte keinen Sinn, sich über eine Zukunft aufzuregen, die schon immer unerreichbar gewesen war.

»Elissa?« Seine Augen waren voller Bestürzung. »Du bist verstört. Ich bitte um Entschuldigung. Ich hätte nicht hierher kommen sollen. Ich würde dich nie in eine kompromittierende Lage bringen wollen.«

»Nein.« Sie ergriff seine Hand, bevor er sich erheben konnte. »Das ist es, was ich will. Hier zu sein. Mit dir.«

Und sie beugte sich vor und brachte ihre Lippen auf seine.

KAPITEL 19

Dieser Kuss, so dachte Elissa, war ganz anders als der, den sie auf dem Dach des Schlosses geteilt hatten.

Dort oben war sie überrascht und unsicher gewesen, und Edward war so sanft zu ihr gewesen. Sie wusste, dass sie sich lächerlich gemacht hatte, weil sie nicht aufhören konnte zu zittern, aber mal ehrlich, Prinz Charming selbst hatte sie in seine Arme gezogen und geküsst, und das auch noch auf einem Schloss! Einem Mädchen konnte man es dann doch wohl verzeihen, wenn es kurz vor einer Ohnmacht gestanden hatte.

Es war wirklich der perfekte erste Kuss gewesen. Doch dieses Mal schien Sanftheit das Letzte zu sein, was Edward in den Sinn kam.

Nicht, dass Elissa sich beschwert hätte.

Er ließ seine Zunge in ihren Mund gleiten, und sie hörte sich selbst ein animalisches Stöhnen ausstoßen, das erniedrigend gewesen wäre, wenn er nicht genau dasselbe Geräusch gemacht hätte. Sie konnte nicht genug von ihm bekommen, und anscheinend ging es ihm genauso, denn ohne Vorwarnung hob er sie von der Bank und setzte sie auf seinen Schoß.

Dies erwies sich aus einer Reihe von Gründen als *ausgezeichnete* Position. Auf seinem Schoß sitzend, war sie nur etwa zwei Zentimeter kleiner als er, was das Küssen um einiges einfacher machte. Sie war ihm jetzt so nahe, dass sie der köstliche Duft seines Bergamotte-Rasierwassers umhüllte.

Aber was Elissa am meisten genoss, war die Tatsache, dass ihr Körper nun an Edwards Brust gepresst war, nur durch das feine Leinen seines Hemdes getrennt. Offensichtlich verkroch er sich eben doch nicht jeden Tag den ganzen Tag in Bibliotheken, denn er hatte den Körper eines Halbgottes, mit festen Muskelflächen überall, wo sie ihn berührte. Seine Schultern waren breit und seine Mitte so flach wie ein Brett, und die Muskeln über seinem Bauch waren so stark ausgeprägt ...

Durch den Nebel, der sich über ihr Gehirn gelegt hatte, erkannte Elissa, dass der Grund, warum sie in diese Informationen über Edward Astleys Körperbau eingeweiht war, darin lag, dass sie fast mit ihm in seinen Mantel gekrochen war und mit ihren Händen überall über seinen wunderbar geformten Oberkörper fuhr. Sie zog sich schuldbewusst zurück.

Als er seine Augen öffnete, waren sie unscharf.

»Bitte, hör nicht auf«, sagte er, und sein Atem ging schnell. »Berühre mich, Elissa.«

Dem kam sie nur zu gerne nach. Sie zitterte wieder, aber diesmal war es nicht nur wegen ihrer Verblüffung darüber, dass der Mann ihrer Träume sie küsste. Nein, das war pure, unverfälschte Lust. Sie spürte einen Puls zwischen ihren Beinen, so stark wie ein Herzschlag, und der harten Beule in Edwards Hose nach zu urteilen, die sich gegen ihren Oberschenkel drückte, spürte auch er es.

Sie hatte genug griechische Verse gelesen, von denen viele schockierend offen waren, um genau zu wissen, was diese Beule bedeutete. Eine unschuldige junge Lady sollte durch seine körperliche Reaktion schockiert und beleidigt sein. Aber sie spürte nichts davon. Alles, was sie spürte, war ihr eigenes Staunen darüber, dass ausgerechnet sie ihm dieses Gefühl gab.

Nur halb bewusst, was sie tat, schwang sie ein Bein über seinen Schoß, um sich über ihm zu spreizen. Sie stieß einen Seufzer des Vergnügens aus, als die kleine Rosenknospe zwischen ihren Beinen mit all der köstlichen Härte in Berührung kam. Sie blickte zu ihm auf, um seine Reaktion abzuschätzen, und stellte fest, dass seine Augen voller Staunen waren. Aber sein Blick war nicht auf ihr Gesicht gerichtet, sondern tiefer.

In diesem Moment bemerkte sie, dass sich durch ihre Bewegung der Gürtel ihres zerschlissenen alten Morgenmantels gelöst hatte und er vorne offen war. Elissa war schon bettfertig gewesen, bevor sie herauskam, und trug unter dem Morgenmantel nur ein Hemd. Nur eine Schicht aus hauchdünnem weißen Leinen trennte ihren Körper von Edwards Blicken. Sie konnte ihre eigenen Brustwarzen sehen, und sie waren nicht nur wegen der Kälte, sondern auch wegen ihrer Erregung aufgerichtet.

Edward ließ seinen Blick zu ihrem Gesicht schweifen. »Es tut mir leid«, sagte er, griff nach den Seiten ihres Morgenmantels und begann, sie zuzuziehen. »Ich wollte nur ... *Gott*, Elissa, du bist so schön.«

Sie griff nach oben und hielt seine Hände fest, wobei sie heftig errötete, als sie seine Finger von der zerschlissenen grauen Wolle löste. Sie wollte sie über ihre eigenen Brüste legen, wo ihre Brustwarzen nach seiner Berührung schrien, aber sie war nicht ganz so mutig.

Stattdessen schob sie seine Hände unter ihren geflickten

alten Morgenmantel und legte sie auf ihre Seiten. »Berühre mich«, flüsterte sie.

Seine Hände legten sich um ihre Taille. Er machte keine Anstalten, sie zu küssen, und schien seinen Blick nicht vom Anblick ihres Körpers durch das dünne Unterhemd losreißen zu können. Sie rutschte auf seinem Schoß hin und her und stieß einen gedämpften Schrei aus, als der kleine Knubbel zwischen ihren Beinen an seiner Härte rieb.

Langsam, ganz langsam, glitt er mit seinen Händen ihren Oberkörper hinauf. Sein Blick wanderte zu ihrem Gesicht. Er beobachtete sie aufmerksam, während er mit seinen Daumen über die Unterseite ihrer Brüste strich und ihre Reaktion studierte. Sie gab ein miauendes Geräusch von sich. »Ja, Edward, bitte ...«

Das war die einzige Ermutigung, die er brauchte. Seine Hände umfassten sofort ihre Brüste durch den feinen Stoff ihres Nachthemds hindurch, seine Daumen streichelten ihre spitzen Brustwarzen. Jetzt wippte sie gegen die Beule in seiner Hose hin und her, und aus ihrer beider Kehlen drangen die Klänge der Lust.

Langsam und bedächtig führte er seine Hand zu dem Band, das den Ausschnitt ihres Hemdes zusammenhielt. Er hielt inne und sah sie an, um ihr die Möglichkeit zu geben, ihm zu sagen, er solle aufhören.

Sie griff nach oben und löste die Schleife für ihn. Elissa wusste nicht, wie weit er die Sache treiben wollte, aber das war auch egal. Sie war schon ihr halbes Leben lang in Edward Astley verliebt, und dies würde wahrscheinlich die einzige Chance sein, die sie jemals haben würde, um mit ihm zusammen zu sein. Wenn er sie hier und jetzt auf dieser Steinbank entjungfern wollte, war sie bereit, es ihm zu geben, ohne Rücksicht auf Verluste. Was machte es schon, wenn sie ruiniert war? Es war ja nicht so, als hätte sie irgendwelche Heiratsaussichten.

»Elissa«, stöhnte er und zog den Halsausschnitt auseinander, um ihre Brüste zu enthüllen. Er streckte die Hand aus, um seine Finger darum zu legen, sein Blick war voller Staunen. Sie spürte, wie sie bei dem köstlichen Gefühl seiner Hände auf ihrer nackten Haut zusammenzuckte.

Er begann, ihren Hals zu küssen, und wanderte unaufhaltsam nach unten. Sie wollte seine Lippen so sehr auf ihren Brustwarzen spüren, dass sie nichts anderes tun konnte, als seinen Hinterkopf zu packen und seinen Mund dorthin zu bringen, wo sie ihn brauchte.

Seine Lippen streiften ehrfürchtig die obere Wölbung ihrer Brust, als sie das Klirren von Stiefeln auf den Marmorstufen des Pavillons hörte.

Als Elissa aus diesem lustvollen Nebel auftauchte, stellte sie fest, dass die Schritte lauter wurden.

Jemand *kam*.

Edward hatte es auch bemerkt. Sie erstarrten beide und starrten einander entsetzt an. Dann begannen sie gleichzeitig wie wild, ihre Kleider wieder in Ordnung zu bringen.

Elissa schob den Ausschnitt ihres Nachthemds zurück in die richtige Position und knüpfte hastig das Band zu. Sie wollte von Edwards Schoß rutschen, aber seine Hände umklammerten sie an den Hüften und hielten sie auf ihrem Platz. »Dein Morgenmantel«, zischte er und warf einen letzten sehnsüchtigen Blick auf ihr hauchdünnes Hemd.

Sie saß noch immer auf Edward und hatte Mühe, die graue Wolle um sich zu wickeln, als Archibald Nettlethorpe-Ogilvy in den Pavillon schlenderte.

Die Art und Weise, wie er zum Stehen kam und seine Kinnlade herunterfiel, zeigte, dass er genauso überrascht war, sie zu sehen, wie sie es über sein Auftauchen waren. Sein Blick wanderte von Elissa zu Edward und wieder zurück. »Miss St. Cyr ... Lord Fauconbridge, es tut mir leid. Ich wusste nicht, dass Sie, äh ...«

Nachdem sie es endlich geschafft hatte, ihren Morgenmantel zu befestigen, rutschte Elissa von Edwards Schoß und errötete heftig. Er schlug die Klappen seines Mantels zu, um zu verbergen, was sich in seiner Hose abspielte.

»Was führt Sie um diese Zeit hierher?«, fragte Edward mit abgehackter Stimme.

»Mir ist etwas zur Entkohlung von Roheisen eingefallen.« Mr. Nettlethorpe-Ogilvys Augen bekamen einen entrückten Ausdruck. »Ich war so aufgeregt, dass ich nicht schlafen konnte.«

»Und die Entkohlung von Roheisen konnte nicht bis zum Morgen warten?«, fragte Edward. Er sagte es leichthin, aber Elissa konnte erkennen, dass er verärgert war.

»Hören Sie, Fauconbridge, es tut mir leid. Ich wäre nicht hierhergekommen, wenn ich gesehen hätte, dass der Pavillon ... äh ... besetzt war. Ich war wohl ein bisschen wie in Trance. Mir ist nur eben gerade eingefallen, dass, wenn wir das Roheisen auf *Schweißwärme* erwärmen und dann *von Hand schindeln* ...« Er rieb sich den Hinterkopf. »Aber ich nehme an, das interessiert Sie nicht.«

»Nein«, sagte Edward, »nein, das tut es irgendwie nicht.«

Sie schwiegen einen Moment lang. Elissas Gedanken rasten. Es war peinlich genug, in einem so intimen Moment entdeckt zu werden. Aber das volle Risiko dessen, was sie getan hatte, kam jetzt über sie. Wenn sich das hier herumsprechen würde, wäre ihr Ruf ruiniert, was ihr wenig ausmachte, außer, dass der Wettbewerb bevorstand. Sie konnte sich nicht vorstellen, dass man eine »gefallene« Frau durch die heiligen Pforten von Oxford lassen würde ...

Edward räusperte sich. »Wenn Sie uns entschuldigen würden.«

Mr. Nettlethorpe-Ogilvy warf ihm einen verärgerten Blick zu. »Ich wollte Sie beide ganz sicher nicht stören. Aber

Sie können sicher verstehen, dass ich Miss St. Cyr jetzt, wo ich das hier gesehen habe, nicht unter diesen ... äh ... Umständen zurücklassen kann.«

»Es ist alles in Ordnung«, beeilte sich Elissa, ihn zu beruhigen. »Wirklich, das ist es.«

»Sie können sich darauf verlassen, dass niemand von mir etwas von diesem Vorfall erfahren wird.« Mr. Nettlethorpe-Ogilvy klang aufrichtig, und Elissa entspannte sich ein wenig. Ihre Bekanntschaft war kurz, aber er schien ein guter Mensch zu sein. Elissa war geneigt, ihm zu glauben.

»Aber«, fuhr Mr. Nettlethorpe-Ogilvy fort, »wenn ich hier über Sie gestolpert bin, ist die Wahrscheinlichkeit, dass jemand anderes dasselbe tut, ziemlich hoch.« Er schüttelte den Kopf. »Nein, ich bestehe darauf, dass Sie mir erlauben, Sie zurück ins Haus zu begleiten. Ich könnte niemals mit mir selbst leben, wenn Sie in Schwierigkeiten geraten würden und ich es hätte verhindern können.«

»Es wird keine Schwierigkeiten geben«, sagte Edward und nahm ihre Hand.

»Da können Sie sich nicht sicher sein«, beharrte Mr. Nettlethorpe-Ogilvy.

»Es wird keinen Ärger geben«, wiederholte Edward etwas schärfer, wobei sein Blick nicht auf Elissa, sondern auf Mr. Nettlethorpe-Ogilvy gerichtet war, »denn ich werde Miss St. Cyr heiraten.«

KAPITEL 20

Edward hatte bereits entschieden, dass er Elissa heiraten wollte. Doch sobald er die Worte laut aussprach, fühlte er sich unendlich viel besser.

Es fühlte sich *echt* an, jetzt, da er seine Absichten laut und praktisch vor der ganzen Welt erklärt hatte.

Nun, vor Archibald Nettlethorpe-Ogilvy. Aber die Welt würde schon bald folgen.

Elissa sollte seine *Frau* werden. Er würde jeden Tag mit ihr verbringen können.

Zum ersten Mal seit Jahren hatte er das Gefühl, dass alles gut werden würde.

Er drehte sich zu Elissa um und erwartete, dass sie ihn anstrahlte, das Herz auf dem rechten Fleck, wie immer.

Stattdessen sah er, wie sie auf ihre Hände starrte, ihr Gesicht ein Bild des Elends.

»Elissa?«, fragte er schockiert. »Was ist los, Liebling?«

»Ich ...« Sie unterbrach sich selbst und richtete ihren Blick auf Mr. Nettlethorpe-Ogilvy.

Edward wandte sich an den Mann. »Könnten Sie uns vielleicht einen Moment allein lassen?«

Mr. Nettlethorpe-Ogilvys Blick wanderte zwischen den beiden hin und her. »Nein«, sagte er und klang beleidigt.

»Ich werde nichts Unangemessenes tun«, sagte Edward mit fester Stimme. »Ich möchte nur die Gelegenheit haben, Miss St. Cyr einen angemessenen Antrag zu machen.«

Er hatte eine Vermutung, was der Grund für Elissas Verzweiflung war. Er hatte ihr keinen Antrag gemacht, sondern nur erklärt, dass sie heiraten würden, und das auch erst, nachdem sie zusammen entdeckt worden waren.

Sie dachte wahrscheinlich, dass er ihr die Ehe nur aus Pflichtgefühl anbot. Sobald er ihr erklären konnte, dass er bereits beschlossen hatte, ihr einen Heiratsantrag zu machen, und dass er sie genauso sehr in seinem Leben haben wollte wie Sauerstoff, würde sie ihn wieder so ansehen, wie sie es vor fünf Minuten getan hatte.

Zumindest hoffte er, bei Gott, dass sie es tun würde.

Mr. Nettlethorpe-Ogilvy verschränkte die Arme. »Ich würde gerne wissen«, sagte er, »wie man ohne die Erlaubnis einer Anstandsdame um zwei Uhr nachts in einem griechischen Pavillon einen *richtigen Antrag* macht, bei dem sich beide Parteien in Unterwäsche präsentieren.«

Edward musste zugeben, dass der Mann in dieser Hinsicht nicht unrecht hatte.

Nicht, dass es ihm gefallen müsste. »Also gut«, sagte er, stand auf und bot Elissa seinen Arm an.

Mr. Nettlethorpe-Ogilvy tat prompt dasselbe, und so machten sie sich zu dritt und in peinlichem Schweigen auf den Rückweg zum Haus.

Als sie den Fuß der Treppe erreichten, über die Elissa zurück in ihr Zimmer im Südwestflügel gelangen würde, zog Edward Elissa zur Seite. Er ignorierte Mr. Nettlethorpe-Ogilvy, der hinter ihnen lauerte, und nahm beide Hände von Elissa in seine. »Es tut mir so leid, Elissa. Ich habe dort ein ziemliches Chaos angerichtet.

Das muss der schlechteste Antrag sein, der je gemacht wurde.«

Wenn überhaupt, dann sah sie noch unglücklicher aus als zuvor. »Oh, Edward, ich ...« Aber wieder unterbrach sie sich und warf einen Blick über seine Schulter zu Mr. Nettlethorpe-Ogilvy.

»Nicht weinen, Liebling«, flüsterte er. Die Worte »Ich liebe dich« versuchten, auf seine Lippen zu treten, aber er biss sie zurück. Wie gerne hätte er ihr das gesagt, um den Kummer aus ihren Augen zu vertreiben. Aber er konnte sich nicht dazu durchringen, eine solche Erklärung vor Archibald Nettlethorpe-Ogilvy abzugeben. »Alles wird gut. Ich verspreche es.«

Sie schluckte schwer, dann nickte sie.

»Ich werde den ganzen Vormittag in der Bibliothek auf dich warten. Und ich verspreche, dass ich dir den Antrag machen werde, den du verdienst.«

Er küsste ihre Knöchel, ließ sie dann los, und sie floh die Treppe hinauf.

Er warf einen finsteren Blick auf Mr. Nettlethorpe-Ogilvy, als er die gegenüberliegende Treppe hinaufstieg, die zu seinem eigenen Zimmer führte, obwohl der Mann nichts getan hatte, was er nicht auch selbst getan hätte.

Aber er hatte keine Zeit, sich mit Archibald Nettlethorpe-Ogilvy zu befassen.

Er hatte einen Antrag auszuformulieren.

AM NÄCHSTEN MORGEN erschien Edward um Punkt sechs Uhr in der Bibliothek. Er rechnete nicht damit, dass Elissa in den nächsten Stunden auftauchen würde, aber es hatte wenig Sinn, liegen zu bleiben, wenn man bedachte, wie wenig Schlaf er ohnehin nur bekam.

Kurz nach acht Uhr klopfte es an der Tür. »Komm herein«, rief Edward, sprang auf und eilte durch den Raum.

Doch als sich die Tür öffnete, war es Harrington.

Edward ließ die Schultern hängen, und sein Bruder grinste. »Hast du jemand anderen erwartet?«

»Vielleicht. Dich jedenfalls habe ich ganz sicher nicht um diese Zeit erwartet.« Edward kehrte an seinen Platz hinter dem Schreibtisch zurück. Sein Blick wanderte zurück zur Tür.

»Keine Sorge«, sagte Harrington und nahm den Stuhl ihm gegenüber. »Ich werde mich rar machen, sobald die reizende Miss St. Cyr hier auftaucht. Ich möchte deinem Antrag nicht im Wege stehen.«

Edwards Kopf drehte sich zu seinem Bruder zurück.

Harrington grinste. »Ach, komm schon, Edward. Ich kenne dich besser als jeder andere. Darauf habe ich schon die ganze Woche gewartet.«

Edward setzte sein bestes brüderliches Strahlen auf. »Wenn du geahnt haben willst, dass ich ihr genau jetzt einen Antrag machen würde, darf ich dann fragen, was zum Teufel du hier verloren hast?«

»Ich bin hier, um zu helfen.«

»Gott helfe mir«, murmelte Edward.

Harrington lachte. »Glaube mir, Bruder, das ist eine Sache, die ich für dich tun kann, die du nicht für dich selbst tun kannst.« Er zog einen Stapel mit vier kleinen Umschlägen aus seiner Tasche und schob sie über den Schreibtisch. »Die sind für dich.«

Edward zog skeptisch eine Augenbraue hoch, bevor er einen davon öffnete. Darin fand er ein Röhrchen aus papierdünnem, weißem, fast durchsichtigem Material, das an einem Ende geschlossen und am anderen Ende mit einem rosa Band versehen war.

Er erbleichte, als er erkannte, was es war. »Harrington«, zischte er, steckte das Ding zurück in den Umschlag und verschloss diesen ganz fest. »Ist das ein ...«

»Ein Kondom«, sagte Harrington fröhlich und in voller Lautstärke, als wäre es ein ganz normales Gespräch, das man um acht Uhr morgens mit seinem Bruder führt.

»Und was soll ich damit machen?«, zischte Edward.

»Du steckst deinen Schwanz hinein, bindest das Band zu und - soll ich dir den Rest auch noch erklären?«

»Ich meinte«, stieß Edward hervor, »warum denkst du, dass ich es brauchen könnte?«

Harringtons Augen waren mitfühlend. »Angesichts deines Rufs als Goldjunge von Gloucestershire weiß ich, dass du niemals einfach in ein Geschäft in der Stadt gehen und hinter dem Tresen nach so etwas fragen würdest. Zumindest nicht, ohne einen Sturm von Gerüchten zu verursachen. Ich hingegen, der Sündenbock der Familie, kann das tun, ohne dass jemand mit der Wimper zuckt.«

Edward runzelte die Stirn. »Du bist kein Sündenbock ...«

»Ach, hör doch auf. Wir wissen beide, dass ich es bin.« Edward begann zu protestieren, aber Harrington unterbrach ihn. »Als ich euch beide gestern so strahlend sah, wurde mir jedenfalls klar, dass du ihr bei der ersten Gelegenheit einen Antrag machen würdest. Es ist auch klar, dass du keine Chance haben wirst, die Finger von ihr zu lassen und damit die drei Wochen zu überstehen, die es dauert, bis das Aufgebot verlesen wird. Und da ich weiß, wie sehr du den Gedanken an einen Skandal um eine Geburt innerhalb der ersten acht Monate hassen würdest, dachte ich, dass ich dir auf diesem Gebiet helfen könnte.«

»Eine ziemlich erstaunliche Reihe von Annahmen«, brummte Edward.

Harrington hob eine einzelne Augenbraue. »Willst du

sagen, dass du sie nicht willst?«, sagte er und griff nach dem Stapel Umschläge.

Edward schnappte sie sich und steckte sie in seine Manteltasche. »Ich will sie«, murmelte er.

»Ha! Ich wusste es. Nun, Bruder, erlaube mir, dir einen Rat zu geben. Wenn deine geliebte Elissa hier ist, musst du die unsterblichen Worte des Dichters Addaeus beherzigen.«

Edward schaute seinen Bruder misstrauisch an. Er hätte viel darauf gewettet, dass Harrington sich nicht an eine einzige Zeile eines griechischen Verses erinnern würde. Edward hatte genug von den Schularbeiten seines Bruders erledigt, um zu verhindern, dass der nach unten geschickt wurde. »Was weißt du denn schon über Addaeus?«

»*Sie ist hübsch?*«, zitierte Harrington mit einer blumigen Geste. »*Dann schlagt zu, solange das Eisen heiß ist. Pack deine Eier und zögere nicht ...*«

»Besten Dank, Harrington!«, sagte Edward und unterbrach seinen Bruder, bevor dieser die Folter fortsetzen konnte.

Harrington grinste, als er sich von seinem Stuhl erhob und zur Tür schlenderte. »Du solltest die Kondome in Wasser einweichen, bevor du sie benutzt.«

Er war schon halb aus der Tür, als Edward rief: »Harrington?«

Sein Bruder hielt inne und lehnte sich zurück. »Ja?«,

Edward zwang sich, ihm direkt in die Augen zu sehen. »Danke.«

Harrington grinste. »Gern geschehen. Viel Glück, Bruder. Wir alle mögen sie, weißt du.«

~

UM NEUN UHR stand Elissa nervös vor der Tür der Bibliothek. Sie hatte gerade mal ein paar Stunden geschlafen, sich hin und her gewälzt und sich Gedanken über das Gespräch gemacht, das ihr bevorstand.

Sie konnte sich immer noch nicht mit dem Gedanken anfreunden, dass *Edward Astley* ihr einen Heiratsantrag *machen wollte*. Es war unfassbar.

Aber jetzt, da sie begriffen hatte, dass er es ernst meinte, bedeutete das, dass sie einen schweren Fehler gemacht hatte, als sie ihm nicht die Wahrheit sagte. Sie musste ihm sagen, dass sie die anonyme Übersetzerin war, und sie musste es tun, bevor er seinen Antrag machte.

Und dann musste sie damit leben, wie auch immer seine Reaktion ausfallen würde.

Als sie an die Tür klopfte, war sie so aufgeregt, dass sie befürchtete, sie würde sich gleich übergeben. »Komm rein«, rief Edward. Sie hörte das gedämpfte Geräusch von eiligen Schritten auf dem Teppich.

Er erreichte die Tür gerade, als sie hindurchtrat. »Elissa«, hauchte er, »ich bin so froh, dass du hier bist.« Er schloss die Tür hinter ihr, umfasste ihr Gesicht und gab ihr einen Kuss, der in seiner Sanftheit fast ehrfürchtig war.

Er wich sofort zurück, nahm ihre Hand und führte sie zum Sofa. »Ich habe den ganzen Morgen auf dich gewartet.« Er schenkte ihr ein verlegenes Grinsen. »Jedes Mal, wenn jemand an der Tür vorbeikam, fuhr ich fast aus der Haut.«

Er platzierte sie auf das Sofa und setzte sich neben sie, wobei er immer noch ihre Hand hielt. »Möchtest du Tee?«

Sie schluckte. »Nein, danke.«

Sein Lächeln war reumütig. »Das ist wahrscheinlich das Beste. Ich musste den Tisch ein Stück zurückschieben, damit ich Platz habe, um auf die Knie zu gehen.«

Oh, aber das war furchtbar. Er war so, so *wunderbar*. Sie wollte diesen Mann *unbedingt heiraten*.

Und in ein paar Minuten würde er sie wahrscheinlich verachten.

Sie nahm ihren Mut zusammen. »Edward, es gibt etwas, das ich dir sagen muss ...«

»Ich weiß, Liebling. Ich weiß. Es gibt so viel, was wir einander zu sagen haben.«

»Das ist es nicht«, sagte sie hastig. Ein unsicherer Blick ging über seine Züge, also fügte sie hinzu: »Ich meine, das ist es auch, aber ...« Er schluckte. »... aber zuvor ...«

»Aber zuerst«, unterbrach er sie, »bevor du ein weiteres Wort sagst, musst du mir erlauben, mich für mein Verhalten gestern Abend zu entschuldigen.« Seine Augen waren aufrichtig. »Ich hätte dich nie in eine so kompromittierende Lage bringen dürfen.« Er schüttelte den Kopf. »Es ist eine schlechte Ausrede, dir jetzt zu sagen, dass ich von der Sehnsucht nach dir überwältigt war. Aber es ist die Wahrheit.«

»Du brauchst dich nicht zu entschuldigen«, sagte Elissa und drückte seine Hand. »Ich wollte dich genauso sehr.«

Sein Gesicht hellte sich auf, und sie wünschte, sie hätte es nicht gesagt, nicht, weil es unwahr gewesen wäre, sondern weil das Gespräch vom Kurs abkam. »Aber Edward ...«

»Aber dann«, sagte er, als hätte er sie nicht gehört, »ist da noch die Sache mit meinem Antrag. Oder sollte ich sagen, mit meinem Diktat.« Seine Augen blickten unglücklich. »Es tut mir so leid, Elissa, dass ich mich wie ein Wichtigtuer benommen und erklärt habe, dass wir heiraten werden, obwohl ich eigentlich auf den Knien hätte sein müssen und dich anflehen ...«

»Edward«, sagte sie sanft, »ich war nicht verärgert darüber. Mr. Nettlethorpe-Ogilvy hat uns beide überrumpelt. Ich weiß, du wolltest mich nur so schnell wie möglich beruhigen.«

Er schüttelte den Kopf. »Es war inakzeptabel von mir. Du warst gestern Abend verstört, Elissa. Leugne das nicht, ich konnte es in deinen Augen sehen. Und das war ja auch kein

Wunder. Ich habe nicht nur für dich gesprochen, sondern ich fürchte, die gefühllose Art und Weise, in der ich das getan habe, hat dich zu der Annahme verleitet, dass ich die Ehe nur anbiete, weil wir entdeckt worden sind. Eher aus Pflichtgefühl als aus Zuneigung, obwohl nichts weiter von der Wahrheit entfernt sein könnte.« Er schloss die Augen und zog eine Grimasse. »Noch nie habe ich mich so vor mir selbst geekelt.«

Elissa starrte ihn an. Er sah in der Tat von sich angewidert aus; sie konnte sich nicht erinnern, wann sie ihn jemals so aufgebracht gesehen hatte. Es war nicht gerade die romantischste Liebeserklärung gewesen, aber das lag nur am unglücklichen Timing von Mr. Nettlethorpe-Ogilvy. »Wirklich, da ist nichts, wofür du dich entschuldigen ...«

»Oh doch. Mein Verhalten war in jeder Hinsicht abscheulich. Ich möchte, dass du weißt, dass du in Zukunft Besseres von mir erwarten kannst, wenn du mir die Ehre erweist, meine Frau zu werden.«

Sie blinzelte zu ihm auf. »Bist du immer so hart zu dir selbst?«

Er erbleichte, seine Schulter zuckte heftig, dann räusperte er sich. »Nicht mehr als nötig. Aber wir haben weitaus wichtigere Dinge zu besprechen.« Er nahm ihre Hand in beide Hände, sank dann auf den Teppich und kniete sich hin. »Meine geliebte Elissa ...«

»Warte, Edward!« Sie erschrak über den Schmerz und die Verwirrung, die über sein Gesicht zogen. »Es ... es tut mir leid, dass ich dich unterbrechen muss, aber bevor du weitersprichst, muss ich dir noch etwas sagen.«

Er lächelte angestrengt und versuchte, seine Verärgerung zu verbergen. »Wichtiger als die Tatsache, dass wir den Rest unseres Lebens zusammen verbringen werden?«

Ihre Stimme zitterte, als sie sagte: »Bevor du mich das fragst, musst du etwas wissen.«

Seine blauen Augen trübten sich vor Wachsamkeit. »Und was wäre das?«, fragte er leise.

»Der Übersetzer. Der *Über das Erhabene* übersetzt hat.« Elissa schluckte und nahm all ihren Mut zusammen. »Das war ich.«

KAPITEL 21

Edward erstarrte. Er kniete auf dem Teppich, den Blick auf die gestreiften Kissen des Sofas gerichtet, und versuchte herauszufinden, was er von dem hielt, was Elissa ihm gerade gesagt hatte.

Elissa war die Übersetzerin. Er ... er erkannte das jetzt. Sie hatte das Talent, das Metrum des griechischen Originals aufzugreifen und ihren Übersetzungen das gleiche Gefühl zu geben. Natürlich nicht vollständig. Dafür waren die Sprachen zu unterschiedlich, aber selbst diese Andeutung des Metrums war mehr, als er je bei einem anderen gesehen hatte.

Mit Ausnahme des anonymen Übersetzers von *Über das Erhabene*. Er war auch dazu in der Lage gewesen.

Aber natürlich nicht er. *Sie*.

Er hätte es sehen müssen, er hätte es sofort wissen müssen. Im Nachhinein schien es so offensichtlich ...

Elissas wackelige Stimme drang in sein vernebeltes Gehirn ein. »Ich weiß, dass dich das sehr verstören muss.«

Tat es das? Er ... er war sich wirklich nicht sicher. Einerseits war ihm leicht übel, seit er erfahren hatte, dass sie auch an dem Wettbewerb teilnehmen würde. Das Letzte, was er wollte, war, gegen Elissa anzutreten.

Aber ... das hier war ein bisschen anders. Sie hatte ein erfolgreiches Buch veröffentlicht, von dem er wusste, dass es eine glänzende Aufnahme verdiente. Das warf in keiner Weise ein schlechtes Licht auf *ihn*. Ihr Buch stand nicht in Konkurrenz zu seinem eigenen, und die Tatsache, dass sie Erfolg hatte, bedeutete nicht, dass er versagt hatte.

War er eifersüchtig auf sie? Er stocherte in seinen Gefühlen. Er glaubte nicht, dass er es war. Das Elend, das in ihm aufstieg, wann immer er daran zurückdachte, wie Robert Slocombe zum ersten Gewinner der Classical Medal ernannt worden war ... es war nicht da.

Anders wäre es vielleicht, wenn sein Buch etwa zur gleichen Zeit wie ihres erschienen wäre. Die Rezensenten hätten sie miteinander vergleichen und dem einen gegenüber dem anderen den Vorzug geben können. Das eine hätte mehr Exemplare verkauft als das andere. Diese Vorstellung machte ihn ein wenig nervös.

Aber dazu würde es nie kommen. Er hatte sicherlich nicht vor, weitere Übersetzungen zu veröffentlichen.

Und als seine Viscountess würde sie das auch nicht.

Er musste ihr antworten. »Ich würde nicht sagen, dass ich verstört bin. Überrascht, vielleicht? Aber auch ...« Er schüttelte den Kopf und rang nach den richtigen Worten. »Ich wusste bereits, dass du brillant bist. Ich bin also überrascht, aber auch ... nicht überrascht. Zur gleichen Zeit. Wenn das Sinn macht?«

Schließlich ging es um den bevorstehenden Wettbewerb, und die Wahrscheinlichkeit, dass er gegen sie verlor (und anschließend eine unwürdige Reaktion zeigte, die sie miterleben würde, wodurch ihre gute Meinung von ihm ruiniert würde), war nicht gestiegen, nur weil sie die anonyme Übersetzerin war.

Natürlich verspürte er eine vertraute Welle der Übelkeit bei dem Gedanken, gegen sie anzutreten. Aber das schien eine andere Sache zu sein.

Er warf einen Blick auf Elissa und sah, dass sie weinte.

»Es tut mir leid, Edward«, sagte sie mit brüchiger Stimme. »Es tut mir so leid. Ich hätte es dir schon früher sagen sollen. Ich wollte es, aber ich hatte solche Angst, dass ...«

Er schüttelte sich. Sie schluchzte, und er hockte wie angewurzelt am Boden und tat nichts, um sie zu trösten. Er stand auf, setzte sich neben sie auf das Sofa und nahm ihre Hand. »Wovor hattest du Angst, mein Schatz?«

Sie sagte es ihm. Sie erzählte ihm von den Herzproblemen ihres Vaters und von ihrem grausamen Onkel, der sie aus ihrem Haus vertreiben wollte. Sie erzählte ihm, dass sie sich immer für die Rettung ihrer Mutter und ihrer Schwestern verantwortlich gefühlt hatte, weil sie es nicht geschafft hatte, der Junge zu sein, den ihr Vater sich gewünscht hatte, der Junge, der sie alle hätte retten können. Sie erzählte ihm, dass niemand sie jemals als Schülerin ernst genommen hatte, dass sie an den Tagen, an denen Edward nicht im Klassenzimmer ihres Vaters anwesend gewesen war, verspottet und ignoriert worden war, was nicht weiter verwunderlich war. Er hatte die seltsame Gleichgültigkeit gesehen, mit der die anderen Schüler und sogar ihr eigener Vater ihr begegnet waren. Und sie erzählte ihm von all den Verlegern, die ihr Manuskript abgelehnt hatten, sobald sie erfuhren, dass sie eine Frau war.

»Deshalb darf das niemand wissen.« Sie schniefte traurig, und Edward reichte ihr sein eigenes Taschentuch, nahm ihr verschmutztes und warf es auf den Beistelltisch. »Nur, wenn ich den Wettbewerb gewinne. Meine Identität wird irgendwann ans Licht kommen. Ich habe mein Manuskript bei so vielen Verlagen eingereicht, dass einer von ihnen bestimmt reden wird, und zwar wahrscheinlich unmittelbar vor meiner nächsten Veröffentlichung. Um mich zu s-sabotieren. Und ich kann dir schon genau sagen, was als Nächstes passieren wird. Die Rezensenten werden auf mysteriöse Weise feststellen, dass es sie nicht auf die gleiche Weise bewegt hat wie mein erstes Buch. Sie werden nämlich feststellen, dass ihre ursprüngliche Meinung die falsche war. Dass ich eigentlich gar nicht so talentiert bin.« Sie blickte zu ihm auf und sah ihn flehend an. »Es sei denn, ich kann den Wettbewerb gewinnen. Wenn ich alle begabtesten Gelehrten Englands von Angesicht zu Angesicht besiegt habe, dann kann das vielleicht, *vielleicht*, als mein Schutzschild dienen. Dass sie mich nicht einfach so abtun können.«

»Damit hast du wahrscheinlich vollkommen Recht. Es gibt sehr viele dumme Menschen auf dieser Welt.« Er wartete, bis sie sich die Augen abgetupft hatte, und vergewisserte sich, dass sie ihn ansah, bevor er fortfuhr. »Aber ich hoffe, dir ist klar, dass ich nicht zu ihnen gehöre. Ich *liebe* die Tatsache, dass du so clever bist. Das ist eines der Dinge, die ich an dir am liebsten mag. Die Gespräche, die wir führen, die Art, wie ich mit dir reden kann ...« Er schüttelte den Kopf. »Ich *hätte nie* gedacht, dass ich so etwas finden würde. Jemanden wie dich.«

Aus irgendeinem Grund weinte sie plötzlich umso mehr. »Ich hätte wissen müssen, dass du so reagieren würdest. Die meisten Männer können keine Frau ertragen, die so intelligent ist wie sie. Aber du warst nie so wie diese Rüpel aus dem Klassenzimmer meines Vaters, und ich hätte dir von Anfang an vertrauen sollen. Ich *liebe* dich, Edward«, sagte sie mit brüchiger Stimme.

Sie diese Worte sagen zu hören, war, als würde er aus einem kalten, feuchten Keller auf eine sonnige Wiese voller Frühlingsblumen treten. Edward spürte, wie sich sein Brustkorb ausdehnte und sein Nacken entspannte. »Und ich liebe dich, Elissa«, sagte er und beugte sich vor, um ihr einen Kuss zu geben.

Es war nicht so leidenschaftlich wie ihr Kuss gestern Abend, denn Elissa weinte immer noch, obwohl Edward glaubte, dass es jetzt Freudentränen waren. Er lehnte sich auf der Couch zurück, legte einen Arm um sie und streichelte ihren Rücken, während sie an seiner Schulter weinte.

Je mehr er darüber nachdachte ... das war eigentlich eine gute Sache. Denn der Hauptgrund, warum Elissa an dem Wettbewerb teilnehmen wollte, war, dass sie dann in Zukunft für ihre Mutter und ihre Schwestern sorgen konnte.

Aber das war nicht länger ein Problem. Sobald sie verheiratet waren, würde Edward sich um ihre Familie kümmern. Die finanziellen Faktoren, die sie motiviert hatten, waren einfach verschwunden. Außerdem war es für Mitglieder des Adels unschicklich, Bücher aus Gewinnstreben zu veröffentlichen, so dass Elissas Verlagskarriere auf jeden Fall enden musste.

Das bedeutete, dass Elissa aus dem Wettbewerb ausscheiden konnte. Sie könnte aus dem Wettbewerb aussteigen, und Edward müsste nicht gegen sie antreten! Sie bräuchte nicht einmal nach Oxford zu reisen. Im Falle einer Niederlage (wahrscheinlich gegen den verdammten Robert Slocombe) wäre sie nicht da, um seine unwürdige Reaktion mitzuerleben.

Plötzlich fühlte sich Edward so gut wie seit Wochen nicht mehr.

Er drückte ihre Schultern. »Nicht weinen, mein Schatz. Es ist alles in Ordnung. Es ist sogar besser als in Ordnung. Ich werde für uns eine bischöfliche Erlaubnis einholen, damit wir so schnell wie möglich heiraten können.«

Sie lachte, warf sein nun verschmutztes Taschentuch auf das bereits auf dem Beistelltisch liegende und schenkte ihm dann ein wässriges Lächeln. »Es gibt nichts, was ich lieber täte.«

Er nahm ihre Hände in seine beiden. »Perfekt. Ich werde mich noch heute um diese Lizenz kümmern. Und morgen kannst du aus dem Wettbewerb aussteigen.«

KAPITEL 22

Elissa blinzelte Edward an.

»Aussteigen?« Sie schüttelte den Kopf und war sich sicher, dass sie sich verhört hatte. »Ich kann nicht aussteigen. Ich bin der Grund, warum es diesen Wettbewerb überhaupt *gibt*.«

Er lächelte sie an, als wäre alles normal und als hätte er ihr nicht gerade vorgeschlagen, ihre Träume aufzugeben. »Es gibt nicht länger einen Grund für dich, daran teilzunehmen. Du brauchst doch keine fünfhundert Pfund Preisgeld oder ein Zeugnis für deine Verlagskarriere mehr. Ich werde mich von nun an um dich und deine Familie kümmern. Komm.« Er stand auf und ging zur Tür. »Der nächstgelegene Ort, um eine Heiratslizenz zu erhalten, wird Gloucester sein. Ich werde mir sofort eine besorgen. Wir sollten auch deine Eltern und deine älteren Schwestern benachrichtigen.«

»Edward, warte. Es geht nicht um den Preis. Es geht darum, mich gegen die talentiertesten Männer des Landes zu beweisen. Ich wollte zeigen, dass ich es verdiene, ernst genommen zu werden, dass meine Übersetzung kein Zufall war.«

Er warf einen Blick über die Schulter, und die Überraschung stand ihm ins Gesicht geschrieben. Er ging zurück und stellte sich vor sie. »Das weiß ich, Elissa. Ich weiß, dass du genauso talentiert bist wie jeder Mann in diesem Raum, mich eingeschlossen. Wie ich schon sagte, ist das eines der Dinge, die ich an dir so liebe.«

Sie nahm seine Hand und drückte sie. »Dann verstehst du das doch sicher. Du verstehst, wie wichtig das für mich ist.«

Seine Augenbrauen flogen hoch. »Du denkst doch nicht etwa immer noch daran, dabei mitzumachen?«

»Natürlich tue ich das! Warum sollte ich nicht?«

Er starrte sie an. »Nun, da ist zum einen die Tatsache, dass mein Anwesen - das bald auch *dein* Anwesen sein wird - fünfzehntausend Pfund verlieren wird, wenn ich nicht gewinne.«

Sie machte ihren Kiefer hart. »Wenn ich diesen Wettbewerb gewinne, kann ich uns so viel und mehr einbringen. Ich werde noch zwei, vielleicht drei Übersetzungen brauchen, aber ich werde es schaffen.«

Er blinzelte sie an, als ob sie Bengalisch sprechen würde. »Als Viscountess Fauconbridge kannst du *überhaupt keine* Übersetzungen veröffentlichen.«

Sie wich zurück. »Warum nicht? Du hast es getan.«

»Das war etwas ganz anderes. Der Erlös aus meiner Übersetzung wurde der Anne's Ladies' Society gespendet. Es ist unangemessen, dass jemand von unserem Stand für Geld arbeitet.«

Elissa war außer sich. Sie wusste, dass sich ihr Leben verändern würde, wenn sie Edward heiraten würde. Dass sie sich ein schickes Kleid anziehen und an seinem Arm durch London paradieren müsste, um so zu tun, als sei sie eine Viscountess, und nicht über einen Leuchter zu stolpern und jemandem die Haare in Brand zu setzen.

Aber sie war davon ausgegangen, dass sie die meiste Zeit

so verbringen würde, wie sie es jetzt tat: in der Bibliothek sitzen, die Nase in ein Buch gesteckt, und an der Übersetzung oder Komposition arbeiten, auf die sie gerade Lust hatte. Sie hatte gedacht, dass die einzigen Unterschiede darin bestehen würden, dass sie in der Bibliothek von Harrington Hall und nicht in der ihres Vaters arbeiten würde, und dass Edward an ihrer Seite sitzen würde.

Es schien, dass sie nur sehr wenig begriffen hatte.

Ihr kam eine Lösung in den Sinn. »Ich werde weiterhin anonym veröffentlichen. Niemand muss je erfahren, dass ich es bin.«

Er sprach mit zusammengebissenen Zähnen. »Sie werden deine Identität aufdecken, wenn du den Wettbewerb gewinnst. Du wirst nicht länger anonym sein. Das ist auch der Grund, warum du nicht mitmachen kannst!«

Sie spürte, wie ihr die Tränen kamen. »Du verstehst das nicht. Du verstehst nicht, wie wichtig es für mich wäre, diesen Wettbewerb zu gewinnen.«

»Nicht wichtiger als für mich, das versichere ich dir.«

Jetzt fühlte sie sich verärgert. Edward hatte Dutzende von Wettbewerben und Auszeichnungen in Cambridge gewonnen. Sie hatte noch nicht einmal die Gelegenheit gehabt, sich zu bewerben. »Wie könnte es für dich noch wichtiger sein?«

Edwards Stimme war fest, und seine Handgelenke zuckten. »Du scheinst zu vergessen, dass *mein Bruder* in Indien in den Tod geschickt wird, wenn mein Vater von seiner Wette erfährt!«

Elissa stand auf. »Ich verstehe, dass du dir Sorgen um deinen Bruder machst. Aber dein Vater kann ihn nicht *zwingen*, nach Indien zu gehen. Er wird ihn nicht fesseln und auf ein Schiff zerren.«

»Nein, aber er kann sich weigern, ihm zu helfen, einer geeigneten Karriere nachzugehen. Ohne die Unterstützung meines Vaters, sowohl in finanzieller Hinsicht als auch durch seine Beziehungen, wird Harrington nie in der Lage sein, eine angemessene Arbeit zu sichern.«

Elissa verschränkte die Arme. »Er muss also seinen eigenen Weg gehen - das unterscheidet sich nicht von dem, was alle anderen tun müssen. Was *ich* geschafft habe, und das trotz des Nachteils, eine Frau zu sein. Und ich glaube, dass du deinen Bruder unter Wert verkaufst. Harrington hat so viele wunderbare Eigenschaften. Mit seinem Humor wäre er ein hervorragender Dramatiker, oder ...«

»Ein *Dramatiker*?« Edward zuckte zurück und sah so entsetzt aus, dass man meinen könnte, sie hätte vorgeschlagen, sein Bruder könnte eine Karriere als Straßenräuber einschlagen. »Er ist der Sohn eines Grafen!«

»Warum sollte das eine Rolle spielen? Er wäre gut darin.«

»Geeignete Karrieren für den Sohn eines Grafen sind die Armee, die königliche Marine, das Gesetz, der Klerus ...«

»Der *Klerus*?« Elissa schloss ihren Mund, als sie feststellte, dass ihr die Kinnlade heruntergeklappt war. »Ich will deinen Bruder sicher nicht beleidigen, aber es ist doch offensichtlich, dass Harrington für das Leben als Vikar nicht geeignet ist.«

Edward winkte bestätigend mit einer Hand. »Es wäre auch nicht *meine* erste Wahl für ihn. Aber wenn sich ein lukrativer Lebensunterhalt ergibt, könnte das die beste Option für ihn sein.«

Offensichtlich verstand Elissa *weit weniger* vom Leben in der Aristokratie, als ihr bewusst gewesen war. »Wie kann seine beste Option sein, den Rest seines Lebens mit etwas zu verbringen, das er hasst?«

Edward sah beleidigt aus. »Es ist eine respektable Karriere für einen Gentleman!«

Elissa schüttelte den Kopf. »Der Punkt ist, dass Harrington ein erwachsener Mann ist. Er ist mehr als fähig, seinen eigenen Weg zu gehen. Und ich halte es nicht für unangemessen, von ihm zu erwarten, dass er die Konsequenzen seines eigenen Handelns trägt.«

»Der Punkt ist, dass es für dich keinen Grund mehr gibt, an dem Wettbewerb teilzunehmen, und dass es aufgrund des Risikos, dass deine Identität aufgedeckt wird, für dich auch nicht länger angemessen ist, es zu tun.« Edward machte auf dem Absatz kehrt und schritt zur Tür. »Ich werde den Organisatoren bei meiner Ankunft mitteilen, dass du deine Meinung geändert hast und nicht teilnehmen wirst.«

Elissa pirschte sich an ihn heran, packte ihn am Ellbogen und wirbelte ihn herum. »Das wirst du ihnen nicht sagen, denn ich habe nicht die Absicht, aus diesem Wettbewerb auszusteigen!«

Jetzt war es Edwards Kinnlade, die herunterklappte. Als er sprach, war seine Stimme rau. »Ist dir unsere gemeinsame Zukunft so wenig wert? Dass du ... alles wegwirfst, um an einem blöden Wettbewerb teilzunehmen?«

»Alles wegwerfen?« Was um alles in der Welt passierte hier? Wann hatte das Gespräch eine so drastische Wendung genommen? »Wer hat etwas davon gesagt, ich würde etwas wegwerfen? Natürlich will ich eine Zukunft mit dir, Edward!«

»Du hast eine seltsame Art, das zu zeigen!«

»Ich bin nicht diejenige, die davon spricht, unsere Ehe wegen etwas so Trivialem zu verhindern! Wenn jemand etwas wegwirft, dann du.«

»Mach dich nicht lächerlich. Ich habe dich gerade gebeten, mich zu heiraten!«

Elissas Hände ballten sich zu Fäusten. »Und im nächsten Atemzug sagst du mir, dass ich mich ändern muss!«

Er sprach mit zusammengebissenen Zähnen. »Alle Ehen erfordern ein gewisses Maß an Kompromiss.«

»Einen gewissen Grad an Kompromiss, ganz sicher! Ich

bin bereit, die Kleidung zu tragen, die deine Schwester für angemessen hält. Mit deiner Mutter das Einschenken von Tee zu üben. Aber ich bin eine klassische Gelehrte. Das ist *grundlegend* für den Menschen, der ich bin.« Sie tupfte sich mit dem Ärmel über die Augen, als sie merkte, dass sie plötzlich feucht waren. »Und ich bin nicht bereit ...« Ihre Stimme brach, und sie schniefte heftig. *Perfekt.* Jetzt begann ihre Nase zu laufen. Sie griff nach einem der verschmutzten Taschentücher auf dem Beistelltisch, zögerte aber, als sie sah, wie feucht es war.

Edward starrte aus dem Fenster. »In der Schreibtischschublade befinden sich ein paar saubere Taschentücher«, sagte er mit belegter Stimme.

»Danke«, murmelte sie, durchquerte den Raum und zog die Schublade auf.

Als sie nach einem der ordentlich gestapelten Taschentücher griff, streifte ihre Hand etwas Kaltes und Hartes, das ein metallisches Klirren verursachte. »Was ist das?«, fragte sie und holte es heraus.

Es war eine große Goldmünze, etwa so groß wie ein Kronenstück. Das Bild zeigte einen Mann in akademischen Gewändern, der vor einer Muse kniete, die auf einem Podest thronte. Die Muse hielt eine Leier unter dem einen Arm und streckte den anderen vor, um den knienden Mann mit einem Lorbeerkranz zu krönen. Und da war auch eine lateinische Inschrift, die Elissa ohne nachzudenken laut übersetzte. »Lob hat seine eigene Belohnung.«

Sie drehte die Münze um. Die Rückseite zeigte einen Mann mit einer Lockenperücke, wie sie im vorigen Jahrhundert sehr beliebt gewesen waren. »Sir William Browne«, las sie geistesabwesend und zuckte zusammen, als sie erkannte, was es war.

»Edward! Ist das eine deiner Browne-Medaillen?« Elissa hatte seine akademische Laufbahn in Cambridge aufmerksam in den Zeitungen verfolgt und wusste sehr wohl, dass er vier Preise gewonnen hatte, zwei für lateinische Komposition und zwei weitere für Griechisch. »Du bewahrst deine Browne-Medaillen doch sicher nicht lose in deiner Schreibtischschublade auf!«

Aber genau das schien er zu tun, denn beim Herumstochern fühlten ihre Hände weitere große, kühle, münzförmige Gegenstände. Sie zog eine Handvoll heraus und legte sie auf den Schreibtisch. Es gab zwei weitere Browne-Medaillen und ein paar kleinere, die sie nicht kannte.

Edward schien nicht zugehört zu haben, aber das Klirren der Medaillen auf dem Schreibtisch riss ihn aus seiner Benommenheit. Er eilte durch den Raum, seine Augen waren so groß, dass sie mehr weiß als blau waren. »Was ... was machst du da?«

»Kein Wunder, dass du es nicht verstehst«, spuckte Elissa aus und holte eine weitere Handvoll Medaillen hervor. »Du hast so viele Preise gewonnen, dass sie dir gar nichts mehr bedeuten. Du hast sie einfach in eine Schublade geschmissen!«

»Leg die zurück!«, schnappte Edward. Seine Schulter zuckte heftig, als er die Schublade aufriss. Die Medaillen klapperten heftig, als er sie wieder hineinwarf, und er schlug die Schublade zu.

Eine der Medaillen hielt Elissa noch in der Hand. Sie war anders als die anderen - bronzefarben und fast so groß wie ihre Handfläche, viel größer als die anderen. Eine weitere Göttin saß auf einem Podium und sprach zu einer Gruppe von Studenten. Im Hintergrund befand sich ein Gebäude mit einem Säulenportikus. Die Inschrift war wieder in Latein. »Für klassische Studien. Durch die Großzügigkeit von Thomas Holies, Herzog von Newcastle ... *Kanzler* der Universität!« Ihre Finger zitterten, als ihr Blick zu Edward wanderte. »Willst du mir sagen, dass du die *Chancellor's Classical Medal* ganz hinten in einer Schublade aufbewahrst?«

Er wirbelte herum und stieß einen wilden Laut aus, etwas, das sie Edward Astley nie zugetraut hätte. »*Gib mir das!*«, rief er und griff nach der Medaille.

Elissa trat einen Schritt zurück. »Das werde ich nicht! Nicht, wenn du sie doch nur in die Schublade wirfst, wo sie herumklappert und beschädigt wird.« Er versuchte, sie ihr zu entreißen, aber sie hielt sie außerhalb seiner Reichweite. »Ich bin überrascht von dir, Edward! Du solltest die hier besser pflegen. Hast du *überhaupt* eine Ahnung, wie viel es mir bedeuten würde, eine *Chancellor's Classical Medal* zu bekommen? Es würde alles bedeuten, absolut *alles*! Aber diese Chance hatte ich nie. Mir wurde nie erlaubt, die heiligen Schwellen von Oxford oder Cambridge zu überschreiten.« Tränen liefen ihr übers Gesicht, und sie war sich ziemlich sicher, dass ihre Nase wieder lief, aber das war ihr egal. »Du solltest die hier *schätzen*! Sie nicht lose in einer Schublade aufbewahren. Du solltest sie ausstellen!«

»*Ausstellen?*«, rief er. Seine Augen waren wild, und seine Schulter krampfte regelrecht. »Ich werde sie *niemals* zur Schau stellen! Ich hasse den Anblick dieses verdammten Dings! Denn das ist nicht die *Chancellor's Classical Medal*, Elissa, und ich bin nicht der Gewinner dieser Klassik-Medaille des Kanzlers. *Robert Slocombe* ist der Gewinner der *Classical Medal*! Ich bin der Zweitplatzierte gewesen, und ich kann dir versichern, dass es einen großen Unterschied gibt!«

Noch nie in ihrem Leben hatte sie gesehen, wie Edward Astley auch nur einen Zoll seiner Selbstbeherrschung verlor, aber hier stand er, schreiend, mit unkontrolliert zitternden Händen und einer Schweißperle auf der Stirn. Seine Augen waren verzweifelt, und so sehr sie sich im Moment auch über ihn ärgerte, so sehr zerriss es ihr gleichzeitig das Herz.

Mit einem Mal schien er sich selbst zu erkennen.

Entsetzen machte sich in seinem Gesicht breit, seine Wangen erröteten, und er wandte sich hastig ab, durchquerte das Zimmer und starrte entschlossen aus dem Fenster.

Sie legte die Medaille auf dem Schreibtisch ab und ging ihm nach. »Edward.« Er weigerte sich, ihr in die Augen zu sehen. Sie versuchte, ihre Hand auf seinen Arm zu legen, aber er schüttelte sie ab. »Du schimpfst doch nicht wirklich über dich selbst, oder?« Er sagte nichts. »Für den zweiten Platz? Von allen in Cambridge? Das ist eine Leistung. Das ist nichts, wofür man sich schämen muss.«

Er blickte aus dem Fenster, sein Kiefer war eisern. Plötzlich fielen ihr bestimmte Dinge ein, die er in den letzten zwei Wochen zu ihr gesagt hatte.

»-alles, was ich am klassischen Versmaß liebte-«

»-Harrington ist der, den alle lieben-«

»-Ich denke, es ist üblich, dass Autoren nur die Fehler in ihrem eigenen Werk sehen-«

»-das Zusammensein mit mir ist oft eine Last-«

»-ich möchte dich nicht belasten-«

»-ich wollte dich nicht belasten-«

Bürde.

Bürde.

Bürde.

Sie konnte den Ton der Verzweiflung in ihrer eigenen Stimme hören, als sie sagte: »Du weißt doch, wie wunderbar du bist, Edward, sowohl als Gelehrter als auch als Mensch. Oder nicht?« Er sah sie immer noch nicht an, also packte sie ihn mit beiden Händen am Arm. »Oder nicht?«

Er wich ruckartig von ihr zurück. Für den Bruchteil einer Sekunde trafen seine Augen die ihren, bevor er zu Boden blickte, und die gedemütigte Traurigkeit, die sie darin sah, brach ihr das Herz.

Er ging durch den Raum und öffnete die Tür zur

Bibliothek. Er sah sie nicht an, als er die Tür erwartungsvoll aufhielt.

Sie stellte sich neben ihn, ging aber nicht durch die Tür. »Nein. Wir müssen das besprechen.«

Sein Blick war auf die gegenüberliegende Wand gerichtet. »Es gibt nichts zu besprechen.«

»Doch, das gibt es. Das hier ist wichtig.«

Er schluckte heftig, ein Muskel in seinem Kiefer arbeitete. »Willst du immer noch an dem Wettbewerb teilnehmen?«

»J-ja. Das tue ich.«

»Dann befinden wir uns in einer Sackgasse.«

»Das tun wir nicht. Wir können das hinter uns lassen. Ich weiß, dass wir das können. Wenn du nur ...«

»Ich möchte, dass Sie gehen.« Er sprach jedes einzelne Wort so deutlich aus, als wolle er um jeden Preis vermeiden, dass sie ihn missverstehen könnte. Er machte eine ausladende Geste in Richtung Tür.

Wie betäubt trat Elissa in den Flur. »Edward, warte. Tu das nicht. Nicht ...«

»Ich wünsche Ihnen viel Glück für den Wettbewerb, Miss St. Cyr.«

Durch ihre Tränen konnte sie nichts sehen, aber sie hörte das Klicken der Tür.

Nachdem er sich vergewissert hatte, dass Elissa weg war, stürmte Edward aus der Bibliothek, vorbei an dem Lakaien, der vor der Tür stand (der zweifellos alles gehört hatte), und ging direkt zu den Ställen.

Er konnte nicht glauben, dass er sich so hatte gehen lassen. So besorgt war er gewesen, dass ein unvorsichtiger Blick oder ein unbedachtes Wort Elissa dazu bringen würde, seine inneren Probleme zu erraten. Nun, sie brauchte nicht länger zu raten, denn er hatte sie ihr ja zugerufen!

Er konnte ihr jetzt nicht gegenübertreten. Das konnte er absolut nicht. Er hatte nie *jemandem* erzählt, wie erschüttert er über seine Niederlage bei der *Chancellor's Classical Medal* gewesen war. Er war immer sehr darauf bedacht, eine starke Fassade zu wahren. Aber was noch schlimmer war: Elissa hatte sofort erkannt, wie tief seine Gefühle der Wertlosigkeit wirklich gingen. *Du weißt, wie wunderbar du bist, Edward, sowohl als Gelehrter als auch als Mensch. Oder nicht?*

Sie hatte es aus reiner Freundlichkeit gesagt. Oder vielleicht aus Mitleid, ein Gedanke, der so schrecklich war, dass es ihm die Kehle zuschnürte. Aber niemand wollte wirklich von seinen Sorgen hören, mit seinen Problemen belastet werden.

Er verbrachte den Rest des Vormittags und den größten Teil des Nachmittags damit, seine Verbitterung auf dem Pferderücken auszulassen. Selbst eine anspruchsvolle Strecke quer über das Anwesen mit vielen Sprüngen war nicht ablenkend genug, um die Stimmen in seinem Kopf zu übertönen, die die Szene in der Bibliothek immer wieder durchspielen wollten. Aber es war besser, als völlig aufgeschmissen zu sein, und hier draußen gab es wenigstens niemanden, der sein Elend mit ansehen musste.

Doch am frühen Nachmittag wurde Edward klar, dass selbst ein Pferd wie Bucephalus nicht ewig durchhalten konnte. Hinzu kam, dass er niemanden über seine Pläne informiert hatte, den ganzen Tag wegzubleiben. Zum Glück hatte jemand eine Feldflasche an seinen Sattel geschnallt, aber er hatte nichts zu essen, und sein knurrender Magen trug nicht gerade zur Verbesserung seiner Stimmung bei. Und so wies er Bucephalus widerwillig den Weg zurück zum Haus.

Als er um die letzte Kurve bog und die Ställe in Sichtweite kamen, sah er einen Reiter in vollem Galopp auf sich zukommen. Hastig zügelte er Bucephalus.

Es handelte sich um Harrington. »Wo, zum Teufel, hast du gesteckt?«, schnappte sein Bruder, als er seinen braunen Wallach mitten auf der Straße zum Stehen brachte.

Edward war nicht in der Stimmung, sich die Launen seines Bruders gefallen zu lassen. »Und dir auch einen guten Tag.«

»Komm mir nicht mit diesem scheinheiligen Unsinn. Dies ist nicht die Zeit für Nettigkeiten. Wir haben es mit einer Krise zu tun!«

Oh, Harrington dachte, *er* hätte eine Krise? Edward zog

skeptisch eine Augenbraue hoch. »Und was ist das für eine Krise?«

»Sie ist weg!«, spuckte Harrington aus.

»W-weg?« Plötzlich schwirrte Edward der Kopf. Er zügelte hastig seine Gesichtszüge. »Auf wen beziehst du dich damit?«

»Du weißt verdammt genau, von wem ich spreche. Miss St. Cyr. Was, um Himmels willen, hast du zu ihr gesagt?«

Edward funkelte ihn an. »Das geht dich überhaupt nichts an.«

»Und ob es das tut! Wenn du glaubst, dass ich tatenlos zusehe, wie du die beste Chance wegwirfst, die du je hattest, um wirklich glücklich zu sein, dann kennst du mich überhaupt nicht.«

»Die beste Chance, die ich ...« Edward sah zu Boden und hatte plötzlich das dringende Bedürfnis, einen Zweig aus Bucephalus' Mähne zu entfernen. »Was für ein Unsinn. Ich bin vollkommen ...«

»... unglücklich. Streite das nicht ab. Ich kenne dich besser als das. Aber wenn du mit ihr zusammen bist ...« Harrington wedelte mit der Hand. »Ich habe dich seit *Jahren* nicht mehr so glücklich gesehen. Und ich will verdammt sein, wenn ich dich damit durchkommen lasse! Jetzt ziehst du deinen Kopf aus deinem Arsch und sagst mir, was passiert ist, und wir überlegen uns, was wir tun können.«

»Ich ...« Edward biss einen Fluch zurück. Sobald Harrington gesagt hatte, dass Elissa gegangen war, hatte ein stechender Schmerz in der Mitte seiner Brust eingesetzt. Es gab keine Anzeichen für ein Nachlassen. Er sollte nicht überrascht sein, dass sie weg war. Verdammt, er war derjenige gewesen, der ihr gesagt hatte, sie solle gehen!

Aber es schien, dass er nicht annähernd so bereit war, Elissa St. Cyr aus seinem Leben gehen zu sehen, wie er angenommen hatte.

Edward schüttelte den Kopf. »Es ist zu spät. Ich ... ich habe alles kaputt gemacht.«

»Als ausgewiesener Experte im Scheitern von Dingen, bezweifle ich das sehr. Man muss sich wirklich anstrengen, um *alles* zu ruinieren.«

»Ich kann ihr nicht ins Gesicht sehen«, sagte Edward hastig. »Nicht, nachdem ich ... Ich ...«

»Fang von vorne an.«

Edward hielt inne. Elissa hatte ihm ihr größtes Geheimnis anvertraut. Auch wenn sie ihn jetzt wahrscheinlich hasste, wollte er ihr Vertrauen nicht erschüttern. »Ich wollte ihr einen Antrag machen, aber sie hat mich aufgehalten. Sie hatte einige ... ähm ... überraschende Neuigkeiten, die sie mir zuerst mitteilen wollte.«

Harrington schnaubte. »Was, ist sie die geheime Übersetzerin des Buches, von dem alle reden?«

Edward erstarrte.

Die Wahrheit schien sich in seinem Gesicht gezeigt zu haben, denn Harringtons Augen wurden groß. »Ist sie das?« Er stieß ein Lachen aus. »Gut für sie! Das war's also? Hast du die Nachricht nicht gut aufgenommen?«

»Nein, ich glaube, das habe ich. Sie hat damit gerechnet, dass ich es nicht tue.« Edward warf Harrington einen strengen Blick zu. »Für Elissa ist es sehr wichtig, dass ihr Geheimnis nicht an die Öffentlichkeit gelangt. Du darfst es niemandem sagen. Nicht einmal Thetford.«

»Schade, denn Thetford und ich reden nur über griechische Poesie.« Harrington verdrehte die Augen. »Also, wenn das nicht das Problem war, was dann?«

Edward hielt inne. Er wollte Harrington nicht sagen, dass ihr Streit mit Edwards Beharren auf Elissas Ausscheiden aus dem Wettbewerb begonnen hatte. Er wollte nicht, dass Harrington sich schlecht fühlte, also beschloss er, ein wenig weiter hinten anzufangen. »Sie hat geweint. Ich glaube, es war die Erleichterung darüber, dass ich mich nicht darüber ärgerte, dass sie die Übersetzerin war. Und ich habe ihr auf die Schulter geklopft und so weiter. Und sie brauchte ein frisches Taschentuch, und ich sagte ihr, dass in der Schreibtischschublade welche liegen.«

Harrington wirkte verwirrt. »Ähm, alles klar?«

Edward schluckte. »Es ist die gleiche Schublade, in der ich einige meiner alten Auszeichnungen aus Cambridge aufbewahre. Und als sie dort nach einem Taschentuch griff, zog sie zufällig die zweite *Classical Medal* heraus.«

Ein schnelles, entsetztes Begreifen ging über Harringtons Gesicht. »Oh, *Scheiße*!«

Edward rieb sich mit dem Handballen ein Auge. Offenbar war Harrington aufmerksamer, als er es ihm zugetraut hatte. »Oh, Scheiße«, stimmte er zu.

»Das kann nicht gut gegangen sein. Was ist passiert?«

Edward seufzte. »Sie schimpfte mit mir, weil ich das Ding in einer Schublade aufbewahre. Sie sagte, ich solle stolz darauf sein.«

»Da hat sie zufällig recht.«

Mit zusammengekniffenen Augen sah er seinen Bruder an. »Auf jeden Fall haben wir angefangen, darüber zu streiten. Sie war ziemlich verärgert, denn natürlich durfte sie selbst ja nicht nach Cambridge gehen und sich um irgendwelche Preise bewerben. Und sie sagte immer wieder, ich solle die Medaille in Ehren halten, ich solle sie *zur Schau stellen*.« Sein ganzer Körper schüttelte sich vor Entsetzen. »Und ich bin ausgerastet. Ich fing an zu schimpfen, wie sehr ich den Anblick des verdammten Dings hasse, und ... und ich brüllte wegen Robert Slocombe ...«

»Oh, mein Gott!«, Harrington warf den Kopf zurück und blinzelte in den Himmel. »Du hast sogar den verdammten Robert Slocombe erwähnt!«

Edward schaute finster drein. »Weißt du überhaupt, wer Robert Slocombe ist?«

»Natürlich weiß ich das! Glaubst du wirklich, ich kenne den Namen des Erzfeindes meines eigenen Bruders nicht?« Harringtons Augen wurden mitfühlend. »Schau mal, Edward, man muss kein Senior Wrangler sein, um herauszufinden, dass du dir vorwirfst, die *First Classic* nicht gewonnen zu haben. Glaubst du, ich habe nicht bemerkt, wie schnell du das Thema wechselst, wenn jemand von deiner Zeit an der Universität spricht? Ich weiß, dass du diese Dinge gerne verheimlichst und so tust, als würde dich nichts stören. Aber ich bin dein Bruder. Und jedes Mal, wenn Slocombes Name fällt, wirst du so steif, als würdest du an Tetanus sterben.«

»Richtig.« Edward räusperte sich. Offenbar war er nicht annähernd so gut darin, seine Gefühle zu verbergen, wie er angenommen hatte. »Nun, es genügt zu sagen, dass ich mich sehr zum Narren gemacht habe. Ich bin sicher, dass ihre gute Meinung von mir zerstört wurde. Für immer.«

Harrington musterte ihn. »Hat sie das gesagt?«

»Nicht mit so vielen Worten, aber ...«

Harrington richtete seine Reitgerte auf Edward. »Hör auf zu schwindeln. Was hat sie gesagt?«

»Ich, äh, ich kann mich nicht erinnern ...«

»Ja, das kannst du! Sag es mir! Jetzt sofort!«

Edward blickte düster über das Feld. »Sie sagte, ich sei wunderbar, und sie wollte sichergehen, dass ich das auch begreife.«

Harrington ballte seine Hand zu einer Faust. »Ich wusste es! *Sie* ist nicht diejenige, die denkt, dass du nicht gut genug bist. Das denkst du nur selbst, ganz sicher.«

»Ich ... Ich ...«

»Aber du irrst dich. Du liegst völlig falsch. Du bist der beste Mann, den ich kenne.«

Edward rieb sich die Augen. »Du verstehst das nicht.«

»Ja, das verstehe ich verdammt gut. Du hast nichts kaputt gemacht. Ganz und gar nicht. Es ist dir einfach peinlich, und da du absolut keine Erfahrung damit hast, dich völlig zu blamieren und am nächsten Tag wieder aufzustehen und weiterzumachen, stellst du dir das schlimmer vor, als es ist. Das ist es nicht. Lass dir das von jemandem sagen, der ein *Experte* in diesen Dingen ist. Es wird alles gut.«

»Nein, das wird es nicht sein. Ich kann ihr unmöglich gegenübertreten.«

»Du kannst und du wirst. Komm schon.« Als Edward sich nicht rührte, beugte sich Harrington vor und versuchte, Bucephalus an den Zügeln zu packen. Bucephalus reagierte darauf, indem er die Ohren zurücklegte und nach der Hand seines Bruders schnappte.

Edward seufzte. Tatsächlich war er auf dem Weg zurück zum Haus gewesen, also hatte es keinen Sinn, stur zu sein. Er beschloss, die Finger seines Bruders zu schonen, und gab Bucephalus das Zeichen zum Gehen.

»Braver Kerl«, sagte Harrington fröhlich. »Schau, ich weiß, es ist dir peinlich. Aber sich zu schämen, ist der denkbar schlechteste Grund, den Rest seines Lebens ohne die Frau zu verbringen, die man liebt.«

Edward grunzte. Harrington hatte nicht ganz unrecht. So sehr er sich auch davor fürchtete, der dumpfe Schmerz in seiner Brust deutete darauf hin, dass ein Leben ohne Elissa vielleicht das Schlimmste war, was es gab, vor allem im Vergleich damit, ihr einfach nur gegenüberzutreten.

»Du hast gesagt, sie sei gegangen. Hast du auch eine Ahnung, wo sie hinwollte?«

»Meine Informationen stammen von Roger, dem Lakaien. Er sagte, sie sei zu Fuß gegangen. Was ihn beunruhigte, war, dass sie ihr gesamtes Gepäck bei sich trug. Sie wollte nicht sagen, wohin sie gehen wollte, und lehnte sein Angebot ab, ihr eine Kutsche zu rufen. Sie machte sich auf den Weg in die Stadt.«

Edward stöhnte. Das würde *demütigend* werden. Aber es gab nichts, das er sonst tun konnte. »Dann werde ich mich mal auf den Weg in die Stadt machen. Ich hoffe bei Gott, dass ich nicht zu spät komme.« Er richtete seinen Blick auf seinen Bruder. »Danke.«

Harrington erwiderte etwas, wahrscheinlich wünschte er ihm Glück, aber Edward hatte Bucephalus bereits zum Galopp getrieben und hörte wegen der stampfenden Hufe seines Pferdes nichts mehr.

KAPITEL 24

Edwards Gedanken rasten, als Bucephalus die geschotterte Auffahrt zur Hauptstraße hinunterflog. So wie er es verstanden hatte, wollte Elissa wahrscheinlich die Postkutsche beim Gasthaus *Plough* erreichen.

Er fragte sich, wann die Postkutsche abfahren würde. Natürlich hatte er nicht die geringste Ahnung, denn er hatte in seinem ganzen verdammten Leben noch nie die Postkutsche nehmen müssen ...

Ein weißer Fleck fiel ihm ins Auge, als Bucephalus um eine Kurve bog. Bei einer kleinen Baumgruppe in der Nähe einer malerischen Biegung des Baches lag etwas im Gras.

Er blinzelte. Es stellte sich heraus, dass es eine Frau in einem weißen Kleid war, die auf einer Decke lag.

Eine Frau mit roten Haaren.

Eine Frau mit roten Haaren und einem aufgeschlagenen Buch auf der Brust.

Er zog sein Pferd scharf nach rechts, zügelte Bucephalus und sprang ab, noch bevor das Tier zum Stillstand gekommen war.

Bucephalus warf ihm einen seltsamen Blick zu, dann ging er zum Bach, um zu trinken.

Elissa war so vertieft in das, was sie las, dass sie ihn gar nicht bemerkte. Er ließ sich neben ihr auf die braun karierte Decke plumpsen, die sie im Gras ausgebreitet hatte. »Ich wollte eigentlich nicht wirklich, dass du gehst.«

Ihr ganzer Körper zuckte, und ein typischer Blick der Verwirrung ging über ihre Züge. »Edward?«, sagte sie und setzte sich halb auf.

Er atmete schwer, und er wusste, dass er sich dafür entschuldigen sollte, dass er sie aufgeschreckt hatte, dass er ihr gesagt hatte, sie solle an diesem Morgen weggehen, dass er mit Schlamm bedeckt war und nach Pferd roch, dass er in den letzten vierundzwanzig Stunden nicht nur einen, sondern zwei der schlimmsten Anträge in der Geschichte der Menschheit gemacht hatte ... für eine erschreckend lange Liste von Vergehen, wenn er darüber nachdachte.

Er wusste, was er sagen sollte, aber jedes Mal, wenn er versuchte zu sprechen, blieben ihm die Worte im Halse stecken. Er wartete sehnsüchtig darauf, dass sie die Verwirrung abschütteln würde. Um ihm einen Anhaltspunkt zu geben, woran er war.

Und dann tat sie genau das.

Sie lächelte ihn an, als sie sich zum Sitzen aufrichtete. Es war ihr echtes Lächeln, als würde sie sich freuen, ihn zu sehen (*wie war das möglich?*). »Ich bin so froh, dass du hier bist«, rief sie aus und legte ihr Buch beiseite.

»Das ... das bist du?« Er warf einen verstohlenen Blick in die Runde, halb in der Erwartung, dass jemand anderes, irgendwer, mit dem sie gesprochen haben könnte, neben ihm auf der Decke saß, aber da war nur Bucephalus, der in der Nähe graste.

»Natürlich.« Da bemerkte er, dass sie ihre Haube, Handschuhe und Halbstiefel ausgezogen hatte, die ordentlich am Rand der Decke aufgereiht waren. Es gab auch ein mit Krümeln bedecktes Geschirrtuch mit zwei Keksen darauf.

Sein Magen knurrte heftig und erinnerte ihn daran, dass er seit dem Frühstück nichts mehr gegessen hatte.

»Hast du Hunger?«, fragte sie, als sie ihre bestrumpften Füße unter sich zog.

»Den habe ich«, gestand er. »Seit wir uns getrennt haben, bin ich auf dem Pferd unterwegs.«

»Perfekt!« Sie griff in ihre Ledertasche, die, wie er nun erkannte, nicht nur »ihr gesamtes Gepäck« enthielt, sondern auch ein angemessenes Behältnis für ein Buch, eine Decke und ein Picknick-Mittagessen war. Sie holte eine Feldflasche und ein großes Geschirrtuch hervor, das zu einem Bündel geschnürt worden war. »Ich habe die Küche gebeten, etwas für mich einzupacken. Warte, bis du siehst, wie viel sie mir mitgegeben haben!« Sie lachte, während sie an dem Knoten zupfte. »In jenem Moment hielt ich es für übertrieben, aber jetzt, wo du hier bist, kommt es mir wie ein Glücksfall vor.«

Sein Magen knurrte erneut, als zwei Brötchen und ein Stück Käse aus dem Bündel rollten. Elissa reichte ihm ein Brötchen und schnitt ihm schnell etwas von dem Käse ab. »Oh! Und du willst sicher auch etwas Limonade«, sagte sie und reichte ihm die Feldflasche.

Er verschlang das Brötchen in drei Bissen, was ihm ein Kichern einbrachte. Sie beeilte sich, den Rest der Lebensmittel auszupacken. Er war so dankbar, als ihm eine Hühner-Lauch-Pastete gereicht wurde, dass er ihre bestrumpften Zehen hätte küssen können. Während er die Pastete verspeiste, bestrich sie das zweite Brötchen sorgfältig mit Butter und Marmelade und machte sich dann daran, ihm eine Orange zu schälen.

Nachdem der größte Hunger gestillt war, half Elissa ihm fröhlich beim Ausziehen der Stiefel: »Damit du es bequemer hast.« Sie war einfach so *freundlich*. Edward war es gewohnt, derjenige zu sein, der sich um alle anderen kümmerte, derjenige, dem zu helfen niemand für notwendig hielt. Und er wusste, dass dies sein eigenes Verschulden war. Er war derjenige, der stets ein Bild der Selbstgenügsamkeit aufrechterhielt. Aber wenn man davon ausging, wie sein Herz klopfte, als Elissa ihn anlächelte und ihm ihre Orangenscheiben anbot, dann sprach vielleicht einiges dafür, dass diese Frau sich auch manchmal um ihn kümmerte.

Als er das Stück Pfundskuchen verputzte, das Elissa ihm zum Nachtisch vorsetzte, fühlte sich sein Magen schon deutlich besser.

Der Rest von ihm war erleichtert, denn Elissa war ganz offensichtlich nicht wütend auf ihn. Gleichzeitig fühlte er sich auch ein bisschen dumm. Denn er hatte an diesem Morgen eindeutig überreagiert.

Sie streute ein paar Krümel Kuchen ins Gras, dann ließ sie sich ihm gegenüber auf der Decke nieder. Sie nahm seine Hände in ihre beiden. »Also ... ich wollte nicht gehen.«

»Das sehe ich jetzt«, sagte er und deutete mit dem Ellbogen auf die Decke, »obwohl es meine Schuld wäre, wenn du es getan hättest.«

Oh, wie gerne hätte er die Augen geschlossen oder auch einfach über das Feld gestarrt. Aber er zwang sich, ihren Blick zu erwidern, als er sagte: »Es tut mir sehr leid, was ich heute Morgen gesagt habe. Ich hätte dir nicht sagen sollen, dass du weggehen sollst. Heute Morgen dachte ich, dass ich es ernst meinte, aber als ich hörte, dass du weg bist, wurde mir klar, dass ich einen schrecklichen Fehler gemacht hatte.« Er schluckte. »Ich habe das Gespräch auf die denkbar schlechteste Weise geführt, und das tut mir aufrichtig leid.«

Sie strich mit dem Daumen über seinen Handrücken. »Es ist alles in Ordnung, Edward. Ich habe den ganzen Morgen darüber nachgedacht, und der Gedanke, zu dem ich immer wieder zurückkehre, ist, dass ich, als ich deine Medaillen sah, nur eine Chance sah, die ich gerne gehabt hätte, die mir aber immer verwehrt wurde.« Sie biss sich auf die Lippe. »Aber das ist nicht das, was sie für *dich* darstellen. Nicht wahr?«

Sie hatte verstanden. Sie hatte es genau verstanden.

Bei dem Gedanken wurde ihm mulmig. »Das ist richtig.«

»Für dich ist das nicht etwas, das du tun willst, sondern etwas, das du tun *musst*. Habe ich das so richtig verstanden?«

»Am Ende wurde es das.« Er räusperte sich. »Wie du heute Morgen festgestellt hast, bin ich nicht besonders gut, wenn das Gespräch auf diese Medaille kommt. Aber wenn du dich dazu durchringen kannst, mir noch eine Chance zu geben, verspreche ich, dass ich sie nie wieder erwähnen werde.«

Einer ihrer Mundwinkel hob sich. »Sie nie wieder erwähnen? Ich glaube, wir sollten den umgekehrten Weg einschlagen.«

Schweiß brach ihm an den Schläfen aus. »Ich bin anderer Meinung. Mit Nachdruck.«

»Und doch habe ich nach diesem Morgen das Gefühl, dass ich eine Erklärung verdiene. Vor allem, wenn wir eine Heirat zwischen uns erwägen. Wie kann ich dein Angebot ernsthaft in Betracht ziehen, wenn ich dich nicht verstehe, Edward?«

Er sackte auf der Decke zusammen. »Ich wünschte, du hättest nicht so ein vernünftiges Argument.«

Er würde nichts durchblicken lassen. Wenn sie dieses schreckliche Gespräch führen wollte, konnte sie die Führung übernehmen.

Nach einem Moment drückte Elissa seine Hände. »Also. Es ist klar, dass du sehr hart mit dir ins Gericht gegangen bist, als du diese Medaille nicht gewonnen hast. Warum war das so wichtig für dich?«

War das nicht offensichtlich? »Seit ich ein kleiner Junge

war, wollte ich die unbedingt gewinnen. Jeder hat es von mir erwartet.«

»Jeder hat es von dir erwartet.« Sie neigte ihren Kopf zur Seite. »Wer ist dieser *jeder*?«

»Absolut jeder. Meine Familie. Meine Freunde. Meine Tutoren, einschließlich deines Vaters.«

»Und waren sie nicht stolz darauf, dass du hart gearbeitet hast und ein guter klassischer Gelehrter geworden bist? Dass du eine Medaille gewonnen hast, wenn auch die für den zweiten Platz?«

Er musste den Drang unterdrücken, zu schnauben. »Nicht im Geringsten. Von mir wird erwartet, dass ich jederzeit und in jeder Situation den höchsten Standard erreiche. Das ist es, was meine Familie von mir erwartet.«

»Ist das so?« Sie starrte einen Moment lang gedankenverloren über die Rasenfläche. »Und mit deiner *Familie* meinst du deine Eltern? Oder zählst du deine Brüder und Schwestern dazu?«

»Alle.« Edward räusperte sich. »Ist das eine ausreichende Erklärung? Können wir ...?«

»Noch nicht ganz.« Elissa schenkte ihm ein Lächeln. »Ich bezweifle nicht, dass du Recht hast, wenn du sagst, dass deine Tutoren von dir erwartet haben, dass du einen solchen Preis bekommst. Es wäre eine Auszeichnung für meinen Vater gewesen, wenn einer seiner Schüler zum Ersten Klassiker ernannt worden wäre, und er hätte unentwegt damit geprahlt. Ich kenne deine Eltern nicht gut genug, um sagen zu können, welche Erwartungen sie gehabt haben könnten. Aber ich wäre mir nicht so sicher, dass sich deine Geschwister dafür interessieren, welche akademischen Auszeichnungen du erreicht oder nicht erreicht hast.«

»Das tun sie. Sie erwarten von mir, dass ich der Beste bin, und das war ich nicht.«

»Hmm.«

Sie verfiel in Schweigen. Es gefiel ihm nicht, wie Elissa ihn beobachtete und jede seiner Reaktionen registrierte.

Sie drückte seine Hände. »Wusstest du, dass deine Geschwister schon die ganze Woche versucht haben, mich an dich zu *verkaufen*? Die Zahl der Male, die ich die Worte *der beste große Bruder der Welt* gehört habe, geht in die Dutzende, vielleicht in die Hunderte.« Sie lachte. »Sie wussten ja nicht, dass ich schon vor Jahren an dich verkauft wurde. Willst du wissen, was sie mir erzählt haben?«

»Wahrscheinlich, dass ich Senior Wrangler war, oder ...«

»Kein einziges Mal. Obwohl ich neugierig bin - hat der Gewinn des Senior Wrangler nicht den Schlag gemildert, nicht zum First Classic ernannt worden zu sein? Fast jeder betrachtet das als die größere Ehre.«

»Nein. Die Wahrheit ist, dass es nur ein Zufall war, dass ich den Senior Wrangler gewonnen habe.«

Elissa biss sich auf die Lippe. »Wie wird man zufällig zum besten Mathematikstudenten in Cambridge ernannt?«

»Das war nur ein Nebeneffekt des Prüfungsverfahrens«, sagte Edward eilig. Er hatte dies noch nie jemandem gegenüber zugegeben. »Die Prüfung dauert drei Tage, wovon die ersten beiden Tage aus einer schriftlichen Prüfung bestehen. Die Prüflinge werden dann entsprechend ihrer Leistung in Gruppen eingeteilt, und treten in einer Reihe von mathematischen Aufgaben gegen die Teilnehmer ihrer Gruppe an. Da ich mich mehr auf die Klassiker konzentriert habe, hat niemand erwartet, dass ich in der Spitzengruppe mitmache. Aber es war einfach so, dass wir in einem Teil der Prüfung Quadrat- und Kubikwurzeln von Hand berechnen mussten.«

»Quadrat- und Kubikwurzeln berechnen?« Elissas Stirn legte sich in Falten.

»Nur bis auf drei Dezimalstellen«, beruhigte er sie.

»Oh, ist das alles?« Sie lachte ungläubig. »Das klingt

unmöglich.«

»Es ist nicht schwer, wenn man den Trick kennt. Zufälligerweise hatte mir das mein Nachhilfelehrer schon in der Kindheit beigebracht. Aber niemand sonst wusste, wie es geht, und so schnitt ich in der schriftlichen Prüfung besser ab, als alle erwartet hatten. Und da ich mich auf die Klassiker konzentriert hatte, war mein Latein natürlich etwas besser, und ich hatte viel Übung in Disputationen. So ist es vielleicht nicht verwunderlich, dass ich am dritten Tag gut abgeschnitten habe. Aber die Wahrheit ist, dass ich keine besondere Begabung für Mathematik habe.«

Elissa blinzelte ihn ein paar Mal an. »Erlaube mir, sicherzustellen, dass ich das richtig verstehe. Dein Argument, dass du *keine besondere Begabung* für Mathematik hast, beruht auf der Tatsache, dass du Quadrat- und Kubikwurzeln von Hand berechnen kannst?«

»Ganz genau.«

Elissa rieb sich die Stirn. »Ich muss gestehen, dass ich dein Argument nicht so überzeugend finde, wie du zu glauben scheinst. Aber lassen wir das beiseite und kehren wir zu deinen Geschwistern und den Eigenschaften zurück, die *sie* lobenswert fanden. Lucy hat mir erzählt, wie sie sich mit fünf Jahren den Knöchel gebrochen hat und du sie den ganzen Sommer über auf deinem Rücken getragen hast, damit sie nicht drinnen festsaß, während ihr anderen draußen gespielt habt.«

»Jeder hätte das für seine kleine Schwester getan.«

Sie widersprach ihm nicht, aber ihr Blick war skeptisch. »Anne erzählte mir, wie du zugestimmt hast, deine Übersetzung von *Der Entfesselte Prometheus* zu veröffentlichen, obwohl du nicht wolltest, dass jemand es sieht, und den Erlös an ihre Ladies' Society zu spenden. Sie sagte, du seist der Grund dafür gewesen, dass sie ihre Wohltätigkeitsorganisation auf die Beine stellen konnte.«

Edward runzelte die Stirn. »Moment - das hat sie gesagt? Dass ich nicht wollte, dass es jemand sieht?« *Perfekt.* Erst hatte Harrington irgendwie etwas über Robert Slocombe herausgefunden, und nun wusste Anne, dass er sich davor gefürchtet hatte, dass jemand seine Übersetzung lesen würde.

Er merkte, dass er sich verkrampft hatte und Elissas Hände auf eine Art und Weise ergriff, die wahrscheinlich unangenehm war. Er zwang sich, sich zu entspannen. Offenbar war er nicht so undurchschaubar, wie er geglaubt hatte. Er musste viel vorsichtiger sein, um sicherzustellen, dass er nicht auch nur das kleinste Anzeichen dieser niederen Gefühle verriet.

Elissa fuhr fort: »Isabella hat mir erzählt, dass du der Einzige warst, der ihre frühen Geschichten lesen wollte, von denen es, wie ich gehört habe, *viele* gab. Sie sagte, dass sie ohne deine Hilfe und Ermutigung niemals in der Lage gewesen wäre, die Schriftstellerin zu werden, die sie heute ist.«

»Das war nichts ...«

»Caro glaubt, dass du Lord Graverley mit Gewalt dazu gebracht hast, sie zum Tanzen auf ihrem Debütball aufzufordern, um ihren Erfolg zu garantieren.« Edward versuchte, ein taktvolles Schweigen zu bewahren. Sie stieß ihn mit ihrem Knie an. »Du hast es getan, nicht wahr?«

Nun, natürlich hatte er das. »Sie ist meine kleine Schwester. Das war das Mindeste, was ich tun konnte.«

»Ich bin neugierig - warum hast du nicht dasselbe für Anne getan?«

»Während Caro sich danach sehnte, der Stern von London zu sein, wäre Anne wie versteinert gewesen, wenn so viele Augen auf sie gerichtet gewesen wären. Ich hätte Graverley gefragt, wenn sie es gewollt hätte.«

Elissa schüttelte den Kopf und gab einen wehmütigen

Laut von sich. »So rücksichtsvoll. Aber am besten hat mir die Geschichte gefallen, die Harrington mir erzählt hat, über das einzige Mal, als du in Eton verhauen wurdest.«

Edward stöhnte. »Oh. *Das*.«

»Ja. *Das*. Möchtest du es mir lieber selbst erzählen?« Seine einzige Reaktion bestand darin, die Augen zu verdrehen, und so fuhr sie fort: »Ich habe gehört, dass Harrington kurz davor war, entlassen zu werden, als *jemand* ein anonymes Gedicht mit dem Titel *The Love Song of Jonathan Davies* auf dem Podium des Schulleiters hinterließ. Harrington glaubt, dass es jemand namens Percival Thistlethwaite war, der ihn verpfiffen hat.«

»Er hat wahrscheinlich Recht.« Edward schüttelte den Kopf. »Das kleine Wiesel.«

»Schulleiter Davies rief die gesamte Schule zusammen in die Aula, wo er Harrington anklagte, und ihm befahl, seinen Koffer zu packen. Aber bevor er sich bewegen konnte, bist du vorgetreten und hast erklärt, dass Harrington unschuldig sein müsse, weil *du* der Autor des Gedichts seist.«

Edward blickte finster über den Rasen. Nach einem Moment fuhr Elissa fort: »Wie ich hörte, kam es zu einem Streit, in dem Schulleiter Davies zu beweisen versuchte, dass du unmöglich ein solches Werk verfasst haben könntest.« Sie verstellte ihre Stimme. »*Sie haben das geschrieben, Fauconbridge? Über mein Streben nach* Befriedigung? *In der Ziegenherde von Farmer Anderson? Falsche Schreibweise des Wortes* lasziv?«

Edwards ernste Miene zersplitterte. Ihre Imitation von Harringtons Imitation von Schulleiter Davies war bemerkenswert gut.

Elissa gluckste. »Das war mein Lieblingsteil. Harrington beschrieb den schmerzhaften Blick in deinen Augen, als du gezwungen wärst, seine Rechtschreibfehler zuzugeben, aber du hast nicht einmal gezuckt. Du hast einfach nur gesagt: *Sieht so aus.*«

»Dieser Teil war schlimmer als die Gerte. In Wahrheit wusste jeder, dass ich das nicht geschrieben hatte. Aber es hat mich trotzdem geärgert.«

»Natürlich hat es das. Aber du hast es trotzdem getan. Du hast nicht nur eine Tracht Prügel für deinen Bruder eingesteckt, du hast auch deine makellose Bilanz aufgegeben, dass du dich nie daneben benommen hast, um ihn zu retten.« Sie strich mit dem Daumen über seine Fingerknöchel. »Hast du eine Ahnung, wie viel das für Harrington bedeutet hat?«

»Er hat die lächerliche Vorstellung, dass Vater sich für ihn schämt.« Edward schüttelte den Kopf. »Er könnte nicht falscher liegen. Harrington ist von Natur aus liebenswert.«

»Er ist nicht der Einzige.« Sie setzte sich neben ihn und schlang ihre Arme um seine Brust. »Ich möchte, dass du bedenkst, Edward, dass zumindest deine Geschwister nicht die gleichen hohen Erwartungen an dich haben wie du selbst. Dass sie dich für die vielen freundlichen Taten lieben, die du ihnen im Laufe der Jahre gezeigt hast, und dass es ihnen völlig egal ist, dass du die Medaille nicht gewonnen hast.«

Edward schüttelte den Kopf. »Sie waren enttäuscht, dass ich nicht den ersten Platz erreicht habe. Ich weiß, dass sie es waren.«

»Hast du mal darüber nachgedacht, dass der Grund für ihre Enttäuschung darin liegen könnte, dass sie wussten, wie sehr *du* das gewollt hast? Dass ihr wahrer Wunsch war, den Bruder, den sie lieben, seinen Traum verwirklichen zu sehen?«

Edward runzelte die Stirn. »Das ... das glaube ich nicht.«

»Ed-ward.« Sie stieß ihn in die Seite. »Willst du mir wirklich weismachen, dass Harrington es als peinlich empfindet, dass sein Bruder nur als zweitbester Altphilologe in ganz Cambridge anerkannt wurde?«

Edward hielt inne. Er hatte an genug Disputen teilgenommen, um zu wissen, wann er ein Argument verloren hatte, und die Vorstellung, dass Harrington sich um akademische Auszeichnungen scherte, war hoffnungslos unhaltbar.

Und um ehrlich zu sein, fiel es ihm auch schwer, Argumente für seine anderen Geschwister zu finden. Man konnte nicht behaupten, dass Anne und Lucy, zwei der nettesten Menschen auf dieser Erde, ihn für sein Versagen verachteten. Hätte Caro Wert auf akademische Leistungen gelegt, hätte sie Thetford wahrscheinlich nicht geheiratet, und das einzige Mal, an das Edward sich erinnern konnte, dass sie von ihm entsetzt gewesen war, war, als sie ihn dabei erwischt hatte, wie er in einer fünf Jahre alten Jacke das Haus verließ (sie hatte sich erst beruhigt, als er ihr erklärte, er sei auf dem Weg, die Schweine zu inspizieren). Freddie schien mehr in Harringtons Fußstapfen zu treten als in Edwards, denn er betrachtete die Schule als einen Ort, an dem man Freunde findet und Streiche spielt. Und was Izzie betraf ...

Wenn Izzie nicht gerade einen Schauerroman las oder schrieb, träumte sie von einem solchen. Izzie war sich der Welt um sie herum kaum bewusst. Es würde ihn überraschen, wenn ihre Gedanken in den letzten Jahren auch nur ein einziges Mal zu seinen akademischen Leistungen oder deren Fehlen abgeschweift wären.

Er seufzte. Elissa *könnte* Recht haben.

»Das mag auf meine Geschwister zutreffen. Aber meine Eltern haben Erwartungen an mich. Das haben sie sehr deutlich gemacht.«

»Ich finde es interessant, dass du Harringtons Bedenken, dein Vater schäme sich für ihn, abtust, obwohl er sich so daneben benommen hat, dass der Graf gedroht hat, ihm den Geldhahn zuzudrehen. Versteh mich bitte nicht falsch, ich finde deinen Bruder wunderbar. Aber es scheint keinen

Fehler zu geben, der ihn in deinen Augen unsympathisch machen könnte, und doch tadelst du dich selbst wegen der kleinsten Unvollkommenheit.«

Sie verstand ihn nicht. Sie verstand ihn eben doch ganz und gar nicht. »Harrington ist anders. *Völlig* anders. Harrington ist derjenige, der ...«

»... von allen geliebt wird«, sagte sie mit ihm. »Das hast du gestern Abend zu mir gesagt. Es hat mir das Herz gebrochen, aber ich hatte gehofft, du hättest dich nur falsch ausgedrückt. Jetzt weiß ich, dass du jedes Wort ernst gemeint hast.«

Er wusste es. Er wusste es verdammt gut. Sie hatte all seine Abwehrmechanismen durchschaut, hatte all die Dinge gesehen, die er verzweifelt zu verbergen versuchte, damit sie ihn nicht verachten würde.

Sie umarmte ihn fester und legte ihren Kopf auf seine Schulter.

Plötzlich dröhnte es in seinen Ohren. Weil ... weil ...

Weil Elissa diese Dinge *sah*.

Sie *wusste* es bereits.

Und sie ... sie *verachtete ihn nicht*.

Das konnte nicht richtig sein. Das konnte unmöglich richtig sein.

Und doch wusste Harrington um seine Probleme. Und Anne auch.

Und sie liebten ihn. Er wusste, dass sie es taten.

Aber sie kennen nicht die ganze Wahrheit, flüsterte die kleine Stimme in seinem Kopf, die nie ganz verschwunden war. *Wenn sie alles wüssten, würden sie dich verstoßen.*

Elissa drückte ihn erneut. »Ich weiß, wie sehr du das hasst. Aber ich möchte es verstehen. Aus irgendeinem Grund glaubst du, dass du nicht liebenswert bist. Aber du irrst dich. Und die einzige Möglichkeit, diesen Irrglauben zu überwinden, ist, dass du mir sagst, was du für so schrecklich hältst, und siehst, dass ich dich trotzdem liebe. Denn ich werde dich trotzdem lieben, Edward. Ich verspreche, dass ich das tun werde. Und dann wirst du vielleicht endlich verstehen, dass du der Liebe würdig bist.«

Edward brachte es nicht über sich, darauf zu antworten. Seine Gedanken flogen von ihm weg wie Pferde, die gescheut hatten. Sie trugen ihn nun weit weg, an Orte, die er nie hatte aufsuchen wollen.

Er konnte ihr nicht von *dem Vorfall* erzählen, dem Tag, an dem er mit absoluter Sicherheit erfahren hatte, dass sein Vater ihn nicht so liebte, wie er Harrington liebte.

Offensichtlich konnte er es ihr nicht sagen. Es war vor fast zwanzig Jahren passiert, aber er hatte nie *jemandem* davon erzählt ... von ...

Aber ... was, wenn er sich irrte? Was, wenn er sich irrte und Elissa recht hatte?

Was wäre, wenn er sich nicht selbst hassen müsste?

Der Gedanke hätte ihn aufmuntern sollen, aber paradoxerweise gab es nichts Schrecklicheres als Hoffnung. Denn es gab ja nichts Schlimmeres, als an sich selbst zu glauben, nur um dann alles um sich herum zusammenbrechen zu lassen.

»Ist es, weil du der Erbe bist?«, fragte Elissa. »Glaubst du deshalb, dass die Erwartungen an dich und Harrington so unterschiedlich sind?«

Er konnte nicht glauben, dass er das überhaupt in Erwägung zog. Aber der Gedanke, es ihr zu sagen ... der war seltsam verlockend.

Der Gedanke war auch völlig erschreckend. Und doch ...

»Das ist die eine Sache. Aber da ist auch ...« Er räusperte sich. »Da war auch ...«

»Ja?«, sagte Elissa aufmunternd.

Er holte tief Luft und machte sich bereit, es ihr zu sagen.

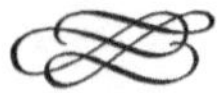

KAPITEL 25

Elissa strich mit ihrer Hand über Edwards Rücken, der steif wie ein Brett geworden war. Er sah nicht sehr gut aus; ehrlich gesagt, er sah aus, als würde er sich jeden Moment übergeben.

Sie schlang ihre Arme wieder um seine Brust, hauptsächlich, um ihn zu trösten, und nur ein wenig, weil sein Blick hektisch umherflog und sie befürchtete, er könnte aufspringen und über das Gras davonrennen.

»Ich war ...«, begann er zögernd. »Wir waren ...«

»Ja?«, Sie rieb ihm aufmunternd den Rücken.

Es geschah plötzlich. Sein Körper schien zu erschlaffen, seine Wirbelsäule war blitzartig nicht mehr stocksteif, sondern wie Gelee. Er kniff die Augen zusammen und rieb sich die Falten auf der Stirn. Als er sprach, kamen seine Worte in panischer Eile heraus. »Ich kann nicht, Elissa. Das kann ich dir nicht sagen. Es tut mir leid, aber ich ... ich ...«

Ein Instinkt sagte ihr, dass dies nicht der richtige Moment war, ihn zu drängen. »Es ist alles in Ordnung.«

Er öffnete seine Augen, und sie waren ein wenig wild. »Ich dachte, ich könnte es dir vielleicht sagen, aber ... aber ...«

»Bitte mach dir keine Sorgen.« Sie legte ihren Kopf auf seine Schulter. »Du sagst es mir, wenn du dazu bereit bist.«

Er nickte angestrengt. Sie hielt ihn einfach nur fest und wartete darauf, dass seine keuchenden Atemzüge langsamer wurden.

Nach ein paar Minuten drehte er den Kopf und schenkte ihr ein schiefes Grinsen. »Mir ist klar, dass meine ersten beiden Versuche, dir einen Heiratsantrag zu machen, mich nicht gerade zum Märchenprinzen gemacht haben. Aber ich will dich heiraten, Elissa. Wenn du mich trotzdem haben willst.«

Elissa biss sich auf die Lippe, denn auch sie hatte den ganzen Morgen darüber nachgedacht. »Ich hoffe, wir können heiraten, Edward. Aber es gibt ein paar Dinge, die wir besprechen müssen. Du hast mir heute Morgen gesagt, dass ich als deine Frau keine Übersetzungen veröffentlichen darf.«

Es tat ihr weh, zu sehen, wie sich die Sorge in seine Augen stahl. »Das ist richtig. Und ich muss mich nochmals für den Verlauf des Gesprächs heute Morgen entschuldigen. Ich habe mich nicht richtig erklärt. Es gibt bestimmte Regeln, die die Gesellschaft von mir als Erbe einer Grafschaft erwartet. Nicht im Handel zu arbeiten, auch nicht im Verlagswesen, ist eine davon. Und auch wenn ich insgeheim der Meinung bin, dass viele dieser Regeln unsinnig sind, hat es Konsequenzen, wenn ich sie nicht befolge. Und diese Konsequenzen würden nicht nur mich, sondern meine ganze Familie betreffen.«

Elissa seufzte. Sie hatte so verzweifelt gehofft, dass er sagen würde, er habe es sich anders überlegt, dass es keine Rolle spiele. Aber das schien nicht der Fall zu sein. »Was für Konsequenzen?«

»Jedes unangemessene Verhalten von mir - oder meiner Frau - würde Lucys und Izzys Heiratsaussichten schaden.«

Er schüttelte den Kopf. »Das könnte ich meinen kleinen Schwestern nie antun.« Er blickte auf, seine blauen Augen flehend. »Und deshalb muss ich dich darum bitten, in dieser Sache einige Opfer zu bringen. Ich weiß, dass einige davon für dich von Bedeutung sein werden. Aber wenn es bedeutet, dass wir zusammen sein können, hoffe ich, dass du es in Betracht ziehen wirst.«

»Du hast auch gesagt, dass ich nicht am Wettbewerb teilnehmen darf.«

»Nun ...« Edward hielt inne und dachte nach. »Das lag daran, dass du mir gesagt hast, dass du vorhast, weiterhin anonym zu veröffentlichen. Und natürlich würdest du deine Anonymität verlieren, wenn du gewinnen solltest. Aber wenn du dich bereit erklären würdest, nach unserer Heirat nicht mehr zu veröffentlichen, stünde deiner Teilnahme am Wettbewerb wohl nichts im Wege«, sagte er steif.

Elissa musterte ihn einen Moment lang. »Auch wenn es dir trotzdem lieber wäre, wenn ich es nicht täte.«

Edwards Schultern zuckten heftig. »Wie kommst du darauf?«

»Ich wünschte, ich hätte einen Spiegel. Dein Gesicht hat sich regelrecht gelblich verfärbt.« Sie lachte, als er sich unbehaglich bewegte. »Wenn man bedenkt, wie du auf den zweiten Platz hinter Robert Slocombe reagierst, liegt der Grund ja auf der Hand.«

Edward nahm ihre Hand in seine. »Na gut, ich gebe es zu. Das, was ich heute Morgen verstanden habe, als du mir gesagt hast, dass die Übersetzung von dir ist ...« Er wedelte mit der freien Hand, als ob er nach den richtigen Worten suchte. »Es macht mir nichts aus, dass du gut bist. Ich meinte es ernst, als ich sagte, dass ich es toll finde, dass du so intelligent bist. Was mich stört, ist, wenn ich schlecht bin.«

Sie drückte seine Hand. »Du bist nie schlecht, Edward.«

»Aber du begreifst sicher, was ich meine.«

»Ich glaube schon. Wenn wir gegeneinander antreten, könnte mein Sieg deine Niederlage bedeuten. Und du machst dir Gedanken darüber, wie du das wohl aufnehmen würdest.«

»Ganz genau. Ich bin nicht stolz darauf«, sagte er eilig. »Ich wünschte, ich würde mich nicht so fühlen. Und ich wünschte, ich könnte selbst aus dem Wettbewerb aussteigen, um den Konflikt zu vermeiden. Ich würde das gerne tun, wäre da nicht die missliche Lage meines Bruders.«

»Da bin ich mir sicher. Ich nehme an, dass du lieber gar nicht antreten würdest.«

»Genau damit hast du Recht.« Ein Schweigen trat ein, das nur durch den Gesang einer Feldlerche unterbrochen wurde, die in den Ästen über ihnen flatterte.

Edward räusperte sich. »Also. Wärest du zu einem Kompromiss bereit? Du gibst deine Karriere als Autorin auf, damit wir heiraten können?«

»Das Problem«, sagte sie vorsichtig, »ist nicht, dass ich meine Schreibkarriere an sich aufgebe. Das Problem ist, dass ich eine Ente bin.«

Die Verblüffung, die sich auf seinem Gesicht abzeichnete, war eigentlich ganz niedlich. »Du bist ... Es tut mir leid, ich glaube, ich habe mich verhört.«

»Ich bin eine Ente«, wiederholte Elissa. »Ich treibe mich in Teichen herum. Ich stolpere über Schweine. Einmal steckte ich drüben im Bicklebury-Moor in brusttiefem Schlamm fest, und Farmer Broadwater musste sein Pflugpferd holen, um mich herauszuziehen. Ich bin eine ungeschickte, unbeholfene Ente. Aber du brauchst keine Ente, Edward. Was du brauchst, ist ein Schwan.«

»Ah!« Auf seinem Gesicht dämmerte die Erkenntnis. »Aber ich kann dir dabei helfen. Ich werde dich um Schweine und Sümpfe und alles andere herumführen ...«

»Leider sind meine Entenqualitäten weitaus

raumgreifender als die bloße Neigung, in Brombeersträucher zu laufen. Vor all dem, was ich als deine Gräfin tun müsste, würde ich am liebsten weglaufen und mich verstecken. Der einzige Gedanke, der noch schrecklicher ist als der, einem Londoner Ball beizuwohnen, ist der, einen zu *planen*. Es ist nicht nur die Tatsache, dass ich ständig das Falsche tun würde, obwohl ich dir versichere, dass genau das der Fall sein würde. Ich bin einfach nicht das Mädchen, das sich über einen Besuch bei der Schneiderin freut oder den Nachmittag damit verbringt, eine neue Haube zu besticken. Ich bin das Mädchen, das nicht nur das Mittagessen, sondern auch das Abendessen verpasst, weil es in ein zweitausend Jahre altes Manuskript vertieft ist. Dasjenige, das mit müden Augen und wirren Haaren aus der Bibliothek kommt, nicht unähnlich dem Einsiedler, der aus seiner Höhle auftaucht. Das Mädchen mit den Sommersprossen auf der Nase und der Tinte am Ellbogen, und manchmal, so fürchte ich, auch das Gegenteil.«

Sie drückte seine Hand, ihre Augen flehten ihn an, zu verstehen. »Das wahre Problem ist, dass die Aufgaben, die meine Tage als deine Gräfin ausfüllen würden, nicht nur einfach Dinge sind, für die ich kein Talent habe. Das sind Dinge, die ich verabscheue. Ich bin nur ...« Sie brach ab und sah zu Boden. »Ich bin eine Ente, Edward. Ich bin kein Schwan. Ich bin es einfach nicht.« Sie zwang ihren Blick zu ihm hinauf. »Es tut mir so leid.«

Edwards Stirn war gerunzelt, aber seine Augen waren nicht ohne Hoffnung. »Aber Elissa, ich will nicht, dass du deine Entenqualitäten aufgibst! Deine Entenqualitäten sind genau das, was ich an dir liebe. Und mehr als das ...« Er blickte in alle Richtungen und senkte dann seine Stimme zu einem Flüstern, obwohl weit und breit niemand zu sehen war. »Ich bin auch eine Ente. Ich tue nur so, als wäre ich ein Schwan. Und genau das werden wir tun. Wenn wir nur zu zweit sind, werden wir all unseren Lieblingsaktivitäten als Enten nachgehen. Tinte auf dem Ellbogen. Verbarrikadieren in der Bibliothek. Sich niemals Gedanken über Garderobe machen. Caro soll alles für dich entwerfen.«

Er erwärmte sich für dieses Thema und erhob sich, um über die Decke zu schreiten. »Nur während der Londoner Saison müssen wir so tun, als wären wir Schwäne. Das sind nur sechs oder sieben Monate im Jahr. Und immer, wenn meine Mutter Gäste bei uns zu Hause hat. Also, noch ein oder zwei Monate. Und an jenen Abenden, an denen Besuch zum Essen kommt. Und immer, wenn wir in der Öffentlichkeit sind.« Mit einem hoffnungsvollen Lächeln wandte er sich ihr zu. »Aber du wirst sehen, dass die Dinge, die wir hassen, viel erträglicher sein werden, weil wir sie gemeinsam tun werden!« Sein Lächeln erlahmte, als ihm klar wurde, was er gerade gesagt hatte. »Äh, ich glaube, das muss ich noch mal anders formulieren ...«

»Edward!« Sie lachte ungläubig, als sie seine Hand ergriff und ihn zurück auf die Decke zerrte. »Ich glaube, du hast das ganz perfekt formuliert und verstehst selbst, wie lächerlich es klingt. Wenn wir beide wirklich Enten sind, sollten wir zusammen Enten sein. Wir sollten versuchen, *mehr* der Dinge zu tun, die uns glücklich machen, nicht weniger.«

»Aber ich habe keine andere Wahl, Elissa. Wäre ich ein jüngerer Sohn, würde ich nicht so sehr unter Beobachtung stehen. Aber ich bin der Erbe. Und wie ich schon sagte, würde es ein schlechtes Licht auf meine Familie werfen, wenn ich mich über die gesellschaftlichen Normen hinwegsetzen würde, und es würde vor allem meinen kleinen Schwestern Schwierigkeiten bereiten.«

Sie schloss ihre Augen. Sie hatte sich auf diesen Moment vorbereitet, seit sie sich in der Bibliothek voneinander getrennt hatten. Tief im Inneren hatte sie immer gewusst, dass sie nicht das war, was Edward Astley brauchte.

Das machte den Schmerz aber nicht erträglicher.

Sie öffnete die Augen, und er sah sie traurig an. »Ist das
...« Er schluckte. »Heißt das, du willst mich nicht heiraten?«

»Es tut mir so leid, Edward.« Ihre Stimme brach. »Aber
ich kann nicht ändern, wer ich bin. Nicht einmal für dich.«

Das Elend in seinen Augen war erschütternd. Er wollte
den Blick abwenden, aber sie packte ihn unter dem Kinn.
»Warte, Edward! Sieh mich an. Ich kann nicht deine Frau
sein.«

Sie nahm all ihren Mut zusammen und sagte: »Ich werde
mich damit zufrieden geben müssen, stattdessen deine
Geliebte zu sein.«

KAPITEL 26

Edward war überzeugt, dass er sich verhört hatte. Ihm wurde bewusst, dass ihm der Mund offen stand. »Elissa, ich glaube, ich habe dich falsch verstanden ...«

»Wir können heute Abend anfangen. Kommst du in mein Zimmer?«

Jetzt wusste er, dass er sie anstarrte. »Du willst, dass ich ... dass ich ...«

Ihr Gesicht wurde genauso rot wie ihr Haar. »Es sei denn, du willst nicht. Ich hatte angenommen, dass du willst, aber wenn dem nicht so ist ...«

»Natürlich *will* ich.« Edward rieb sich die Schläfe. Von allen lächerlichen Vorstellungen. »Aber ich möchte, dass du meine *Frau* wirst. Ich habe nicht versucht, dich zu einer ... unerlaubten Affäre zu überreden.«

Sie beugte sich vor und drückte seine Hand. »Das weiß ich, Edward. Das würde ich nie von dir glauben. Aber wenn das alles ist, was wir jemals haben können, dann hätten wir wenigstens das.«

»Ich denke, mir geht es genauso. Obwohl ...« Er unterbrach sich selbst. Sie hatte seinen Antrag bereits abgelehnt. So sehr er sich auch wünschte, dass sie ihre Meinung ändern würde, so ungehörig war es, sie zu bedrängen.

Er räusperte sich. »Nun gut. Ich werde in dein Zimmer kommen. Heute Abend.«

Inzwischen stand die Sonne schon tief am Himmel und erinnerte sie daran, dass es Zeit war, sich für das Abendessen umzuziehen. Sie packten das Picknick zusammen und kehrten gemeinsam zum Haus zurück.

Als Edward sich auf den Weg in sein Zimmer machte, waren seine Gedanken nur noch mit einer Sache beschäftigt.

Heute Abend.

Heute Abend würde es so weit sein. Er würde endlich mit einer Frau schlafen. Und nicht nur mit irgendeiner Frau.

Mit *Elissa*.

Er hatte sich sein halbes Leben lang nach diesem Moment gesehnt. Doch in die Sehnsucht mischte sich ebenso viel Schrecken, denn er hatte nur eine vage Vorstellung davon, wie er ihr diese Erfahrung angenehm machen konnte.

Er hatte immer gedacht, dass er sich in der Hochzeitsnacht auf Abstand halten würde. Er würde die Bewegungen oberflächlich abarbeiten, ohne seiner Braut zu gestehen, dass er sie zum ersten Mal ausführte.

Aber er konnte sich nicht vorstellen, das mit Elissa zu tun. Zum einen würde sie ihm nie erlauben, sich zu verschließen, zum anderen wollte er das auch gar nicht.

Doch gleichzeitig der Gedanke, zu gestehen, dass er noch Jungfrau war? Dass er keine Ahnung hatte, was er da tat?

Unmöglich.

Edward seufzte, als er sein Zimmer betrat. Warum konnte er sich nicht wie alle anderen darauf freuen, seine Jungfräulichkeit zu verlieren?

～

ACHT STUNDEN später schritt Elissa barfuß durch ihr schönes Schlafzimmer und wartete auf Edward. Sie trug nur ihr Hemd, das schönste, das sie hatte, das hoffentlich verlockender war als ihr zerschlissener alter Morgenmantel.

Nicht, dass es wichtig gewesen wäre, was sie trug. Sobald er hier wäre, würde sie es sowieso gleich loswerden.

Ihre Arme verkrampften sich bei diesem Gedanken, zogen sich zusammen und verschränkten sich vor ihrer Brust. Sie zwang ihre verknoteten Handgelenke, sich zu entspannen. Es war natürlich, dass sie nervös war, aber sie wollte es. Sie wollte ihn.

Sie hatte alle Kerzen im Raum angezündet. Es war ihr egal, dass dies schamlos war. Sie freute sich schließlich sehr darauf, Edward Astley in seiner unverhüllten Pracht zu sehen.

Es klopfte leise an der Tür, und Elissa huschte auf Zehenspitzen durch den Raum. Sie öffnete die Tür, ohne sich zu vergewissern, dass er es war, aber er war es, und im nächsten Moment schlüpfte Edward herein.

Sein Morgenmantel war nicht aus grauer Wolle und auch nicht im Geringsten verschlissen. Er war aus mitternachtsblauem Seidenbrokat, und Edward sah darin umwerfend gut aus, während diese strahlend blauen Augen den Anblick von ihr in ihrem Hemd verschlangen. Sie schloss hastig die Tür und drehte sich um, um ihn anzulächeln. »G-g-guten Abend«, stotterte sie und fummelte an ihrem Zopf herum.

»Guten Abend«, antwortete er, wobei seine Stimme eine halbe Oktave tiefer war als sonst.

Sie standen da und blinzelten einander an. Elissa war ratlos. Sie war davon ausgegangen, dass er die Führung übernehmen würde, aber nachdem sie einen Moment lang dagestanden hatte, streckte sie die Hand aus, nahm seine Hand und führte ihn nervös zum Bett. Er trug ein Glas

Wasser bei sich, das er im Vorbeigehen auf ihrem Frisiertisch abstellte.

Sie blieb am Fußende des Bettes stehen und drehte sich zu ihm um. Sie stellte fest, dass er mit leerem Blick durch den Raum starrte. Er machte eine nachdrückliche Geste, dann eine weitere. Wären die Umstände anders gewesen, hätte sie gedacht, dass er ... Eine Art Rede einstudieren würde.

»Edward?«, fragte sie zaghaft. »Willst du, äh ...«

Er nickte, und sein Blick zuckte zu ihrem. »Ich nehme an, du hast Ovid gelesen?«, fragte er unvermittelt.

Sie blinzelte ihn einmal ... zweimal ... dreimal an. »Ovid?«

»Ovid«, bestätigte er.

»Ich ... ich ... natürlich«, antwortete sie verwirrt.

Er begann, im Zimmer auf und ab zu gehen. »Ich beziehe mich nicht auf seine *Metamorphosen*.«

»Ähm ... tust du nicht?« Bildete sie sich das nur ein, oder waren seine Wangen leicht gerötet?

»Ich beziehe mich«, sagte er und wandte sich ihr vom anderen Ende des Raumes her zu, »auf *Die Kunst der Liebe*.«

»*Oh*«, sagte sie und verstand. Jetzt war sie diejenige, die errötete, denn Ovids *Kunst der Liebe* war ... ziemlich eindeutig. »Ich ... ich habe es gelesen.«

»Gut«, sagte er mit angespannter Stimme. »Ich habe es auch gelesen. Verstehst du ...« Er brach ab und erschauderte.

Seine Schritte hatten ihn zu ihr zurückgebracht, wo sie am Fußende des Bettes stand, und Elissa streckte die Hand aus und nahm seine beiden Hände in ihre. »Edward?«, fragte sie zaghaft.

»Es ist nur ...« Er schaute überall hin, nur nicht zu ihr. »Du kennst mich gut genug, um zu wissen, dass ich kein Mann bin, der die Hausmädchen in die Enge treibt.«

»Natürlich nicht.«

»Oder der ein Bordell besucht.«

»In der Tat, nein.«

»Die Wahrheit ist also ... die Wahrheit ist ...« Er schluckte schwer und schloss die Augen, dann sagte er hastig: »Die Wahrheit ist, dass ich das noch nie gemacht habe.«

»Oh!« Sie war überrascht, denn sie hatte den Eindruck gehabt, dass die meisten Männer nicht auf ihre Hochzeitsnacht warteten, und an Gelegenheiten konnte es ihm ganz sicher nicht mangeln.

Aber sie war nicht unzufrieden.

Edward jedoch schien dies als eine Quelle der Verlegenheit zu betrachten. Seine Augen blieben zugekniffen. »Du sollst wissen, Elissa, dass ich alles in meiner Macht stehende tun werde, um es für dich schön zu machen.« Sie spürte, wie ihr das Herz aufging, denn *natürlich* war er die Art Mann, dessen größte Sorge es war, ob er das für sie *gut machen könnte*. Und auch, weil sie sehen konnte, wie schwer es ihm fiel, etwas zuzugeben, was er als Schwäche empfand. Sie merkte, wie wichtig es für ihn war, dass er es schaffte. Edward Astley erwartete von sich selbst, in allem gut zu sein, und er hatte Angst, dass er sie heute Abend enttäuschen könnte.

Er öffnete seine Augen, sah sie aber immer noch nicht an. Stattdessen starrte er ihr entschlossen über die Schulter, als er sagte: »Und obwohl ich, wie gesagt, keine Erfahrung aus erster Hand habe, habe ich doch Ovid gelesen. Ich weiß also, dass es irgendwo zwischen deinen Beinen eine bestimmte Stelle gibt, an der *eine Frau es liebt, berührt zu werden*. Er schüttelte den Kopf und starrte in die Ecke. »Wenn ich nur wüsste, wo sich dieser Ort genau befindet.«

Elissa schluckte, ihr Herz schlug plötzlich wie wild. Es machte ihr Angst, eines ihrer bestgehüteten Geheimnisse laut auszusprechen, aber sie musste ihm helfen. »Ich ... ich weiß, wo das ist.«

»Wenn wir diesen Ort nur finden könnten«, sagte er, als

hätte er sie gar nicht gehört, »wird das unsere Erfolgsaussichten erheblich steigern.«

»Edward«, sagte sie und drückte seine Hände, bis er sie ansah. Sie konnte ihr eigenes Spiegelbild im Frisiertischspiegel hinter ihm sehen, und ihr Gesicht war genauso rot wie ihr Haar, aber sie zwang sich, es noch einmal zu sagen. »Ich weiß, wo das ist.« Er starrte sie an, die Verwirrung stand ihm ins Gesicht geschrieben. »Dieser Punkt«, stellte sie klar und versuchte, sich nicht zu winden. »Wo ich, äh, gerne berührt werde.«

Seine Augenbrauen schossen bis zum Haaransatz hoch. »Oh! Du willst mir damit sagen, dass du ... dass du gern ...«

Sie schluckte, um ihre Nerven zu stählen. »Das tue ich.«

Sie wartete unter Qualen auf seine Reaktion. Denn etwas Tabuhafteres hätte sie nicht gestehen können. In diesem Punkt war die Kirche eindeutig: Selbstbefriedigung war streng verboten. Doch es war die eine Sache, wenn ein Mann ein solches Versäumnis zugab. Es wurde immer noch als falsch angesehen, aber es war eine häufige Sünde. Männer durften Begierden haben. Das *sollten* sie sogar. Frauen hingegen ...

Sie schaute ihn unsicher an und versuchte, seinem Gesichtsausdruck irgendeine andere Emotion als Schock zu entnehmen. Oh, aber das war furchtbar. Wahrscheinlich hielt er sie für die schlimmste aller Dirnen. Seine gute Meinung von ihr war gerade in einem einzigen Augenblick zerstört worden. Er würde jetzt nichts mehr mit ihr zu tun haben wollen. Er würde gehen, und sie hätte nicht einmal den heutigen Abend, an den sie zurückdenken könnte.

»Gott sei *Dank*«, sagte er mit zitternder Stimme.

»Wa-was?«

»Das ist eine wunderbare Nachricht!«

»Ist ... ist es das?«, fragte sie verblüfft.

»Natürlich ist es das.« Dann schaute er zu ihr hinunter,

seine Augen waren voller Erleichterung. »Elissa, *du kannst mir zeigen, was ich tun muss. Um dir Vergnügen zu bereiten.*« Er ließ seinen Kopf zurückfallen. »Ich war noch nie so erleichtert.«

Sie lachte nervös. »Ich hatte Angst, du würdest schlecht von mir denken.«

Er schnaubte und ließ seinen Blick in den ihren sinken. »Nun, das würde mich zu einer Art Heuchler machen, nicht wahr?«

»Du meinst damit, dass du ... dass du ...« Sie brach ab, unfähig, es auszusprechen.

Sein Blick war ungläubig. »Ich bin eine *siebenundzwanzigjährige Jungfrau.*« Er sagte dies, als ob es alles erklären würde, aber als er ihren leeren Blick sah, fügte er hinzu: »Ich hätte völlig den Verstand verloren, wenn ich nicht ... du weißt schon.«

»Oh! Ich verstehe«, sagte sie, auch wenn sie es nicht tat. Sie räusperte sich und wies auf das Bett. »Sollen wir, äh ...«

»Versuchen wir es«, sagte er, und sie kicherte darüber, wie förmlich und unbeholfen sie waren. Er setzte sich auf das Bett, und Elissa kletterte auf seinen Schoß und schlang ihre Arme um seinen Hals.

Er schloss sie in seine Umarmung ein, und dann küssten sie einander. Sie konnte erkennen, dass er versuchte, langsam und behutsam vorzugehen. Aber seine Hände zitterten, als sie ihr Gesicht umrahmten, und als ihr Schenkel die hartnäckige Ausbeulung vorne in seiner Hose streifte, brach er den Kuss mit einem Stöhnen ab. Elissa fand seine kunstlose Inbrunst erregender, als es die geübteste Verführung je hätte sein können.

Elissa griff in seinen Morgenmantel, um durch das feine Leinen seines Hemdes die breiten Flächen seiner Brust zu erkunden. Er konnte das nur eine Minute ertragen und rollte sich bald zurück auf das Bett, wobei er sie mitnahm, so dass sie nebeneinander lagen. Es wurde jetzt immer realer. Sie lagen zusammen auf ihrem Bett. *Sie wollten das tun.* Langsam, geradezu ehrfürchtig begannen seine Hände, ihre Brüste durch den feinen Stoff ihres Hemdes zu streicheln, während ihre sich unter sein Hemd geschoben hatten, um seinen nackten Rücken zu liebkosen. Ungeduldig, mehr von ihm zu spüren, bemühte sie sich, ihm den Morgenmantel von den Armen zu ziehen. Er zuckte mit den Schultern, bis der Morgenmantel an seinen Armen herunterrutschte. Als er sah, wie sie versuchte, sein Hemd hochzuziehen, setzte er sich auf und zog es bereitwillig aus.

Elissa stützte sich auf einen Ellbogen und starrte ihn entgeistert an. Sie hatte zwar schon so viele griechische und römische Skulpturen gesehen, aber niemals hätte sie sich vorstellen können, dass es da draußen etwas gab, das so exquisit geformt war wie Edward Astley. Seine Schultern waren breit, seine Taille schlank, und jeder Zentimeter von ihm bestand aus festen Muskelpaketen. Wie sie in der letzten Nacht festgestellt hatte, war er nicht übermäßig behaart, nur ein paar dunkle Haare auf der Brust und eine dichtere Spur, die sich bis zum Bauchnabel erstreckte und unter dem Hosenbund verschwand. Sie streckte ihre Hand zaghaft aus, um ihn zu streicheln. Seine Haut fühlte sich erstaunlich glatt an, wie Seide, wenn sie warm vom Bügeleisen war.

Sie ertappte ihn dabei, wie er sie ansah, und dem hungrigen Ausdruck in seinen Augen entnahm sie, dass er unbedingt wollte, dass sie den Gefallen erwiderte. Sie setzte sich nervös auf. »Hast du schon mal eine nackte Frau gesehen?«

Seine Antwort klang kehlig. »Nein.«

Sie lächelte trotz ihrer Nervosität. Er dürfte sich seit Jahren nach diesem Moment gesehnt haben. Sie war froh, dass sie diejenige war, die ihm das schenken konnte.

Sie zerrte den Saum ihres Unterhemdes um ihre

Oberschenkel herum nach oben. »Warte«, sagte Edward und griff nach dem Ende ihres Zopfes. Er löste das Band und begann umständlich, ihr Haar zu lösen. »Macht es dir etwas aus?«, fragte er verspätet.

Sie spürte, wie sich ihr Herz zusammenzog. »Nein, überhaupt nicht. Hier«, sagte sie, griff nach oben und übernahm für ihn.

Er sagte nur ein Wort, als er ihren Anblick in sich aufnahm, nur mit ihrem Hemd bekleidet und mit ihrem roten Haar, das in Wellen über ihre Taille fiel, und dieses Wort war: »Sirene.« Die Bewunderung in seinen Augen gab ihr die nötige Zuversicht, um sich das Hemd über den Kopf zu ziehen und es zur Seite zu werfen. Doch damit war ihr Mut erschöpft, und sie drückte die Augen zu, als sie sich wieder auf das Bett legte. Sie brauchte einen Moment, um den Mut aufzubringen, die Augen zu öffnen, aber sie war so froh, als sie es tat. Sie wusste sofort, dass sie den Ausdruck in Edwards Augen in dem Moment, als sie zum ersten Mal nackt vor ihm lag, nie vergessen würde, eine starke Mischung aus Sehnsucht und Ehrfurcht.

Er griff nach ihr, dann hielt er inne. »Elissa ...« Er schluckte schwer, als seine Hand ihre Brust berührte. »Du bist so schön. Du bist das Perfekteste, was ich je gesehen habe.«

Zögernd strich er an ihrer Seite entlang, und sie erschauerte. Sie wollte seine Hände überall auf ihrer Haut spüren, aber er schien einen Moment zu brauchen, um ihren Anblick zu genießen, also biss sie sich auf die Lippe und versuchte, ihre Ungeduld zu zügeln.

Er ließ sie nicht lange warten. Nach einem Moment legte er sich neben sie und nahm sie in seine Arme. Sie stöhnten beide laut auf, als sich sein Körper an den ihren presste, überwältigt von dem köstlichen Gefühl von so viel Haut auf Haut.

»*Gott*, das fühlt sich so gut an«, stöhnte er.

»*So* gut«, bestätigte sie.

Dann küssten sie sich wieder, und Elissa bekam ihren Wunsch erfüllt, denn Edwards Hände waren überall - sie strichen über ihre Arme, streichelten ihre Schultern, fuhren an ihrer Taille entlang und kamen schließlich hoch, um ihre Brüste zu berühren. Er beugte sich hinunter und nahm ihre Brustwarze in den Mund, und ihr Rücken wölbte sich vor Vergnügen so stark, dass sie ihn fast vom Bett geschubst hätte.

Er gluckste, und seine Stimme zitterte genauso wie seine Hände, als er sagte: »Das gefällt dir also?«

Sie atmete schwer. »*Ja.*«

»Gut.« Er sah vorsichtig zufrieden mit sich selbst aus. »Ich denke, ich sollte es noch einmal tun.«

Er tat genau das und experimentierte mit sanften, neckischen Zungenschlägen, während Elissa ihre Finger in sein seidiges, dunkles Haar grub. Dann versuchte er es mit sanftem Saugen, und als Elissa daraufhin aufschrie, gab er ihr einen tiefen Zug, der ihre Hüften vom Bett hochschnellen ließ.

Inzwischen pulsierte ein Herzschlag zwischen Elissas Beinen. Sie hatte das Gefühl, dass sie so bereit war, wie sie es nur sein konnte, und griff nach der Knopfleiste seiner Hose. Er ergriff ihre Hand, führte sie zu seinem Mund und küsste ihre Handfläche.

»Edward, ich bin ... Ich bin bereit«, sagte sie, und ihre Stimme war nicht mehr als ein Keuchen.

»Gott sei Dank«, murmelte er, aber als ihre Hand über seinen Bauch wanderte, ergriff er sie wieder, und eine Ader an seiner Schläfe trat hervor. »Die muss ich anhaben, Liebling.«

»Aber warum?«

Er hob sie hoch und zog sie über seinen Schoß, so dass sie

an einer seiner Schultern lehnte. Sein Körper fühlte sich steif an unter ihrem. Er wischte seine Handfläche an seiner Hose ab und führte seine Hand dann an die Stelle, wo ihre Schenkel zusammentrafen. »Wir werden dich zuerst befriedigen«, sagte er fest.

Sie spürte, wie ihre Wangen rot wurden. »Das musst du nicht, das ist ...«

»Ja«, sagte er entschlossen, »ich will genau das tun.« Er atmete zitternd ein. »Wenn du also nun so freundlich wärst, mir zu zeigen, was ich tun soll.«

Elissa dachte, sie würde vor Demütigung sterben, aber sie spreizte sich für ihn, und sie spürte sein Stöhnen, als es in seiner Brust bebte. Sie schluckte ihr Unbehagen hinunter und teilte ihre Falten mit der linken Hand, dann führte sie ihre rechte Hand zaghaft zu der kleinen Rosenknospe an der Verbindung ihrer Schenkel, so wie sie es tun würde, wenn sie allein wäre und sich selbst befriedigte. »Es ist genau hier«, erklärte sie und demonstrierte die kreisförmige Bewegung, die ihr am besten gefiel. Sie blickte zu ihm auf. Er beobachtete sie, wie gebannt. Sie errötete, nahm seine Hand und führte sie zu dem kleinen Nippel. »Genau da«, sagte sie, als seine Finger die richtige Stelle fanden. »Wenn du mich dort berührst, werde ich kommen.«

»Hier?«, fragte er und rieb sie so fest, dass sie aufschrie und ihre Beine zusammenschlug.

Sie versuchte, ihre Miene neutral zu halten, aber sie konnte erkennen, dass er ihre Reaktion genau verstanden hatte. »Ich ... äh ... normalerweise fange ich langsam an. Sanft«, erklärte sie und öffnete erneut ihre Schenkel.

»So?«, fragte er und streichelte sie zaghafter.

»Ja, das ist viel besser.« Es war viel besser, aber auch nicht ideal. Nach einem Moment räusperte sie sich. »Manchmal verwende ich ein wenig von meiner Handcreme. Die steht da auf meinem Nachttisch, in einem kleinen Glas.«

Er war schon halb durch den Raum geeilt, um das Glas zu holen. »Ah, da ist es ja.«

Im Handumdrehen war er wieder da und nahm seine alte Position ein. Elissa versuchte, sich zu entspannen, als sie ihre Beine wieder spreizte, aber sie fühlte sich ... unter Druck gesetzt. Sie wusste, dass Edward verzweifelt versuchte, es gut für sie zu machen, und irgendwie machte es das Wissen, wieviel ihm das bedeutete, für sie noch schwieriger, loszulassen und sich hinzugeben.

Sie atmete ein und erwartete, den vertrauten Geißblattduft ihrer Handcreme wahrzunehmen. Stattdessen roch sie ... nichts. Oh je, das lief schlimmer, als sie gedacht hatte. Was könnte er mit ihrer Handcreme verwechselt haben?

»Versuchen wir es noch einmal«, sagte Edward mit einem knappen Lächeln und legte seine Hand wieder auf die Stelle zwischen ihren Beinen. Er nahm seine sanft kreisende Bewegung wieder auf.

Und dann geschah das Seltsamste.

Elissa wusste sofort, dass es sich bei dem, was er auf ihrem Frisiertisch gefunden hatte, nicht um ihre Geißblatt-Handcreme handeln konnte. Sie kannte die schmierenden Eigenschaften ihrer Geißblatt-Handcreme sehr gut, und was auch immer Edward bei ihr benutzte, es war *viel* besser. Seine Finger waren so glitschig und leicht, während sie über den empfindlichen kleinen Knoten zwischen ihren Beinen fuhren, und es fühlte sich ... Es fühlte sich ...

Nichts hatte sich je so angefühlt. Nichts hatte sich je so gut angefühlt, und Elissa stöhnte laut auf, als Dutzende von schlafenden Nerven zum Leben erwachten.

»Ist das also gut?«, fragte Edward mit vor Verblüffung gerunzelten Brauen.

»Oh mein *Gott*, Edward. *So* gut«, keuchte sie.

»Wirklich?«, fragte er, während ihm die Hoffnung ins Gesicht geschrieben stand.

»Wirklich. Bitte hör nicht auf. Eigentlich ...« Sie holte zittrig Luft. »Du kannst noch ein bisschen schneller machen.«

Er kam dem nur zu gerne nach, und schon bald wälzte sich Elissa in seinem Schoß. Endlich konnte sie sich entspannen. Sie vergaß ihre Verlegenheit, ihre Nervosität, den Druck zu kommen. Sie kannte nichts anderes mehr als das exquisite Vergnügen, das er ihr bereitete.

Plötzlich hob er sie von seinem Schoß und legte sie auf das Bett. Er glitt zwischen ihre Beine. »Es gibt etwas, das ich gerne ausprobieren würde.«

»Ja?«, hauchte sie.

Er streichelte mit seinen Händen ihre Waden auf und ab. »Ich gehe davon aus, dass es dir gefallen wird.«

»Weil Ovid das gesagt hat?«

»Weil Ovid das gesagt hat«, stimmte er grinsend zu. Er drückte ihr einen Kuss auf die Innenseite eines ihrer Schenkel, nur wenige Zentimeter von ihrem pulsierenden Kern entfernt. »Aber wenn es dir lieber ist, dass ich nicht ...«

»Nein! Das heißt ...« Meine Güte, könnte ihr Gesicht noch heißer werden? »Ich glaube, du hast recht, und es wird mir ... äh ... gefallen. Sehr sogar.«

Immerhin *hatte* sie Ovid gelesen, ebenso wie eine Vielzahl antiker Autoren, die ebenso explizit waren, und sie hatte sich selbst jahrelang berührt. Sie hatte, ehrlich gesagt, nie gedacht, dass sie jemals so ein Geschenk bekommen würde, aber der Gedanke, dass Edward sie an dieser besonderen Stelle küsste? Sie zitterte in Erwartung.

Er schenkte ihr ein schiefes Lächeln. »Dann wollen wir mal sehen, was?«

Und dann senkte er seinen Mund. Sie spürte seinen

warmen Atem auf ihrer Haut an dieser intimsten aller Stellen, und sie konnte nicht anders, als sich zu winden. Er küsste sie ehrfürchtig, als gäbe es nichts anderes auf der Welt, was er lieber täte, als hätte er von diesem Moment geträumt. Er küsste jeden Zentimeter ihrer inneren Falten, bevor er seinen Mund auf den besonderen Nabel zwischen ihren Beinen legte. Er schaute sie mit seinen strahlend blauen Augen von unten herauf an und begann, sie mit seiner Zunge zu streicheln.

Und - *oh grundgütiger Himmel* - der Wirbel seiner Zunge über diese empfindliche kleine Stelle ... So musste es sich anfühlen, wenn man von Ambrosia betrunken war, denn es fühlte sich an, als würde der Nektar der Götter durch ihre Adern fließen. Sie wand sich auf dem Bett und brabbelte Unsinn, und sie spürte seine Hände auf ihren Hüften, die sie teils streichelten, teils an Ort und Stelle hielten.

Sie blickte zu ihm hinunter, und diese blauen Augen waren immer noch auf sie gerichtet, studierten jede ihrer Reaktionen, suchten nach den Berührungen, die ihr am meisten gefielen. Elissa konnte an den Falten um seine Augen erkennen, dass er ihre ungehemmte Reaktion genoss, aber er hörte nicht auf, nicht einmal für eine Sekunde, so sehr war er darauf bedacht, ihr zu gefallen. Er steigerte sein Tempo, ließ seine Zunge leicht und schnell über ihren Nippel gleiten, und nichts, nichts auf der ganzen Welt, hatte sich je so gut angefühlt.

Sie warf den Kopf zur Seite und spürte den weichen Satin seines Bademantels an ihrer Wange. Und da war es - *Bergamotte*. Der Duft all ihrer hoffnungslosen Mädchenträume, die heute Abend in Erfüllung gehen würden, brachte sie an den Rand ihrer Kräfte. Er hielt sie für ein paar Herzschläge auf dieser Kante, wo die Lust am größten war, und dann war die Welle am höchsten und sie schrie auf. Ihre Beine begannen unkontrolliert zu zittern, und sie spürte, wie alles zwischen ihnen in der schönsten Lust, die sie je erlebt hatte, immer wieder pulsierte.

Schließlich hörte der Raum auf, sich zu drehen, und Edwards Grübchen traten in den Vordergrund. Während sie damit beschäftigt gewesen war, sich zu winden, war er das Bett hinaufgerutscht und schwebte nun neben ihr. Er sah jungenhaft aus, fast schwindlig. »Ich habe es geschafft!«

Sie lachte. »Das hast du!« Sie schlang ihre Arme um seinen Hals. »Danke, Edward. Das war *wunderbar*.«

»Wahrhaftig?«

»Wahrlich.« Sie küsste ihn, dann zog sie sich zurück und wurde rot. »Besser als alles, was ich je erlebt habe.«

Er sah äußerst zufrieden aus, doch als ihre Hand die Konturen seiner Brust nachzeichnete, stöhnte er auf.

Er überraschte sie, indem er vom Bett kletterte. Er schlüpfte aus seiner Hose, ging mit zwei Schritten zu ihrem Frisiertisch und fischte etwas aus dem Glas, das er mitgebracht hatte. Das gab Elissa einen eindrucksvollen Blick auf seinen Hintern frei, der so straff war, dass er eine faszinierende kleine Vertiefung an der Seite hatte.

Als er sich umdrehte, blieb ihr der Mund offen stehen. Da sie unschuldig war, hatte sie natürlich nicht genau gewusst, was sie erwarten sollte. Aber sie hatte nicht damit gerechnet, dass sein Glied so ... so ...

Elissa schluckte heftig. Nichts, was sie in Ovid gelesen hatte, hätte sie *darauf* vorbereiten können.

~

EDWARD TUPFTE DIE HÜLLE, die er aus dem Glas genommen hatte, an einem Handtuch ab, zog sie dann über seinen strammen Schwanz und verknotete das Band mit zitternden Händen. Er schaute zu Elissa hinüber, die ihn mit großen Augen vom Bett aus anschaute. »Ist alles in Ordnung?«

»Ja!«, quietschte sie.

Sein Gehirn funktionierte nicht so gut, weil er diesen Moment erreicht hatte, in dem er endlich, *endlich* mit einer Frau schlafen würde, und zwar nicht mit irgendeiner Frau, sondern mit seiner schönen, geliebten Elissa. Aber er merkte, dass sie nervös war. Nachdem er die Hülle gesichert hatte, legte er sich neben sie und drückte sie fest an sich. Trotz ihres ängstlichen Gesichtsausdrucks rollte sie sich sofort auf den Rücken, zog ihn auf sich und spreizte ihre Beine für ihn. Ein wildes Stöhnen entrang sich seiner Kehle. Irgendein Teil seines Gehirns mochte es, Elissa nackt unter sich zu haben, mochte es *sehr*.

Er spürte, wie eine Ader an seinem Hals hervortrat, aber er atmete tief durch und untersuchte sie auf jedes Zeichen von Unsicherheit. »Bist du dir ganz sicher, Elissa?«

Sie nickte heftig. »Völlig sicher.«

»Denn wenn du es nicht bist, müssen wir nicht ...«

»Ich will das mit dir machen, Edward.«

»Es ist nur so, dass ich nie etwas tun würde, was dich verletzen oder entehren würde, oder ...«

Sie umschloss sein Gesicht mit beiden Händen und brachte ihre Lippen auf die seinen. »Ich liebe dich, Edward. Mach mich zu der deinen.«

Danach konnte er sich wirklich nicht mehr verleugnen. Er griff mit einer zitternden Hand zwischen ihre Beine und tastete herum, bis er ihre Öffnung fand. Er führte seinen Schwanz dorthin und begann langsam vorzustoßen.

Sie war so *eng* und so *glitschig*. Er hörte sich selbst stöhnen, als er sich vorwärts bewegte, denn aus seiner Sicht war alles an diesem Moment pure, unverfälschte Glückseligkeit, von den weichen Falten, die die empfindliche Spitze seines Schwanzes umschmeichelten, bis hin zu dem berauschenden Gefühl von Elissas zarten Kurven unter ihm. Aber eine verschwommene Ecke seines

Gehirns erinnerte ihn daran, sich zu vergewissern, dass es ihr gut ging.

Er stellte fest, dass sie die Stirn in Falten legte und die Augen zusammenkniff. Edward hielt inne, sein Schwanz steckte halb in ihr. Er griff nach oben und strich ihr über die Wange. »Wie geht es dir, mein Schatz?«

Sie biss sich auf die Lippe, als sie ihre Augen öffnete. »Es tut nicht so wirklich weh. Gib mir nur einen Moment Zeit, mich daran zu gewöhnen.«

Er zitterte am ganzen Körper, so verzweifelt wollte er in sie eindringen, aber er holte nur röchelnd Luft. »Nimm dir alle Zeit, die du brauchst«, sagte er mit erzwungener Leichtigkeit, bevor sich seine Lippen auf ihre legten.

Es war quälend, so nah dran zu sein und warten zu müssen, aber Edward hätte nie daran gedacht, etwas anderes zu tun. Wahrscheinlich war die Art und Weise, wie er sie küsste, nicht besonders kunstvoll, ebenso wenig wie die Art und Weise, wie seine Hände unbeholfen über die Teile ihres Körpers wanderten, die er erreichen konnte, aber er tat sein Bestes. Und es schien zu helfen - nach ein paar Minuten stieß Elissa einen wohligen Seufzer aus, und er merkte, dass sie sich unter ihm entspannt hatte.

»Du kannst weitermachen«, sagte sie und brach den Kuss ab. »Jetzt ist es besser.«

Er setzte seinen quälenden Weg fort und musterte die ganze Zeit ihr Gesicht. Zu seiner großen Erleichterung konnte er sich ganz in sie hineinschieben. »Ist das in Ordnung?«, fragte er. »Kann ich ...«

Sie wölbte sich hoch und küsste seinen Hals. »Das ist in Ordnung. Mach weiter, mein Edward.«

Er glitt vorsichtig heraus und wieder hinein und wiederholte das Manöver zur Sicherheit noch zweimal. Als er sah, dass sie sich nicht unwohl fühlte, stöhnte er und erhöhte sein Tempo. Die Hülle, die er trug, dämpfte seine

Empfindungen erheblich, und das war auch verdammt gut so, denn sonst hätte er sich selbst in Verlegenheit gebracht, wenn er gleich mit seinem dritten Stoß zum Höhepunkt gekommen wäre.

Allerdings hielt er es auch so kaum eine Minute aus, bevor ihn die Lust übermannte. Er hörte sich selbst kehlige Laute von sich geben, von denen das einzige verständliche Wort Elissas Name war, den er in dem Moment, in dem er kam, wie ein Gebet aussprach.

Er brach auf ihr zusammen, sein Körper zitterte, als er wieder auf die Erde zurückkam. Er wurde sich bewusst, dass Elissas Hände über seinen nackten Rücken strichen. Er zögerte, denn er war so in den Moment vertieft, dass er kaum darauf achtete, wie es ihr ging, und er war nervös wegen ihrer Reaktion. Er hob langsam den Kopf und umschloss mit einer Hand ihr Gesicht.

Sie sah so glücklich aus, glücklicher als er sich erinnern konnte, sie je gesehen zu haben (und das wollte etwas heißen für ein Mädchen, das schon beim Anblick seines Vorgartens Laute der Verzückung ausstieß). Es war absolut ansteckend, und er spürte, wie sich seine Mundwinkel hoben. Wahrscheinlich tat es seiner Stimmung keinen Abbruch, dass er gerade mit einer schönen Frau geschlafen hatte, aber Edward spürte, wie ihn ungewohnte Gefühle überkamen. Freude. Zufriedenheit.

Vertrauen.

»Wie geht es dir?«, fragte er und strich ihr das Haar aus dem Gesicht.

»Mir ging es noch nie besser. Das war *wunderbar*.«

»Für mich war es das auf jeden Fall. War es nicht zu schmerzhaft für dich?«

Sie schüttelte den Kopf, ihr Gesichtsausdruck hatte einen Hauch von Verwunderung. »Viel weniger, als ich erwartet hatte. Es war ein bisschen ...« Sie hielt inne und suchte nach dem richtigen Wort. »... eng, am Anfang. Aber dann habe ich es geschafft, mich zu entspannen.« Sie lächelte verlegen. »Ich ... ich habe es eigentlich ziemlich genossen.«

»Gut«, sagte Edward, und seine Brust weitete sich vor Erleichterung.

Er zog sich zurück und rollte sich auf die Seite des Bettes. So sehr er es auch hasste, sie zu verlassen, die Hülle war jetzt ziemlich voll, also ging er zum Waschtisch, um sich zu säubern.

Als er sich wieder zu Elissa aufs Bett gesellte, war er allerdings schon wieder ganz hart, was peinlich war. Er mochte eine Jungfrau sein ...

Nun. Jetzt nicht mehr.

Er war vielleicht noch *grün hinter den Ohren*, aber er wollte nicht, dass sie glaubte, er sei *so* grün. Er hatte jedenfalls nicht vor, sie heute Abend noch einmal zu belästigen, da er davon ausging, dass sie Schmerzen haben würde. Er wollte vielleicht unbedingt wieder mit ihr schlafen, aber er war ein Gentleman, verdammt noch mal, und außerdem war das hier Elissa. Er würde nie etwas tun, was Elissa wehtun könnte.

Als er sie also wieder in seine Arme nahm, versuchte er, zwischen ihren Unterkörpern so viel Platz zu lassen, dass seine Erregung nicht völlig offensichtlich war.

Elissa machte seine Pläne prompt zunichte, indem sie sich an ihn schmiegte. Für einen Moment war er wie erschüttert von dem überwältigenden Vergnügen, jeden Zentimeter ihrer blütenzarten Haut an seiner zu spüren, aber der Ausruf, den sie von sich gab, als seine herausragende Erektion sie in den Magen stieß, schaffte es, in sein vernebeltes Gehirn einzudringen.

»Oh!«

Edward zuckte zusammen. »Ignorier das, Liebling.«

Sie lachte. »Es ignorieren? Wie soll ich etwas so Großes ignorieren?«

Sein Schwanz pulsierte und verstand dies als Kompliment.

Er räusperte sich. »Ich wollte sagen, dass du dir keine Sorgen machen musst. Ich habe nicht vor, dich heute Abend noch einmal zu belästigen.«

»Mich belästigen? Ich versichere dir, dass du mich nicht belästigst.« Sie setzte sich halb auf und schaute ihm über die Schulter. »Aus welchem Tiegel hast du die Handcreme genommen?«

»Die Handcreme?« Es fiel ihm schwer, an etwas anderes zu denken als an ihre Brüste, die sich über ihm abzeichneten, zierlich, keck und perfekt, mit Brustwarzen, die genau die gleiche Farbe wie ihre Sommersprossen hatten. »Die war in dem kleinen Porzellangefäß mit den Blumen.«

»Aha«, sagte sie, schlüpfte aus dem Bett und stapfte zu ihrem Schminktisch hinüber. »Das erklärt es also.«

Edward runzelte die Stirn. »Das erklärt was?«

Elissa drehte sich zu ihm um, ganz nackt und mit dem Gefäß in der Hand. »Das hier ist nicht meine Handcreme. Es ist Kokosnussöl, für mein Haar.«

»Es tut mir leid«, sagte Edward und fühlte sich wie ein Narr. »Ich kannte den Unterschied nicht.«

Elissa lachte, als sie wieder auf das Bett kletterte und sich neben ihn kniete. »Es tut mir nicht im Geringsten leid, denn es hat tausendmal besser funktioniert als meine Handcreme! Genaugenommen ...« Sie hielt inne und biss sich auf die Lippe. »Ich habe gedacht, ich könnte etwas davon an dir ausprobieren. Da du ja wieder ... ähm ... bereit bist.«

Edward war wie betäubt und schwieg, während tausend verlockende Bilder von Elissa, *die Dinge an ihm ausprobierte,* durch seinen Kopf huschten. Sie jedoch deutete sein Schweigen falsch. »Das heißt, wenn du das auch willst. Wenn du nicht zu empfindlich bist ... fühlst du dich danach auch empfindlich? Nachdem ... du weißt schon ...«

»Nachdem ich zum Höhepunkt gekommen bin?«, fragte er, als er es schaffte, so etwas wie einen Satz zu bilden. Die Tatsache, dass Elissa nach ihrem eigenen Höhepunkt empfindlich sein würde, würde er sich für die Zukunft merken. »Das stimmt schon.« Er räusperte sich und fügte dann eilig hinzu: »Aber ich glaube nicht, dass ich im Moment *zu* empfindlich bin.«

Ein Lächeln machte sich auf ihrem Gesicht breit. »Ausgezeichnet!« Sie öffnete das Glas, schöpfte einen Klecks Kokosöl und strich es sich über die Handflächen. Glatte Hände rutschten am Glas ab, als sie es auf den Nachttisch stellen wollte. »Oh, das ist glitschig. Also, mal sehen, soll ich einfach ...«

»Hier.« Edward rollte sich mit einer vielleicht unangemessenen Schnelligkeit auf den Rücken und schlug das Bettzeug zurück. »Bedien dich.«

Es war eine Qual, diese Sekunden, in denen sie versuchte, herauszufinden, wie sie ihn berühren sollte. Sie streckte eine Hand nach seinem purpurnen Schwanz aus, zögerte dann, schüttelte den Kopf, näherte sich ihm aus einem anderen Winkel, hielt aber wieder inne, um ihn nicht zu berühren. Als sie schließlich eine Hand um seinen Schaft legte, hatte Edward das Bettlaken schon fast zu einem Knoten gewickelt.

Er erkannte *sofort*, wie sie das mit dem Kokosnussöl meinte, denn das Gleiten ihrer Hand entlang seiner Länge war *köstlich* glitschig. Und Elissas Hände waren so weich und winzig und süß, auf die bestmögliche Weise anders als seine eigene raue, ungeschickte Hand.

Sie streichelte seinen Schaft hinauf, langsam, zaghaft, experimentell. Edwards Kiefer war wie Eisen. Ein Teil von ihm wünschte sich, dass dies niemals enden würde, dass ihre sanften kleinen Berührungen für immer andauern würden.

Aber ein anderer Teil von ihm sehnte sich danach, ihre Hand mit seiner eigenen zu umfassen und sie zu drängen, ihn schneller und härter zu streicheln, ihm die Erleichterung zu verschaffen, nach der sein Körper schrie.

Sie war in der Mitte seines Schafts auf und ab geglitten, aber ihre Hand rutschte ab und sie kam nach oben, um die Spitze zu umschließen. Er gab einen seltsamen Laut von sich, der irgendwo zwischen einem Stöhnen und einem Blöken lag.

Elissas Blick flog zu seinem Gesicht, und ihre Hand erstarrte. »Es tut mir leid! Soll ich dich da nicht anfassen?«

Er spürte, wie seine Wangen brannten. *Wie demütigend.* Aber das Letzte, was er wollte, war, dass sie aufhörte, also zwang er sich zu sagen: »Nein, das war ein gutes Geräusch. Dort bin ich am empfindlichsten, in der Nähe der Spitze. Es ... es hat sich gut angefühlt.«

»Wirklich? Wie wäre es damit?«, fragte sie, umfasste ihn und streichelte die Spitze mit ihrem Daumen.

»*So ... g-gut ...*« war alles, was er zustande brachte, als die Lust sein Gehirn überwältigte. Elissa kicherte vergnügt, als sie ihre Anstrengungen verdoppelte.

Edward wusste, dass es ihm peinlich sein sollte, so außer Kontrolle zu sein, aber es fiel ihm schwer, die Willenskraft aufzubringen. Der Anblick von Elissa, die neben ihm kniete, nackt, verführerisch in ihr rotes Haar gehüllt, ein entzücktes Lächeln auf ihrem Gesicht, während sie seinen Schwanz auf und ab streichelte, war besser als jede erotische Fantasie, die er je gehabt hatte, und er konnte sich auf nichts anderes konzentrieren.

Sie probierte eine neue Bewegung aus, streichelte seinen Schwanz hinunter und fuhr dann mit ihrer kleinen, weichen Hand über seine Eichel, und er gab einen weiteren Laut von sich, der eher tierisch als menschlich war. »Fühlt sich das gut an?«, fragte sie eifrig.

»Oh, mein Gott!«, keuchte er. »Du hast ja k-k-keine Ahnung.«

Elissa kicherte, begeistert, und ein neckischer Ausdruck trat in ihre Augen. »Ich glaube, ich weiß etwas, das dir noch besser gefallen wird.«

»Nicht möglich«, knirschte er.

»Da bin ich mir nicht so sicher. Du solltest wissen ...« Sie grinste und rutschte nach unten, so dass sie *zwischen seinen Beinen kniete.* »... auch ich habe Ovid gelesen.«

»Elissa?«, fragte er unsicher. Denn die reißerische Richtung, die seine Gedanken einschlugen - sie war verrückt. Natürlich, *natürlich* konnte sie nicht vorhaben, dass ... dass sie ...

»Wie sehr würde ich es hassen, wenn du zu dem Schluss kommen würdest, dass ich Ovid nicht so gut kenne wie du.« Sie stützte sich auf die Ellbogen, so dass ihre süßen rosa Lippen nur wenige Zentimeter von seinem Schwanz entfernt waren, so nah, dass er das Flüstern ihres Atems an seiner Spitze spüren konnte. »Wie du dich sicher erinnern wirst, hat er einige Andeutungen gemacht, die ziemlich ... verblüffend waren.«

»Elissa, du ... das ... das musst du nicht tun. Wenn du lieber nicht willst.«

Sie musterte ihn mit diesen glasgrünen Augen. »Würde es sich gut anfühlen?«

Er schluckte, sein Blick wanderte zu ihrer Hand, die langsam seinen Schaft auf und ab strich. »Da bin ich mir sicher.«

»Und würde es dich glücklich machen?«

Seine Augen blickten sie überrascht an. »Ich ... ja. Ja, das würde es.«

Sie hauchte ihm einen lang anhaltenden Kuss auf die Spitze seines Schwanzes. »Ich möchte dich glücklich machen, Edward.«

Er konnte nicht antworten, nicht nur, weil die Sanftheit ihrer Lippen auf seiner empfindlichsten Stelle alles übertraf, was er sich hätte vorstellen können, sondern weil diese Worte ... Er fühlte sich, als hätte man ihm die Brust aufgerissen, und sein schlagendes Herz läge vor ihr entblößt. *Es ist alles in Ordnung. Nimm es ruhig. Es gehört nur dir.*

Und jetzt küsste sie sich den Schaft hinunter, um dann auf der anderen Seite wieder hochzukommen. Bei jedem Kuss spürte er die zaghaften Erkundungen ihrer Zunge, und selbst diese schüchternen Liebkosungen reichten aus, um ihn an den Rand des Wahnsinns zu bringen.

Als sie wieder hochkam und sich direkt über ihm positionierte, schenkte sie ihm ein schüchternes Lächeln. Und dann legte sie ihre Lippen um ihn und nahm ihn in den Mund. Sie wirbelte ihre Zunge um die Spitze, und Edward konnte hören, wie er tierische Laute von sich gab, aber er war zu weit weg, um sich zu beherrschen.

Er wollte sie bitten, ihn gleichzeitig mit ihrer Hand zu berühren, und zwar mit der gleichen Bewegung, mit der er sich selbst berührte. Aber er würde es ihr das nächste Mal zeigen müssen, denn er wusste mit absoluter Sicherheit, dass er in ein paar knappen Sekunden kommen würde.

»Elissa ... Elissa *Liebling*, das fühlt sich so gut an, meine Liebste, und du wirst ... du wirst mich dazu bringen ...« Sie brachte ihre Lippen nach oben und begann, sich auf seine Spitze zu konzentrieren, und er gab einen erstickten Laut von sich, als er den Punkt ohne Wiederkehr überschritt, an dem das Vergnügen *so intensiv war*. »Elissa, ich komme gleich - wenn du dich nicht bewegst, komme ich - ich komme.« Sie schien nicht zu verstehen, was er meinte, denn sie fuhr mit ihren wahnsinnigen Zärtlichkeiten fort. »In deinem Mund«, fügte er eilig hinzu. »Ich werde ...« Anstatt den Kopf zu heben, wirbelte ihre Zunge noch schneller und ... Oh. Oh! *Oh!*

Seine Sicht verschwamm durch die Intensität seines Höhepunkts. Als er wieder einen Fokus auf etwas bekam, bot sich ihm ein großartiger Anblick! Elissa blickte zu ihm auf und *strahlte* förmlich.

Er zog sie hoch, sodass ihr Kopf an seiner Schulter ruhte, und küsste sie tief. »Danke, Elissa. Das war ...« Er rang nach Worten. Ihm wurde klar, dass es nicht nur wegen des körperlichen Vergnügens war, auch wenn dieses ihn gerade zu überwältigte.

Er erinnerte sich an den Ausdruck auf ihrem Gesicht, als sie ihm den ersten Kuss aufgedrückt hatte. *Ich möchte dich glücklich machen, Edward.* Das hatte sie wirklich so gemeint. Sie hatte es zu dem Mann gesagt, der sich immer um alle anderen kümmerte ... seine Kehle schnürte sich zu.

Seine Stimme war, als er sie endlich wiederfand, ein wenig unsicher. »Es war ein wunderbares Gefühl. Und die Tatsache, dass du bereit warst, das für mich zu tun ... das bedeutet *alles* für mich, Elissa.«

»Es war mir das größte Vergnügen. Ich habe es geliebt, dir ein gutes Gefühl zu geben.« Sie lächelte, als sie sich an seine Brust kuschelte. »Ich bin so glücklich. Das ist der beste Tag meines Lebens.«

Edward konnte sich nicht vorstellen, dass er einen Tag, an dem die Frau, die er liebte, seinen Heiratsantrag abgelehnt hatte, er ihr versehentlich sein bestgehütetes Geheimnis auf die denkbar demütigendste Weise verraten und dann herausgefunden hatte, dass mindestens zwei seiner Geschwister dasselbe Geheimnis bereits kannten, als etwas anderes als den schlimmsten Tag seines Lebens betrachten würde.

Und doch ... war er irgendwie nicht annähernd so schlimm, wie er angenommen hatte. Allerdings hoffte er, dass Elissa ihre Meinung ändern und ihn doch noch heiraten würde. Und er fühlte sich immer noch unbehaglich bei dem

Gedanken, dass Elissa, Harrington und Anne (und wer weiß, wer noch) wussten, wie es in seinem Inneren wirklich aussah.

Aber die katastrophalen Folgen, von denen er immer ausgegangen war, dass sie eintreten würden - *sie werden mich alle verachten* - waren einfach ... nicht eingetreten.

Und der Abschluss des Tages, der Sex mit Elissa, fiel definitiv in die Kategorie »der beste Tag seines Lebens«, obwohl er das beschämende Geständnis abgelegt hatte, dass er noch Jungfrau war, und dies dann mit einer Leistung bewiesen hatte, von der er wusste, dass sie das Gegenteil von charmant gewesen war.

Doch Elissa schien es nicht zu stören. Es war sogar überraschend gut gelaufen.

Er hielt inne. Um es auf den Punkt zu bringen, der Grund, warum der Sex mit Elissa so gut gelaufen war, war, *weil* er dieses Geständnis gemacht hatte. Deshalb hatte sie ihm geholfen, hatte ihm gezeigt, wie er ihr Vergnügen bereiten konnte. Er merkte, dass sie Angst gehabt hatte, ihm zu offenbaren, dass sie sich selbst gerne berührte, und dass es ihr peinlich gewesen war, ihm das zu zeigen. Aber weil er ihr vertraute, vertraute sie ihm im Gegenzug.

Ihre Worte von diesem Nachmittag hallten plötzlich in seinem Kopf nach. *Der einzige Weg, den ich mir vorstellen kann, um dich davon zu überzeugen, dass du es wert bist, geliebt zu werden, ist, dass du mir sagst, was du für so schrecklich hältst, und siehst, dass ich dich trotzdem liebe.*

Vielleicht ... vielleicht hatte sie ja Recht.

Und obwohl die wütenden Stimmen in seinem Kopf schrill protestierten, ertappte er sich dabei, dass er die Worte sagte, von denen er nie gedacht hätte, dass er sie laut aussprechen würde. »Ich war acht Jahre alt, als es passierte.«

Elissa sah von ihrem Platz an seiner Brust auf, ihr Blick war zufrieden und schläfrig. »Hmm?«

»Harrington dürfte sieben Jahre alt gewesen sein. Ich fürchte, ich war damals ein kleiner Schlingel, und wir haben mit Steinen geworfen.«

In Elissas Augen dämmerte das Verständnis, als sie erkannte, dass dies nicht irgendeine Geschichte war.

»Wir haben sie nicht auf *jemanden* geworfen«, beeilte er sich hinzuzufügen. »Zumindest nicht absichtlich. Wir haben auf Bäume, Zaunpfähle und Ähnliches gezielt. Aber wir waren nicht aufmerksam und haben nicht bemerkt, dass einer unserer Pächter, Mr. Pearce, den Pfad heraufkam.«

Er studierte die wirbelnden Ornamente an der Decke. »Einer unserer Steine traf seinen Wallach in der Flanke. Wir haben beide zur gleichen Zeit geworfen, also werden wir nie erfahren, wessen Stein es war. Aber das Pferd scheute, und Mr. Pearce stürzte vom Pferderücken und brach sich den Arm.«

Elissa sagte nichts, sondern streichelte seine Brust.

»Für einen Landwirt ist ein gebrochener Arm eine ernste Sache, und das kurz vor der Erntezeit. Wir hatten großes Glück, dass der Bruch sauber verheilte und es keine bleibenden Schäden gab. Wir haben uns beide entschuldigt, und Vater hat jemanden eingestellt, der bei der körperlichen Arbeit half, während sich Mr. Pearce erholte. Harrington und ich mussten den Lohn von diesem Arbeiter aus unserem Taschengeld bezahlen, und das war auch vollkommen berechtigt.«

»Oh, Edward.« Er blickte von der Decke herab und fand Elissas Augen voller Mitgefühl. »Du hast einen Fehler gemacht, aber du warst acht Jahre alt. Und du hast es wieder gutgemacht. Kannst du dir nicht selbst verzeihen?«

Wahrscheinlich hätte er das gekonnt, wenn das alles gewesen wäre, aber er war noch nicht bei dem schwierigen Teil der Geschichte angelangt. »Da ist noch mehr«, sagte er mit rauer Stimme. »An diesem Abend bat mein Vater darum, mit uns einzeln zu sprechen. Harrington ging als erster hinein. Vater empfing ihn in der Bibliothek. Ich musste im Wohnzimmer nebenan warten, bis ich an der Reihe war. Beide Zimmer haben Türen, die auf den Westbalkon führen. Ich schlüpfte nach draußen. Ich wusste genau, wo ich sitzen musste, damit Vater mich nicht durch die Balkontür sehen konnte. Und ...« Er brach ab.

»Hast du das Gespräch deines Vaters mit Harrington belauscht?«, fragte Elissa.

»Das habe ich.«

Er verstummte, unsicher, wie er fortfahren sollte, denn er kam zu dem beschämenden Teil.

Nach einem Moment fragte Elissa leise: »War es schrecklich?«

»Es war gar nicht so schlimm«, sagte Edward eilig. »Als ich einen Blick hinein wagte, lächelte Vater ihn an, und sie lachten beide. Ich erinnere mich, dass Vater Harrington das Haar zerzauste und ihm sagte, er sei ein Lausbub. Dann sagte er ihm, er solle auf sein Zimmer gehen, aber er lächelte die ganze Zeit liebevoll, und ...«

Elissa sagte nichts, sondern drückte Edward an sich.

Nach einem Moment fuhr er fort: »Dann war ich an der Reihe. Ich habe mir ehrlich gesagt keine Sorgen darüber gemacht. Ich dachte, dass es bei mir mehr oder weniger genauso laufen würde. Aber stattdessen ...« Er holte zittrig Luft, denn das war der Teil der Geschichte, der ihn zutiefst erschütterte.

»Stattdessen?«, flüsterte Elissa.

Er musste die Augen schließen. »Vater schrie mich gute zehn Minuten lang an. Er sagte, er hätte etwas Besseres von mir erwartet. Als Ältester sei es meine Aufgabe, Harrington und den anderen ein Vorbild zu sein und sie aus Schwierigkeiten herauszuhalten. Und dass ich ihn enttäuscht hatte. Ungeheuerlich.«

Er spürte Elissas Hand, die sein Gesicht streichelte. »Oh, Edward ...«

»Du siehst also«, unterbrach er sie, »ich bin nicht so wie meine anderen Geschwister. Harrington und all die anderen haben etwas, das von Natur aus liebenswert ist. Aber ich besitze diese Eigenschaft nicht, was auch immer sie sein mag.«

»Das tust du.« Elissa hob die Hand, um eine Träne wegzuwischen, die sich ihren Weg über ihre Wange bahnte.

Er hatte sie zum Weinen gebracht. *Perfekt.* Er wusste, dass er sie nicht mit all dem hätte belasten dürfen.

»Ich verspreche, dass du das tust«, fuhr Elissa fort. »Du bist der liebenswerteste Mensch, den ich je getroffen habe. Ich hatte keine Chance, dich nicht zu lieben.«

Er strich mit seiner Hand ihren Arm auf und ab, während sie an seiner Brust schniefte.

Nach einem Moment hatte sie sich soweit gefasst, dass sie wieder sprechen konnte. »Ich kann verstehen, warum du zu diesem Schluss kommen musstest. Vor allem, weil ... Gott, du warst acht Jahre alt, Edward. Aber sag mir eines: Hatte dein Vater eine Ahnung, dass du sein Gespräch mit Harrington belauscht hast?«

»Das glaube ich nicht, nein.«

Sie biss sich auf die Lippe. »Ich kenne deinen Bruder noch nicht sehr lange. Aber ich habe den Eindruck, dass er einen toten Mann zum Lachen bringen kann.«

»Das könnte er. Harrington hat eine übersprudelnde Persönlichkeit. Sobald er den Raum betritt, hebt er sofort die Stimmung der Anwesenden. Nun ja ...« Der Anflug eines Lächelns umspielte seine Lippen. »Mit Ausnahme von Graverley. Graverley verachtet ihn. Er ist schon zu oft Opfer von Harringtons Streichen geworden.«

»Und war Harrington schon immer so?«, fragte Elissa.

»Hatte er immer die Fähigkeit, Menschen zum Lachen zu bringen?«

»Immer. Schon als ganz kleines Kind.«

Elissa schien ihre Worte sorgfältig abzuwägen. »Versteh mich bitte nicht falsch, denn das Letzte, was ich sagen will, ist, dass deine Gefühle unangemessen waren. Ich denke, du hast damals eine logische Schlussfolgerung gezogen. Aber hast du jemals darüber nachgedacht, dass es die Absicht deines Vaters gewesen sein könnte, Harrington die gleiche Lektion zu erteilen, die er danach auch dir erteilt hat? Aber Harrington, wie er nun einmal ist, hat seine Pläne durchkreuzt, indem er ihn bei jedem Satz, jedem Wort zum Lachen gebracht hat ...«

Edward runzelte die Stirn. Elissas Andeutung war ihm nie in den Sinn gekommen. Einerseits hatte er gesehen, wie Harrington immer wieder versucht hatte, sich aus Schwierigkeiten herauszuwinden.

Aber trotzdem konnte das doch nicht sein.

Er räusperte sich. »Ich glaube nicht. Schließlich hat Harrington den Anfang gemacht. Warum hätte er meinen Vortrag nicht dem seinen anpassen sollen?«

»Aber du sagtest, dein Vater wüsste nicht, dass du zugehört hast.«

»Das ... das ist wahr.« Edward fiel es schwer, Gegenargumente zu formulieren. Sein Gehirn fühlte sich träge und überfüllt an.

Sie legte ihren Kopf an seine Schulter. »Ich bitte dich nur, mal darüber nachzudenken.«

»Das ... das werde ich.« Und er meinte es ernst. Er würde über alles nachdenken, was Elissa gesagt hatte.

Später.

Ohne Vorwarnung drehte er sie auf den Rücken, kam auf ihr zum Liegen und drückte sie in die Matratze. »Aber im Moment habe ich dringendere Sorgen.«

Sie kicherte erschrocken. »Oh?«

Er streichelte ihre Brüste mit beiden Händen. »Es ist nur so, dass du vorhin gezeigt hast, dass du Ovid so gut kennst.«

»Habe ich das?« Ihre Stimme hatte einen hauchigen Klang angenommen.

Er rutschte so weit nach unten, dass er Küsse auf ihre Brust drücken konnte. »Das hast du. Und es ist so selten, dass ich die Gelegenheit habe, Ovid mit einem Gelehrten zu analysieren, dessen Kenntnisstand dem meinen entspricht.« Er liebkoste ihre andere Brust mit seiner Zunge.

»Ist das so?« Ihr Atem wurde immer schwerer.

Er blickte zu ihr auf und stellte fest, dass sie rosa war und keuchte. »Und außerdem weißt du ja selbst, wie siegessüchtig ich bin. Du hast mich mit zwei Höhepunkten beschenkt, während ich dir nur einen geschenkt habe. Das ist einfach nicht gut genug. Ich muss dich daher um Nachsicht bitten, wenn ich einige von Ovids Andeutungen näher untersuchen werde.«

Ihr Kopf fiel mit einem leisen *Plopp* zurück auf das Kissen. »Ich werde dir erlauben, deine Argumente vorzubringen. Aber täusche dich nicht - dieser Wettbewerb ist noch nicht vorbei. Ich werde das Feuer erwidern.«

Am Ende stand es unentschieden. Aber zum ersten Mal in seinem Leben machte es Edward nichts aus.

KAPITEL 27

Als der erste Schimmer der Morgendämmerung durch das Fenster brach, schlüpfte Edward widerstrebend aus Elissas Bett. Sie gab einen schläfrigen Protestlaut von sich, aber er zwang sich zu gehen. So sehr er sich auch danach sehnte, zu verweilen, konnte er nicht riskieren, von den Bediensteten entdeckt zu werden, die bald mit ihren morgendlichen Aufgaben beginnen würden. Er schlich leise zurück in sein eigenes Zimmer und traf zum Glück auf niemanden.

Er hätte gerne etwas getan, was er sonst nie tat, nämlich bis zum Mittag schlafen, aber da der Wettbewerb am nächsten Tag stattfinden sollte, mussten sie am Morgen nach Oxford aufbrechen.

Nach mal so eben drei Stunden Schlaf stieg er zusammen mit Elissa und Cassandra in die Kutsche. Er und Elissa waren so erschöpft, dass sie die meiste Zeit der holprigen Kutschfahrt schliefen und erst von Cassandra geweckt wurden, als sie in den Hof des Angel Inn fuhren, wo sie Zimmer reserviert hatten.

Edward arrangierte für sie ein Essen in einem privaten

Speisesaal. Während Cassandra damit beschäftigt war, mit der Wirtin über das Angebot zum Essen zu verhandeln, schlich sich Elissa neben Edward. »Möchtest du, dass ich heute Abend in dein Zimmer komme?«, flüsterte sie.

Er musste seine Reaktion unterdrücken, denn ihre Schwester stand auf der anderen Seite des Raumes. Er murmelte: »So sehr ich das auch möchte, es wäre wahrscheinlich unklug.«

Sie nickte. »Du hast Recht. Wir müssen uns vor dem Wettbewerb ausschlafen.«

»Ich dachte eher an das Risiko für deinen Ruf, wenn wir entdeckt werden.«

»Ich nehme an, das ist auch so. Ich dachte nur, es wäre eine gute Gelegenheit. Wir werden wahrscheinlich nicht viele Gelegenheiten haben, uns in einem richtigen Bett zu lieben.« Auf Edwards fragenden Blick hin fügte sie hinzu: »Wir müssen uns in Zukunft heimlich treffen. Ich würde dann das Haus unter dem Vorwand verlassen, im Freien zu lesen, wie ich es oft tue. Du reitest aus und triffst mich in einer Schlucht. Meistens werden wir uns wahrscheinlich auf dem Waldboden lieben.«

Liebe machen auf dem Waldboden. Um Himmels willen! Edward rieb sich die Stirn. »Können wir bitte nicht einfach heiraten? Ich möchte jeden Tag mit dir verbringen. Ich will dich jede Nacht in meinem Bett haben. Ich will dich nicht bloß ein paar Mal im Monat sehen und mit dir auf dem Waldboden schlafen und mich dabei auf die zweifelhafte Gnade des englischen Wetters verlassen müssen.«

»Ich wünschte, wir könnten das, Edward. Wirklich, das tue ich. Aber ...«

Cassandra erschien plötzlich an der Seite ihrer Schwester. »Mrs. Spencer empfahl mir den Gänsebraten in Austernsauce, und so nahm ich mir die Freiheit, ihn zu bestellen. Wäre das akzeptabel, Mylord?«

»Eine angenehme Vorstellung. Vielen Dank, Mrs. Gorten.«

Das Gespräch ging weiter, aber eigentlich war es nicht nötig, dass Elissa ihren Satz beendete. Das Wort *aber* sagte ihm alles, was er wissen musste. Sie konnte ihn immer noch nicht heiraten, nicht einmal nach dem, was sie letzte Nacht miteinander geteilt hatten, denn eine Heirat mit ihm würde sie zwingen, alles aufzugeben, was sie liebte, und jemand zu werden, der sie nicht war. Und er konnte seine Familie nicht enttäuschen, indem er etwas anderes als der perfekte zukünftige Graf war.

Er lächelte angestrengt, als ein Diener mit dem ersten Gang erschien. In Wahrheit machte er sich umsonst Sorgen, denn morgen um diese Zeit würde er zweifellos alles ruiniert haben.

AM NÄCHSTEN MORGEN machte sich Edward auf den Weg zu ihrem privaten Speisesaal im Angel Inn und fand Elissa und Cassandra bereits dort vor. Trotz der Bitten ihrer Schwester, sich zu setzen und zu essen, ging Elissa im Zimmer auf und ab, rang die Hände und sah so grün aus wie ihr Kleid, das dasselbe aus Wolle war, das sie zum Tanz getragen hatte.

Edward schaffte es, etwas Kaffee und Toast hinunterzuwürgen, dann machten sie sich auf den kurzen Weg zum Oriel College, das seine Halle für den Wettbewerb zur Verfügung gestellt hatte. Cassandra begleitete sie bis zum Viereck und wandte sich dann an ihre Schwester. »Sie lassen mich nicht rein, weil ich nicht am Wettbewerb teilnehme, also muss ich dich an diesem Punkt verlassen.« Sie nahm Elissas Hände. »Du schaffst das, Elissa. Du gehörst hierher. Das tust du«, betonte sie, als Elissas Hände zu zittern begannen. »Und egal wie das Ergebnis ausfällt, ich werde sehr stolz auf dich sein.«

Cassandra küsste ihre Schwester auf die Wange, trat dann zurück und wischte sich die Augen. Sie wandte sich an Edward. »Ich wünsche Ihnen ebenfalls viel Glück, Mylord«, sagte sie, drehte sich um und machte sich auf den Weg zurück zum Gasthaus.

Edward bot Elissa seinen Arm an, und sie gingen über den Hof. Er versuchte, die Giebelhäuser zu bewundern, die den Innenhof bildeten, aber seine Gedanken waren zerrissen.

Von der anderen Seite des Rasens her näherte sich eine vertraute, zierliche Gestalt mit weizenblondem Haar und Brille dem Säuleneingang der Halle. Edwards Schulter krampfte sich plötzlich zusammen. *Robert Slocombe*. Er hatte gewusst, dass Slocombe eine Einladung erhalten haben dürfte, und er hatte damit gerechnet, dass er hier sein würde, aber ihn in natura zu sehen, ließ seinen Puls rasen.

Als Slocombe ihn auf der anderen Seite des Platzes erblickte, nickte er und berührte die Krempe seines Hutes. Edward erwiderte die Geste.

Elissa schaute zu ihm hoch. »Ist das ...«

»Robert Slocombe«, sagte Edward mit fester Stimme.

Der Anblick von Slocombe ließ die Katastrophe, die sich anbahnte, irgendwie real erscheinen. Selbst nach all den Jahren konnte er den verdammten Mann nicht einmal ansehen, ohne in kalten Schweiß auszubrechen. Schlimm genug, wo doch Robert Slocombe derjenige war, der in einer gottverlassenen Ecke von Lancashire lebte und den Edward wahrscheinlich nie wiedersehen würde.

Aber was wäre, wenn Elissa ihn heute schlagen würde? Würde er die gleiche Reaktion zeigen? Er wollte es nicht, aber zu seiner großen Schande konnte er nicht ganz sicher sein, dass es nicht dazu kommen würde. Er wollte Robert

Slocombe nicht verabscheuen, und doch war er hier und tat genau das.«

Er könnte nicht mit sich selbst leben, wenn er Elissa gegenüber die gleiche unwürdige Reaktion zeigen würde. *Oh Gott.* Er würde alles ruinieren. Er wusste, dass genau das passieren würde.

Sie stiegen die Steinstufen hinauf. *Wenn es doch nur einen Weg gäbe, aus dieser Sache herauszukommen.*

Ein bebrillter Mann in akademischen Gewändern stand vor der Tür und hielt ein Blatt Papier in der Hand. »Ah, Lord Fauconbridge. Ein Mann, den man nicht vorstellen muss.« Er machte eine Markierung auf seiner Liste und winkte dann Elissa zu. »Frauen dürfen natürlich nicht ins College, also müssen Sie sich hier draußen verabschieden.«

Elissa hob ihr Kinn. »Ich glaube, Sie werden meinen Namen auch auf Ihrer Liste finden, Sir. Ich bin Elissa St. Cyr.«

»Sie?« Der Mann senkte sein Kinn und betrachtete sie über seine Brille hinweg mit unverhohlener Skepsis. »Das ist unmöglich.«

Ihre Wangen hatten sich rosa verfärbt. »Ich bitte Sie, Sir. Schauen Sie auf Ihrer Liste nach, und Sie werden sehen, dass mein Name dort tatsächlich steht.«

»Unsinn«, sagte er, aber er überprüfte sein Papier. »Es gibt keinen Hinweis auf eine ... Nun. Da steht der Name *E.* St. Cyr, aber ...«

»Das bin ich. Das ‚E‘ steht für Elissa.«

Der Mann runzelte die Stirn. »Ich hatte angenommen, dass E. St. Cyr der Sohn von Julian St. Cyr sein dürfte.«

»Sie sind sehr nah dran. Ich bin seine Tochter.«

»Nun, wie ich schon sagte, Frauen sind im College nicht zugelassen.«

»Aber ich habe eine Einladung erhalten ...«

»Frauen sind nicht erlaubt. Lord Fauconbridge, Sie können durchgehen.«

Der Mann winkte die Person, die hinter ihnen in der Schlange stand, nach vorne, offensichtlich verärgert darüber, dass sie den Weg versperrten, aber Edward war zu verblüfft, um sich zu bewegen. Nachdem sie den ganzen Weg hierher gekommen war, durfte Elissa nun doch nicht teilnehmen. Er … er würde nicht gegen sie antreten müssen.

Das war es. Das war es, was er gewollt hatte.

Er blickte zu Elissa hinunter, sah, dass ihr Gesicht völlig verstört war, und … *Nein.*

Das war nicht das, was er wollte.

Nicht im Geringsten.

Er konnte kaum glauben, was er vorhatte, und stürzte sich auf den Mann. »Ich kann Ihnen versichern, dass Miss St. Cyr jedem Mann auf Ihrer Liste ebenbürtig, wenn nicht sogar überlegen ist. Sie wurde eingeladen, am Wettbewerb teilzunehmen. Sie können sie nicht abweisen.«

Der Mann sah schockiert aus. »Kommen Sie schon, Mylord. Seien Sie vernünftig.«

»Ich bin nicht im Geringsten unvernünftig. Miss St. Cyrs Name steht auf Ihrer Liste. Sie müssen ihr erlauben, am Wettbewerb teilzunehmen.«

Der Mann musterte ihn einen Moment lang. Als er sah, dass Edward nicht bereit war, nachzugeben, murmelte er: »Lassen Sie mich mit dem Dekan sprechen.«

Er zog sich nach innen zurück. Elissa blinzelte zu ihm auf, ihr Blick war unsicher. »Edward?«, flüsterte sie.

»Es wird alles gut«, murmelte er und drückte ihre Hand, die auf seinem Arm ruhte.

Der Mann erschien wieder mit einem älteren Herrn, ebenfalls in schwarzer Robe, im Schlepptau. »Lord Fauconbridge, ich bitte um Verzeihung, aber es ist so, wie

Wickham hier sagt. Dies ist ein geheiligter Raum. Keine Frau kann durch diese Türen gehen.«

»Wie seltsam«, erwiderte Edward. »Und dabei hatte ich den Eindruck, dass die weiblichen Bediensteten jeden Tag durchgehen.«

Der Dekan bewegte sich unbehaglich. »Das ist etwas anderes.«

»Ist es das? Bitte, klären Sie uns auf, inwiefern.«

»Es ist eine Sache, die Bettmacherinnen und Wäscherinnen zum Putzen hereinzulassen. Aber einer Frau zu erlauben, an einer akademischen Übung teilzunehmen?« Er schüttelte den Kopf. »Das Gehirn einer Frau ist für diese Anforderungen nicht ausgelegt. Letztendlich wäre es eine Grausamkeit gegenüber der Dame. Miss St. Cyr hätte keine Chance gegen Männer wie Sie.«

Edward schnaubte. »Würden Sie drei Minuten mit ihr sprechen, würden Sie feststellen, wie sehr Sie sich irren.«

Der Dekan schaute Elissa mit unverhohlener Skepsis an. »Selbst wenn Sie Recht haben, bin ich als Dekan dieser Hochschule verpflichtet, ihren Ruf zu wahren. Und keine Frau wird unter meiner Aufsicht durch diese Türen gehen.« Er drehte sich um und winkte Edward nach vorne. »Kommen Sie, Mylord. Der Wettbewerb wird in Kürze beginnen. Sie müssen Ihren Platz einnehmen.«

»Ich werde nirgendwo hingehen«, schnauzte Edward.

Der Dekan schaute über seine Schulter. »Wie meinen Sie das?«

Edward beugte sich vor. »Ich meine, dass, wenn Miss St. Cyr die Gelegenheit verwehrt wird, teilzunehmen, dann werde ich auch nicht teilnehmen.«

Auf der Stirn des Dekans glänzte ein Schweißtropfen. »Aber Sie sind einer der wichtigsten Teilnehmer. In allen Berichten, die ich in den Zeitungen gelesen habe, wurde erwähnt, dass Sie teilnehmen. Sie müssen sich dem Wettbewerb stellen.«

Er blickte auf Elissa hinunter. Sie starrte fassungslos zu ihm auf.

Und in diesem Moment ... wusste er es einfach. Was Elissa wollte, würde Elissa bekommen, wenn es auch nur im Entferntesten in seiner Macht stand, es ihr zu geben. Es gab nichts, was er nicht für diese Frau tun würde.

Nichts.

Seine Stimme war fest, als er wieder sprach. »Jeder Wettbewerb, bei dem einer Gelehrten wie Miss St. Cyr die Möglichkeit verwehrt wird, teilzunehmen, ist eine Farce, mit der ich nichts zu tun haben werde. Guten Tag, Sir.«

Die Stimme des Dekans stieg um eine halbe Oktave an. »Aber wenn Sie nicht teilnehmen, wird jeder fragen, warum.«

»Und ich werde ihnen eine faszinierende Geschichte zu erzählen haben, nicht wahr?« Edward wandte sich an Elissa. »Kommen Sie, Miss St. Cyr. Wir werden unsere Zeit nicht länger mit diesen kleingeistigen Narren verschwenden.«

»Warten Sie«, rief der bebrillte Mann, der die Tür bewacht hatte. Edward drehte sich zu ihm um und sah ihn mit einer hochgezogenen Augenbraue an. Er schluckte. »Wenn wir Miss St. Cyr die Erlaubnis erteilen, teilzunehmen, dann würden Sie das auch tun, Mylord?«

Edward machte eine lässige Miene. »Ich denke schon.«

»Entschuldigen Sie uns einen Moment.« Er zog den Dekan beiseite, und sie begannen, sich in hartem Flüsterton zu unterhalten.

Edward beugte sich zu Elissas Ohr hinunter. »Alles in Ordnung bei dir?«

Sie schniefte, und er fischte hastig sein Taschentuch aus der Tasche und drückte es ihr in die Hand. Ihr Lächeln war zittrig, während sie sich die Augen abtupfte. »Das werden wir gleich herausfinden, nehme ich an. Vielen Dank, dass du dich für mich eingesetzt hast, Edward. Das bedeutet mir alles. Zumal ich weiß, dass es dir lieber wäre, wenn ich nicht teilnehmen würde.«

»Du hast das Recht, heute hier zu sein, und diese Gefühle sind mein Problem, das ich verarbeiten muss.«

Sie drückte seinen Arm. »Aber was ist, wenn sie sich weigern, nachzugeben? Was ist mit deinem Bruder?«

Er blickte auf diese unerwartete, großartige Frau hinab, die sein Leben unwiderruflich verändert hatte. »Ich werde es nicht bereuen. Das ist das Richtige.«

Die beiden Männer kehrten zurück. Der Dekan war feuerrot im Gesicht, aber er sagte: »Also gut. Da ihr Name auf der Liste steht, nehme ich an, dass Miss St. Cyr eingelassen werden sollte. Sie dürfen durchgehen.«

Elissa legte den Kopf zurück, als sie in die Halle traten. Edward wusste, dass es ein wichtiger Moment für sie war, dieses Heiligtum des Lernens betreten zu dürfen. Es war ein hoher Raum, dessen weiße Wände von riesigen Buntglasfenstern dominiert wurden. Dunkle Holzbalken durchzogen das Dach, und lange Holztische, an denen normalerweise die Studenten zum Essen Platz nahmen, waren weggeräumt worden, um Platz für den Wettbewerb zu schaffen.

Edward fand Plätze, wo sie nebeneinander sitzen konnten. Gerade als sie ihre Tintenfässer und Federkiele auspacken wollten, ergriff Oxfords Vizekanzler, Dr. Whittington Landon, das Wort und sprach zu den etwa fünfzig Anwesenden. »Vielen Dank, dass Sie heute gekommen sind. Wir freuen uns sehr, diesen Wettbewerb in Zusammenarbeit mit Mr. George Martindale vom Verlagshaus Martindale und Carruthers durchführen zu dürfen. Heute werden wir den Eifer der besten britischen Gelehrten auf die Probe stellen. Sagen Sie uns, Mr.

Martindale«, sagte er und wies auf einen schlanken Mann mit kastanienbraunem Haar, »ist Ihr geheimnisvoller Übersetzer von *Über das Erhabene* anwesend?«

Mr. Martindales Augen blickten zu Elissa, aber nicht lange genug, um sie zu verraten. »Ich kann bestätigen, dass der Übersetzer in diesem Raum ist.«

Aufgeregtes Gemurmel erfüllte den Saal, und die Teilnehmer reckten ihre Hälse, um herauszufinden, wer von ihnen es sein könnte.

Als sich der Raum beruhigt hatte, wies der Vizekanzler mit einer Geste auf einige Papierstapel auf dem Tisch hinter ihm. »Ihre Aufgabe gestaltet sich wie folgt: Hier finden Sie Passagen aus zehn verschiedenen klassischen Werken. Werke, die alle fragmentarischen Charakter haben. Sie übersetzen die vorhandenen Passagen und verfassen Originalverse, sowohl in der Originalsprache als auch in Englisch, um das Fehlende zu ergänzen. Zur Auswahl stehen Aristoteles' *Protrepticus*, Euripides' *Andromeda* ...«

Edward verbiss sich ein Stöhnen. Seine absolut unbeliebteste Aufgabe, einem antiken Großen Worte in den Mund zu legen, war also genau das, was er zu tun hatte.

Perfekt.

Nachdem er das Ende seiner Liste erreicht hatte, fuhr der Vizekanzler fort: »Eine Sache noch, bevor wir beginnen. Schreiben Sie Ihren Namen auf ein Blatt Papier, falten Sie es in Viertel und verschließen Sie es. Wenn der geheimnisvolle Übersetzer so freundlich wäre, dies nach der ersten Falte anzugeben. Sie werden dies in Ihrem Aufsatz unterbringen. Auf diese Weise werden Ihre Beiträge anonym bewertet, und nur der Name des Gewinners wird bekannt gegeben. Die übrigen Namen werden alle verbrannt.«

Edward hatte schon früher an Wettbewerben teilgenommen, bei denen dieses System eingesetzt wurde, um die Anonymität der Teilnehmer zu gewährleisten, aber er hatte nicht gewusst, dass die Preisrichter es heute einsetzen würden.

Die Jury würde nur den Namen des Gewinners bekanntgeben. Das bedeutete, dass, egal wie grausam Edwards Versuch auch sein mochte, niemand jemals erfahren würde, dass er derjenige war, der die Grausamkeit zusammengestümpert hatte.

Seine Schultern entknoteten sich. So eingerostet wie er war, war dieses kleine Detail eine große Erleichterung.

Alle gingen nach vorne und wählten eines der zehn zu übersetzenden Werke aus. Zurück an ihrem Tisch tauschten Edward und Elissa ein kurzes Lächeln aus und machten sich dann an die Arbeit.

Zwei Stunden später war der Wettbewerb beendet. Elissa faltete ihre Bewerbung zu einem Päckchen um das Blatt Papier mit ihrem Namen und fügte es dem wachsenden Stapel auf dem Tisch vor dem Dekan des Oriel College hinzu. Edward bot ihr seinen Arm an, und sie gingen nach draußen.

Nun gab es eine zweistündige Pause, in der die Jury den Sieger küren sollte.

Edward war seltsam entspannt. »Wir können uns auch ein paar der berühmten Sehenswürdigkeiten Oxfords ansehen, während wir warten«, sagte er und führte sie über den grasbewachsenen Hof. »Beginnen wir mit der Bodleian Library. Es ist gleich auf der anderen Straßenseite.«

Elissa versuchte, sich mit den Dingen zu beschäftigen, die Edward ihr zeigte. Wirklich, sie versuchte es. Aber sie war so aufgeregt, dass sie nicht aufhören konnte, über die Übersetzung zu plappern, die sie gerade fertiggestellt hatte.

»... und ich bin mir ziemlich sicher, dass ich es im Indikativ Imperfekt wiedergegeben habe, obwohl es natürlich der Optativ Aorist hätte sein müssen ...«

Edward drückte ihre Hand, die auf seinem Arm lag. »Ich bin sicher, deine Übersetzung war wunderbar. Bei der begrenzten Zeit, die uns zur Verfügung stand, dürfte niemand seine Beiträge völlig fehlerfrei eingereicht haben.« Er gestikulierte die Straße hinunter. »Die Gärten des Magdalen College sind besonders schön. Willst du sie sehen?«

Elissa blickte zu ihm auf. »Warum bist du so ruhig? Ich hätte gedacht, dass du das Ergebnis überhaupt nicht erwarten kannst.«

»Ein bisschen ist das auch so. Zum Teil liegt es daran, dass ich aufgegeben habe. Ich habe keine realistische Chance auf den Sieg.«

»Edward!« Sie drückte seine Hand. »Das glaube ich keine Sekunde lang.«

»Ich schon. Ich habe dir doch gesagt, dass ich kein Lexikon mehr aufgeschlagen habe, seit ich Cambridge verlassen habe. Ich habe es in den letzten Wochen nicht einmal geschafft, zu lernen. Ich habe einfach aus dem Bauch heraus geschrieben. Es wird nicht dieselbe Qualität haben wie die anderen Einreichungen, aber zumindest werden die Preisrichter es ins Feuer werfen und niemand wird es je lesen. Obwohl ...« Er blickte auf sie herab, und seine blauen Augen waren so zärtlich, dass sie vergaß zu atmen. »Vielleicht werde ich versuchen, es noch einmal zu schreiben, nur damit du es lesen kannst. Ich habe mich nämlich für Sappho 31 entschieden.«

Elissa lachte erschrocken auf. Sappho 31 war wohl das romantischste Gedicht der gesamten klassischen Dichtung. »Hast du das wirklich?«

»Das habe ich. Und ich habe den fehlenden Teil überarbeitet, um ihn dir zu widmen.«

Elissa spürte, dass sie rot wurde, der Fluch der Rothaarigkeit. »Das würde ich gerne lesen.«

»Es ist nicht sehr gut. Aber ich möchte, dass du es lesen kannst. Mir ist da etwas klar geworden. Mir wurde klar ...«

»Sie blockieren den Bürgersteig!«, bellte ein Mann, der sich mit einer mit Gemüse beladenen Schubkarre näherte.

Edward trat zurück und runzelte die Stirn, als er Elissa aus dem Weg zog. »So spricht man nicht mit einer Dame«, murmelte er.

Elissas Herz raste immer noch. Sie zupfte an Edwards Ärmel. »Was ist dir klar geworden?«

Er blickte die belebte Straße auf und ab. »Ich erzähle es dir, wenn wir die Gärten erreichen.«

»Wie du willst.« Sie ließ sich von Edward den Bürgersteig hinunterführen, doch nach ein paar Schritten versteifte sich ihr Körper, als sie zu einer weiteren unglücklichen Erkenntnis kam. »Oh, meine Güte - ich bin mir ziemlich sicher, dass ich das Wort ‚Himmel‘ in der *dritten Deklination* wiedergegeben habe ...«

»Vorsichtig, Liebling«, sagte Edward und zog sie sanft, aber bestimmt zurück auf den Bordstein. »Entgegenkommende Kutsche.«

»Oh! Danke, Edward.« Sie waren gerade einmal drei Schritte gegangen, als ihr Mund von selbst wieder zu plappern begann. »Die dritte Deklination. Natürlich hätte es die *zweite* Deklination sein müssen.«

Edward gab einen mitfühlenden Laut von sich. »Ganz schön knifflig, diese Deklinationen.«

Sie schüttelte den Kopf. »Nicht für ein maskulines Substantiv. Wie konnte ich nur so einen rudimentären Fehler machen?«

Edward ertrug ihr Geplapper mit guter Laune. Sie wusste, dass es ärgerlich sein musste, aber sie konnte einfach nicht aufhören. Er beschwerte sich kein einziges Mal. Er murmelte abwechselnd beruhigende Worte und versuchte, sie mit Hinweisen auf die Sehenswürdigkeiten Oxfords von dem Wettbewerb abzulenken. Nichts davon funktionierte, aber sie schätzte seine Bemühungen.

»Und ich glaube, ich habe das Plusquamperfekt bei ...« Elissa brach ab, als sie bemerkte, dass sie sich der Kirche von St. Mary the Virgin näherten, wo die Preisverleihung stattfinden sollte. »Willst du mir sagen, dass es schon Zeit für die Ergebnisse ist?«

»Das ist es.« Edward führte sie durch das schmiedeeiserne Tor. »Zeit, unsere Schicksale zu erfahren.«

Elissa verstummte, als sie das Kirchenschiff betraten, das leise Klirren ihrer Schritte auf den schwarz-weißen Kacheln war nur durch das Flüstern der bereits Versammelten zu hören. Die vordersten Bänke waren für die Neuankömmlinge reserviert, aber als sie den Gang hinaufgingen, sah sie Cassandra, die ihr aufmunternd zunickte. Harrington musste an diesem Morgen von Cheltenham heraufgeritten sein, um sein eigenes Schicksal zu erfahren, denn er saß ebenfalls dort, zwischen Cassandra und einem jungen Mann, den Elissa nicht kannte.

Abgesehen von Cassandra und einer Dame, deren Gesicht Elissa wegen ihres breitkrempigen Hutes nicht sehen konnte, war sie die einzige Frau im Raum.

Sie beanspruchten Plätze in der dritten Reihe. Nach ein paar Minuten des Wartens in nervösem Schweigen tauchte Dr. Whittington Landon, der Vizekanzler der Universität, aus den Seitenflügeln auf und ging auf den Altar zu. Er war ein korpulenter Mann, und das strenge Schwarz seiner akademischen Robe wurde nur durch die beiden weißen Laschen eines schlichten Jabot-Kragens unterbrochen. Die Stille in der Kirche knisterte vor Spannung, als er langsam die Holzstufen zur erhöhten Kanzel hinaufstieg.

Er drehte sich zu den Anwesenden um. »Ich werde Sie nicht im Ungewissen lassen. Heute gab es viele würdige Beiträge. Aber es gab einen, der sich von den anderen abhob.« Er griff in seine Robe und zog ein Blatt Papier heraus. »Ich werde nun den Beitrag des Gewinners laut verlesen.«

Er räusperte sich.

~

AB DER ZWEITEN Zeile wusste Edward Bescheid.

Der Gewinner hatte sich für die Übersetzung eines fragmentarischen Gedichts von Simonides von Keos entschieden, in dem es um eine Mutter und ihr Kind ging, die auf einem Schiff in einem Strudel festsaßen, und die erschrockene Gewissheit der Mutter, dass sie die Nacht nicht überleben würden. Noch nie hatte er eine so ergreifende Übersetzung dieses Werkes gehört. Die Verzweiflung der Mutter über ihre Unfähigkeit, ihr Kind zu retten, war herzzerreißend.

Und dem Übersetzer war es sogar gelungen, dem Werk einen Hauch des ursprünglichen Metrums zu verleihen.

Er schaute Elissa an und stellte fest, dass ihr Tränen über das Gesicht liefen. Er zog sein Taschentuch heraus und reichte es ihr. »Glückwunsch«, flüsterte er.

Sie schaute einen Moment lang erschrocken, nahm dann sein Taschentuch entgegen und tupfte sich die Augen ab. »Woher wusstest du, dass es meins ist?«, murmelte sie.

Er warf ihr einen schiefen Blick zu. »Glaubst du, ich erkenne deinen Stil nicht?«

Sie hörten einen Moment lang schweigend zu. Elissas Übersetzung war herausragend, ebenso wie die Originalstrophe, die sie zur Vervollständigung des Gedichts verfasst hatte, dessen Schluss fehlte. Ihre Befürchtung, dass sie den Indikativ Imperfekt statt des Optativ Aorist verwendet hatte, war unbegründet, ebenso wie ihre Sorge, dass sie sich bei der Verwendung des Plusquamperfekts geirrt hatte. Zwar gab sie *Himmel* in der dritten Deklination wieder, aber das fiel kaum auf, und insgesamt war es eine hervorragende Arbeit.

Nachdem es ihr gelungen war, ihre Tränen einzudämmen, blickte sie nervös zu Edward auf. »Wie geht es dir?«

»Ich bin ... enttäuscht. Ich habe meinen Bruder hängengelassen«, sagte er zögernd. »Aber ...« Er hielt inne und tastete nach seinen Gefühlen. »Es geht mir besser, als ich gedacht hätte. Ich ... ich komme schon klar.« Er war überrascht, dass er es ernst meinte.

Sie biss sich auf die Lippe. »Hasst du mich?«

Er betrachtete ihr schönes Gesicht, das ihm wertvoller war als alle verlorenen Stücke des Aischylos. »Ich könnte dich niemals hassen.« Er schenkte ihr ein schiefes Lächeln. »Es scheint, dass ich in der Lage bin, mehr als eine Sache auf einmal zu fühlen. Denn trotz meiner Enttäuschung freue ich mich aufrichtig für dich.«

Sie weinte wieder, und er wollte sie in die Arme nehmen, aber das konnte er in dieser öffentlichen Umgebung nicht tun. Er begnügte sich damit, ihre Hand zu nehmen und sie auf dem Sitz der Kirchenbank zu halten, in der Hoffnung, dass die Umstehenden es nicht sehen würden.

Als sie sich etwas beruhigt hatte, beugte er sich zu ihr hinunter, um ihr etwas ins Ohr zu flüstern. »Also, ich habe nachgedacht. Etwa zwei Meilen von Harrington Hall entfernt gibt es ein Wohnhaus, das derzeit nicht genutzt wird. Es hat eine vernünftige Größe - dreiundzwanzig Zimmer. Gelber Stein, natürlich, und reizvoll gelegen. Du würdest es lieben. Es hat sogar einen eigenen kleinen Teich.«

Sie warf ihm einen neugierigen Blick zu, und er fuhr fort: »Wir könnten dort das ganze Jahr über wohnen. Du müsstest nie nach London reisen, wenn du das nicht willst. Du müsstest an keinen gesellschaftlichen Veranstaltungen teilnehmen. Du wirst bestimmen, wie du deine Tage verbringst.«

Sie drückte seine Hand so fest, dass es brannte. »Edward, bittest du mich gerade, dich ... dich ...«

»... mich zu heiraten«, murmelte er. »Du kannst draußen am Teich lesen. Mit Tinte am Ellbogen. Veröffentliche tausend Übersetzungen. Sei ganz du selbst, denn das ist es, was ich liebe.«

Sie fing wieder an zu weinen. »Aber - was ist mit deinen Schwestern?«

»Ich habe über sie nachgedacht. Jeder Mann, der so willensschwach ist, sich von einer Heirat mit Lucy abhalten zu lassen, hat sie nicht verdient. Und ich wage zu behaupten, dass es Izzie besser gelingen wird, ihre Verehrer zu vergraulen, als ich es je könnte. Aber ich bin mir auch ziemlich sicher, dass, wenn ich sie fragen würde, beide sagen würden, dass sie wollen, dass ich glücklich bin. Und mein Glück liegt bei dir.«

Sie tupfte sich die Augen ab und schenkte ihm ein ebenso strahlendes wie wässriges Lächeln. »Ja. Tausend Mal, ja. Aber ... wann hast du das entschieden, Edward?«

»Vor dem Wettbewerb. Als dieser Flegel dir den Zutritt verweigern wollte.«

Sie gluckste leise vor sich hin. »Warum hast du mich dann nicht vorhin schon gefragt?«

»Das habe ich. Zweimal, um genau zu sein. Weißt du noch, als wir in den Gärten des Magdalen College waren und du mich gefragt hast, warum ich im Dreck herumkrabbelte?«

»Ja, das war sehr eigenar...«, keuchte sie und drückte seinen Unterarm. »Warte mal, warst du ... auf einem Knie?«

»Das war ich. Du warst ziemlich abgelenkt, Liebling.«

Sie rieb sich die Schläfe. »So scheint es. Es tut mir so leid, Edward.«

Er strich mit dem Daumen über ihren Handrücken. »Es

gibt keinen Grund, sich zu entschuldigen. Es gibt keinen Grund, etwas anderes zu sein als genau das, was du bist.«

Gemurmel erfüllte die Kirche. Edward stellte mit Schrecken fest, dass Vizekanzler Landon Elissas Gedicht zu Ende gelesen hatte. Er hörte, wie jemand hinter ihm *brillant* flüsterte, während der Mann, der neben ihm saß, *hervorragend* als Beschreibung wählte.

Auf der anderen Seite des Ganges ergriff jemand das Wort. »Das ist der Übersetzer. Der Übersetzer von *Über das Erhabene*. Ich würde seinen Stil überall wiedererkennen.«

Ein zustimmendes Gemurmel erfüllte den Raum. »Dann wollen wir mal sehen, oder?« Dr. Landon zog einen zweiten Zettel hervor, der zu einem kleinen Quadrat gefaltet war.

Er öffnete den ersten Falz. »Sie haben Recht. Es ist der anonyme Übersetzer.« Seine Augen funkelten, als sie sich in der Kirche umsahen. »Dessen Identität wir nun endlich alle erfahren werden.«

Aufgeregtes Geflüster erfüllte den Raum. Dr. Landon hob eine Hand, um für Stille zu sorgen, dann öffnete er den letzten Falz. Sein Mund blieb offen stehen, und sein ganzer Körper erstarrte für einen Moment, bevor er sagte: »Miss Elissa St. Cyr.«

Plötzlich war es in der heiligen Kirche so laut wie in einer Kneipe. Alle redeten gleichzeitig und reckten die Hälse, um einen Blick auf das winzige Mädchen zu erhaschen, das sie alle besiegt hatte.

Elissas Verleger, Mr. Martindale, eilte zur Kanzel. Er streckte beschwichtigend beide Hände aus. »Ja, das ist richtig. Ich kann bestätigen, dass Miss St. Cyr die Übersetzerin von *Über das Erhabene* und auch die Gewinnerin des heutigen Wettbewerbs ist.«

Edward drückte Elissas Hand, während er sich in der Kirche umsah. Es war wieder einmal still geworden. Absolut jeder starrte sie an. Einige Blicke waren bewundernd, andere aber auch offen feindselig. Die meisten schienen misstrauisch zu sein, als ob sie sich noch nicht entschieden hätten. Elissa schaffte es, ihr Kinn erhoben zu halten, aber ihre Unterlippe zitterte, und er konnte gut genug in ihrem Gesicht lesen, um zu wissen, dass ein einziges böses Wort ihr wieder die Tränen über die Wangen treiben würde.

Auf der anderen Seite des Ganges erhob sich Robert Slocombe. Er drehte sich zu Elissa um. Und dann, ganz langsam ...

... begann er zu klatschen.

Zuerst hallte jedes seiner Klatschen in dem gewölbten Steinraum wider. Doch beim sechsten Klatschen gesellte sich jemand, der hinter ihnen saß, zu ihm, und dann eine weitere Person und noch eine. Bald war der Raum mit Applaus erfüllt, und von hinten kam ein schriller Pfiff, den Harrington besonders gut beherrschte.

Er schaute Elissa an, und sie hatte Tränen in den Augen, aber dieses Mal waren sie von der glücklichen Sorte.

Edward drehte sich um und fing den Blick von Robert Slocombe ein. Er neigte den Kopf als Zeichen der Dankbarkeit, und Slocombe lächelte, als er die Geste erwiderte.

Er war schon immer ein guter Kerl gewesen, Robert Slocombe.

Als der Applaus abebbte, wollten einige der Teilnehmer aufstehen, aber Dr. Landon hielt noch einmal eine Hand hoch. »Bevor Sie gehen, gibt es noch eine Sache. Obwohl die Richter sich einig waren, dass Miss St. Cyrs Gedicht der Sieg gebührt, aber es gab noch einen weiteren Beitrag von so außergewöhnlicher Qualität, dass wir dachten, Sie würden ihn gerne hören«.

Er zog ein zweites Blatt Papier hervor und begann zu lesen.

· · ·

PEER OF GODS he seemeth to me, the blissful
  Man who sits and gazes at thee before him,
  Close beside thee sits, and in silence hears thee
  Silverly speaking,
  Laughing love's low laughter.

NEBEN IHM WAR Elissa stocksteif geworden, denn natürlich erkannte sie die berühmten Anfangszeilen von Sappho 31. »Edward?«, flüsterte sie. »Das ... das ist deines. Ist es nicht so?«

»Ja«, bestätigte er. Seine Schulter krampfte unaufhörlich, so dass er seine freie Hand darauf legen musste, um sich unter Kontrolle zu bringen. *Oh, Gott.* Das konnte doch nicht wahr sein. Er wusste, dass es ihm eine Ehre sein sollte, sein Gedicht vor einer solchen Gesellschaft vorgetragen zu hören. Aber der Gedanke, dass all diese Leute, all diese *Gelehrten*, seinen schlampigen Versen zuhören würden, dass sie sein Werk zerpflücken und über ihn *urteilen* würden ... Und was noch schlimmer war: sein originaler Vers, die Worte, von denen er geglaubt hatte, dass niemand außer den Richtern sie jemals lesen würde, in denen er sich fast die Brust aufgerissen und sein schlagendes Herz entblößt hatte ...

Er spürte Übelkeit in seiner Kehle aufsteigen.

Dr. Landon war noch am Lesen.

OH THIS, this only
  Stirs the troubled heart in my breast to tremble!
  For should I but see thee a little moment,
    Straight is my voice hushed;
  Yea, my tongue is broken, and through and through me
  ,Neath the flesh impalpable fire runs tingling;

Nothing see mine eyes, and a noise of roaring
  Waves in my ears.

JEMAND, der hinter ihnen saß, flüsterte, *glühend*, und sein Begleiter murmelte zustimmend. Edward schluckte heftig, als Dr. Landon fortfuhr:

SWEAT RUNS DOWN IN RIVERS, a tremor seizes
  All my limbs, and paler than grass in autumn,
  Caught by pains of menacing death, I falter,
    Lost in the love trance.
  But all this will I bear, my darling Elissa—

DIE MENGE, die jedem Wort gespannt gelauscht hatte, brach in Begeisterungsstürme aus, als die Widmungsträgerin dieser Interpretation von Sapphos berühmter Ode an ihren Geliebten bekannt gegeben wurde. Jetzt war Edward an der Reihe, angestarrt zu werden, denn natürlich war er derjenige, der neben Elissa saß, ihre Hand hielt und ihr offensichtlich nicht gerade subtile Blicke zuwarf.

Nach einer Minute wurde es im Raum ruhig genug, sodass Dr. Landon weiterlesen konnte.

FOR ALTHOUGH ALL I yearn for in this life
  Is to spend each day with you,
  I will cherish whatever crumbs of your attention
  You might choose to give me
  As manna from the gods.

· · ·

FOR IN YOU I have found a prize beyond compare:
Your heart, as kind as Eleos.
Your mind, sharp as Achilles' spear,
And your will, forged from adamantine.
And, if you will let me, I will treasure you every day,
For the rest of our lives.

MAN HÄTTE in der Kirche eine Stecknadel fallen hören können. Oh, aber das war die Hölle. Er hätte nie gedacht, dass irgendjemand dieses Gefasel hören würde, abgesehen von den Richtern, für die er anonym bleiben würde, was der einzige Grund war, warum er seine Gefühle ungefiltert auf das Blatt hatte fließen lassen.

Die quälende Stille wurde durch eine Stimme aus der ersten Reihe unterbrochen. »Beim Luzifer, wer hat das wohl geschrieben?«

Ein Kichern erfüllte den Raum. Edward warf einen Blick in die Runde. Natürlich lachten alle, und einige johlten ganz offen. Aber die meisten der Anwesenden schienen auf freundliche Weise zu lachen.

Er bemühte sich, sie nicht anzuschauen und sich stattdessen auf Elissa zu konzentrieren. Sie glühte. Es gab kein anderes Wort dafür. Sie sah ihn an, als wäre er eine Art Halbgott.

»Siehst du mich wirklich so?«, flüsterte sie.

»Ja«, sagte er leise.

Sie drückte seine Finger.

Dr. Landon öffnete das gefaltete Stück Papier mit dem Namen des Autors und bestätigte: »Es ist tatsächlich von Lord Fauconbridge.«

Edward räusperte sich. »Miss St. Cyr hat mir kürzlich die große Ehre erwiesen, einzuwilligen, meine Frau zu werden.«

Ein gutmütiges Gemurmel erfüllte den Raum. In dem

Meer von freundlichen Gesichtern, das sie umgab, entdeckte Edward einen finsteren Blick. Er erkannte, dass es sich um William Ricketts handelte, Elissas alten Peiniger aus dem Klassenzimmer.

In diesem Augenblick verstand Edward, dass Ricketts' Spott nicht aus Hass entstanden war. Dass er einer dieser jungen Dummköpfe gewesen war, die alles sagten, um das Mädchen, das er mochte, dazu zu bringen, ihn anzuschauen, und denen es egal war, ob er sie dabei zum Weinen brachte.

Als er Edwards Blick begegnete, vertiefte sich Ricketts' Finsternis. »Für meinen Geschmack war es ein bisschen rührselig«, sagte er mit einer Stimme, die laut genug war, dass alle sie hören konnten.

»Ah«, sagte Dr. Landon von der Kanzel herunter, »aber das war auch das Original. Lord Fauconbridges Worte ergänzen auf bemerkenswerte Weise den Geist des Werks. Das Gedicht ist zwar sentimental, aber gerade deshalb ist es so beliebt.« Er warf Ricketts einen spitzen Blick zu. »Es erfordert Mut, etwas so Pures zu schreiben, und ich wage zu behaupten, dass dies der Grund ist, warum die geschätzte Jury Lord Fauconbridges Gedicht zum Vorlesen ausgewählt hat und nicht Ihres.«

Dr. Landon begann, die Stufen herabzusteigen, um das Ende der Zeremonie zu markieren, und die Anwesenden begannen, die Kirche zu verlassen.

KAPITEL 29

Draußen tummelten sich die Teilnehmer auf dem Grün des Radcliffe Square. Edward lächelte, als er Cassandra beobachtete, wie sie sich durch die Schar der Gratulanten kämpfte, um ihre Schwester in die Arme zu schließen. »Ich wusste, dass du es schaffst! Ich bin so stolz auf dich.« Cassandra tupfte sich mit einem Taschentuch die Augen. »Ich wünschte, Mutter und Vater wären da gewesen, um es zu sehen. Ich dachte, sie kämen zur Zeremonie hoch.«

»Das habe ich auch«, sagte Elissa. »Aber das macht nichts.«

Alle wollten Elissa kennen lernen, und so verbrachte Edward die nächste halbe Stunde damit, sie seinen ehemaligen Schulfreunden und Professoren vorzustellen. Als sich die Menge schließlich lichtete, schlenderte Harrington heran.

Für einen Mann, der gerade eine Wette über fünfzehntausend Pfund verloren hatte und sich dem Zorn ihres Vaters stellen musste, sah sein Bruder seltsam fröhlich aus.

»Herzlichen Glückwunsch, Miss St. Cyr«, sagte er und

beugte sich über ihre Hand. »Ich freue mich sehr darauf, Sie als meine Schwester zu haben.«

»Danke«, sagte Elissa. »Das beruht absolut auf Gegenseitigkeit.«

»Es tut mir leid, Bruder«, sagte Edward. »Ich habe es versucht. Elissa war heute einfach nicht zu schlagen.«

Harrington lachte. »Du brauchst dich nicht zu entschuldigen, du hast genau das getan, was ich von dir wollte.«

Edward legte den Kopf schief. »Aber ... ich habe verloren.«

Harringtons Augen leuchteten. »Zum Glück für mich habe ich nicht darauf gewettet, dass du gewinnen würdest. Ich habe gewettet, dass dein Gedicht am ersten April in der Universitätskirche vom Vizekanzler der Universität Oxford vorgelesen werden würde. Und das wurde es ja auch.« Mit einem triumphierenden Lachen griff er in seine Brusttasche. »Avery hat die ganze Sache sehr sportlich genommen und mir die Bankanweisung bereits ausgehändigt. Siehst du?«

»Du willst damit doch nicht etwa sagen ...« Edward schaute auf das Dokument in Harringtons Hand, das tatsächlich ein Bankwechsel über fünfzehntausend Pfund war.

»Das ist besser gelaufen, als ich es mir hätte vorstellen können«, jubilierte Harrington. »Ich habe den ganzen Morgen damit verbracht, mir Sorgen zu machen, dass ich ins Schuldnergefängnis kommen könnte. Stattdessen habe ich ein Vermögen gewonnen!«

Edward schaute finster drein. »Einen ganzen Morgen hast du dir Sorgen gemacht? Seit einem Monat bin ich in Panik. Außerdem habe ich die ganze Arbeit gemacht. Ich finde, wir sollten das Geld für Annes Wohltätigkeits-organisation spenden.«

»Auf keinen Fall. Ich habe bereits Pläne dafür.«

Er wurde von einer weiblichen Stimme unterbrochen. »Ist das so?« Edward warf einen Blick über seine Schulter und sah eine elegante Frau mit einem breitkrempigen Hut.

Sie hob ihren Kopf und gab sich endlich als ihre Mutter zu erkennen.

»Verstehe ich das richtig«, fragte Lady Cheltenham, als sie sich zu ihnen gesellte, »dass du fünfzehntausend Pfund auf den Ausgang des Wettstreits gewettet hast?« Sie kniff sich in den Nasenrücken. »Hast du ein Glück, dass dein Vater nicht hier ist.«

Harrington erbleichte. »Du wirst es ihm doch nicht sagen, oder, Mutter?«

»Nein, meine Güte«, antwortete die Gräfin. »Aber ich bin auch nicht geneigt, dich eine solche Summe in einer schäbigen Spielhölle verprassen zu lassen.«

»Nicht *alles*«, brummte Harrington.

Edward fing den Blick seiner Mutter ein. »Du warst bei der Zeremonie anwesend?«

»Das war ich.« Lady Cheltenham wandte sich an Elissa. »Herzlichen Glückwunsch, meine Liebe. Als Mutter fand ich Ihr Gedicht sehr bewegend. Ich bin nicht zu stolz, um zuzugeben, dass ich eine Träne vergossen habe.«

Elissa knickste. »Danke, Mylady.«

Edward schaute seine Mutter an. Sie wirkte seltsam gelassen. »Dann hast du auch meine Ankündigung gehört, dass Elissa und ich heiraten werden?«

»Natürlich, Liebling.« Die Gräfin lächelte liebevoll, als sie Elissas Hand nahm und sie drückte. »Nicht, dass es eine Überraschung gewesen wäre.«

»War es das nicht?« Edward tauschte einen Blick mit Elissa aus. »Wir dachten, du würdest ... ähm ...«

»Fauconbridge, da sind Sie ja.« Edward drehte sich um und sah Elissas Vater auf sich zukommen, seine Frau am Arm. »Eines der Pferde der Postkutsche hat unterwegs ein

Hufeisen verloren, weshalb wir ...« Er brach ab, als er Lady Cheltenham bemerkte.

»Mutter, ich möchte dir Elissas Eltern vorstellen.« Die Vorstellungsrunde war schnell beendet. Elissas Mutter schien nervös zu sein, weil sie sich in der Gegenwart einer Gräfin befand.

Ihr Vater war eher gelassen. Er wandte sich an Edward. »Also, was ist passiert? Haben Sie gewonnen?«

»Das habe ich nicht«, antwortete Edward.

Mr. St. Cyr schüttelte den Kopf. »Ah, das ist aber ein Jammer. Dann sind wir ja den ganzen Weg umsonst gekommen.«

Edward war hin- und hergerissen zwischen Wut darüber, dass Mr. St. Cyr nicht einmal die Möglichkeit in Erwägung zog, dass Elissa gewonnen haben könnte, und der Vorfreude, ein so offensichtliches Beispiel für das Talent seiner Tochter vor die Nase gesetzt zu bekommen.

Mr. St. Cyr schüttelte den Kopf. »Ich nehme an, der Preis ging an den anonymen Übersetzer.«

»In der Tat«, bestätigte Lady Cheltenham mit einem Glitzern in den Augen.

»Und wer ist das denn nun?«

Edward lächelte Elissa zärtlich an. »Ihre brillante Tochter, natürlich.«

»Was?« Ein schockierter Ausdruck glitt über das Gesicht von Mr. St. Cyr, als er sich an Elissa wandte. »Du?«

Elissa holte tief Luft. »Ja, Vater.«

»Du ... du hast den Wettbewerb gewonnen?«

»Das habe ich.«

»Und du bist der geheime Übersetzer?«

Sie hob ihr Kinn. »Das bin ich.«

Das Gesicht ihres Vaters war völlig erschlafft. »Aber das ist ... das ist unmöglich!«

Edward klopfte seinem ehemaligen Tutor auf die

Schulter. »Keine Sorge, Mr. St. Cyr. Auch ich kam mir sehr dumm vor, als sie es mir zum ersten Mal sagte. Im Nachhinein betrachtet, war es jedoch so offensichtlich ihr Stil, dass ich nicht glauben kann, dass ich nicht selbst darauf gekommen bin.«

Elissas Vater war offensichtlich sprachlos. Mrs. St. Cyr schüttelte ihre Benommenheit ab. »Das ist furchtbar, absolut furchtbar! Du musstest ja deine unnatürliche Verliebtheit in Themen, die eigentlich Männern vorbehalten sind, so öffentlich zur Schau stellen. Jetzt wird jeder wissen, dass du die schlimmste Art von Blaustrumpf bist.« Mrs. St. Cyr rieb sich die Stirn. »Wir werden dich jetzt niemals verheiraten können.«

»So ungern ich Ihnen auch widerspreche, Mrs. St. Cyr«, sagte Edward mit einer Ernsthaftigkeit, die er nicht im Geringsten verspürte, »Elissa wird heiraten, und zwar früher, als Sie glauben. Ich habe sie nämlich gebeten, meine Frau zu werden.«

»Und ich habe seinen Antrag angenommen«, fügte Elissa hinzu.

Mrs. St. Cyrs Kinnlade hing auf eine Art und Weise herunter, die nicht gerade vorteilhaft war. »Sie ... Sie ...«

Edward tätschelte Elissas Hand. »Sie wird meine Viscountess sein. Und eines Tages die Gräfin von Cheltenham.«

»Die Gräfin von ...« Mrs. St. Cyr schüttelte sich, dann wandte sie sich an Edwards Mutter. »Mylady, ich weiß, dass ich das, was ich jetzt sage, noch bereuen werde. Aber als Christin fühle ich mich verpflichtet, Ihnen die Wahrheit zu sagen. Meine Tochter wird eine schreckliche Gräfin sein.«

Lady Cheltenham hob eine einzelne Augenbraue. »Oh?«

»Mit Sicherheit«, beeilte sich Mrs. St. Cyr zu sagen. »Sie kann nicht tanzen. Sie kann nicht nähen. Sie kann nicht einmal die einfachste Zusammenkunft planen ...«

»Weißt du, wer sehr gut darin ist, Partys zu planen?«, murmelte die Gräfin. »Meine Tochter, Caro ... Lady Thetford, wie sie nunmehr richtig heißt.« Sie lächelte Elissa zärtlich an. »Sie ist außer sich vor Aufregung, weil sie nicht nur ihre eigenen, sondern nun auch Elissas Partys organisieren darf.«

»Aber ... Aber ...«, stotterte Mrs. St. Cyr: »Elissa ist ein ganz furchtbarer Blaustrumpf ...«

»Original«, warf Lady Cheltenham ein.

»Origi... Was?«, fragte Mrs. St. Cyr.

Die Gräfin fächelte sich nonchalant Luft zu. »Ob Ihre Tochter ein Blaustrumpf ist oder nicht, ist nebensächlich. Sie ist ein *Original*. So wird sie von der Gesellschaft betrachtet werden.«

»Oh, nein!« Mrs. St. Cyr lachte. »Ein Original ist jemand, der auf die *richtige* Weise einzigartig ist. Eine Frau, die selbstbewusst und schön ist. Wohingegen meine Tochter ...«

»Ich bitte um Verzeihung«, sagte Lady Cheltenham. »Haben Sie gerade angedeutet, dass mir der Einfluss fehlt, um die Gesellschaft davon zu überzeugen, meine zukünftige Schwiegertochter als Original zu akzeptieren?«

»N-nein, Mylady! Ich wollte nicht ...«

Die Gräfin beugte sich vor, ihr Blick war grimmig. »Niemand wird ein Wort gegen sie sagen. *Niemand*. Denn *ich* würde denjenigen niedermachen, und dann würde *Graverley* denjenigen endgültig erledigen. Sie wissen doch sicher, dass er Edwards bester Freund ist, nicht wahr?«

Mrs. St. Cyrs Augen waren groß wie Essteller geworden. »Der Marquess von Graverley? Ist ... ist er das wirklich?«

»Sicherlich ist er das. Und danach wäre ihr sozialer Niedergang unwiderruflich. Ich erwarte daher nicht, dass ein Wort gegen Ihre Tochter gesprochen wird.« Lady Cheltenham warf Mrs. St. Cyr einen sehr spitzen Blick zu. »Von *niemandem*.«

Dies reichte aus, um Mrs. St. Cyr endgültig in Schweigsamkeit zu stürzen. Elissas Vater schüttelte sich. »Nun aber, Elissa. War mit diesem Wettbewerb nicht ein Preisgeld verbunden? Wie viel waren es - zwanzig Pfund? Dreißig?«

»Dreißig Pfund?«, sagte die Gräfin. »Meine Güte, nein.« Schnell wie ein Jaguar riss sie Harrington den Bankwechsel aus den Händen. »Das Preisgeld waren fünfzehntausend.«

Harrington griff instinktiv nach dem Wechsel. Da er merkte, dass er das Ding seiner Mutter nicht einfach so entreißen konnte, ballte er seine Finger zu einer Faust. »Ich glaube, du irrst dich, Mutter. War das Preisgeld nicht *vierzehn*tausend Pfund?«

Edward nahm den Bankscheck von seiner Mutter entgegen und legte seinen Daumen vorsichtig auf den Namen des Empfängers, als er ihn Elissas Vater zeigte. »Nein, Mutter hat vollkommen Recht. Das Preisgeld sind definitiv *fünfzehn*tausend.«

»Fünfzehntausend Pfund!«, rief Mr. St. Cyr aus. »Was Sie nicht sagen! Von Rechts wegen sollte ein solcher Betrag deinem Vater zur Aufbewahrung übergeben werden.«

»*Nein*«, sagte Elissa energisch. Sie räusperte sich und fuhr in einem leiseren Ton fort. »Wenn es an dich geht, wird es Teil des Nachlasses. Aber wenn es in meinem Namen bleibt, dann kann Onkel John nie einen Anspruch darauf erheben.«

»Du wundervolles Mädchen!«, jubilierte Mrs. St. Cyr. »Du hast uns alle gerettet! Und eine Gräfin. Eine *Gräfin*! Ich gebe nicht vor, das wirklich zu verstehen. Niemals hätte ich mir träumen lassen, dass *ausgerechnet du* ...«

»Sie werden nach Ihrer langen Reise sicher hungrig und müde sein«, warf Edward ein, der nicht hören wollte, wie seine zukünftige Schwiegermutter ihren Satz zu beenden gedachte. »Warum gehen Sie nicht ins Angel Inn, um sich zu erfrischen?«

Cassandra trat vor. »Eine Erfrischung - was für ein ausgezeichneter Vorschlag.« Sie verschränkte ihre Arme mit denen ihrer Eltern und zog sie mit sich. »Kommt, ich zeige euch den Weg.«

Elissa rang die Hände, als sie ihre Eltern beim Weggehen beobachtete. »Das war außerordentlich freundlich von Ihnen, Mylady. Eigentlich hatte ich erwartet, dass Sie die Meinung meiner Mutter teilen würden.«

»Ich kann an Edwards Gesicht erkennen, dass er dasselbe befürchtet hat.« Die Gräfin lachte. »Für zwei der intelligentesten Menschen in England haben Sie sich bemerkenswert dumm verhalten. Warum in aller Welt hätte ich Sie zu meiner Hausparty einladen sollen, wenn ich nicht einverstanden wäre?«

»Ich dachte, es wäre, damit Cassandra Lady Morsley kennenlernen kann«, sagte Elissa.

»Nein, liebes Kind. Ich habe nach dem Tanz einen vollständigen Bericht von Harrington erhalten, sollten Sie wissen.«

Harrington wackelte mit den Augenbrauen. »Einen *vollständigen* Bericht.«

»Und Gott sei Dank hat er mir von einer jungen Dame erzählt, die Edward tatsächlich zum Lächeln gebracht hat! Eine Eigenschaft, die meines Erachtens wichtiger ist als ein Händchen für die Planung von Partys.«

»Vater wird das anders sehen«, sagte Edward leise.

Ein süffisantes Lächeln stahl sich auf das Gesicht seiner Mutter. »Den lass meine Sorge sein.«

»Ich weiß deine Unterstützung zu schätzen, Mutter. Wirklich, das tue ich. Aber ich muss dich vorwarnen, dass Elissa und ich nicht vorhaben, in der Gesellschaft so aufzutreten, wie es die Leute vielleicht erwarten. Sie schert sich nicht um Bälle und Aufmärsche und möchte sich den

Blicken des *ton* entziehen. Wir haben vor, uns in der Witwenresidenz niederzulassen.«

»Eine ausgezeichnete Idee«, sagte die Gräfin, »und eine, die euch beiden in den ersten Jahren eurer Ehe etwas Privatsphäre bieten wird.«

»Wir kommen vielleicht nie nach London«, betonte Edward.

»Wirklich? Ich hätte gedacht, dass Sie sich die griechischen und römischen Skulpturen im Britischen Museum ansehen wollen, Miss St. Cyr.«

Elissa sah zu Edward auf, ihre Augen waren voller Sehnsucht. »Das ... das würde ich schon gern, aber ...«

»Und natürlich den Musentempel besuchen, die größte Buchhandlung in ganz England.« Die Gräfin runzelte die Stirn, als sie über die Wiese blickte. »Ist das Lord Barnsdale? Von all den lästigen Leuten, denen man begegnen kann.«

»Ich würde gerne den Musentempel besuchen«, sagte Elissa in Gedanken versunken.

»Natürlich würden Sie das. Harrington, stell dich hierher, damit Lord Barnsdale mich nicht sieht«, sagte Lady Cheltenham und zog ihn an ihre linke Seite. Sie wandte sich an Elissa. »Und ich kann mir vorstellen, dass Sie gerne ein paar der klassischen Stücke sehen würden, die so oft in den besten Theatern Londons aufgeführt werden.«

Elissa sah hin- und hergerissen aus. »So sehr ich diese Dinge auch genießen würde, würde man von mir, wenn ich nach London gehe, nicht auch erwarten, dass ich Bälle besuche und Teestunden abhalte?«

»Teestunden - gnädigerweise nein«, sagte Lady Cheltenham und schielte um Harrington herum. »Das Letzte, was Sie wollen, ist ein Haufen Wichtigtuer, die Sie wie Haie umkreisen und nach einem Vorwand suchen, um Sie in Stücke zu reißen. Nein, was Sie veranstalten sollten, ist ein Salon. Sie werden die besten Köpfe Londons zu einem anregenden intellektuellen Gespräch einladen.«

Elissa blieb der Mund offen stehen. »Ein Salon? Ich ... ich wusste nicht, dass ich das kann.«

»Natürlich können Sie das. Es gibt keinen Grund, die Dinge genau so zu tun, wie es alle anderen tun. Sie sind nicht wie alle anderen. Sie sind ein *Genie*.« Sie machte einen hastigen Schritt zurück und gab dann einen Laut der Verzweiflung von sich. »Oh, Mist, Lord Barnsdale hat mich entdeckt. Nun, da gibt es nichts zu rütteln, ich muss mit ihm sprechen.« Sie richtete ihren Fächer auf Edward. »Wenn ich in drei Minuten nicht zurück bin, musst du dir eine Ausrede einfallen lassen, um mich abzuholen.«

Elissa blickte seiner Mutter verblüfft hinterher und schüttelte dann den Kopf. »Ein Salon! Es war mir nie in den Sinn gekommen, aber ... ich glaube, ich könnte das tun.« Sie biss sich auf die Lippe und blickte zu Edward auf. »Ich würde es sogar genießen.«

Edward spürte ein Aufflackern von Hoffnung. Vielleicht würde Elissa in seiner Welt doch nicht unglücklich sein. »Es gibt keinen Grund, heute Nachmittag etwas zu entscheiden. Aber vielleicht können wir in ein paar Monaten nach London fahren, nur für ein oder zwei Wochen. Die Buchhandlungen, Museen und das Theater besuchen. Und dann kannst du entscheiden, wie es danach weitergehen soll.«

Elissa schenkte ihm ein schiefes Lächeln. »Ich finde, das ist ein wunderbarer Vorschlag.«

Edward drehte sich um, um sich über die Fortschritte seiner Mutter mit Lord Barnsdale zu informieren, wurde aber durch den missmutigen Gesichtsausdruck seines Bruders abgelenkt. »Harrington, schau nicht so mürrisch. Du bist jetzt nicht schlechter dran als heute Morgen. Wenigstens schuldest du die fünfzehntausend nicht einem anderen.«

»Du hättest mir tausend Pfund lassen können«, murmelte Harrington.

»Tausend Pfund sind eine Menge, um sie für Drinks und Karten auszugeben«, erwiderte Edward.

Harrington schloss die Augen. »Eine Kommission als Leutnant bei den Rifles kostet vierhundertfünfzig. Ich brauche noch ein paar Hundert, um mich mit Uniformen, Pferden und dergleichen auszustatten.« Er öffnete die Augen, sein Blick war fest auf Edward gerichtet. »Das ist der größte Teil davon. Aber ich denke, eine gute Nacht in der Stadt mit dir und Thetford und Ferguson, bevor ich abreise, ist nicht zu viel verlangt. Findest du nicht auch?«

»Eigentlich schon«, sagte Edward schnell. »Das ist also deine Wahl? Die Armee?«

»Das ist es. Ich bin es leid, mich ständig wie ein Nichtsnutz zu fühlen. Wahrscheinlich hätte ich das schon vor Jahren tun sollen. Als Vikar oder Anwalt wäre ich unglücklich, und für die Marine bin ich zu alt. Aber die Armee ...« Er kniff die Augen zusammen. »Ich weiß, dass ich es schaffen kann. Ich glaube sogar, dass ich gut darin wäre.« Er blickte Edward an, seine Augen waren wachsam, sein Kiefer verspannt. Edward erkannte mit Schmerz, dass Harrington erwartete, dass er mit Spott antworten würde, dass er den üblichen Witz der Familie darüber wiederholte, dass Harrington nicht in der Lage sei, vor dem Mittag aufzustehen.

Edward hatte gemischte Gefühle über Harringtons Eintritt in die Armee. In Anbetracht der Tatsache, dass die Franzosen aktiv auf ihn schießen würden, wäre er in weitaus größerer Gefahr, als er es jemals in Indien gewesen wäre.

Aber das war die Entscheidung seines Bruders. Also sagte Edward: »Du wirst ein hervorragender Offizier sein. Da bin ich mir sicher. Du hast alle Eigenschaften, die die Armee sucht. Und damit meine ich nicht nur, dass du ein so hervorragender Schütze bist, obwohl das eine deiner großartigen Qualitäten ist. Es sind deine Eigenschaften als Mensch, die dich für die Stelle besonders geeignet machen. Du bist die Art von Mann, dem andere ganz natürlich folgen. Die Art, die sie dazu anspornt, ihr Bestes zu geben, durchzuhalten, wenn sie sonst aufgeben würden, damit sie auf der anderen Seite wieder herauskommen.« Er umfasste Harringtons Schulter. »Die Rifles können sich glücklich schätzen, dich zu haben.«

Harringtons Augen leuchteten. »Danke, Edward.«

»Denk nicht über das Geld nach. Vater übernimmt die damit verbundenen Kosten. Dafür werde ich sorgen.«

Harrington nickte, scheinbar unfähig zu sprechen. Edward räusperte sich. »Nun, dann. Sollen wir Mutter retten und zum Angel zurückkehren?«

Eine zögernde Stimme ertönte hinter Edwards Schulter. »Entschuldigung. Lord Fauconbridge?«

Er drehte sich um und sah Robert Slocombe. Sein Kinn war eingezogen, und er hielt die Hände gefaltet. Seine Augen wurden groß, als er Harrington und Elissa bemerkte.

Slocombes Worte kamen überstürzt heraus. »Oh je. Ich habe unterbrochen. Ich kann sehen, dass ich etwas unterbrochen habe. Es tut mir furchtbar leid, ich komme einfach später wieder, und ...«

»Überhaupt nicht«, sagte Edward und winkte ihn nach vorne. »Elissa, darf ich dir meinen Freund aus Cambridge vorstellen, Mr. Robert Slocombe? Slocombe, das ist meine Verlobte, Miss Elissa St. Cyr, und mein Bruder, Mr. Harrington Astley.«

Elissa behielt einen gelassenen Gesichtsaudruck bei, als sie einen Knicks machte und sagte: »Mr. Slocombe, was für eine Freude. Edward hat mir so viel über Sie erzählt.«

Harrington war weitaus weniger diskret und ließ seinen

Blick wie gebannt von Edward zu Slocombe und wieder zurück wandern.

Zum Glück war Slocombes Blick auf Elissa gerichtet. »Das Vergnügen ist ganz meinerseits, Miss St. Cyr, das versichere ich Ihnen. Ich bin ein großer Bewunderer Ihrer Arbeit. Ihr *On the Sublime* hat mir sehr gut gefallen. Einfach ...« Er fuchtelte mit beiden Händen und rang nach Worten. »... absolut großartig. Es ist eine große Ehre, den Gelehrten zu treffen, der hinter einer solch herausragenden Arbeit steht.«

Elissas Lächeln war liebevoll. »Danke, Mr. Slocombe. Das bedeutet mir sehr viel, wenn es von einem so versierten Klassizisten wie Ihnen kommt.«

»D-danke«, stammelte Slocombe und rieb sich den Hinterkopf. »Ich werde mich kurz fassen, denn wie ich sehe, haben Sie andere Dinge zu tun ...« Er wandte sich an Edward. »Ich habe mich gefragt, ob ich Sie um einen Gefallen bitten kann.«

»Natürlich«, sagte Edward überrascht.

»Sehen Sie ...« Slocombe zupfte an seinem Halstuch. »Bis vor kurzem habe ich als Kurator in Stoke-by-Clare gearbeitet. Es handelt sich um einen kleinen Weiler in der Schenkung des Barons Poslingford. Die Einnahmen gingen an einen seiner Neffen, aber er beauftragte mich mit der Durchführung der Gottesdienste.«

»Ich verstehe«, sagte Edward. Ein Kurator war der am schlechtesten bezahlte Geistliche. Oftmals wurde ein Mann mit guten Verbindungen zu einer Reihe von lukrativen kirchlichen Ämtern ernannt. Da aber niemand an sechs Orten gleichzeitig sein konnte, war es üblich, eine andere Person, einen Kurator, mit der eigentlichen Arbeit zu beauftragen. Der Lohn eines Kurators war in der Regel das Existenzminimum. Für viele junge Hochschulabsolventen war es eine vorübergehende Zwischenstation auf der Suche nach einem nachhaltigeren Leben.

Aber das war für diejenigen, die Beziehungen hatten. Der Sohn eines Bäckers wie Robert Slocombe hätte zweifellos Schwierigkeiten, eine besser bezahlte Stelle zu finden.

»Am Anfang lief es gut«, so Slocombe weiter. »Aber dann wurde meine Mutter krank. Ich musste nach Hause nach Holywell zurückkehren, um mich um sie zu kümmern.«

»Es tut mir leid, das zu hören«, sagte Edward.

»Ich danke Ihnen. Glücklicherweise erholte sie sich, und ich konnte nach einigen Wochen auf meinen Posten zurückkehren. Ich hatte mit dem Pfarrer im Nachbardorf vereinbart, dass er sich um die Dinge kümmert, während ich weg bin. Ich habe meine Gemeindemitglieder nicht einfach im Stich gelassen. Ich hatte gedacht, Lord Poslingford hätte Verständnis für die Situation.«

»Haben Sie Ihren Posten verloren?«, riet Edward.

»Das habe ich. Aber das ist nicht das Schlimmste.« Er senkte seine Stimme. »Lord Poslingford hat mich angeschwärzt. Jedes Mal, wenn ich denke, dass ich eine neue Pfarrstelle in Aussicht habe, bekommt er Wind davon, und siehe da, es klappt nicht.«

»Das ist schrecklich«, sagte Edward.

»Das war vor sechs Monaten, und ich werde nicht lügen, ich fange an zu verzweifeln.« Slocombe zuckte zusammen, als er zu Edward hochblickte. »Letzte Woche hörte ich von einer freien Stelle in Gloucestershire. Ich glaube, es gehört zum Anwesen Ihres Nachbarn, Lord Redditch.«

Die Zeit schien sich zu verlangsamen. »Das ist richtig«, sagte Edward zurückhaltend.

Slocombe plapperte nervös vor sich hin. »Natürlich, Sie kennen Lord Redditch. Und ich dachte, dass vielleicht Ihre Familien miteinander befreundet sein könnten.«

»Sehr gute befreundet«, bestätigte Edward. »Meine Schwester ist sogar mit seinem Sohn und Erben verheiratet.«

Slocombe sah regelrecht grün aus. »Ich weiß, dass ich niemals ein Kandidat für das Amt selbst sein würde. Aber vielleicht könnte Lord Redditch einen Kurator gebrauchen, der sich um die Dinge kümmert, während er nach dem richtigen Mann sucht.« Er schluckte hörbar. »Würden Sie vielleicht ein gutes Wort für mich einlegen?«

Edward erstarrte, denn die Stelle, auf die sich Slocombe bezog, war seine eigene Gemeinde, in der er und seine Familie jede Woche den Gottesdienst besuchten. Und wenn Robert Slocombe das Amt übernehmen würde, wäre es nicht nur damit getan, ihn einmal pro Woche in der Kirche zu sehen. Er würde ein wichtiges Mitglied der örtlichen Gemeinschaft werden. Edward konnte damit rechnen, ihn bei allen erdenklichen gesellschaftlichen Anlässen zu sehen, von Abendessen bis zu Tanzveranstaltungen.

Vor drei Tagen wäre der Gedanke, *Robert Slocombe* in seinen intimsten Kreis einzuladen, noch absurd gewesen.

Und doch ...

Robert Slocombe hatte nichts Falsches getan. Er war immer nur freundlich zu Edward gewesen.

Noch an diesem Nachmittag war er derjenige gewesen, der als erster für Elissa aufstand und applaudierte.

In Wahrheit war Robert Slocombe ein feiner Kerl. Er wäre genau die Art von fleißigem Vikar, den Lord Redditch in den letzten sechs Monaten gesucht hatte.

Das bedeutete, dass Edward Slocombe nicht mit gutem Gewissen als vorübergehenden Pfarrer empfehlen konnte.

Nein, wenn er das tun würde, wäre es das Richtige, Slocombe für das Amt auf Lebenszeit zu empfehlen.

Wollte er das wirklich in Erwägung ziehen? *Robert Slocombe* als Pfarrer seiner eigenen Pfarrkirche? Robert Slocombe regelmäßig *für den Rest seines Lebens* zu sehen?

Seine Schulter zuckte. Er schaute Elissa an, und ihre Augen funkelten vor Sorge. Harrington sah unterdessen ganz entsetzt aus.

Und dann war da noch der gutherzige Robert Slocombe, der ihn geradezu traurig ansah, als hätte er von vornherein gewusst, dass die Antwort nein lauten würde, aber der es trotzdem hatte versuchen müssen.

Edward straffte sich und sagte dann überstürzt: »Ich halte das für eine hervorragende Idee. Abgesehen von der Sache mit Ihnen als Kurator. Sie sind genau die Art von Mann, nach der Lord Redditch gesucht hat. Ich werde ihm empfehlen, Ihnen das Amt auf Lebenszeit anzutragen.«

»Das ... das Amt ...?«, stotterte Slocombe. »Ich hätte nie gedacht, dass ... die ... die ...«

Harringtons Kinnlade klaffte auf. Edward ignorierte seinen Bruder und konzentrierte sich weiterhin auf Slocombe. »Sie sollten noch heute Nachmittag mit uns zurückfahren. In unserer Kutsche ist noch Platz. Sie können in Harrington Hall übernachten, und ich werde Sie am Morgen mit Lord Redditch bekanntmachen.«

Slocombes Stimme war voller Emotionen. »Ich kann Ihnen nicht genug dafür danken, Fauconbridge. Ich werde gute Arbeit leisten. Ich verspreche es.«

»Ausgezeichnet.« Edwards Stimme klang in seinen eigenen Ohren etwas schrill, aber insgesamt fand er, dass er das ganz gut hinbekam. »Wir sind drüben im Angel Inn. Wo sind Sie abgestiegen?«

»Ich wohne in einer Pension in der Iffley Road.«

Edward nickte. »Wir halten dort an, um Ihre Sachen zu holen.«

Slocombes Ohren wurden rot. »Oh! Ähm ... warum laufe ich nicht einfach los und hole sie? Ich kann dann in einer halben Stunde im Angel Inn sein.«

Edward hatte den Verdacht, dass es sich bei dieser

Herberge nicht um ein besonders seriöses Haus handelte. »Das wird perfekt sein. Es wird so lange dauern, bis die Kutsche fertig ist«, beruhigte Edward ihn.

Slocombe eilte davon. Edward kramte eine Münze aus seiner Tasche und reichte sie seinem Bruder. »Geh ihm nach und begleiche seine Rechnung, ja?«

»Hast du deinen verdammten Verstand verloren?«, zischte Harrington.

»Harrington!« Edward nickte Elissa zu. »Es ist eine Dame anwesend.«

»Aber das ist doch Robert Slocombe!«

»Ich weiß. Und jetzt beeil dich und ...«

Harrington zupfte an seinem Ärmel. »Sieh mich an, ja?«

Edward drehte sich zu seinem Bruder um und fand nichts als Besorgnis in seinen Augen.

»Ich mache mir Sorgen um dich, Edward. Geht ... geht es dir gut?«

Er überlegte. »Nein. Mir geht es nicht gut.«

Das war die Wahrheit. Er hatte immer noch Probleme. Er wusste, dass er die hatte. Er begann zu erkennen, dass die Art und Weise, wie er die Welt und sich selbst die meiste Zeit seines Lebens betrachtet hatte, von Grund auf fehlerhaft war.

Zwanzig Jahre, in denen er das Falsche gedacht hatte, ließen sich nicht in einer Woche ungeschehen machen.

Aber indem er Elissa und auch Harrington ein wenig von seinem wahren Ich zeigte, begann er zu erkennen, dass seine Fehler nicht so unverzeihlich waren, wie er immer angenommen hatte.

Und er war stärker, als er gedacht hatte.

Das hatte er sich heute selbst bewiesen.

»Mir geht es nicht gut«, wiederholte er, legte seinem Bruder die Hand auf die Schulter und drückte sie, dann richtete er seinen Blick auf Elissa, die sich auf seiner anderen Seite untergehakt hatte. »Aber zum ersten Mal glaube ich, dass sich das vielleicht irgendwann ändern kann.«

Harrington musterte ihn einen Moment lang und nickte dann.

Edward gab ihm einen Schubs. »Jetzt beeil dich, bevor Slocombe entkommt.«

Harrington steckte die Münzen ein, die Edward ihm gegeben hatte, und schritt davon.

Elissa drückte seinen Arm. »Ich bin stolz auf dich, Edward.«

»Weißt du, ich bin auch stolz auf mich.« Und das war er. Er hatte heute zwar nicht gewonnen, aber er war gerne derjenige, der sich aufrichtig für Elissa freute, als sie gewonnen hatte. Und er war derjenige, der seinen Frieden mit Robert Slocombe machte.

Er drückte ihre Hand. »Komm. Lass uns meine Mutter retten gehen.«

Sie schlenderten über die Wiese. »Weißt du, was ich mir immer gewünscht habe?«, fragte Elissa. »Dass ein Gelehrtenpaar gemeinsam an einer Übersetzung von Platon arbeiten würde. Da die meisten seiner Werke in Form von Dialogen verfasst sind, könnte jeder Sprecher seine eigene Stimme haben, wenn zwei Klassizisten zusammenarbeiten würden.«

Edward überlegte. Das war eine hervorragende Idee. Er würde eine solche Übersetzung sehr gerne lesen. »Ein Gelehrtenpaar, sagst du? Beide *mit gleicher Geisteskraft vereint?*«

Elissa brachte ihn zum Stillstand. »Ich wünschte, ich könnte dich jetzt küssen. Das war nicht nur der perfekte Spruch. Aber du hast gerade *Theseus* zitiert!«

Er hob ihre Hand an seine Lippen und drückte ihr einen Kuss auf die Handfläche. »Und du, meine liebe Elissa, hast gerade mein Zitat aus *Theseus* erkannt. Ein Werk, das immer einen besonderen Platz in meinem Herzen haben wird, denn es war das Werk, das uns zusammengebracht hat.«

Elissa beugte sich vor und flüsterte: »Vielleicht werden wir es eines Tages zusammen in einem Ruderboot lesen.«

»Das würde ich sehr gerne.«

Elissas Lächeln war schief. »Und wenn wir mit der Lektüre von Plutarch in einem Ruderboot fertig sind, sollten wir mit der Übersetzung beginnen.«

Edward hielt inne. Er hatte seit Jahren nicht mehr an einer Übersetzung gearbeitet. Er hatte wirklich geglaubt, dass er dieses Kapitel seines Lebens abgeschlossen hatte, als er Cambridge verließ.

Aber die letzten Wochen hatten ihm gezeigt, dass er zwar die Klassiker aus seinem Leben gestrichen hatte, was ihm den Schmerz des Scheiterns erspart hatte, dass sie aber auch eine Quelle der Freude sein konnten, die er sich selbst versagt hatte.

»Ich bin mir nicht sicher, ob ich mich wohl dabei fühlen würde, es zu veröffentlichen«, sagte er zögernd.

»Das ist schon in Ordnung«, sagte sie schnell.

»Vielleicht möchtest du lieber etwas auf eigene Faust angehen. Etwas, bei dem es keine Chance gibt, dass ich dich zurückhalte.«

»Es macht mir ehrlich gesagt nichts aus, wenn wir es nie veröffentlichen würden. Was ich mir wirklich wünsche, ist, mit dir zusammen an einem Projekt zu arbeiten. Sie drückte seinen Arm. »Wir müssen ja nicht heute schon wissen, wie es ausgehen wird. Ich denke, das Wichtigste ist, einfach anzufangen.«

In den letzten Jahren war der Anfang immer der schwierigste Teil gewesen. Edward nickte. »Ich glaube, du hast recht.«

Elissa zupfte an seinem Arm, und sie setzten ihren

Spaziergang über die Wiese fort. »Wir könnten mit Platons *Gorgias* beginnen«, schlug sie vor.

»Hmm. Der *Gorgias* ist gut. Aber ich denke, wir sollten mit dem *Symposium* beginnen. Die Reden sind länger, also gibt es nicht so viel Hin und Her, aber im *Symposium* geht es um ...«

»... die Natur der wahren Liebe«, vervollständigte Elissa seinen Gedanken.

»Ganz genau. Ich sollte dich vielleicht gleich jetzt warnen, dass ich vorhabe, Platons Theorien sehr gründlich zu studieren. Ich habe die Absicht, sie zu beherrschen.«

»Sehr gut, solange du dir nicht einbildest, dass dein Verstand den meinen in den Schatten stellen wird.«

»Ich habe das Gefühl, dass es in diesem besonderen Wettbewerb keine Verlierer geben wird. Nur Gewinner.«

»Wie recht du hast, mein lieber Edward. Gut, dann beginnen wir mit dem *Symposium*. Aber ich will als nächstes den *Gorgias* machen.«

»Gewiss, meine liebe Elissa. Wir haben ein Leben lang Zeit.«

Und auch das war die Wahrheit.

~

Lies hier weiter für eine besondere Vorschau auf das nächste Buch der Astley-Chroniken „Das dunkle Geheimnis des Herzogs"!

~

Geheimnisse, Lügen und ein Schlüsselloch

. . . .

Seit dem unerwarteten Tod ihres Vaters fühlt sich Cecilia Chenoweth wie die Heldin eines schlechten Schauerromans. Ihr Vater ließ sie nicht nur allein und mittellos zurück, sondern gestand ihr auch auf dem Sterbebett, dass ihre Mutter vor zwanzig Jahren nicht einfach an einem Fieber gestorben war. Dann drückte er ihr einen unheimlichen Schlüssel in die Hand und forderte sie auf, loszugehen und die Wahrheit herauszufinden. Wenn sie nur wüsste, wo das Schloss zu finden ist, in das der geheimnisvolle Schlüssel passt ...

Kalt, kühn und eine Gefahr, ihn zu kennen

Es gibt einen Mann, der den schwarzen Schlüssel mit dem Emblem einer Schlange erkennt: Marcus Latimer, der frischgebackene Herzog von Trevissick. Jetzt, wo sein widerlicher Vater in der Hölle verrottet, wo er hingehört, möchte Marcus, dass sein Leben nicht mehr wie ein schlechter Schauerroman aussieht. Niemand wäre je auf die Idee gekommen, den gefährlich gut aussehenden Herzog mit der sanftmütigen Pfarrerstochter in Verbindung zu bringen. Aber während er Cecilia bei ihrer Suche hilft, entdeckt Marcus eine Quelle der Leidenschaft, die sich hinter ihren Schlehenaugen verbirgt und die seiner eigenen vielleicht ebenbürtig ist.

Zwei Herzen auf einem gefährlichen Weg

Doch Cecilias Suche nach der Wahrheit über den Tod ihrer Mutter fördert dunkle Geheimnisse aus Marcus'

Vergangenheit zutage, Geheimnisse, die das neue Leben, das er für seine geliebte Schwester aufgebaut hat, zerstören und einen der wenigen Menschen, die ihm etwas bedeuten, zum Tode verurteilen könnten. Was wird er tun, wenn er gezwungen ist, sich zwischen Loyalität ... und Liebe zu entscheiden?

WENN DU PER E-Mail benachrichtigt werden möchtest, wann immer ich eine neue deutsche Übersetzung eines meiner Bücher veröffentliche, kannst du dich hier anmelden: https://courtneymccaskill.com/deutschen-newsletter/.
Wenn du auch meinen englischsprachigen Newsletter erhalten möchtest, der ein- oder zweimal im Monat erscheint und Bonusszenen, Werbegeschenke und Hinweise auf andere lesenswerte Regency-Romanzen enthält, kannst du dich hier anmelden: https://courtneymccaskill.com/newsletter/.

WENN DU DIR einen Moment Zeit nehmen möchtest, würde ich mich über eine Rezension freuen!